ullstein

Das Buch

Der Innenraum des Wagens ist voller Blut. Die tote junge Frau auf dem Fahrersitz wurde grauenhaft zugerichtet. Carson Ryder und Harry Nautilus sind einiges gewöhnt, doch dieser Anblick jagt selbst den hartgesottenen Ermittlern Schauer über den Rücken. War die Journalistin einem Verbrechen auf der Spur und sollte zum Schweigen gebracht werden? Oder handelt es sich um die Tat eines Psychopathen? Denn das Opfer wurde grausam gefoltert, und bald darauf stirbt wieder eine junge Frau, deren Körper die gleichen Verletzungen aufweist. Der Killer scheint Ryder und Nautilus immer einen Schritt voraus zu sein. Ein ums andere Mal kommen sie zu spät. Als dann auch noch Ryder entführt wird, ist sein Partner auf sich gestellt. Ein Rennen gegen die Zeit beginnt.

Der Autor

Jack Kerley lebt in Newport, Kentucky. Er ist der Shootingstar der amerikanischen Thrillerszene. Mit seinem Debüt *Einer von hundert* gelang ihm auch in Deutschland auf Anhieb der Durchbruch.

In unserem Hause sind von Jack Kerley bereits erschienen:

Einer von hundert
Der letzte Moment

Jack Kerley

Den Wölfen zum Fraß

Thriller

Aus dem Englischen
von Bettina Zeller

Ullstein

Besuchen Sie uns im Internet:
www.ullstein-taschenbuch.de

Umwelthinweis:
Dieses Buch wurde auf chlor- und säurefreiem Papier gedruckt.

Deutsche Erstausgabe im Ullstein Taschenbuch
2. Auflage November 2007

Titel der amerikanischen Originalausgabe: *A Garden of Vipers*
(Dutton, a member of Penguin Group, New York)
Umschlaggestaltung: HildenDesign, München
Titelabbildung: www.photocase.com/© momosu
Satz: Pinkuin Satz und Datentechnik, Berlin
Gesetzt aus der Sabon
Druck und Bindearbeiten: Ebner & Spiegel, Ulm
Printed in Germany
ISBN 978-3-548-26680-0

Für meine Kinder,
Amanda und John.
Sie sind das Licht meines Lebens.

✗ Anmerkung des Autors

Beim Verfassen dieses Romans habe ich mir große Freiheiten in der Beschreibung von Schauplätzen und Polizeibehörden erlaubt. Einige Unternehmen und Institutionen existieren nicht oder sind Amalgame. Mit Ausnahme der naturgegebenen Schönheit Mobiles und seiner Umgebung ist alles Fiktion. Jedwede Ähnlichkeiten von Figuren dieses Romans und lebenden oder toten Personen sind rein zufällig.

Prolog

Im Osten von Mobile County, Alabama,
Anfang des 3. Jahrtausends

»Bist du sicher, dass er hier lang gelaufen ist? Ich kann nichts sehen.«

»Verflucht noch mal, sprich nicht so laut. Finger weg vom Blut. Und benutz die Taschenlampe nur, wenn's unbedingt sein muss.«

Lucas hörte in der Ferne Stimmen und schlug die Augen auf. Die Welt drehte sich langsam, als wäre er in einem gallertartigen Strudel gefangen. Nach Halt suchend breitete Lucas die Arme aus und spürte Gras unter den Fingern. Obwohl es Nacht war, erkannte er die dunklen Schatten der nahen Bäume. Kometen rauschten durch die Stämme, erstrahlten und verblassten: Komet, kein Komet. Hier im Kometenland war die Luft frisch, roch nach Tau und nassem Laub. Ein ziemlich merkwürdiger Effekt, wie er fand. Und genauso merkwürdig war dieser einzelne Stern am Himmel, direkt über ihm, der blinkte, als würden sich die Kometen und der Stern miteinander unterhalten.

»Da ist ein Wagen! Hinter den Bäumen, unter den Zweigen. Er steckt hier irgendwo.«

»Wir müssen die Karre loswerden. Und zwar pronto. Ruf einen Abschleppdienst.«

Lucas schloss die Augen und atmete die kalte Luft tief ein. Der einzelne Stern blinkte. Wieder flammte ein

Komet am Himmel auf. *Nein, das sind keine Kometen*, dämmerte es seinem langsam erwachenden Verstand, das ist der Schein von Taschenlampen im Nebel. Er lag in einem Feld am Waldrand und das feuchte Gras berührte seine Wangen. Wie war er auf diesem Acker gelandet? Und warum waren da Taschenlampen?

Sie suchten etwas.

Suchten ihn.

Was hatte er getan?

Schritte waren zu hören. Körper schoben Äste beiseite, traten auf Zweige. Die Lichtkegel der Taschenlampen fegten über Gras und Bäume. Als der Kegel über ihn glitt, wurde Lucas' Welt in Weiß getaucht. Er zwang sich, vollkommen reglos auszuharren. Die Lichter wanderten weiter.

Doch in dem Augenblick, wo alles hell wurde, war ihm etwas Seltsames aufgefallen: Seine Hand war rot. Mit perverser Verzückung starrte er auf seine dunklen Finger und musste feststellen, dass nicht nur seine Hand, sondern auch sein blauer Schlafanzug voller Blut war.

Die Stimmen meldeten sich wieder. Lauter und aus geringerer Entfernung.

»Da bewegt sich was unter dem Sendemasten. Schätzungsweise links von dir. Siehst du das Blinklicht des Mastens über den Bäumen?«

»Sei vorsichtig. Er ist … ausgefuchst.«

Eine Serie von Bildern schwirrte Lucas durch den Kopf, frische Erinnerungen, die sich wie ein holperiger Film vor seinem geistigen Auge abspulten. Während er Rückschau hielt, krampfte sich ihm der Magen zusammen. Er hätte sich ausrechnen können, dass sie kommen würden. Er wusste zu viel.

»Sollte der Arzt nicht hier sein? Warum hast du ihn nicht verständigt?«

»Halt die Klappe. Ich arbeite mich zur Rückseite des Turms. Stell das Walkie-Talkie leiser und schalt die Taschenlampe aus. Ich geb dir Bescheid, wenn du dich in Bewegung setzen sollst.«

Für einen Augenblick herrschten Dunkelheit und Ruhe. Lucas wischte sich die blutigen Hände an der Pyjamahose ab und lockerte Finger, Arme und Beine. Jetzt konnte er sich rühren. Konnte fliehen. Als die Kometen wieder blinkten, richtete er sich auf, ging in die Hocke und schwankte leicht. Seine Welt wurde weiß. Schwerfällig und mit puddingweichen Knien erhob er sich. Er taumelte. *Lauf*, kreischte eine Stimme in seinem Kopf.

»Ich seh ihn, er ist aufgestanden.«

»Ich komm dir entgegen. Halt den Elektroschocker bereit.«

Lucas holte tief Luft, berechnete, aus welchen Richtungen sich seine Häscher näherten, überlegte, wie er an ihnen vorbeikam, und bündelte alle Energie, die er aufbringen konnte.

Gerade als er sich in Bewegung setzte, wurde ihm weiß vor Augen.

»Verdammt, er ist eben gegen eine Maststütze geknallt. Jetzt liegt er am Boden und rollt sich herum.«

»Los!«

Er hörte rasche Schritte. Spürte, wie sich Körper auf ihn warfen, ihn umdrehten und sein Gesicht fest ins nasse Gras drückten. Er roch Schweiß. Aftershave. Und den durchdringenden Gestank von Angst, die nicht seine war.

»Verpass ihm eine!«

»Er wehrt sich nicht.«

»Ich hab dir gesagt, du sollst –«

Es gab eine flackernde bläuliche Explosion, ehe die Kometen wieder auftauchten. Jeder von ihnen verwandelte sich in einen Schauer aus herumflirrenden, hüpfenden, tanzenden Sternen. Es war atemberaubend schön.

In der Ferne ertönten wieder Stimmen.

»Er ist ganz verschmiert. Grundgütiger, Crandell, das ist Blut.«

»Heb ihn auf und schaff ihn weg. Wir müssen von hier verschwinden.«

Und dann spürte er einen feuchten, heißen Mund an seinem Ohr, einen höchst zufriedenen Mund, der anscheinend gerade einen Leckerbissen vertilgt hatte.

»Was hast du angestellt, Lucas?«, flüsterte der zufriedene Mund. »Welche Scheußlichkeit hast du dir dieses Mal einfallen lassen?«

Kapitel 1

Jetzt

Eine stationäre Wetterfront brütete Gewitterzellen aus, die von New Orleans bis nach Pensacola reichten. Es regnete in Strömen und Blitze zuckten am Himmel auf. Dann, als würde ein Schalter umgelegt, versiegte die Sintflut plötzlich und die Luft wurde samtweich. Zehn Minuten später lagen Erde und Himmel wieder im Clinch. Mobile, Alabama, war im Auge des Orkans.

»Was meinst du, Carson?« Mein Partner, Detective Harry Nautilus, spähte durch die Scheibenwischer. »Ist es an der Zeit, die Tiere paarweise einzuschiffen?«

»Was hältst du davon, wenn wir diesmal die Mücken draußen lassen?«

Es war halb zehn Uhr abends. Die Straßen waren wie ausgestorben und alle vernünftigen Menschen saßen daheim in ihrer warmen Stube. Harry und ich parkten in der Nähe der innerstädtischen Bibliothek. Wir schoben Spätschicht, die wir mehrmals die Woche übernahmen, da die meisten schweren Jungs Nachteulen waren. Nicht, dass wir heute von der Sorte viel zu Gesicht bekamen. Von den fünf Stunden im Wagen hatten wir zwei am Bordstein gestanden und vor lauter Regen nichts sehen können.

Das Funkgerät schaltete sich ein, doch das Übertragungssignal wurde von den Blitzen zerhackt.

»TP ... Eldredge und ... LKW-Fahrer auf dem Weg zum ...enhaus.«

»Haben die TP gesagt?«, fragte Harry. TP stand für tote Person. Er schnappte sich das Mikrofon.

»Nautilus hier, Zentrale. Sie sind wegen der Störungen nicht richtig zu verstehen. Bitte wiederholen.«

»TP ... Ecke Industrial und Eldredge. Wurde von einem LKW-Fahrer gemeldet. Fahrer ist mit Stechen in der Brust auf dem Weg ins Krankenhaus.«

Wir waren acht Blocks entfernt.

»Nautilus und Ryder bestätigen Eingang der Meldung«, antwortete Harry. »Wir machen uns auf den Weg.«

Mit einem Ruck warf er den Gang ein und raste mit dem Crown Vic Richtung Tatort. Bei dem Tempo produzierten wir vermutlich eine Heckwelle wie ein Schnellboot. Das Funkgerät knisterte wieder. Diesmal meldete sich nicht die Zentrale, sondern ein anderes Detective-Team, das ebenfalls in der Nähe war.

»Hier sind Logan und Shuttles. Wir sind näher dran, nur fünf Blocks weg. Wir übernehmen den Fall.«

Mit leisem Grunzen schaltete Harry das Mikro ein. »Nautilus und Ryder sind am Ball.«

»Seit wann treibt sich Logan um diese Uhrzeit draußen herum?«, wunderte ich mich. »Habe ich ja noch nie erlebt, dass der faule Sack nach halb sechs noch im Dienst ist.«

Aus dem Funkgerät knatterte Pace Logans Stimme. »Zentrale, hier ist Logan. Der Fall gehört uns, wir sind gleich da.«

Ich spürte, wie der Wagen beschleunigte. Harry knurrte: »Negativ, Zentrale. Carson und ich übernehmen.«

»Verfluchter Mist, Nautilus, der Fall gehört uns«, bellte Logan direkt ins Funkgerät, ohne über die Zentrale zu gehen.

Harry ließ das Mikro fallen. »Wer zuerst kommt, mahlt

zuerst«, murmelte er, schaltete Sirene und Blaulicht ein und jagte so schnell um die Kurve, dass ich beinah in seinem Schoß landete.

Er heizte um die nächste Ecke und schlitterte auf eine Reihe geparkter Autos zu, die im Regen nur schemenhaft zu erkennen waren. Mit angehaltenem Atem wappnete ich mich gegen einen Zusammenprall, der sich aus unerfindlichem Grund nicht ereignete. Als wir über eine ausgestorbene Kreuzung rauschten, blinkte in der Parallelstraße einen Block weiter drüben Blaulicht: Logan und Shuttles. Wir waren drei Straßenblocks vom Tatort entfernt.

»Großer Gott, Harry. Das ist ja wie bei einem Straßenrennen.«

»Ich werde nicht noch mal hinter Logan aufräumen«, sagte er. »Das kommt überhaupt nicht in die Tüte.«

Pace Logan war ein mürrischer, hitzköpfiger alter Hase, der nur noch darauf wartete, in Rente zu gehen, einen Wohnwagen in Florida oder Branson zu kaufen und einer Reihe von einsamen Frauen, die er auf zweitklassigen Kegelbahnen auflas, das Leben zur Hölle zu machen. Logans siebenundzwanzigjähriger Partner Tyree Shuttles, der erst seit kurzem als Detective arbeitete, hatte das Pech gehabt, an einen Dinosaurier gekettet zu werden.

Vor sechs, sieben Wochen hatte Logans schluderiger Umgang mit Beweisen in einem Mordfall fast dazu geführt, dass dem Verteidiger die Einstellung des Verfahrens auf dem Silbertablett serviert wurde. Harry und ich waren in letzter, vielleicht sogar in allerletzter Minute dazugerufen worden. Wochenlang mussten wir zwölf Stunden am Tag Logans Ermittlungsschritte nachvollziehen und unsaubere Beweise durch neue Erkenntnisse ersetzen. Am Ende konnte Harry das Ruder gerade noch herumreißen, indem er mit Informationen aufwartete, die Logan in seinen eigenen Akten übersehen hatte.

Da ich den größten Teil meiner Zeit damit verbracht hatte, mich um unsere eigenen Fälle zu kümmern, von denen es wie üblich mehr als genug gab, hatte Harry die Sache eigentlich allein bearbeitet. Wir zwei schoben meistens Doppelschichten und am Ende lief es auch noch darauf hinaus, dass Harry den Besuch bei seinen Verwandten in Memphis verschieben musste. Deshalb war er immer noch auf hundert wegen des Schlamassels, den Logan angerichtet hatte.

Ich kurbelte das Fenster ein bisschen runter. Durch unser Sirenengeheul hindurch hörte ich das Martinshorn von Logan und Shuttles. Das Rennen war äußerst knapp.

»An der nächsten Ecke biegst du ab, Harry.«

An den Straßenenden stand je eine Funkstreife und versperrte eine Kreuzung am Rand des Lagerhallenbezirks. Auf einer Ecke befand sich ein Großhändler für Restauranteinrichtungen, schräg gegenüber war eine Großwäscherei.

Aus der einen Richtung rasten wir die Straße hinunter, Logan und Shuttles näherten sich aus der anderen. Mitten auf der Straße stand ein Sattelschlepper und nur ein paar Meter vor dem Kühlergrill des großen Lastwagens ein roter Mazda. Harry kam schlitternd zum Stehen und stürzte in den Regen hinaus. Er nahm sich nicht die Zeit, sich eine Jacke überzuwerfen. Ich zog meinen Plastikregenschutz an und folgte ihm.

Mit großen Schritten platschte Harry auf den Mazda zu, während Logan aus seinem Dienstwagen sprang und fast auf der Stoßstange des Mazda landete. Logan baute sich vor Harry auf, stieß mit seinem Finger in dessen Brust und brüllte wütend los. Die uniformierten Beamten, von der bevorstehenden Auseinandersetzung angezogen, rückten näher. Während ich zu der Szene hinüberlief, rann mir der Regen in die Augen.

»Das ist mein Tatort, Nautilus«, meinte Logan. »Steig wieder in deine Karre und zieh Leine.«

»Das wird nicht passieren, Logan«, erwiderte Harry. »Der Fall gehört uns.«

»Ich bin länger bei der Truppe als du, Nautilus.«

»Dann geh doch zum 50-plus-Treff«, schlug Harry vor. »Noch mal rette ich deinen wertlosen Arsch nicht.«

Logan erstarrte. Seine Augen verengten sich zu Schlitzen. »Das war ein Fehler der Gerichtsmedizin und nicht meiner.«

»Du hättest den Fall fast versaut, Logan«, zischte Harry. »Hab jetzt wenigstens den Schneid, dafür einzustehen.«

Logan ballte die Hände zu Fäusten. »Nautilus, dafür, dass du so ein schlichtes Gemüt hast, bist du ein ganz schön scheinheiliger Hurensohn.«

»Und dafür, dass du ein Cop bist, hast du verdammt viel Ahnung von Strafverteidigung, Logan.«

Logan stieß einen wütenden Laut aus und wollte Harry die Faust in die Magengrube jagen. Harry blockte den Schlag ab, umklammerte Logans Handgelenk, drehte sich und kniete sich hin. Logan ging zu Boden. Harry zog Logan den Arm auf den Rücken. Der alte Detective krümmte sich auf dem nassen Gehweg, fluchte und drohte uns.

»Messer!«, rief jemand. Dieses Wort beschwor Albträume herauf. Alle erstarrten, drehten die Köpfe, tasteten nach dem Pistolenhalfter.

»Nur die Ruhe, Jungs«, sagte Tyree Shuttles, der einen Schritt hinter dem Mazda stand und auf den im Dunkeln liegenden Bordstein deutete. »Ich habe ein großes Messer gefunden. Hier im Rinnstein.«

Harry ließ Logans Handgelenk los. Logan, ein starker Raucher, richtete sich keuchend und pfeifend auf. Er lehnte sich an den Mazda, um Atem zu holen. Offenbar erregte irgendetwas am Bordstein seine Aufmerksamkeit, denn einen Moment lang stand er nur wie angewurzelt da. Ich wandte mich um und schaute in seine Richtung, entdeckte aber nur Wasser, das den Rinnstein hinunterfloss und im Gulli verschwand.

Harry und ich gingen zu Shuttles hinüber, der vor einem metallenen Gegenstand neben dem Gulli kniete. Nur ein Stück des Griffs ragte aus dem Wasser. Logan kam schnaufend näher, musterte zuerst die Waffe, dann Shuttles. Harry wich zurück, stieß einen Seufzer aus und war so höflich, aus dem Stegreif eine Vorgehensweise zu erfinden.

»Shuttles hat ein Beweisstück gefunden, Logan. Also kriegt ihr den Fall.«

Logan lehnte sich an die Fahrertür des Mazda und warf einen Blick in das Fahrzeug. Nachdem er einen Augenblick ins Wageninnere gestarrt hatte, fischte er seine Taschenlampe heraus, spähte wieder in den Wagen und schüttelte den Kopf. Und dann lachte er ohne eine Spur von Humor.

»Du willst diesen Fall, Nautilus? Er gehört dir.«

Logan machte auf dem Absatz kehrt, marschierte zu seinem Dienstfahrzeug zurück und klemmte sich auf den Beifahrersitz. Shuttles drehte sich kurz zu dem Wagen um, in dem Logan saß und schmollte. Der junge Detective schaute verlegen drein.

»Tut mir leid, wie Pace sich eben verhalten hat«, meinte Shuttles. »Er ist seit ein paar Wochen schlecht drauf.«

Harry wischte sich den Regen vom Gesicht, trat einen Schritt näher an Shuttles heran und senkte die Stimme, damit die Uniformierten ihn nicht hörten. »Ich weiß, du wirst nicht darum bitten, dass man dir einen anderen

Partner gibt, Tyree. Das respektiere ich. Aber lass dich in einen anderen Bezirk versetzen. Auf die Weise kriegst du auch einen neuen Partner. Logan wird deiner Karriere nicht förderlich sein.«

»Pace geht in zwei Monaten in Rente, Harry. Dauert also nicht mehr lange, bis er weg ist.«

»Bist du sicher?«

Shuttles nickte.

Harry verpasste dem jungen Detective einen sanften Klaps auf die Schulter und meinte: »Halt durch.«

Der schlanke schwarze Beamte schlenderte zu seinem Fahrzeug hinüber, blieb stehen und drehte sich zu Harry um. Seine Lippen formten ein *»Danke«*. Dann stieg er ein, schaltete den hinter dem Kühlergrill flackernden Warnblinker aus und fuhr weg. Ich beneidete ihn nicht um den Rest seiner Schicht, denn Logan würde die ganze Zeit meckern, jammern und Geschichten erfinden, wie man ihn übers Ohr gehauen hatte.

Harry sagte den Streifenpolizisten, dass die Show vorbei war und sie den Verkehr umleiten sollten für den Fall, dass ein Wagen auftauchte. Ich zog Latexhandschuhe an und öffnete die Tür des Mazda. Da sich der Darm des Opfers entleert hatte, roch es in dem Fahrzeug schwer nach Blut und Exkrementen. Die Tote lag quer über dem Schaltknüppel, ihr Kopf auf dem Beifahrersitz und die mit Perlen verzierten Zöpfchen standen wie bei einer Stoffpuppe in alle Richtungen ab. Die Nase schien gebrochen zu sein. Die Unterlippe war aufgeplatzt. Ihr Körper war von Wunden übersät. Die blutgetränkte Bluse schimmerte. Man hatte ihr die Kehle durchgeschnitten.

Ich atmete tief durch und fuhr mit meiner visuellen Bestandsaufnahme fort. Eine Hand sah eigenartig aus. Sie hing vom Beifahrersitz herunter, kaum sichtbar im Dunkeln. Als ich auf die andere Seite trat und die Tür aufmachte, bestätigten sich meine Befürchtungen. Drei Finger waren gebrochen, an den Knöcheln zurückgebogen. Dieser Anblick hatte etwas Verstörendes, so als wäre die Hand falsch zusammengesetzt worden.

Ich versuchte, mich auf das zu konzentrieren, was aus dem Fahrzeug entwendet worden war. Jemand hatte die Stereoanlage herausgerissen. Die Drähte hingen lose herunter. Das Handschuhfach stand offen, der Inhalt war im ganzen Auto verstreut. Halb aufgefaltete Karten, der Kraftfahrzeugbrief, das Handbuch und der Reifendruckmesser lagen am Boden. Die Sonnenblenden waren heruntergeklappt. Manchmal klemmten die Fahrzeughalter ein paar Dollar dahinter für gebührenpflichtige Straßen oder Parkuhren. Überall war Blut, gerade so, als wäre das Innere mit einer Arterie abgespritzt worden.

Ich wusste schon, weshalb Logan uns den Fall überlassen hatte. An diesem Tatort beschlich einen sofort ein mieses Gefühl. Ein Blick genügte, um den Gruselfaktor abschätzen zu können. Wieder musterte ich die Frau, bis mir ganz flau im Magen wurde. Als ich den Geruch nicht mehr ertragen konnte, wich ich zurück.

»Man hat sie verprügelt und hinterher aufgeschlitzt«, erklärte ich Harry. »Das hier ist richtig schlimm.«

Harry war zum Wagen gegangen, um seine Regenjacke zu holen. Nicht, dass sie ihm jetzt noch von Nutzen sein konnte. Er steckte den Kopf in den Mazda, blickte prüfend im Innenraum umher und speicherte die Bilder im Kopf ab. Hin und wieder veranlasste ihn ein Detail zu ächzen oder zu seufzen. Er inspizierte den Boden unter den Füßen der Frau, fuhr mit der Hand in das Fahrzeug, berührte den Boden und untersuchte seine Fingerspitzen. Anschließend richtete er das Licht der Taschenlampe auf eine Stelle gleich neben der Tür und wiederholte den Vorgang.

»Was ist denn, Bruder?«, drängte ich.

Harry hörte mich nicht. Er drehte das Gesicht Richtung Himmel, als suche er dort oben nach Antworten auf eine Frage.

✗ Kapitel 2

Lucas kauerte im Dunkeln neben dem stinkenden Müllcontainer des Schnellrestaurants. In der Faust hielt er kalte Pommes frites, die er sich in den Mund stopfte. Er ging davon aus, dass er mit den unberührten Pommes auf der sicheren Seite war. Die entsorgten Sandwiches waren allesamt angeknabbert.

Lucas strich sich die triefnassen, dreißig Zentimeter langen schwarzen Haare aus den Augen und kratzte das Pommessalz aus seinem dichten Bart. Er neigte sich ins Licht. Neben dem Restaurant befand sich eine Bank, eine kleine Filiale mit einem Autoschalter zum Geldziehen. Die Geldbeschaffung war von entscheidender Bedeutung für Lucas' Plan. Hatte er nicht immer wieder zu hören gekriegt, dass Geld sich vermehrt? Es war fast wie ein Mantra: Geld vermehrt sich.

In der halben Stunde, die er hier schon wartete, hatten mehr als ein Dutzend Wagen am Schalter gehalten. Die Fahrer hatten kurz Geld abgehoben und waren wieder verschwunden. Zwei von ihnen hatten auf Höhe der Rückseite des Restaurants geparkt. Lucas hatte beobachtet, wie sie die Innenbeleuchtung einschalteten und Bankunterlagen durchsahen.

Die Hintertür des Restaurants wurde aufgestoßen, woraufhin Lucas in seinem übelriechenden Versteck erstarrte.

»Du da, du«, rief eine wütende Stimme. Lucas merkte, wie er instinktiv die Muskeln anspannte und die Hände zu Fäusten ballte.

»Meinst du mich?«, fragte drinnen jemand.

»Du – bist du das, Daryl?«

»Daniel«, grunzte die Stimme.

»Ich habe da draußen ein paar Softdrinkkanister stehen. Schaff sie rein.«

»Ich bin noch nicht mit dem Wisch…«

»Jetzt sofort.«

Die Tür schlug zu. Lucas kroch hinter den rollbaren Müllcontainer. Als er feststellte, dass er seine Geldbörse vergessen hatte, rutschte ihm das Herz in die Hose. Das billige weiße Vinylding lag direkt vor dem Müllcontainer, gleich neben dem Lichtkegel des Schnellrestaurants. Die Tür öffnete sich wieder und Füße tauchten auf. Kanister wurden durch die Tür gewuchtet.

Die Tür fiel zu. Lucas krabbelte hinter dem Müllcontainer hervor. Nun hing auch noch der Dreck vom Gehweg an seinem T-Shirt und seiner Hose, die er aus einem Kleiderhaufen vor einem Goodwill-Laden gezogen hatte. Die Anstaltsklamotten hatte er mit allem anderen entsorgt.

Lucas drückte das Portemonnaie an die Brust und beobachtete wieder den Geldautomaten. Bei Frauen rechnete er sich die größten Chancen aus, doch er würde das Schicksal nehmen, wie es kam, und dann improvisieren.

Er wartete zwanzig Minuten. Nur ein Fahrzeug hielt am Geldautomaten, ein Laster mit Doppelbereifung und einem Stars-and-Stripes-Aufkleber am Fenster. Ein Südstaatler, dachte Lucas. Einer von der Sorte, die gern ein Stück Rohr unter dem Sitz bunkern. Oder eine Waffe.

Dieses Risiko wollte er nicht eingehen.

Minuten später rollte ein kleiner Wagen auf das Bankgelände: eine Frau, die langsam fuhr. Lucas nahm die Geldbörse und warf sie in eine dunkle Ecke des Geländes, keine acht Meter von ihm weg. Die Börse landete genau in dem Moment auf dem Boden, wo das Scheinwerferlicht des Wagens über den Asphalt wanderte. Das Licht fiel auf die Börse, wanderte weiter und näherte sich dem Geldautomaten.

Die Fahrerin nahm den Fuß vom Gas.

Knapp vier Meter vor dem Geldautomaten hielt sie an. Lucas stockte der Atem.

Friss den Köder.

Der Wagen setzte zurück. Lucas ging in die Hocke. Spannte die Muskeln an. Der Wagen stoppte neben der Geldbörse. Er hörte, wie die Türschlösser entriegelt wurden.

In dem Moment stand Lucas auf und rannte los.

Kapitel 3

Als ich am nächsten Morgen aufwachte, hatte der Himmel die Farbe von ungebranntem Ton. Harry und ich hatten bis drei Uhr morgens gearbeitet und alles zusammengetragen, was wir mit dem Namen des Opfers und dem Fahrzeugbrief herausfinden konnten. Donnergrollen in der Ferne kündigte eine neue Gewitterzelle an. Gerade als ich mir Kaffee einschenkte, läutete das Telefon. Danielle Danbury, meine Freundin, war am Apparat.

»Carson, kannst du vor der Arbeit bei mir vorbeikommen?« Ihre Stimme klang belegt.

»Stimmt was nicht, Dani?«

»Bitte mach schnell.«

»Bin schon unterwegs.«

Obwohl Danis Beruf – sie war Fernsehjournalistin – uns zu natürlichen Feinden machte, hatten wir uns im vergangenen Jahr notgedrungen zusammengetan, als wir Sammler von Serienmörder-Memorabilien aufspürten. Dieser bizarre Vorfall hatte Dani und mich – ihr Spitzname DeeDee wollte mir einfach nicht über die Zunge gehen – nach Paris verschlagen, wo wir gemeinsam einen älteren Kunstprofessor befragten. Während unserer Zeit in der Stadt der Lichter hatten wir uns ineinander verliebt, woran sich bis zu diesem Tag nichts geändert hatte.

Unsere unberechenbaren und langen Arbeitszeiten führten dazu, dass unsere Treffen eher zufällig als geplant stattfanden, und wenn man die Zeit, die wir schliefen, herausrechnete, verbrachten wir gerade mal fünfzehn Stunden die Woche miteinander. Zumindest war das die Norm gewesen, bis Harry vor ein paar Monaten Logans Chaosfall übernommen und ich achtzehn Stunden täglich gearbeitet hatte, damit bei uns nicht allzu viel liegen blieb.

Ich lief die Stufen meines auf Stelzen stehenden Strandhauses hinunter, sprang in meinen alten Pick-up und schaffte es in zwanzig Minuten zu Danis Haus. Sie trug ihre Reporterkluft: schicke Jeans, weiße Seidenbluse, burgunderfarbene Leinenjacke, eine Perlenkette und passende Ohrringe. Als Zugeständnis an die Kamera hatte sie das blonde Haar mit Unmengen von Spray festzementiert. Sie drückte eine Ausgabe von Woodwards und Bernsteins *Watergate-Affäre* an die Brust. Ihre Augen waren rot und geschwollen.

Mit klopfendem Herzen trat ich ein. »Was ist denn, Dani? Ist alles in Ordnung?«

»Ich bin okay, Carson. Es geht um eine Freundin … Sie

ist gestern Abend ums Leben gekommen. Ermordet. Ich habe es gerade in der Zeitung gelesen.«

Gestern Abend war nur ein Mord geschehen.

»Taneesha Franklin«, sagte ich und schloss Dani in meine Arme. »Ich war am Tatort. Es tut mir leid. War sie eine enge Freundin?«

Dani rieb die Augen und lehnte sich zurück, um mir ins Gesicht zu schauen.

»Wir waren eher so was wie Mentor und Schützling, würde ich sagen. Aber sie war ein wunderbarer Mensch.«

»War sie Reporterin?«

»Sie hat bei einem kleinen Radiosender namens WTSJ gearbeitet. Hat dort erst vor kurzem angefangen und über Stadtratsreffen, Einweihungen und labernde Politiker berichtet ... die übliche Anfängernummer eben. Ich habe ein paar Mal mit ihr zu Mittag gegessen. Sie hat mir Fachfragen gestellt und ich habe Auskunft gegeben. Sie war klug und engagiert und ganz aus dem Häuschen wegen ihres kleinen Reporterjobs. Was ist passiert, Carson? Die Zeitung hat ihr nur vier Spalten gewidmet, aber ich kann zwischen den Zeilen lesen und es klang ... übel.«

»Es war schlimm. Wahrscheinlich ein Raubüberfall, bei dem der Täter durchgedreht ist.«

Dani und ich kriegen in unserem Job so viele Lügen aufgetischt, dass wir einander nichts vormachen. Nicht mal kleine Notlügen gestehen wir uns zu. Dani hielt sich immer noch an der *Watergate-Affäre* fest. Ich tippte mit dem Finger auf den Buchdeckel und versuchte zu lächeln.

»Was deinen Lesestoff angeht, bist du aber dreißig Jahre hinterher, Baby.«

»Das war ein Geschenk von Teesh. Ich habe ihr erzählt,

dass sich meine Ausgabe in ihre Einzelteile auflöst, und da hat sie mir eine neue besorgt. Vor ein paar Wochen kam sie damit an. Lies mal die Widmung, Carson.«

Dani schlug die erste Seite des Buches auf. Dort stand in hübscher und flüssiger Handschrift geschrieben:

Für Dee …
die mir erklärt hat, wie die Dinge laufen müssen und wie man die Mistkerle in der Luft zerreißt, die Sand ins Getriebe streuen wollen. In Liebe Teesh

»Ist das nicht toll?«, fragte Dani.

»Vielleicht eine Spur zu extrem.«

»Die Guten sind am Anfang immer so«, meinte Dani, während ihr eine Träne die Wange hinunterkullerte.

✗

Harry traf ich im Präsidium. Zusammen fuhren wir ins Krankenhaus. Gestern Abend hatte man uns nicht erlaubt, den Lastwagenfahrer zu verhören, der die Tote gefunden hatte. Der Mann hatte einen Herzinfarkt erlitten, war jetzt aber wieder stabil.

Neben Arlin Dells Bett standen fünf verschiedene Apparaturen, die irgendetwas kontrollierten oder ihm tröpfchenweise eine Flüssigkeit verabreichten. Der Arzt gab uns fünf Minuten. Ich zog einen Stuhl heran. Harry lehnte sich an die Wand. Dell war blass und seine Stimme klang dünn. Er wirkte ein bisschen benommen, als hätte man ihm ein leichtes Narkotikum verabreicht.

»Ich bin gerade mit einer vollen Ladung Elektrogeräte vom Hof gerollt, die nach Memphis sollten. Ich fahre also diese Seitenstraße runter, es regnet in Strömen, und ich überlege schon, ob es die ganze Strecke bis Tennessee so gießt, als ich diesen roten Wagen mitten auf der Straße sehe. Ohne Licht. Und da latsche ich so fest auf die Bremse, dass sich der Anhänger fast quer stellt.«

»Haben Sie in der Nähe des Mazda jemanden bemerkt?«

Dell stieß einen Pfeifton aus, als würde er lachen oder husten. »Ein Affe ist aus dem Wagen gesprungen, direkt auf meine Scheinwerfer zugerannt, dann ausgewichen und im Dunkeln verschwunden.«

»Ein Affe?«, fragte Harry.

»Ich bin vom Sattelschlepper runtergestiegen«, fuhr Dell fort, »und habe einen Blick in den Wagen geworfen. Als ich sah, was da drinnen war, hatte ich das Gefühl, als würde eine Faust mein Herz zermantschen. Ich habe es gerade noch bis in die Fahrerkabine geschafft und die Polizei verständigt.«

»Sagen Sie mir, dass Sie nicht wirklich einen Affen gesehen haben.«

»Das war ein haariger Bursche.« Dell tätschelte seine Wangen. »Haare im Gesicht, Haare bis auf die Schultern. Wie ein Affe. Oder eins von diesen Dingern aus den *Star-Wars*-Filmen.«

»Ein Wookie?«, schlug ich vor.

Dell zuckte mit den Achseln. »Affe. Wookie. Oder vielleicht einer von diesen ZZ-Top-Typen.«

X

»Bärtige Täter gehen mir total gegen den Strich«, meinte Harry, als wir das Krankenhaus verließen und mit dem Crown Vic zu WTSJ, dem Arbeitgeber des Opfers, fuhren. »Der Scheißkerl muss sich nur rasieren und schon hat er ein nagelneues Gesicht.«

Ich war im Geiste gerade Dells Erinnerungen durchgegangen und hatte mir vorgestellt, hoch droben in einer Trucker-Kabine zu sitzen.

»Weißt du, was mir echt an die Nieren gegangen ist, Bruder? Der Täter ist direkt auf den Sattelschlepper zugerannt, in der letzten Sekunde ausgewichen und verschwunden. Ein paar Meter ist er schnurstracks Richtung Scheinwerfer gelaufen.«

Harry trommelte mit den Daumen aufs Lenkrand. »Scheinwerfer, laufender Motor, Fenster wie Augen ... der Laster hätte einem Kerl, der gerade ein Kapitalverbrechen begangen hat, eigentlich eine Heidenangst einjagen müssen. Normalerweise läuft man dann doch in die entgegengesetzte Richtung.«

»Hat sich vielleicht eingebildet, er könnte den Laster angreifen«, gab ich zu bedenken. »War womöglich auf Crack oder PCP. Oder auch geisteskrank.«

»Das Messer hatte er schon weggeworfen. Es lag auf der anderen Seite des Fahrzeugs. Wenn er auf den Laster losgehen wollte, dann mit bloßen Fäusten.«

»Furchtloser Schweinehund«, meinte ich. »Oder völlig bekloppt.«

»Das sieht nicht gut aus«, bemerkte Harry. »Mir schmeckt keine der beiden Alternativen.«

WTSJ war in einem flachen Betongebäude in der Nähe von Pritchard untergebracht, einer Stadt im Norden von Mobile. Die Augen der Empfangsdame waren von Trauer umwölkt, doch sie rang sich ein Lächeln ab.

»Lincoln ist der Leiter des Senders. Er ist noch zwei Minuten auf Sendung.«

Sie führte uns in einen kleinen Vorraum. Lincoln Haley, den man durch eine dicke Fensterscheibe sehen konnte, saß im angrenzenden Studio. Der Leiter war Mitte vierzig, hatte ein kantiges Kinn und einen ordentlich getrimmten Bart. Seine hohe Stirn sprang deutlich hervor, als wären sämtliche Songs dort gespeichert. Hinter seinem Rücken standen CD-Regale. Er hatte einen schwarzen Kopfhörer auf und sprach in ein Mikrofon von der Größe einer Bierdose. Als er merkte, dass wir ihn anstarrten, signalisierte er uns mit den Fingern, dass er noch zwei Minuten brauchte, und beugte sich dann über das Mikro. Aus den Lautsprechern im Vorraum schallte seine Stimme.

»… und jetzt, zur vollen Stunde, die Nachrichten. Anschließend präsentiert Ihnen unsere Queen Bee, Miss Pearlie Winston, die besten Funk- und Bluesscheiben in den ganzen Vereinigten Staaten … Und nun kommen wir zum Spitzenreiter, Marlon Saunders …«

Musik ertönte. Haley stand auf, legte den Kopfhörer auf den Tisch und fuhr mit der Hand über sein Gesicht. Der Mann war vollkommen erschlagen. In der Studiotür tauchte eine große, bunt gekleidete Frau auf, die Haley die Hand reichte. Kurz darauf trat er in Khakis, Sandalen und einem Pulli in den Vorraum. Seine Hände steckten in den Hosentaschen.

»Ich werde alles tun, was hilft, um dieses Tier zu kriegen, das Teesh auf dem Gewissen hat.«

Durch die Glasscheibe sah ich, wie die Frau die Kopfhörer aufsetzte und das Mikro zu sich heranzog. Sie holte tief Luft, und ein breites aufgesetztes Lächeln erschien auf ihrem Gesicht.

»Hier ist Pearlie Winston, die Queen der Funkszene …«

Haley tippte auf einen Schalter und drehte damit den Lautsprechern den Saft ab.

»Pearlie ist total am Ende, aber sie hört sich an, als würde sie gleich ein Liedchen trällern. Das ist hart. Taneesha war für mich, für alle hier, wie eine Tochter. Sie war ... w-war ...«

»Erzählen Sie mir, wie Miss Franklins Job aussah«, bat Harry. »Und lassen Sie sich so viel Zeit, wie Sie mögen.«

Haley nickte und sammelte sich.

»Wir sind ein kleiner Sender, Detective. Wenn Pearlie nicht auf Sendung ist, verkauft sie Werbezeit. Wenn ich nicht sende oder irgendwelche Sachen manage, spiele ich den Elektriker. Teesh war unsere Reporterin, schrieb allerdings hin und wieder auch Werbetexte.«

»Sie sind wahrscheinlich noch nicht reif für eine Übernahme durch Clarity Broadcasting«, meinte ich. Clarity gehörte Channel 14, wo Dani arbeitete.

Haleys Blick verdüsterte sich. »Alles, was Clarity anfasst, verwandelt sich in Schrott. Profitablen Schrott, aber seelenlos.«

»Wie lange hat Ms Franklin hier gearbeitet?«, wollte Harry wissen.

»Sie hat vor zwei Jahren als Praktikantin angefangen. Das Mädchen besaß grenzenlosen Enthusiasmus.«

»Wollte sie DJ werden, auf Sendung gehen oder so was in der Art?«

»Über mehrere Monate hat sie die Mitternachtsendung gemacht, doch nur zwischen den Songs zu reden reichte Teesh nicht. Ihr Traumberuf war Reporterin. Teesh besaß die nötige Aggressivität und Energie. Sie brauchte nur noch den richtigen Schliff. Ich habe sie in unsere winzige Nachrichtenabteilung verfrachtet. Man hätte denken können, ich hätte ihr einen Job bei CNN besorgt.«

»Hat sie gestern Abend an einer Story gearbeitet?«, fragte Harry.

»Einen Auftrag hatte sie nicht, aber Teesh war ständig auf der Suche nach der großen Geschichte, wollte immer herausfinden, was niemand wissen sollte, wollte etwas ans Tageslicht bringen. Ich habe ihr klargemacht, dass wir für derlei Recherche nicht das Budget haben, doch für sie war es Training, dem sie in ihrer Freizeit nachging.«

»Ziemlich viel Selbstantrieb«, sagte ich.

»Wissen Sie, wem sie nacheiferte? Dieser Journalistin auf Channel 14, ähm, ich habe kein Namensgedächtnis … blond, große Augen, unverblümt, aber auch sexy …«

»Ähm, Danbury?«, schlug ich vor.

Haley schnippte mit den Fingern. »DeeDee Danbury. Teesh hat sich ein paar Mal mit Ms Danbury unterhalten. Hat ihr eine Menge Fragen gestellt. In Teeshs Augen war sie eine knallharte Lady, die ihren eigenen Kopf hat.«

»Das ist mir auch schon zu Ohren gekommen«, murmelte ich.

Kapitel 4

Wir verließen den Sender und fuhren zur Gerichtsmedizin. Als wir ins Hauptlabor marschierten, lag Wayne Hembree, stellvertretender Direktor der Spurensicherung, mit über die Schulter geworfener Krawatte auf dem weißen Fußboden. Die Brille saß schief auf seinem runden schwarzen Gesicht, ein dünner Arm lag unter seinem Kreuz, den anderen hatte er über den Kopf gelegt.

»Ich bin angeschossen worden«, stöhnte er.

»Wer hat das getan?«, fragte ich. Für derlei clevere Fragen werden Detectives schließlich bezahlt.

Hembree deutete mit dem Kinn auf die gegenüberliegende Seite des Raums, wo ein älterer Mann in einem grellen Hawaiihemd eine Waffenattrappe in der Hand hielt und grinste, als hätte er gerade eben Orgasmuspillen entdeckt.

»Nicht Thaddeus da drüben«, entgegnete Hembree. »Von seinem Winkel aus hätte mich die Wucht des Treffers genau in die andere Richtung geschleudert. Mein Arm wäre dann nicht unter meinem Kreuz, sondern auf meinem Bauch.«

Ich ergriff Hembrees Hand und zog ihn hoch. Er strich seinen Laborkittel glatt, schrieb ein paar Notizen auf ein Klemmbrett und sagte dem Schützen, sie würden es in ein paar Minuten aus einem anderen Winkel probieren. Der Mann namens Thaddeus salutierte, tat so, als würde er ein paar Schüsse auf Harry und mich abfeuern, und verließ das Labor. Hembree überflog einen Bericht und erläuterte, was die Voruntersuchung ergeben hatte.

»Sieht ganz nach einem Raub aus, bei dem was schiefgelaufen ist. Der Wagen hält auf der Kreuzung, der Täter kommt aus den Büschen gerannt, schlägt das Fenster auf der Fahrerseite ein und fällt über das Opfer her.«

»Und warum foltert er es?«, wollte ich wissen.

»Motivation fällt nicht in meine Zuständigkeit«, erwiderte Hembree. »Vielleicht hat sie etwas gesagt, was ihn auf die Palme gebracht hat.«

»Muss ja ziemlich schlimm gewesen sein«, meinte ich.

Harry hatte geschwiegen und zugehört. Nun trat er näher.

»Ich habe da auch was, das mir eigenartig vorkommt. Wie lange war sie tot, als Ihre Leute dort aufgetaucht sind, Bree?«

»Weniger als eine halbe Stunde, könnte ich wetten. Euer Lastwagenfahrer hat gesehen, wie der Täter nach seinem Eintreffen aus dem Wagen gesprungen ist. Warum fragen Sie?«

»Das Fenster auf der Fahrerseite, das eingeschlagen wurde, war dem Wind zugekehrt«, sagte Harry. »Jedenfalls stand der Wagen eher zum Wind.«

Hembree runzelte die Stirn. »Ich begreife nicht, worauf Sie hinauswollen.«

»Ich habe den Boden berührt. Im Wagen stand das Regenwasser etwa fünf Zentimeter hoch. Ich meine, gestern Abend hat es ganz schön geschüttet, aber zehn Zentimeter in der Stunde?«

Hembree runzelte wieder die Stirn. »Der Regen fiel, wie bei Gewitterzellen so üblich, nicht überall gleichmäßig. Wenn eine ganze Reihe Gewitterzellen über dieses Gebiet hinweggezogen ist, sind acht, neun, zehn Zentimeter Niederschlag pro Stunde durchaus möglich. Ein Gebiet eine Meile weiter weg kriegt vielleicht nur drei, vier Zentimeter ab.«

»Macht Sinn«, fand Harry. »Eine Sache weniger, über die ich mir den Kopf zerbrechen muss.«

Ich hörte meinen Klingelton und fischte das Handy aus der Tasche. Der Anruf kam vom Empfangspult im Polizeipräsidium.

»Carson, Jim Haskins am Apparat. Du und Harry, ihr leitet doch die Ermittlungen in dem Raubmord von gestern Abend, stimmt's?«

»Ja. Was liegt an?«

»Hier am Empfang ist eine Frau, die ihre Mutter vorbeigebracht hat. Die Mutter ist völlig durch den Wind, faselt etwas von einem Geldbeutel, einem Geldautomaten und einem Langhaarigen in ihrem Wagen. Dachte, ihr wüsstet gern Bescheid.«

Zwölf Minuten später waren wir dank Sirene und

Blaulicht im Präsidium. Die Tochter hieß Gina Lovett, war um die vierzig, plump und trug Brille. Ihre Mutter, Tessie Atkins, war Ende sechzig und nervös. Sie hatte die Arme um ihren Körper geschlungen, als wäre ihr kalt.

»Was ist passiert, Ms Atkins?«, erkundigte sich Harry, nachdem wir uns gesetzt hatten.

Sie zupfte an ihrem Ärmel herum. »Ich habe eine Freundin im Krankenhaus besucht und bin auf dem Heimweg bei der Bank vorbeigefahren. Ich musste meine Rechnungen bezahlen. Um die Zeit war das vielleicht keine schlaue Idee ...«

»Wie viel Uhr war es denn, Ma'am?«, fragte ich.

»Kurz vor Mitternacht. Recht spät, doch nebenan war so ein Schnellrestaurant. Deshalb fühlte ich mich sicherer. Ich fuhr vor und entdeckte am Rand des Geländes etwas Weißes. Zuerst hielt ich es für eine Katze oder irgendein anderes armes Tier, das von einem Auto überfahren worden ist. Doch dann merkte ich, dass es ein Geldbeutel war. Ich dachte, jemandem wäre zufällig die Börse herausgefallen. Ist mir auch mal mit meiner Brieftasche auf dem Parkplatz von Bruno's passiert. Ein netter Samariter hat sie in den Laden gebracht. Ich dachte mir ...«

»Sie erwidern diesen Gefallen«, vollendete Harry den Satz.

»Ich bin hinübergefahren und stieg aus, um sie aufzuheben. Und das Nächste, was ich mitkriege, ist, wie mir jemand eine Hand auf den Mund legt und mich wieder in den Wagen schiebt. Es war ein übelriechender Mann mit einem Wust von Haaren. Er stieg auf der Beifahrerseite ein, setzte sich auf den Boden und sagte, wenn ich nicht erwartungsgemäß performe, würde er die Waffe ziehen.«

»Erwartungsgemäß performen?«, wiederholte ich.

Sie nickte mit verschränkten Armen. Mit zittrigen Fingern umklammerte sie ihre Schultern. »Er zwang mich, sechshundert Dollar von meinem Bankkonto abzuheben und dreihundert mit meinen beiden Kreditkarten. Das ist mein Limit. Ich war viel zu aufgewühlt, um zu fahren. Er steuerte den Wagen zum Bienville Square und noch ein paar Blocks weiter nach Süden und sprang dann raus. Ich bin einfach nur sitzen geblieben und habe geweint, bis meine Hände nicht mehr so gezittert haben. Keine Ahnung, wie ich heimgekommen bin.«

»Warum haben Sie nicht die Polizei gerufen?«

»Er hat meinen Führerschein genommen und gesagt, wenn ich die Polizei verständige, würde er bei mir zu Hause aufkreuzen.«

Als Ms Atkins den Blick abwandte, meldete sich ihre Tochter zu Wort.

»Ich bin heute Morgen bei meiner Mutter vorbeigefahren, um ein paar Sachen zum Nähen abzuholen. Als sie mir nicht in die Augen schauen konnte, wusste ich sofort, dass was nicht stimmt. Schließlich hat sie es mir erzählt.«

Wir unterhielten uns noch eine Weile mit Ms Atkins, konzentrierten uns auf die wenigen Details, die sie trotz ihrer Angst registriert hatte. Sie willigte ein, ihr Fahrzeug von der Spurensicherung überprüfen zu lassen. Obwohl wir davon ausgingen, dass der Täter sie mit seinen Drohungen nur zum Schweigen bringen wollte, riefen wir den Leiter der Polizeidienststelle in ihrem Bezirk an und baten darum, dass seine Leute in den nächsten Tagen ein Auge auf Ms Atkins' Haus warfen.

✗

»Ein Köder«, meinte Harry, stellte seine Limodose auf die Motorhaube des Dienstwagens und lehnte sich an den Kotflügel. »Er hat die Geldbörse als Köder benutzt.«

»Das ist brillant«, fand ich. »Wer kann schon einem Geldbeutel widerstehen? Die Guten möchten helfen, die Bösen denken sofort an Bargeld und Kreditkarten.«

Wir parkten auf dem Damm, der den östlichen Teil der Mobile Bay mit der Stadt verband. In der Abenddämmerung glühte der Horizont vor dem indigoblauen Himmel in leuchtendem Orange. Im Osten funkelten gerade eben aufgegangene Sterne. In einiger Entfernung saßen drei ältere Männer auf Campingstühlen, fischten und griffen in regelmäßigen Abständen in die braunen Papiertüten, die neben ihnen standen.

»Er hat Ms Atkins zurück in den Wagen bugsiert und danach nicht mehr angerührt«, sagte ich. »Er hat ihr kein Haar gekrümmt.«

»Dafür hat er ihr aber mit dem Tod gedroht«, erinnerte Harry mich.

»Er hat behauptet, eine Waffe zu haben. Und zwei Stunden vorher hat er mir nichts, dir nichts eine Frau mit einem dreißig Zentimeter langen Messer abgeschlachtet. Warum hat er nicht gedroht, sie abzustechen und in dünne Scheibchen zu schneiden? Weshalb hat er ihr Auto nicht durchwühlt? Und was soll dieser Spruch mit ›erwartungsgemäß performen‹? Klingt schwer nach einem Scheiß-Aktienhändler.«

Harry schwenkte den Blick nach Süden und betrachtete den dunklen Horizont über der Mündung der Mobile Bay dreißig Meilen voraus.

»Die Nummer mit dem Geldbeutel hat er wahrscheinlich auch bei Taneesha probiert, aber sie hat wohl gehört, wie er angerannt kam. Bestimmt hat sie die Tür zugemacht und verriegelt. Vielleicht hat ihn das so auf die Palme gebracht.«

»Irgendetwas muss ihn ja sauer gemacht haben. Wie viele Stichwunden hatte Ms Franklin?«

»Über dreißig. Doch zuerst hat er ihr die Finger gebrochen. Ich kapier' es einfach nicht. Warum bringt er eine Frau um und lässt drei Stunden später eine andere laufen?«

Ich zwang mich, im Geiste den Franklin-Tatort noch mal zu besuchen: Der Wookie bricht der jungen Frau die Finger. Ihre Schmerzen geben ihm einen Kick. Er dreht durch, sticht zu und hackt mit dem Messer auf sie ein. Dann wird er vom plötzlichen Eintreffen des Lasters unterbrochen, haut ab, rennt wie ein Wilder direkt auf die Scheinwerfer des Lasters zu, schert im letzten Moment aus und taucht in der Dunkelheit unter.

»Haben die Leute von der Spurensicherung Blut in Ms Atkins' Wagen gefunden?«

»Kein Blut, keine Haare, nicht die geringste Spur«, antwortete Harry.

»Wenigstens haben wir das Messer.«

Harry trank die Dose leer, zerdrückte sie und spielte damit herum. »Ein Messer ohne Fingerabdrücke. Ein Irrer, der nirgendwo registriert ist.«

»Kriegt dieser Fall etwa langsam einen komischen Dreh, Bruder?«, fragte ich ihn.

»Langsam?«, entgegnete er.

Als ein Schiffshorn ertönte, drehten wir uns um und sahen zu, wie ein Frachter gemächlich aus der Mündung des Mobile River glitt. Die erleuchtete Schiffsbrücke befand sich auf dem Heck. Sonst brannte nur noch Licht am Bug. Zwischen diesen beiden Lichtpunkten lagen unsichtbar mehrere Meter Schiff. Eine Minute später schwappte das Kielwasser bei uns ans Ufer. Es hörte sich an wie Regen.

✗ Kapitel 5

Lucas stand in der nach Pisse stinkenden Tankstellentoilette. Die Tür hatte er abgeschlossen. Seine mit Toilettenseife eingeschäumte Brust tupfte er mit rauen Papierhandtüchern ab. Wieder zählte er sein Geld, mehr als tausend Dollar in neuen sauberen Scheinen. Diese Summe war seine Saat, aus der im nächsten Schritt arbeitendes Kapital werden sollte. Um dieses Ziel schnell zu erreichen, musste er ein Produkt finden und absetzen, für das es große Nachfrage gab.

Das Produkt konnte er kriegen. Was er brauchte, war ein Vertrieb.

Lucas musterte das Gesicht im verschmierten Spiegel, das nur aus schwarzen Augen und einem runden, tief in einem Wust aus dunklen Haaren verborgenen Mund bestand. Unheimlich, sogar furchteinflößend, als wäre er gerade der Hölle entsprungen. Aber wie sollte er auch sonst aussehen?

Lucas schnitt ein finsteres Gesicht vor dem Spiegel, bleckte die Zähne wie ein tollwütiger Hund und knurrte. Dann betrachtete er sein Spiegelbild und schnappte zu.

»Was bedeutet diese Grimasse, Lucas?«

Plötzlich ertönte Dr. Rudolnicks Stimme in seinem Kopf.

»Sie zeigt, wie angepisst ich bin, Doktor.«

»Du liebe Zeit. Sie wirken so wütend, als wollten Sie jemanden umbringen, Lucas. Sind Sie wirklich so wütend?«

»Ich denke nicht, Doktor. Zumindest heute nicht.«

»Gut, Lucas. Dann wollen wir jetzt mit Atmung und Visualisierung arbeiten, ja?«

Lucas lachte, stopfte das Hemd in die Hose und öffnete die Toilettentür. In der Ferne waren Lichter von Bars und Clubs zu sehen. Abgehalfterte Schuppen für abgehalfterte Typen, also genau die Sorte von Leuten, die sich mit unkonventionellen Vertriebsnetzen auskennt. Insbesondere in der Automobilbranche.

Im Fenster der nächsten Bar, gerade mal dreißig Meter entfernt, blinkte das Wort LUCKY in grüner Neonschrift. Vielleicht war das ja ein gutes Omen.

Lucas fuhr sich noch einmal mit der Hand übers Haar und trat in die Nacht hinaus. In seinem Kopf spielte laute Musik. Mit den Fingern schnippte er den Takt zu ›Psychoticbumpschool‹, einem alten Funksong von Bootsy Collins. Und dann ging er zu Lucky's hinüber.

Kapitel 6

»Lassen Sie mich ein paar Minuten mit Ms Franklin allein, Clair?«, fragte ich. »Bitte.«

Dr. Clair Peltier, Leiterin der Mobiler Abteilung des Forensischen Instituts von Alabama, starrte mich mit atemberaubend blauen Augen an. Zwischen uns lag der Leichnam von Taneesha Franklin zugedeckt auf einem Edelstahltisch. Ihr Gesicht war von den Schlägen, die man ihr verabreicht hatte, entstellt; ihre nackten Arme, die unter dem Laken hervorschauten, waren von scharf gezackten Stichwunden übersät. Ihr Kopf war zur Seite gefallen und der breite Schlitz unter ihrem Kinn wirkte wie ein aufgerissenes, hungriges Maul.

»Ryder …«

»Drei Minuten?«

Sie seufzte. »Ich gehe mal den Flur hinunter und hole mir einen Kaffee. Dauert etwa zwei Minuten.«

»Danke, Clair.«

Sie winkte nur ab und verließ den Raum. Der Saum ihres grünen OP-Kittels flatterte beim Gehen. Nicht vielen Frauen gelang es, in einem grünen Baumwollkittel gut auszusehen, doch Clair bekam das hin.

Möglicherweise war das eine Eigenart von mir, aber als Ermittler – oder vielleicht auch nur als menschliches Wesen – trachtete ich danach, ein paar Minuten mit dem oder der Verstorbenen zu verbringen, ehe der Leichnam mit einem Y-Schnitt geöffnet wurde und sich in etwas anderes verwandelte. Ich brauchte einen Moment allein mit meinem Auftraggeber, denn ich arbeitete weder für die Stadt noch für den naiven Glauben an Gerechtigkeit. In Wahrheit arbeitete ich für die Person, die durch die Hand eines Anderen zu früh und zu Unrecht ihr Leben verloren hatte. Manchmal stand ich neben den Guten und oft auch neben den Schlechten, doch die meisten Menschen gehörten – wie der Rest von uns – in die breite Grauzone zwischen diesen beiden Extremen: Füße in der Erde, Kopf hoch oben im Himmel und das Herz irgendwo dazwischen.

Nach allem, was Harry und ich in Erfahrung gebracht hatten, war Taneesha Franklins kurzes Leben von ehrenhaften Handlungen bestimmt gewesen. Sie hatte sich auf das Wichtige konzentriert und ihr Bedürfnis, anderen zu Diensten zu sein, ausgelebt. Erst vor kurzem hatte sie den Journalismus für sich entdeckt und gehofft, auf diese Weise die Welt zu verbessern.

Gut für dich, Teesh, dachte ich.

Clair kam durch die Tür. Wortlos näherte sie sich dem Leichnam, nahm ein Skalpell und machte sich an die Arbeit. Ich stand auf der anderen Seite des Tisches, sah manchmal hin und schloss gelegentlich die Augen.

Normalerweise wohnte ich den Obduktionen bei, während Harry mehr Zeit im Büro des Staatsanwaltes zubrachte. Wir machten oft Witze darüber, dass ich mich lieber mit toten Körpern als mit lebenden Anwälten abgab. Tatsächlich fühlte ich mich im Leichenschauhaus ganz wohl. Hier war es kühl und ruhig, hier hatte alles seine Ordnung.

»Wo hat man sie gefunden, Carson?«, fragte Clair, während sie die durchtrennte Kehle und die heraushängenden Muskelstränge betrachtete.

»In einem Industriegebiet bei den Docks. Zwischen Lagerhäusern und kleinen Fabriken.«

»Also keine Menschenmassen? Niemand, der in der Nähe rumhing?«

»Normalerweise stehen dort Huren, doch an jenem Abend hat der Regen sie von der Arbeit abgehalten. Wieso wollen Sie das wissen?«

»Ihre Stimmbänder sind verletzt. Schwer verletzt.«

»Ist das auf Strangulation zurückzuführen? Oder auf das Messer?«

Clair schürzte die rosafarbenen Lippen. »Wahrscheinlich rührt die Verletzung daher, dass sie geschrien hat. Und ich frage mich, warum keiner sie gehört hat.«

Die Obduktion dauerte gute zwei Stunden. Clair zog die Latexhandschuhe aus und warf sie in einen Spezialmülleimer neben dem Tisch. Als sie den Mundschutz abnahm, sah ich, dass ihr Lippenstift einen Abdruck auf dem Stoff hinterlassen hatte. Clair zog die Haube ab und schüttelte die hübschen kurzen Haare, die schwarz wie Anthrazit glänzten. Dann legte sie die Hände auf die Hüften und drückte den Rücken durch.

»Ich werde zu alt für diesen Job, Ryder.«

»Sie sind vierundvierzig. Und in besserer Verfassung als so manche, die zehn Jahre jünger sind.«

»Versuchen Sie nicht, mir zu schmeicheln, Ryder«, ermahnte sie mich. »Es sei denn, es lässt sich nicht vermeiden.«

Außer Gott war ich vermutlich der Einzige, der Clair mit dem Vornamen anredete. Da ich nicht ahnte, wie viel Wert sie auf Förmlichkeiten legte, hatte ich sie bei unserer ersten Begegnung so genannt. Alle anderen, die bei diesem Treffen dabei waren, verzogen aus Furcht vor einer rüden Zurechtweisung schon das Gesicht, aber aus irgendeinem unerfindlichen Grund ließ sie mein Verhalten durchgehen und redete mich im Gegenzug ausschließlich mit meinem Nachnamen an.

Bei unserem ersten Zusammentreffen hatte ich Clair fünf Jahre älter als tatsächlich geschätzt, was ihrer ernsten Miene und einem Ehemann Mitte sechzig geschuldet war. Später begriff ich, dass ihr Gesichtsausdruck viel mit dem Gatten zu tun hatte, denn Clairs Züge wurden beträchtlich weicher, nachdem sie besagten Herrn in die Wüste geschickt hatte.

Vor zwei Jahren hatte die Ermittlung in einem Mordfall Clairs Privatleben schwer durcheinandergewirbelt. Die Ermittlungsergebnisse hatten innere Blessuren bei ihr hinterlassen, und ich war in jenem schicksalhaften Augenblick, wo sie dringend jemand zum Reden brauchte, zur Stelle gewesen. Wir standen in ihrem Garten unter einem von Rosen überwucherten Bogen, als Clair, weniger mir als sich selbst gegenüber, Details aus ihrer Vergangenheit preisgab und plötzlich begriff, welche Schatten längst vergangene Ereignisse auf ihr Leben warfen und was sie bedeuteten.

Ihre Enthüllungen waren bestürzend, und obwohl mich die mir übertragene Rolle nicht gerade begeisterte, hatte sie in mir den Auslöser für ihren Transformationsprozess gesehen.

»Wann kann ich mit dem Ergebnis der Voruntersuchung rechnen?«, fragte ich und nahm meine Jacke von der Wandgarderobe.

»Morgen früh. Aber nicht vor halb elf.«

Obwohl unsere Beziehung rein beruflich war, hatte es Augenblicke gegeben, wie jener in ihrem Garten, wo die Welt sich kurz änderte und wir für einen flüchtigen Moment in der Lage schienen, uns gegenseitig mit selten klarem Blick zu sehen. Ein Reinkarnationsanhänger hätte wahrscheinlich vermutet, wir wären uns in einem früheren Leben begegnet und hätten ein Band geknüpft, das weder Zeit noch Raum kappen konnte.

»Dann bin ich morgen um halb elf hier, Clair.«

Im Weggehen rief sie noch ein paar Worte über ihre Schulter.

»Wie wäre es, wenn Sie Harry schicken? Wäre doch lustig, mal jemanden mit Verstand zu treffen.«

Zu gewissen Zeiten jedoch schien das Band sehr dünn zu sein.

X

Gerade als ich in den Crown Victoria steigen wollte, klingelte mein Handy. Harry war dran. »Hembree will uns im Labor haben. Wie wäre es, wenn du kurz vorbeischaust und mich aufgabelst. Ich warte draußen.«

Eine Viertelstunde später stürmten wir in die Spurensicherung. Hembree lehnte an einem Labortisch vor seinem Büro. Der Mann war so dünn, dass der Laborkittel wie ein Zauberermantel in losen breiten Falten an ihm herunterhing.

»Schöne Augen haben Sie, Harry«, meinte er.

Harry zwinkerte. »Danke, Bree. Und Sie haben einen

niedlichen Hintern. Wollen wir nach der Arbeit nicht irgendwo einen Drink nehmen?«

Hembree runzelte die Stirn. »Ich war gerade dabei, den Wasserstand auf der Bodenabdeckung zu messen. Ich habe das hiesige Büro des National Weather Service angerufen und mit dem leitenden Meteorologen gesprochen. Sie archivieren die Niederschlagswerte. Er hat sich die Aufzeichnungen von gestern Abend angeschaut und dabei Zeit, Ort und Gewitterzellenaktivität überprüft.«

»Mit welchem Ergebnis?«, erkundigte sich Harry.

»Die Gegend, in der das Fahrzeug des Opfers stand, hat insgesamt nur leichten Regen abgekriegt. Es fiel dort weniger Niederschlag als sonst wo in der Stadt, zumindest eine Stunde, bevor der Wagen entdeckt wurde. Ungefähr zweieinhalb Zentimeter, bis man ihn fand.«

»Und warum war dann so viel Wasser im Wagen, Bree? Das war fast schon ein See.«

»Vielleicht hatte die Ablaufrinne seitlich am Dach ein Leck. Das Wasser könnte sich da gesammelt haben und dann in den Wagen geleitet worden sein. Ich werde das überprüfen.«

»Hat sich sonst noch was ergeben?«

Hembree sagte: »Das Messer, das Shuttles auf der Straße aufgelesen hat? Wurde vor Jahren von der Braxton Knife Company in Denver hergestellt. Der Griff ist aus Knochen, die Klinge aus Karbonstahl, nicht rostfrei, von daher die Korrosion. Das ist ein verdammt schönes Messer.«

»Und wie steht es mit Fingerabdrücken? Gibt es da was Neues?«

»Habe einen Daumen-, einen Zeigefinger- und einen Mittelfingerabdruck und ein Stück von der Handfläche gefunden, die ich mit jeder verfügbaren Datenbank gecheckt habe. *Nada*. Nichts. Pustekuchen.«

»Haben Sie eigentlich auch eine Wookie-Datenbank?«, fragte Harry.

»Was?«

Wir winkten ab und gingen zur Tür hinaus.

Kapitel 7

Den restlichen Tag verbrachten Harry und ich damit, das Industriegebiet zu durchkämmen, wo Taneesha Franklin ums Leben gekommen war. Normalerweise war diese Gegend das Jagdrevier von Huren, doch aufgrund des Regens gingen sie immer noch nicht vor die Tür. Wir fragten alle Leute, derer wir habhaft werden konnten, nach dem bärtigen Langhaarigen. Den meisten Mädels, Typen und fragwürdigen Gestalten, die ihre Waren an den Straßenecken verkauften, hatte der Mord eine Heidenangst eingejagt. Sie gaben sich Mühe und wollten behilflich sein, aber als wir gegen sechs Uhr heimfuhren, hatten wir rein gar nichts in Erfahrung gebracht.

Ich wohnte dreißig Meilen weiter südlich, auf Dauphin Island. Das ist eine teure Gegend, doch nach dem Tod meiner Mutter hatte ich genug Geld geerbt, um mir sofort ein Haus kaufen zu können. Eigentlich war das mein zweites Heim auf der Insel, denn aus dem ersten hatte Hurrikan Katrina Brennholz gemacht. Seitdem beklage ich mich nicht mehr, wenn die Raten für das Rundum-Sorglos-Paket der Versicherung fällig werden.

Als ich in meine kurze Straße bog, sah ich einen silbernen Audi auf meiner Auffahrt stehen, dessen Stoßstange mit Aufklebern von Raubvögeln und wilden Tieren überzogen war. Danielle Danburys Wagen. Ich parkte unter dem Haus, stieg die Treppe hoch und trat ein.

»Ich gehe aufs Deck hinaus«, rief Dani. »Komm doch auch.« Die Terrassentür fiel mit einem dumpfen Schlag ins Schloss. Ich stand im Wohnzimmer und hörte nur das leise Summen der Klimaanlage. Für gewöhnlich empfing Dani mich an der Tür.

Was war los?

Ich entledigte mich meiner Krawatte und meiner Jacke und warf beide Kleidungsstücke über einen Stuhl. Das Schulterhalfter und die Waffe verschwanden im Nachttisch.

Ich hörte, wie die Terrassentür aufging. »Wo bleibst du, Carson?«

»Ich zieh mich noch schnell um.«

»Beeil dich, Pogobo.«

Pogobo und die Abkürzung *Pogie* kamen von *Po*-lice *Go*-lden *Bo*-y. Diesen Spitznamen hatte Dani sich für Harry und mich ausgedacht, nachdem der Bürgermeister uns zu Polizisten des Jahres ernannt hatte. Die meiste Zeit waren wir gewöhnliche Detectives, doch hin und wieder wurde aus uns das Psycho- und Soziopathologische Ermittlungsteam. PSET oder *piss-it*, wie alle es nannten, war vor ein paar Jahren als reiner Werbegag ins Leben gerufen worden, ohne jemals richtig aktiv zu werden. Doch irgendwie und irgendwann kam das PSET zum Einsatz, erzielte Ergebnisse und brachte uns die Ernennung zu Polizisten des Jahres. Wie sich herausstellte – und wie Harry prophezeit hatte –, war diese Ehrung einen feuchten Dreck wert.

Ich zog ein Paar abgeschnittene Hosen, ein T-Shirt und Laufschuhe an, die jeden Moment auseinanderzufallen drohten. An der Küchenspüle klatschte ich mir ein wenig Wasser ins Gesicht und warf einen Blick zum Fenster hinaus. Dani lief neben dem Terrassentisch auf und ab. Auf der Tischplatte lag etwas unter einem Küchenhandtuch. Ich trocknete mein Gesicht mit dem Topflappen ab und ging nach draußen aufs Deck.

Der sich dem Ende zuneigende Tag war schön und frühlingshaft. Eine salzige, nach Seetang duftende Brise vom Strand verstärkte diesen Eindruck noch. Kreischende Möwen folgten einem Schwarm kleiner Fische in die sanften Wellen und tauchten unter. Mehrere Spaßboote und auch eine große weiße Yacht, die mir in letzter Zeit häufiger aufgefallen war, schipperten durch den Golf. Hoch oben am Himmel ging ein einmotoriges Flugzeug in Querlage. Von fern betrachtet wirkte es gerade mal so groß wie ein Drachen.

Dani stand in weißen Shorts und einem roten Trägertop neben dem Tisch mit dem Handtuch. Ihr aschblondes Haar reflektierte das Sonnenlicht und der strahlende Himmel färbte ihre grauen Augen blau. Ich warf einen Blick auf den Tisch und zog eine Augenbraue hoch.

»Ein Zauberkunststück? Willst du einen Hasen verschwinden lassen?«

Sie riss das Küchenhandtuch weg. Mitten auf dem Tisch stand eine Flasche teurer Champagner in einer Salatschüssel mit Eiswürfeln und daneben zwei Sektgläser, die ich für $1.49 pro Stück bei Big Lots erstanden hatte. Als Dani die Flasche entkorkte, schoss der Schaum heraus. Sie schenkte ein und reichte mir ein Glas.

»Wir trinken auf meine Beförderung. Ich bin aufgestiegen von der Reporterin zur ...«, sie prostete mir mit erhobenem Glas zu, »... vollwertigen Nachrichtenmoderatorin.«

Ich starrte sie an, als würde sie eine Fremdsprache sprechen. »Was?«

»Sie machen mich zur Nachrichtenmoderatorin, Carson. Ich fange noch diese Woche an.«

»Das kommt ja ziemlich überraschend.«

Ich registrierte die Andeutung eines Stirnrunzelns. »Eigentlich nicht. Ich habe es schon seit ein paar Wochen vermutet, die Zeichen gelesen. Die Fühler ausgestreckt.«

»Warum hast du mir nichts davon erzählt?«

»Es ist Juni, Carson. Wann haben wir uns das letzte Mal ernsthaft unterhalten? Ende April?«

»Ich hatte zu tun.« Mir fiel auf, wie ich in die Defensive ging.

»Vor ein paar Wochen habe ich versucht, es dir zu erzählen. Aber einmal hast du mich mit einem ›Pst‹ zum Schweigen gebracht und etwas auf deinen Notizblock geschrieben. Und das andere Mal habe ich zu dir rübergesehen und du hast schon geschlafen.«

»Und warum hast du keinen dritten Versuch gestartet?«

Offenbar hatte sie meine Frage nicht gehört.

»Fürs Erste werde ich die anderen Moderatoren vertreten, wenn sie frei haben. Die Wochenenden übernehmen. Damit sich die Zuschauer an mich gewöhnen.«

»Sie sind doch schon an dich gewöhnt.«

»Die Leute kennen mich nur als die Frau, die das Mikro hält. Es ist wichtig, dass sie mich als nahbare Person kennenlernen. Als jemanden, mit dem sie Zeit verbringen möchten. Und dem sie ihr Vertrauen schenken. Es geht um die Beziehung zum Zuschauer, um etwas, das du jedem von ihnen gibst.«

Ihre Rede klang wie das Geschwafel, über das sie sich früher immer lustig gemacht hatte. Ich fragte mich, was ich verpasst und mit wem sie über Moderatoren-Zuschauer-Beziehungen und Nahbarkeit gesprochen hatte.

»Und worauf läuft das alles hinaus?«, fragte ich.

»Auf regelmäßige Arbeitszeiten, jedenfalls solange ich diesen Job mache.«

»Alles, was wir im Moment haben, sind die Wochenenden und manchmal sehen wir uns da auch nicht. Hast du gerade eben gesagt, dass du genau dann –«

»Nur am Anfang, während der Testphase. Bis ich mich eingewöhnt habe. Hinterher wird sich das ändern.«

»Wenn wir uns seltener sehen, ist das besser für uns?«

»Ich kann es nun mal nicht ändern, Carson. Das hier ist meine Chance, eine Spitzenposition zu ergattern. Und außerdem werde ich fast das Doppelte verdienen.« Sie wechselte das Thema. »Du hast dir doch schon einen Smoking für Samstagabend geliehen, oder?«

Ich klopfte mir an die Stirn. Channel 14 veranstaltete am Samstagabend seine jährliche Party, bei der es ziemlich förmlich zuging. Gut möglich, dass ich mir einbildete, nicht hingehen zu müssen, wenn ich keinen Smoking hatte. Vielleicht litt ich unter so etwas wie modischem Solipsismus.

»Besorg dir gleich morgen einen, Carson. Das ist die Party des Jahres. Alle großen Tiere von Clarity werden kommen. Ich muss Eindruck schinden und so auftreten, wie es einer Nachrichtenmoderatorin entspricht.«

Wir saßen auf dem Deck und ich hörte zu, wie Dani mir Dinge erzählte, die ich wahrscheinlich schon vor Wochen hätte erfahren sollen. Ihre berufliche Veränderung schien vernünftig und auf lange Sicht auch gut für uns zu sein: mehr Zeit füreinander und regelmäßige Arbeitszeiten. Doch im Hintergrund, hinter dem Rauschen der Wellen und dem ruhigen Blues, der aus den Terrassenlautsprechern drang, hörte ich eine leise, aber hartnäckige Dissonanz, als würden mein Kopf und mein Herz verschiedene Melodien spielen.

Kapitel 8

Am nächsten Morgen fuhr ich um acht vor dem Präsidium vor. Dort war es recht ruhig, ein paar Kollegen telefonierten und ermittelten. Die meisten Tische hinter den grauen Trennwänden waren leer. Pace Logan saß an seinem Schreibtisch und starrte Löcher in die Luft. Da ich Shuttles nirgendwo entdecken konnte, nahm ich an, dass er unterwegs war und etwas tat, wovon Logan keine Ahnung hatte – vielleicht ging er ja gerade der Arbeit eines Detective nach. Nachdem ich mir eine Tasse Kaffee eingeschenkt und einen Dollar für zwei mit Puderzucker überzogene Donuts in die Kasse geworfen hatte, steuerte ich auf das Ensemble aus drei Trennwänden und zwei Schreibtischen zu, das als Harrys und mein Büro fungierte.

Als ich in unser U trat, krabbelte Harry auf allen vieren herum und suchte irgendetwas unter seinem Schreibtisch.

»So ist's recht. Kriech nur, du elender Wurm«, knurrte ich.

Er hob den Blick und verdrehte die Augen.

»Da fehlen ein paar Fotos in der Mordakte. Ich dachte, sie wären runtergefallen.«

In die Mordakte – ein Schnellhefter mit sämtlichen Ermittlungsberichten des Falls – kamen auch die Plastikhüllen mit Fotos vom Tatort und anderen wichtigen Bildern. Das Problem war nur, dass diese Hüllen alles andere als praktisch waren.

»Welche Fotos?«, fragte ich.

Harry stand auf, bürstete die Knie seiner limonengelben Hose ab und warf einen missmutigen Blick auf den

Papierkorb neben dem Schreibtisch. Es wäre nicht das erste Mal, dass etwas hinunterfiel und von der Putzkolonne entsorgt wurde.

»Keine Ahnung. Ich habe die Archivnummern. Ich werde drüben anrufen und neue Abzüge bestellen.«

Ich musterte den Papierberg auf seinem Schreibtisch. Harry hatte Berichte und Informationen aus Taneesha Franklins Büro gesichtet und das potenziell nützliche Material in die Akte gelegt.

»Hast du etwas Interessantes entdeckt, Bruder?«, wollte ich wissen.

»Komisch, dass du fragst. Ich habe mir gerade Ms Franklins Ferngespräche angeschaut. Und ein paar Anrufe haben mich neugierig gemacht.«

Er tippte auf ein Blatt Papier mit einer langen Nummer. Ich las den Namen.

»Das Staatsgefängnis in Holman?«, wunderte ich mich. »Was hat es denn damit auf sich?«

»Acht Anrufe innerhalb von zwei Tagen. Sieben davon unter einer Minute. Der letzte Anruf dauerte allerdings elf Minuten.«

Ich nickte. »Sieht aus, als wäre sie dann endlich durchgekommen.«

Harry klemmte den Telefonhörer zwischen Wange und Schulter und tippte die Nummer ein. »Ich werde den Gefängnisleiter anrufen und fragen, ob wir mal bei ihm vorbeikommen können. Möchtest du in der Zelle ein französisches Bett oder bevorzugst du zwei Einzelliegen?«

Der Gefängnisleiter, ein Profi und beileibe kein Bürokrat, sagte, wir wären jederzeit willkommen. Wir fuhren mit dem Crown Vic nach Norden. Zwei Stunden später meldeten wir uns beim Pförtner.

Gefängnisleiter Malone war ein stattlicher Mann Mitte fünfzig mit hochgekrempelten weißen Hemdsärmeln, dessen Krawatte anstelle seines Halses den Schreibtisch zierte. Die grauen Haare waren militärisch kurz geschnitten. Man hätte ihm nur eine Trillerpfeife umhängen müssen und schon hätte er hundertprozentig der Hollywood-Version eines Highschool-Footballtrainers entsprochen. Wir saßen in seinem spartanischen Büro, von dem aus man den Haupthof überblickte.

»Ich habe die Besucherlisten überprüft«, meinte Malone und klopfte auf einen Papierstapel. »T. Franklin ist vorletzten Mittwoch um neun Uhr morgens hier gewesen. Sie hat sich als Journalistin ausgegeben, die für WTSJ arbeitet. Ms Franklin hat einundzwanzig Minuten mit Leland Harwood gesprochen. Wie es aussieht, war das der einzige Besuch, den sie unserem Gefängnis abgestattet hat.«

»Was hat dieser Leland Harwood ausgefressen?«, fragte Harry.

Malone lehnte sich zurück und verschränkte die Finger hinter dem Kopf. »Er ist eine kleine Nummer. Der Mann fürs Grobe, der auch mal jemandem ein Bein bricht. Wurde mehrmals wegen Diebstahl und Körperverletzung geschnappt. Letztes Frühjahr ist er bei uns gelandet, weil er während einer tätlichen Auseinandersetzung einen Typen in einer Gasse hinter einer Bar erschossen hat.«

»Stammte der Typ, den er auf dem Gewissen hat, aus Mobile?«, erkundigte sich Harry.

»Harwood und ein anderer Schwachkopf haben sich in dieser Bar in Mobile in die Wolle gekriegt. Dann sind sie nach draußen gegangen. Die anderen Gäste haben einen Schuss gehört. Der Schwachkopf war sofort tot. Als die Sache vor Gericht kam, haben alle in der Bar geschworen, der andere hätte angefangen. Die Staatsanwältin hat sich darauf eingelassen, dass Harwood sich des Totschlags schuldig bekennt und somit nur ein paar Jahre sitzen muss.«

»Vielleicht ist es ja so gelaufen«, sagte Harry.

»Mein Sohn ist Anwalt in Daphne«, meinte Malone. »Selbstverständlich Staatsanwalt. Er kennt 'ne Menge Leute aus dem Büro der Mobiler Staatsanwaltschaft und auch die Dame, die für Harwoods Fall zuständig war. Nach dem, was sie gesagt hat, waren sich die Gäste an dem Abend des Mordes nicht so einig. Erst als sie in den Zeugenstand gerufen wurden, haben sie Harwood als Schuldigen hingestellt. Und zwar durch die Bank. Mit den gleichen Worten. Gerade so, als hätten sie vorher 'ne Chorprobe absolviert, wenn Sie wissen, was ich meine.«

»Sie haben eine bezahlte Vorstellung gegeben«, konstatierte ich.

»So hat es sich angehört«, sagte Malone, warf die Akte auf den Schreibtisch und ließ den Blick zwischen Harry und mir hin und her wandern.

»Harwood ist weiß. Dreiunddreißig Jahre alt. Kriegt wahrscheinlich eher einen Draht zu Detective Ryder. Ich würde anstelle des Verhörraums das Besucherzimmer vorschlagen. Im Verhörraum wird er die Schotten dicht machen. Aber in einer lockeren Umgebung kann Harwood ziemlich auftauen. Wird Ihnen wahrscheinlich das Ohr abschwatzen.«

»Mal abgesehen von seiner Geschwätzigkeit«, fragte ich, »wie ist dieser Harwood so?«

»Aalglatt«, entgegnete Malone. »Oder vielleicht eher so was wie ein Chamäleon.«

»Wandlungsfähig«, lautete Harrys Kommentar. Dieser Charakterzug war bei Knastbrüdern weit verbreitet.

X Kapitel 9

»Ich habe hier im Knast eine neue Freundin, Detective Ryder. Sie mag es, wenn ich eine Mundspülung benutze. Benutzen Sie eine Mundspülung, Detective? Meine Kleine kann gar nicht aufhören, mich zu küssen, wenn ich eine Mundspülung nehme. Bin dann richtig frisch, wissen Sie?«

Durch eine zwei Zentimeter dicke, verschmierte Plexiglasscheibe studierte ich das Gesicht von Leland Harwood, der in den Telefonhörer schwafelte. Das war mal ein richtiges Ortsgespräch, denn ich saß gerade einen Meter weiter am Besuchertelefon. Harwood hatte ein runzliges Gesicht und einen Kopf, der viel zu groß für seinen Körper war, gerade so als hätte seine Mutter zuerst den Kopf geboren und ein paar Jahre später den Körper herausgepresst. Was Harwood betraf, war das eine echte Kopfgeburt gewesen.

»Da ist nur ein Problem, Detective Ryder ...«

Mein Blick wanderte zu Harwoods hässlichen, vernarbten Händen, die tätowiert waren. Auf den Fingern der einen Hand stand das klassische LOVE, auf den anderen HATE. Konnten sich diese Typen nicht mal etwas anderes einfallen lassen: DUMM/KOPF, HART/ZART oder VOLL/BLÖD?

»Die Mundspülung brennt, wenn ich mir das Arschloch damit einreibe.«

Harwood brach in Gelächter aus, ein stoßweises Wiehern wie in der Duschszene in *Psycho*. Dabei riss er den Mund weit auf, so dass ich seine bebende Zunge und die kaputten dunklen Backenzähne sehen konnte. Er tippte mit dem Telefonhörer ans Glas und hielt die Sprechmuschel dann wieder an den Mund.

»He, Dick-tective, lassen Sie die Tagträumereien. Ich erzähle Ihnen von meinem Liebesleben, da sollten Sie sich schon ein paar Notizen machen.«

»Mich interessiert nur, worüber Sie mit Taneesha Franklin gesprochen haben.«

»Mit wem?« Der Riesenkopf grinste wie eine Kürbislaterne.

»Eine Reporterin von WTSJ in Mobile. Vor einer Woche hat die Frau Sie besucht. Es wurde schriftlich vermerkt, dass Sie sich zwanzig Minuten mit ihr unterhalten haben.«

Harwood setzte zum Spaß einen Schmollmund auf. »Warum kommt die kleine Süße mich denn nicht mehr besuchen? Sie sind niedlich, Ryder, aber die Kleine war noch niedlicher. Ein bisschen pummelig, aber ich mag es beim Reiten gepolstert.« Wieder stimmte er dieses *Psycho*-Gelächter an.

»Sie ist tot, Leland.«

Er erstarrte. Der Klugscheißerblick verschwand aus seinen blassen Augen, die plötzlich ängstlich dreinschauten.

»Wie ist sie gestorben?« Nun trällerte er nicht mehr wie ein Komiker.

»Sieht nach Raubmord aus. Sie wurde ziemlich übel zusammengeschlagen, Leland. Und gefoltert.«

Harwood neigte sich zum Glas vor. »Wie gefoltert?«

»Man hat ihr drei Finger gebrochen, Leland. Das klingt schwer nach einem bezahlten Schläger, der Informationen aus ihr rausholen wollte. War das nicht auch Ihr Betätigungsfeld?«

»Ich hatte verschiedene Betätigungsfelder. Ein Mann muss ja sehen, wie er seine Brötchen ver…« Seine Lippen kräuselten sich. Zuerst hielt ich das für ein höhnisches Grinsen, doch dann verwandelte sich sein Gesicht in eine schmerzverzerrte Fratze. Er klopfte auf sein Brustbein, rülpste. Ich schwöre, ich konnte den Gestank durchs Glas riechen.

»Ich bin sauber, Ryder. Habe mich gut geführt. Den Unterricht besucht. In der Bibliothek gearbeitet. Ich bin ein guter Junge. Ich muss nur einmal vor den Bewährungsausschuss, schon bin ich raus.«

»Genau zwei Wochen lang. Ich kenne Ihre Sorte, Leland. Sie haben bloß Talent zum Verbrecher.«

Er grinste wie ein Mann, der vier Asse im Ärmel hatte.

»Diesmal habe ich ausgesorgt. Ich werde keine Gelegenheitsjobs mehr machen. Ja, ich habe jetzt wirklich die Nase vorn.« Harwood brach ab und krümmte sich.

»Was ist denn?«, fragte ich.

Harwood rülpste wieder und trommelte mit der Faust auf seinen Bauch. »Verdauungsprobleme. Kommt davon, wenn man ein Jahr lang den Scheiß fressen muss, den sie einem in diesem Schuppen auftischen.«

»Den Tisch haben Sie reserviert, als Sie einen Mann umgelegt haben, Leland. Bon appétit.«

»Scheiß auf Sie.« Wieder krümmte er sich. »Mist, ich brauche einen ganzen Eimer Glaubersalz.«

Ein weiterer Insasse betrat auf der anderen Seite der Plexiglasscheibe den Besucherraum. Der Mann hatte stechende graue Augen und lockiges dunkles Haar, das dringend mal gewaschen werden musste. Dicke Narben liefen über seine Stirn, als hätte jemand eine Axt wie einen Pflug durchs Fleisch gezogen. Er hatte stählerne Muskeln, woraus ich schloss, dass er zu den Typen gehörte, die im Knast rund um die Uhr Gewichte stemmen. Wieso gewalttätigen Kriminellen im Gefängnis die Möglichkeit gegeben wird, aus ihren Körpern Waffen zu machen, ist mir nach wie vor schleierhaft. Viel eher sollte man ihnen Canasta beibringen.

Der Typ kam anmarschiert und ließ sich zwei Stühle von Harwood entfernt nieder. Schmale Abtrennungen zwischen den einzelnen Stühlen sorgten für ein Minimum an Privatsphäre. Harwood warf dem Kerl einen kurzen Blick zu, runzelte die Stirn und schaute schnell weg.

Die Tür auf der Besucherseite öffnete sich. Als ich den Kopf drehte, bemerkte ich einen breitschultrigen Weißen mit blonden Locken und tiefliegenden Augen über hohen Wangenknochen. Er trug einen Anzug aus brauner Seide und an seinem Handgelenk prangte eine Golduhr. Man hatte den Eindruck, eine unsichtbare Strömung würde ihn in den Raum schwemmen. Er hielt inne, drehte sich um und schätzte die Situation ab. Dann zog er eine Nische weiter, etwa drei Meter von mir entfernt, den Stuhl heraus. Sein Blick ging durch mich hindurch, ehe er ihn auf den Mann auf der anderen Seite der Plexiglasscheibe richtete. Er nahm den Hörer ab und begann flüsternd eine Unterhaltung. Ich hielt ihn für einen Anwalt.

Ich konzentrierte mich wieder auf Harwood, der auf den Boden spuckte und den Sabber mit dem Handrücken vom Mund wischte.

»Ich habe genug gequatscht, Ryder. Das mit der Süßen tut mir leid. Sie war nett. Ehrlich, wissen Sie. Aber naiv.«

»Naiv?«

»Die Welt ist schlecht, Detective. Und die kleine Zuckerschnute war zu sehr damit beschäftigt, Reporterin zu spielen, um zu begreifen, dass es dort draußen Menschen gibt, die …« Harwood hielt inne, schluckte schwer, gab ein schmatzendes Geräusch von sich.

»Sind Sie in Ordnung, Leland?«, fragte ich. »Sie sehen komisch aus.«

»Kriege vielleicht eine Grippe. Mir geht es nicht gut.«

»Was hat Taneesha nicht kapiert, Harwood?«

Harwood wischte mit dem Handrücken den Schweiß von der Stirn. »Ich fühle mich auf einmal völlig beschissen.«

»Erzählen Sie mir von Taneesha, dann können Sie auf die Krankenstation.«

»Mist.«

»Was ist denn, Leland?«

»Ich habe mich eingepisst und es gar nicht mitgekriegt. Scheiße, was ist hier los?«

Er ließ den Hörer auf die Ablage fallen und schwankte, als er sich erhob. Der Urin hatte seine blaue Gefängnishose bis zu den Knien dunkel gefärbt. Sein Gesicht war kreidebleich, die Haare klebten an der Stirn. Er krümmte sich vor Schmerzen, ging in die Knie und warf den Stuhl um.

»Aufseher«, rief ich dem Uniformierten in der Ecke des Besucherbereichs zu. »Der Mann hier ist krank.«

Ein torkelnder Harwood klammerte sich mit den tätowierten Fingern an der Ablage fest. Ich beobachtete, wie es ihn schauderte, als er den Brechreiz zu unterdrücken versuchte, sah, wie sich seine Wangen füllten und er den Mund öffnete.

Die Türen des Sicherheitsbereichs sprangen auf. Zwei Männer in Uniform eilten zu Harwood, der sich auf dem Boden wand und mit Händen und Füßen auf den grauen Betonboden einschlug. Sein Darm entleerte sich.

Plötzlich merkte ich, dass ich im Besucherbereich allein war. Der Mann neben mir hatte vor dem grauenvollen Spektakel die Flucht ergriffen. Der monströse Gefangene saß hingegen immer noch auf der anderen Seite und beobachtete, wie die beiden Wachen Harwood auf eine Bahre hievten. Schließlich beugte sich der Typ vor, um besser sehen zu können. In seinem Blick mischten sich Angst und Besorgnis.

Und plötzlich bemerkte ich, dass er für den Bruchteil einer Sekunde lächelte.

X

Wir verließen das Gefängnis. Harwood war auf die Krankenstation gebracht worden. Nach ein paar Meilen kletterte ich auf die Rückbank, legte mich hin und schob die Hände unter den Kopf. So fuhren Harry und ich des Öfteren herum. Er saß am Steuer, ich machte mich hinten lang. Als Kind schlich ich mich aus dem Haus und versteckte mich auf der Rückbank unseres Kombis, wenn mein Vater mal wieder von einem psychotischen Wutanfall heimgesucht wurde. Bis zum heutigen Tag fühlte ich mich auf einer Rückbank sicher. Da dies nicht die offiziell erlaubte Art der Fortbewegung war, beschränkten wir uns damit auf abgelegene Straßen und anonyme Autobahnen.

»Harwood ist wie ein Vulkan explodiert?«, fragte Harry mit einem Blick in den Rückspiegel. »Glaubst du, das hat was mit unserem Fall zu tun?«

Ich überlegte kurz. »Er ist ein selbstgefälliger Klugscheißer, ein Zocker«, sagte ich zu Harrys Hinterkopf. »Hat sich wahrscheinlich nicht viele Freunde gemacht. Könnte sein, dass ihm jemand etwas heimzahlen wollte.«

»Oder der miese Gitterfusel ist schuld«, antwortete Harry und spielte damit auf das alkoholische Gebräu an, das überall in den Gefängnissen hergestellt wurde. »Was hat er über Taneesha erzählt?«

»Er hat den Spaßvogel gemimt, aber als ich erwähnte, dass sie ermordet worden ist, war es, als hätte man ihm einen Eimer Eiswasser ins Gesicht geschüttet. Da wurde er ernst, meinte, sie wäre naiv gewesen und hätte nicht kapiert, wie die Welt funktioniert. Und dass er nach seiner Entlassung ein gemachter Mann sei. Jedenfalls hatte er nicht vor, wieder Gelegenheitsjobs anzunehmen.«

»Gemachter Mann? Soll das heißen, er hat finanziell ausgesorgt?«

»So habe ich es zumindest verstanden«, entgegnete ich.

»Und Harwood dachte also, Taneesha hätte keinen Schimmer, wie es dort draußen in der Welt läuft?«

»Wir haben doch Hunderte Typen wie Harwood kennengelernt, Harry. Und wie funktioniert die Welt ihrer Meinung nach?«

Harry dachte einen Moment lang nach. Schaute in den Rückspiegel.

»Wenn du genug Geld hast, kannst du machen, was du willst. Wann du es willst. Mit wem du willst.«

»Das kommt in etwa hin«, knurrte ich.

X Kapitel 10

Für Lucas sah das Gebäude wie jede andere verlassene Lagerhalle unweit der State Docks aus: brauner Backstein, kaputte, mit Brettern vernagelte Fenster, Glasscherben auf dem Boden. Vorn gab es ein Rolltor aus grün gestrichenen Stahllamellen. Daneben war ein Ladedock mit Paletten, die sich langsam auflösten. Er konnte den fernen Fluss riechen.

Ein Stück weit die Straße hinunter setzte Lucas sich auf eine kurze Mauer, hielt das gestohlene Fernglas an die Augen und wartete in der Dämmerung. Freitagabend war bestimmt ein guter Abend, überlegte Lucas. Allerdings nur, wenn der Name, den er für fünfhundert Dollar gekauft hatte, kein Schwindel war. Sollte der Typ ihn angelogen haben, würde er noch mal in die Bar gehen und dem schwabbeligen Arschgesicht – wie hieß er noch gleich? Leroy Dinkins? –, würde er Leroys fetten Hals aufschlitzen wie ein …

»Wolken, Lucas. Konzentrieren Sie sich auf die Wolken.«

Als Lucas im Geiste diese Worte hörte, schloss er die Augen. Ersetzte die gewalttätigen Gedanken durch Wolken. Bauschige, weiche weiße Wolken. Wolken von der Erde bis zum Himmel hoch.

»Schweben Sie auf den Wolken, Lucas«, hörte er Dr. Rudolnick mit tiefer und beruhigender Hypnotiseurstimme sagen. *»Treiben Sie wie ein Boot auf einem ruhigen Teich. Atmen Sie die Wut beim Dahintreiben aus. Raus geht der Atem, raus geht der Zorn … Lassen Sie ihn wie Wasser rausfließen.«*

Zwei Minuten lang hörte Lucas auf Dr. Rudolnick, atmete tief durch und schwebte auf Wolken. Als er die Augen aufschlug, fühlte er sich gelassen und erfrischt.

Danach konzentrierte er sich wieder darauf, die Lagerhalle in der Einbahnstraße zu beobachten. Sattelschlepper mit großen Containerladungen rollten vorbei. Es war fast dunkel, ehe der erste Wagen, eine schneeweiße Corvette, vorfuhr. Eine halbe Stunde später tauchte ein schwarzer Mercedes auf. Und dann verging eine Dreiviertelstunde, bis der dritte Wagen vor der Lagerhalle erschien, ein klassischer silberfarbener Thunderbird. Das grüne Tor verschluckte sie alle blitzschnell.

Ich habe den richtigen Namen gekauft, dachte Lucas und klopfte sich vor Freude auf die Schenkel. *Ich habe gut investiert.* Er stand auf und schlenderte zur Lagerhalle hinüber. Langsam tauchten Sterne am sich dunkler färbenden Himmel auf. Er ging am Tor vorbei, lehnte sich an die Hausecke und wartete.

Zwanzig Minuten später hörte er, wie einen Block weiter unten ein Auto in die Straße bog. Das Scheinwerferlicht wanderte über den ausgestorbenen Asphalt. Der Wagen hielt an. Lucas schätzte, dass der Fahrer mit jemandem in der Lagerhalle telefonierte. Sekunden später ertönte das Rattern eines Elektromotors und dann ein lautes Knarzen, als das Tor hochfuhr.

Er schlich um die Ecke und sah gerade noch, wie die Rücklichter eines goldenen Lexus in der Lagerhalle verschwanden und das Tor sich wie ein Fallgitter schloss. Lucas sprintete los und rollte unter dem Tor durch in das Gebäude. In der riesigen Halle standen ein Dutzend Fahrzeuge. Von einigen war kaum mehr als das Chassis übrig. Das Zischen von Druckluftgeräten schallte durch die nach Petroleum und Zigaretten stinkende Luft. Ein kleingewachsener, glatzköpfiger Mann, dessen überdimensionierte Arme von blauen Tätowierungen überzogen waren, sprang aus dem Lexus und machte große Augen, als sein Blick auf Lucas fiel.

»Wer zum Teufel bist du?«

Lucas erhob sich und bürstete sich den Staub von den Hosen ab. »Ich bin auf der Suche nach Danny oder Darryl Hooley. Sind sie hier?«

»Eindringling!«, brüllte der Mann.

In Windeseile war Lucas von drei Männern in ölverschmierten Jeans umzingelt. Zwei hielten Werkzeug in den Händen, der dritte zielte mit einer schwarzen Pistole auf Lucas' Bauch. Die Männer unterhielten sich leise miteinander, während Lucas mit Unschuldsmiene die Arme ausbreitete.

»Wer ist das?«

»Der Typ ist unter dem Tor durchgerollt.«

»Hol mal jemand Danny.«

»Da kommt er schon.«

Ein schlanker Mann in den Dreißigern tauchte aus dem hinteren Teil der Halle auf. Hinter einem Ohr klemmte ein Bleistift, hinter dem anderen eine Zigarette. Er hatte lange rote Haare und trug ein blaues Arbeitshemd, das in einer Jeans steckte. Ein paar Schritte hinter dem Mann wartete die jüngere und dünnere Ausgabe, die das Haar wie ein Hippie zu einem Pferdeschwanz zusammengebunden hatte und auf deren T-Shirt die Tourdaten der Dave-Matthews-Band gedruckt waren.

»Was haben wir denn da?«, fragte der ältere der beiden mit Blick auf Lucas und zog eine Augenbraue hoch.

»Einen Penner«, rief einer der Schmieraffen. »Denke ich jedenfalls.«

»Er hat gesagt, er sei auf der Suche nach den Hooley-Brüdern«, meldete sich der Mann mit der Pistole zu Wort.

Der Ältere zog die Zigarette hinter dem Ohr hervor, steckte sie in den Mund und zündete sie mit einem verchromten Zippo an. Den Zigarettenrauch presste er aus dem rechten Mundwinkel. Lucas ließ er keinen Moment aus den Augen.

»Worüber willst du mit ihnen reden?«, fragte er. »Mit den Hooley-Brüdern?«

Lucas grinste, verschränkte die Arme und schaute dem Mann unverwandt in die Augen.

»Ich möchte einen Termin für eine Präsentation vereinbaren«, sagte er.

Kapitel 11

Und dann war Samstag, also der Tag, wo Danis Channel-14-Party stattfand. Der Franklin-Fall hatte meine geistigen Schaltkreise lahmgelegt, die für alltägliche Belange reserviert waren, und aus diesem Grund hatte ich vergessen, einen Smoking auszuleihen. Ich war gerade unterwegs, um Material für den Bau eines Kajakständers zu besorgen, als der glückliche Zufall mich an einem Geschäft für Abendkleidung in der Nähe der University of Alabama vorbeiführte und mein Gedächtnis wieder auf Vordermann brachte. Da ich mich mit Smokings in etwa so gut auskenne wie mit theoretischer Physik, ließ ich mich von einem jungen Angestellten mit stacheliger Punkfrisur beraten.

»Nichts Altes und Spießiges«, erläuterte ich, als mir wieder einfiel, wie viel der Anlass Dani bedeutete. »Lieber was Modernes, das Klasse hat.«

Um fünf warf ich mich in den geliehenen Smoking und zog auf der Fahrt zu Dani die Blicke auf mich, was bei einem Kerl in Abendkleidung, der einen acht Jahre alten, grau lackierten Pick-up mit Überrollbügel steuert, auch nicht verwunderte.

Dani wohnte am Rand des Oakleigh-Garden-Viertels mit prächtigen Anwesen aus dem 18. Jahrhundert. Es war ein hübsches altes Haus, in dem Dani lebte, und sie hatte am Weg entlang und unter den vorderen Bäumen überall Blumen gepflanzt. Vor dem bescheidenen zweistöckigen Haus wartete eine weiße Limousine am Bordstein, deren Fahrer es sich bequem gemacht hatte und die *Daily Form* las. Ich parkte vor der Limousine, ging den von Bäumen beschatteten und von Blumen gesäumten Weg zu ihrer Tür hoch, klopfte an und trat ein. Ihr

Wohnzimmer mit der hohen Decke war lichtdurchflutet. Auf der einen Seite befand sich ein gusseiserner Kamin und auf der anderen stand eine rote Ledercouch mit passenden Sesseln. Mitten im Raum lag ein scharlachroter Teppich. Hier drinnen war es kühl und roch nach einem Badezusatz, wie ihn Frauen gern verwenden.

»Dani?«

Sie kam aus dem Esszimmer. Ihr Kleid war ein Schlauch aus glattem, glänzend rotem Stoff, der von den Schultern bis zu den Fesseln reichte und sich an ihren schlanken Körper schmiegte.

»Was für ein Kleid.« Ich grinste und ließ meine Hände über ihren Hintern gleiten.

»Wow«, sagte sie, packte meine Finger und trat einen Schritt zurück. »Ich muss aufpassen, dass es nicht schon gleich knittert.«

»Natürlich«, meinte ich. »Entschuldige.«

Inzwischen hatte sie Gelegenheit gehabt, mein verwegenes Outfit zu mustern. Ich rechnete mit Begeisterung, erntete allerdings ein Stirnrunzeln.

»Wo hast du dieses Ding denn her?«

»Von Tuxedo Junction. In der Nähe der Uni. *Très* chic, nicht wahr?«

»Sieht aus wie aus einem Kostümfundus.«

Ich befingerte den Kragen aus Pannesamt. »Der junge Mann im Laden hat gemeint, das wäre ein Westernschnitt. Und ziemlich angesagt.«

Dani schloss die Augen und schüttelte den Kopf.

»Angesagt auf Abschlussbällen, Carson, aber nicht auf Abendveranstaltungen mit *erwachsenen* Gästen.«

Ich spürte, wie ich rot anlief. »Das wusste ich nicht. Vielleicht reicht die Zeit ja noch –«

»Ist schon gut«, antwortete sie und wandte den Blick ab. »Es geht schon.«

»Was hat das mit der Limousine da draußen auf sich?«, wechselte ich das Thema.

Sie lief zum Fenster. »Meinst du, die ist für mich? Könntest du mal nachfragen?«

Der Fahrer hatte den Auftrag zu warten, bis DeeDee Danbury aus dem Haus kam, sie abzufangen, mit dem weißen Wal zur Party zu bringen und kein Nein als Antwort zu akzeptieren.

»Hinten wartet eine Flasche kalter Champagner, Sir«, fügte er hinzu. »Gläser stehen im Seitenfach. Verschiedene Käsesorten und Shrimps sind im Kühlschrank.«

Ich holte Dani. Mit ausladender Geste öffnete der Fahrer den Wagenschlag und glitt so sanft vom Bordstein, als säßen wir in einer Monorailbahn. Ich schenkte Champagner ein und holte den Käse und die Shrimps heraus. Draußen rauschte Mobile an uns vorbei. Die Insassen anderer Fahrzeuge runzelten die Stirn, als sie versuchten, durch die verspiegelten dunklen Scheiben der Limousine zu spähen.

»Sieh doch mal, Carson«, meinte Dani und deutete mit dem Champagnerglas auf die anderen Fahrer. »Die sehen wie Affen aus.«

✗

Die Channel-14-Party fand im Shrine Temple statt, einem barocken Exzess mit hoher Decke und Marmorboden. Unser Fahrer hielt vor dem Eingang und sprang hinaus, um uns die Wagentür zu öffnen. Wenn mich nicht alles täuschte, verneigte er sich sogar. Wir liefen Jenna Doakes über den Weg, der Wochenend-Nachrichtenmoderatorin, der meine Freundin den Spitznamen »die zickige Miss Überheblichkeit« verpasst hatte.

Doakes musterte die wegfahrende Limousine mit hochgezogener Augenbraue.

»Ist das nicht ein bisschen zu hollywoodmäßig, Dee-Dee?«

»Hast du etwa keinen gekriegt?«, fragte Dani.

»Wovon redest du?«

»Den Wagen hat mir der Sender geschickt«, erklärte Dani.

Doakes' Grinsen fror ein. Verwirrung und Furcht spiegelten sich in ihrer Miene. Am Arm ihres Begleiters eilte sie davon und warf immer wieder einen Blick über die Schulter, als wäre Dani überirdisch groß und trüge einen Heiligenschein. Für die Soiree war der Ballsaal gebucht worden, zu dem ein Dutzend Marmorstufen hinunterführten, die von unten und oben mit Leuchtspots angestrahlt wurden. Das Einzige, was noch fehlte, war ein Mann mit Monokel, der die eintreffenden Gäste ankündigte.

Wir mischten uns unter die anderen Gäste. Ein riesiger Kronleuchter, der einer mit Glas verzierten Hochzeitstorte ähnelte, verbreitete angenehmes Licht. Vor den mit dunklem Samt bespannten Wänden des riesigen Raumes ragten im Abstand von etwa drei Metern hohe Säulen auf. Im hinteren Bereich wartete ein fünfzehn Meter langes Büfett mit Roastbeef, glasiertem Schinken, Shrimps, Krabbentörtchen, zahllosen Käse- und Brotsorten und Nachspeisen. Aus einer Fontäne floss Pfefferminzpunsch. Zwischen den Speisen standen drei Eisskulpturen, zwei Schwäne und das ein Meter große Channel-14-Logo.

Die drei Bars befanden sich etwas abseits. Barkeeper in schwarzen Westen arbeiteten in rasantem Tempo, um den Bestellungen Herr zu werden. Auf der Bühne begann sich eine zehnköpfige Band warmzuspielen.

Die runden Tische füllten sich schnell mit Angestellten, Kunden und Gästen. In der Nähe der Bühne erspähte ich einen freien Tisch. Wieso dort niemand Platz genommen hatte, begriff ich erst, als ich nah genug war und sah, dass auf dem Tisch ein Kärtchen mit dem Aufdruck RESERVIERT lag. Wir setzten uns zu Danis Kollegen. Von allen Anwesenden war ich der einzige, der einen Revolverheld-Smoking trug.

Als die Band loslegte, mischten wir uns unter die Leute. Dani bewegte sich wie ein Derwisch, grüßte diesen und jenen, schlenderte von einer Gruppe Feiernder zur nächsten. Irgendwann bekam ich die Gelegenheit, den Nachrichtenchef kennenzulernen, den sie sehr bewunderte. Der Mann hieß Laurel Hollings, war Mitte fünfzig und hatte einen Watschelgang. An Hollings' Hemd fehlte ein Knopf. Er nuschelte ziemlich stark und holte immer wieder sein Handy heraus, als hoffe er auf eine Riesenkatastrophe, die es ihm erlaubte, sich zu verabschieden. Ich mochte Hollings sofort und konnte ihn gleich noch besser leiden, als er meinen Smoking bewunderte und sagte, er wünschte, er »hätte die Traute, so etwas anzuziehen«.

Dani redete mit Kollegen über die Arbeit, diskutierte Branchentrends mit Freiberuflern, plauderte mit Werbekunden des Senders – Autohändlern, Immobilienmaklern, Wohnwagenherstellern, Supermarktbesitzern – und schlug, abhängig vom Betreffenden, einen höflichen oder eher derben, lustigen Ton an. Nach einer halben Stunde hatte sie das Bedürfnis, sich kurz zu setzen.

Die nächsten freien Stühle gehörten zu dem immer noch nicht belegten, aber reservierten Tisch. Ich stellte mein Bier auf die weiße Tischdecke, nahm Platz und knabberte an einem Brötchen, während Dani die Schuhe auszog, ihre Zehen massierte und den Erfinder hoher Absätze verfluchte.

»Entschuldigen Sie, Sir«, ertönte eine Stimme hinter meinem Rücken und ein Finger tippte auf meine Schulter.

Ich drehte mich zu einem Mann mit Schmollmund um, der eine Fliege und eine rote Weste mit einem Namensschild trug, auf dem EVENTMANAGER stand.

Ich legte das Brötchen auf den Tisch, griff nach meinem Bier. »Ja?«

»Es tut mir leid, aber dieser Tisch ist reserviert.« Er zeigte auf die Karte. Ich bemerkte, wie sein Blick auf meine Brötchenkrümel und den dunklen Kreis fiel, den meine Bierflasche auf dem Tischtuch hinterlassen hatte.

»Die Lady ruht nur ihre müden Füße aus. Wenn die Gäste, für die der Tisch reserviert ist, auftauchen, stehen wir sofort auf.«

»Es tut mir leid«, wiederholte er mit eisiger Stimme. »Hier darf niemand sitzen.«

»Ich möchte mich ja nicht mit Ihnen streiten, Kumpel …«, entgegnete ich und wollte anführen, dass wir ja genau das taten. Dani hörte, wie sich meine Stimme veränderte und ich den Ton anschlug, den ich mir für hochnäsige Vollidioten vorbehielt. Sie tippte mit dem Finger auf mein Handgelenk.

»Ach, lass nur, Carson. Da drüben ist ein freier Tisch. Komm mit.«

Wir erhoben uns. Der Eventmanager bedeutete einem Mitarbeiter des Personals, das Tischtuch auszuwechseln, als hätte ich es völlig versaut.

Die Band brach mitten in einer völlig unrhythmischen Version von »Smoke on the Water« ab und leitete zu »Hail, Hail, the Gang's all here« über. Alle Köpfe drehten sich Richtung Eingang. Eine Gruppe von drei Männern und drei Frauen erschien oben auf der Marmortreppe, während die Fotografen herbeieilten, um Bilder zu schießen. Hinter den sechs warteten noch weitere Neuankömmlinge.

Vorn in der ersten Gruppe stand ein Mann in den Vierzigern, an dessen Arm eine ältere Frau hing. Sie war die einzige Person in dieser Truppe, die nicht aussah, als wäre sie geradewegs einer *Vogue*-Sonderausgabe zum Thema Abendkleidung entsprungen: Sie hatte weiße Haare, ein grobschlächtiges Gesicht und kohlrabenschwarze Augen. Sie war nicht dick, aber stattlich wie ein prämierter Holsteiner in einer Designertoga.

Der großgewachsene Mann führte sie zu dem freien Tisch, während Schmollmund schnell das RESERVIERT-Kärtchen wegnahm. Erst nachdem die Frau Platz genommen und genickt hatte, wagten die anderen sich zu setzen.

Diese Nummer veranlasste mich zu kichern. »Sieht aus, als hätte der Buckingham Palace Ausgang.«

»Das sind die Kincannons, Carson. Sicher hast du schon von ihnen gehört.«

An irgendetwas erinnerte mich der Name. »In der Polizeiakademie hängt eine große Tafel, auf der ein Kincannon erwähnt wird. Vielleicht sind es sogar mehrere. Sponsert die Familie irgendein Programm?«

»Ein Stipendium, könnte ich mir denken. Die Familie gibt viel für Stipendien, Spenden und Begabtenförderung aus.«

Ich musterte den großgewachsenen Mann. Er war gut gebaut und der maßgeschneiderte Smoking betonte die breiten Schultern und die schmale Taille. Sein Gesicht war lang und kantig. Hätte er sein Gesicht zur Reparatur schicken wollen, hätte es hervorragend in einen Schuhkarton gepasst. Nach den bewundernden Blicken der umstehenden Frauen zu urteilen, brauchte sein Gesicht jedoch weder repariert noch überarbeitet zu werden. Er schien sich dessen bewusst zu sein, denn er stand nicht nur einfach so da, sondern nahm nacheinander mehrere Posen ein. Beim Reden legte er die Hand ans Kinn, verschränkte die Arme, neigte den Kopf oder zog eine dunkle Augenbraue hoch, während er die Schulter eines Kollegen massierte. Er wirkte wie ein Schauspieler, der einen erfolgreichen Geschäftsmann mimte.

»Wer ist der hübsche Kerl, der sich da so mustergültig in Szene setzt?«, fragte ich. »Kommt mir vor, als hätte ich ihn schon mal gesehen.«

Dani ließ sich mit ihrer Antwort Zeit. »Das ist Buck Kincannon Jr., Carson. So etwas wie der Stammhalter.«

»Und was für einer Beschäftigung gehen Stammhalter heutzutage nach?«, wollte ich wissen. »Oder zumindest der hier?«

»Der Mann sammelt Autos, Kunst und Antiquitäten. Segelt. Kriegt viele Auszeichnungen für die Rinder, die er züchtet.«

»Kein schlechter Job, so man ihn denn kriegen kann.«

»Er kümmert sich auch um die finanziellen Angelegenheiten der Familie. Die Kincannons besitzen mehr Geld als Krösus. Und Buck sorgt dafür, dass es sich vermehrt.«

Das mit dem Geld läuft gewiss gut, wenn es sich so schnell anhäuft wie die Meute, die sich hier einfindet, um die Neuankömmlinge zu begrüßen, dachte ich. Ein umgekippter Bierlaster hätte die Leute auch nicht schneller zusammengetrieben. Mehrere bedeutende Persönlichkeiten schauten an dem Tisch vorbei: ein Berufungsrichter, zwei Staatsvertreter, der halbe Stadtrat.

»Welche Verbindung besteht da zum Sender?«, fragte ich.

»Die Familie ist einer der wichtigsten Investoren von Clarity und gehört zum Konsortium der Eigentümer. Buck Kincannon ist mein Boss, Carson. Viel weiter oben auf der Leiter, aber der Mann, der die wichtigen Entscheidungen fällt.«

Clarity Broadcasting gehörte Channel 14 und ein paar Dutzend weiterer Fernseh- und Radiostationen vorwiegend im Süden, doch laut dem, was die Zeitungen berichteten, strebten sie mit aller Macht eine nationale Präsenz an.

»Wer ist die ältere Dame?«, erkundigte ich mich.

Dani senkte unbewusst die Stimme und flüsterte: »Maylene Kincannon. Manche Leute nennen sie Queen Maylene, aber nur aus der Ferne. Am besten von einem anderen Kontinent aus. Buck ist mit seinen einundvierzig Jahren das älteste ihrer Kinder. Neben Buck siehst du Racine Kincannon und seine Frau Lindy. Racine ist etwa achtunddreißig. Und der Mann, der Mama am nächsten steht, ist Nelson Kincannon. Er dürfte vierunddreißig sein.«

»Wer sind die anderen, die mit ihnen gekommen sind?«

»Das rechts ist der Kongressabgeordnete Whitfield, an seiner Seite Bertram Waddley, Geschäftsführer der größten Bank im Staat, und neben Waddley steht –«

Ich hielt die Hand hoch. »Ich habe verstanden.«

Mein Blick wanderte von dem Gefolge zurück zu den Brüdern Buck, Racine und Nelson. Obwohl die kantigen Gesichter nicht feminin waren, wirkten die Männer mit ihren glänzenden, aufmerksamen Augen und den knappen, fließenden Bewegungen einfach *umwerfend*.

Und dann blieb mein Blick an der Mutter hängen. Obwohl ihre Haut blass und ihr Haar weiß war, hatte sie nichts Zerbrechliches an sich. Sie sah eher so aus, als hätte sie mit Harry einen Ringkampf austragen können.

»Und was ist mit Papa Kincannon passiert?«, fragte ich.

»Buck senior? Über den hört man nicht viel. Er leidet an irgendeiner Krankheit, womöglich Alzheimer im Frühstadium oder so, jedenfalls irgendetwas mit dem Kopf. Er ist noch am Leben, doch seit Jahren nicht mehr in der Öffentlichkeit aufgetaucht.«

»Und er hat den Grundstock für das Vermögen gelegt?«

»Er hatte Geschäftssinn. Instinkt oder so was Ähnliches.«

»Du weißt viel über diese Familie, Dani.«

Sie schaute in eine andere Richtung. »Ich bin Reporterin und sie sind ein Hauptinvestor der Firma, für die ich arbeite.«

»Wo ist Kincannons Frau?«

»Er ist Single. Hat sich vor Jahren scheiden lassen.«

»Bist du ihm mal begegnet?«

Dani musterte ihr Weinglas und trank es leer. »Ich habe ihn vor achtzehn Monaten auf einer Wohltätigkeitsveranstaltung kennengelernt.«

»Und seid ihr euch seit damals noch mal über den Weg gelaufen?«

Sie reichte mir ihr Glas. »Könntest du mir bitte noch einen holen? Währenddessen steige ich wieder in diese Schuhe.«

Anstatt quer durch die Mitte des Saales zu gehen, wo ich womöglich jemandem begegnete, den ich schon wieder vergessen hatte, hielt ich auf die Wand zu und näherte mich der nächsten Bar. Mein Weg führte mich am Kincannon-Klan vorbei. Platzhirsch Buck war immer noch damit beschäftigt, Freunde und Bekannte zu begrüßen, ließ sich von Männern die Hand drücken und von Frauen auf die Wangen küssen.

Bei Mama Maylene lief es vollkommen anders: Anscheinend war es verboten, sie zu berühren, denn selbst die inbrünstigsten Handschüttler, Umarmer und

Wangenküsser blieben wie angewurzelt vor ihr stehen, wechselten ein paar Worte und verschwanden dann hektisch.

War Maylene Kincannon nicht gerade damit beschäftigt, jemanden von ferne zu begrüßen, musterte sie die anderen Gäste mit ihren gefühllosen Augen, die in dem bleichen Gesicht schwarz wie Holzkohle wirkten. Fasziniert beobachtete ich, wie sie den ganzen Saal, jedes Gesicht, jede Geste und jeden Kontakt aufsaugten.

Vielleicht spürte Maylene irgendwann meinen Blick, denn sie wandte sich mir zu. Einen Moment lang starrten wir uns gegenseitig unverwandt an, bis ihre ruhelosen Augen weiterwanderten und wieder durch den Raum schweiften. Ich hatte das Gefühl, von einer Maschine begutachtet, als wertlos eingestuft und ad acta gelegt worden zu sein.

An der Bar hatte sich eine Schlange gebildet. Ich stellte mich hinten an. Aufgrund meiner Position hatte ich einen Flur und die Küchentür im Blickfeld. Zu meiner Überraschung – und Freude – zwängte sich ein weiblicher Hintern durch den Küchentürspalt. Die Besitzerin folgte kurz darauf, blies Küsschen in die Luft und bedankte sich flüsternd. Ich vermutete, dass sie zu spät gekommen war und deshalb auf die Marmorstufen und das gleißende Licht verzichten wollte.

Ich schätzte sie auf Anfang dreißig. Sie war schlank, wo sie es sein musste, doch an anderen Stellen durchaus üppig. Ihre großen veilchenblauen Augen, von zu viel Lidschatten eingerahmt, sollten wahrscheinlich die Wirkung des vollen, rot bemalten Mundes ausgleichen. Sie trug ein kobaltblaues, trägerloses Kleid, das von ein paar knackigen Brüsten gehalten wurde, deren Echtheit bezweifelt werden durfte.

»Was möchten Sie, Sir?«, fragte der Barkeeper.

Widerwillig wandte ich mich von der Frau ab. »Einen Bourbon mit viel Soda und ein Glas Weißwein.«

»Wir haben heute drei verschiedene Weißweine anzubieten, Sir. Einen Belden Farms Chardonnay, einen B & G Vouvray und einen Chenin Blanc von Isenger.«

Da ich von Wein ungefähr so viel Ahnung hatte wie von Mandarin-Chinesisch, murmelte ich mehrmals hintereinander *Ah.*

»Nehmen Sie den Vouvray, mein Lieber«, riet mir eine Frauenstimme. »Die anderen schmecken wie Pferdepisse.«

Als ich mich umdrehte, lehnte die Frau im kobaltblauen Kleid ein, zwei Meter weiter drüben an einer Säule am Ende der Theke. Sie zwinkerte mir zu. »Bestellen Sie mir doch einen Drink, wo Sie eh schon gerade dran sind, ja? Einen doppelten Scotch.« Ihre rauchige Stimme, die mehr Jahre auf dem Buckel zu haben schien als die Frau selber, schnurrte die Befehle geradezu.

Mit drei Drinks in der Hand drehte ich mich um. Sie nahm mir den Scotch ab und machte auf dem Absatz kehrt. Ich sah zu, wie sie sich an den Gästen vorbeischob, neben einer Säule stehen blieb und ihre Umgebung studierte. Den Scotch trank sie in einem Zug aus und machte zwei Mal hintereinander eine ruckartige Bewegung mit dem Handgelenk, als wolle sie Farbe aus einem Pinsel schütteln. Sie überlegte kurz, wiederholte dann die seltsame Handbewegung, dieses Mal allerdings mit noch mehr Nachdruck, als ließe sie eine imaginäre Peitsche knallen.

Das leere Glas warf sie in einen Mülleimer, setzte ein strahlendes Lächeln auf und begab sich in den überfüllten Saal. Mein Blick folgte ihrem Hintern, bis es im Raum dunkel wurde.

X

Eine halbe Stunde nach dem Beginn der Channel-14-Soiree traf Lucas ein. Er hielt vor dem Shrine Temple und zwängte den gebrauchten Subaru in die dunkle Lücke zwischen zwei Straßenlaternen. Er verschlang das Müsli und spuckte die muffig riechenden Rosinen aus dem Fenster auf die Straße. Dass ein gottverdammter Bioladen Müsli mit solchen Rosinen verkaufte, machte ihn dermaßen wütend, dass er mit dem Gedanken spielte, zum Laden zurückzufahren und sich den schlappen Verkäufer mit dem Bruce-Cockburn-T-Shirt vorzuknöpfen, den Mistkerl umzunieten und zu zwingen, die Rosinen vom Boden aufzulecken.

»Findest du, dass die frisch schmecken? Du kleiner schwanzlutschender Huren…«

Er beherrschte sich. Atmete tief durch, was reinigend wirkte, und hörte, wie Dr. Rudolnick die Wolken beschrieb.

»Setzen Sie sich auf die Wolke, Lucas. Lassen Sie Ihre Wut wegtreiben …«

Während er dasaß, passierte nicht viel. Nicht, dass er groß etwas erwartet hätte, aber er hatte in der Zeitung von der Veranstaltung gelesen und beschlossen, einen Blick auf diese aufgeblasenen Typen zu werfen, wenn auch nur aus der Ferne.

Manchmal registrierte er Dinge im Zeitlupentempo. Wie beispielsweise die schwarze Stretchlimousine, die einen Block weiter unten auf dem Parkplatz mit laufendem Motor wartete, damit die Temperatur im Innenraum genau auf 25 Grad blieb, ganz so wie Maylene Kincannon es bevorzugte. Am liebsten hätte Lucas an die Limousinentür geklopft und mit dem Fahrer eine Unterhaltung angefangen. Oder den Abdruck seines warmen Hinterns auf dem Ledersitz hinterlassen wie ein Hund, der sein Territorium markierte.

Doch sein gesunder Menschenverstand siegte wieder einmal. Die Zeit war noch nicht reif.

Nachdem er noch ein paar Minuten lang gewartet und sich beruhigt hatte, kam eine Frau aus der Tür des Shrine Temple, eine sexy Frau in einem blauen Kleid mit melonengroßen Brüsten, die wippten, als sie auf ihren hohen Schuhen den Gehweg hinunterstöckelte. Sie schwankte ein wenig – wie ein Blatt im Wind. Dann lachte sie und holte weit aus wie ein Trommler, der auf ein Becken schlug. Sie räusperte sich, spuckte auf den Boden, zündete sich eine Zigarette an, überquerte die Straße und stieg in einen zerbeulten roten Corolla. Es dauerte zwei Minuten, bis der Motor ansprang und sie, eine Abgaswolke hinter sich herziehend, die Straße hinunterknatterte.

Auf einmal interessierte Lucas sich viel mehr für diese Frau als für das Gebäude, in das er eh nicht problemlos hineingelangen konnte. Seine Neugier veranlasste ihn, dieser Fremden zu folgen. Nur zum Spaß.

X Kapitel 12

Während ich mit den beiden Drinks in der Hand durch den Ballsaal schlenderte, wurde ein Scheinwerfer eingeschaltet, der die Bühne in weißes Licht tauchte. Gerade in dem Moment, wo der Hauptgeschäftsführer aufs Podium trat, erreichte ich unseren Tisch. Zwanzig Minuten lang schleuderte er mit Fachjargon um sich, sprach von Einschaltquoten, Einnahmen, optimaler Ausnutzung des Anlagevermögens und so weiter und so fort. Nach ihm sprachen noch drei andere Herren, die irgendeine

Abteilung leiteten. Schließlich trat noch mal der Hauptgeschäftsführer ans Mikrofon, ließ weitere Kommentare vom Stapel und deutete auf den Bereich, den die Kincannons mit Beschlag belegt hatten.

»... Eckpfeiler unseres Senders und unserer Gemeinde, meine Damen und Herren, die Kincannons ...«

Die Familienmitglieder lächelten und winkten. Buck Kincannon erhob sich von seinem Stuhl. Der Lichtkegel eines auf der Galerie montierten Scheinwerfers richtete sich auf ihn, was – wie ich vermutete – von vornherein so geplant gewesen war. Die Menge klatschte höflich, spendete Kincannon aber auch nicht mehr Beifall als allen anderen, die sich zuvor zu Wort gemeldet hatten. Nach ein paar Sekunden verebbte der Applaus.

»Eine Rede«, rief jemand laut.

An einem der vorderen Tische erhoben sich mehrere Männer, klatschten und baten darum, dass Kincannon das Wort ergriff. Die Gäste an den anderen Tischen schlossen sich ihnen an und schauten nach links und rechts wie Konzertgänger, die noch überlegten, ob die Musik wirklich so gut war, während alle anderen um sie herum von der Qualität überzeugt zu sein schienen. Der Applaus vom vorderen Tisch wurde immer lauter. Diese Typen erinnerten mich an Cheerleader in Smokings, oder – weniger höflich ausgedrückt – an Einpeitscher.

Dani stand auf und fing an zu klatschen. Kincannon stieg auf das Podium, begann mit einem Scherz und entschuldigte sich dafür, dass er »die Gäste von dem wahren Grund für ihr Kommen, nämlich umsonst zu essen zu und trinken, abhielt«, und leitete dann zu geschäftlichen Themen über. Meinem ungeübten Ohr nach erging er sich die Hälfte der Zeit in Geschäftsjargon und die andere Hälfte erzählte er Bockmist. Vielleicht bestand der Trick ja darin zu unterscheiden, was was war. Oder vielleicht war das auch überhaupt nicht von Belang.

Nach einer Weile sprach Kincannon endlich wieder verständliches Englisch.

»... nirgendwo tritt die Professionalität deutlicher zutage als in der Nachrichtenabteilung. Kein Nachrichtenteam hat im letzten Jahr mehr Preise in Alabama gewonnen als die Mannschaft von Channel 14 ...«

An der Stelle spendete die Menge Beifall.

»Ein paar von diesen Kollegen haben heute Abend schon zu Ihnen gesprochen, doch es gibt da noch jemanden, der ein paar Worte sagen sollte. Ich spreche von einer extrem beharrlichen Enthüllungsjournalistin, die unsere Teams stets aufs Neue inspiriert ...«

»Damit habe ich nicht gerechnet«, sagte Dani und strich sich übers Haar. »Wie sehe ich aus, Carson?«

»Ganz wie du, nur schicker.«

»... ist es mir eine *große* Freude, Ihnen den jetzigen Star und zukünftigen Superstar der Clarity Broadcasting Corporation vorzustellen, eine Frau, für die die Zukunft mehr bereithält, als sie ahnt ...«

Dani grinste und schüttelte den Kopf.

»... möchte ich Ihnen DeeDee Danbury präsentieren.«

Wie der Papst, der den Petersplatz segnet, breitete Kincannon die Arme aus.

»Kommen Sie bitte hier herauf, DeeDee.«

Beifall ertönte, als Dani zum Podium lief. Buck Kincannon streckte ihr die Arme entgegen und sie ließ sich von ihm ans Herz drücken. Seine Hand strich über ihren nackten Rücken. Sie lächelten einander zu, tauschten ein paar Sätze aus, und dann trat Dani ans Mikrofon, während Kincannon zwar einen Schritt zurücktrat, doch weiterhin in ihrem Scheinwerferlicht badete.

Sie räusperte sich, tat so, als würde sie einen Umschlag

öffnen, pustete und griff hinein. Die Menge, die sich fragte, was sie da tat, verstummte.

Dani zog eine unsichtbare Karte aus dem nicht vorhandenen Umschlag und streckte den Arm aus, als könne sie so besser lesen.

»Und der Gewinner in der Kategorie Bester Arbeitgeber ist ... Clarity Broadcasting Network!«

Die Anwesenden lachten, klatschten und pfiffen. Ich spendete auch Beifall und kämpfte gegen den Eindruck an, gerade miterlebt zu haben, wie sie dem Publikum und ihrem Arbeitgeber um den Bart ging. Plötzlich schämte ich mich, ohne genau zu wissen für wen, doch dann dämmerte mir, dass ich in Bezug auf das Fernsehgeschäft genauso naiv war, wie wenn ich mir einen Smoking auslieh. *Das müssen sie so bei diesen Partys tun*, dachte ich. *Sich einschleimen und es den anderen gleichtun. Also, entspann dich.*

Danis Rede dauerte zwei Minuten. Sie war humorvoll, geschliffen und voller Lob für Clarity Broadcasting und die Kincannon-Familie. Und wie die Anspielung auf die Oscar-Verleihung war sie eher Show als wirklich ernst gemeint.

Kincannon schnappte sich das Mikrofon und rief: »Jetzt mal Beifall für unsere wunderschöne DeeDee Danbury!« Mit einer Geste bedeutete er den Gästen zu klatschen. Wieder angestachelt von der Gruppe an dem vorderen Tisch sprang die Menge auf, als wäre Dani eine Eiskunstläuferin, die gerade einen fünffachen Was-weiß-ich hingelegt hatte.

Die Party endete gegen elf. Seit Dani von den Bossen gehuldigt worden war, scharten sich neue Freunde um sie. Ich wartete draußen, während sie mit Fremden plauderte und das Rampenlicht genoss. Um mir die Zeit zu vertreiben, schlenderte ich durch die warme Nacht. Als ich um eine Ecke bog, entdeckte ich Racine und Nelson, die gemeinsam mit ihren Gattinnen auf ihren Wagen warteten. Sie standen vor einem Dienstboteneingang, was mich zu der Theorie veranlasste, dass Menschen wie die Kincannons grundsätzlich nicht mit dem normalen Pöbel Schlange standen.

In dreißig Meter Entfernung lehnte ich mich an eine Straßenlaterne und beobachtete sie. Außer mir und den Kincannons war niemand in der Nähe. Die Familienmitglieder unterhielten sich nicht miteinander. Ihre Augen waren leer und ausdruckslos. Es schien fast so, als könnte – nachdem die Show vorbei war – jeder wieder sein wahres Gesicht zeigen und nach Hause fahren. Racine Kincannon, der offenbar noch nicht genug getrunken hatte, hielt in beiden Händen ein Glas.

Nelson sagte etwas, was ich nicht verstehen konnte. Racine wirbelte herum und schüttete seinem Bruder den Inhalt eines Glases ins Gesicht. Das andere ließ er fallen, packte seinen Bruder am Revers und verpasste ihm einen ordentlichen Schubs. Die Gattinnen wichen ein paar Schritte zurück und betrachteten gelangweilt den Sternenhimmel. Die beiden Männer gingen gerade in Kampfstellung, als eine schneidend scharfe Stimme erklang.

»Schluss damit, sofort!«

In Begleitung von Buck kam Maylene Kincannon wie ein Rodeobulle aus dem Gebäude gestürmt. Mit drohendem Zeigefinger und donnernder Stimme brüllte sie ihre Söhne an. Obwohl ich die Worte nicht verstehen konnte, spürte ich ihren Zorn. Ihre beiden streitenden Söhne schauten zu Boden. Die Gattinnen taten so, als wäre nichts passiert, und drehten sich nicht mal um.

Dann beugte Buck Kincannon sich zu seiner Mutter hinunter und sagte etwas, was ihr ganz offensichtlich nicht gefiel, denn sie schlug ihm so fest ins Gesicht, dass es sich wie ein Gewehrschuss anhörte. Keiner der anderen schien es zu bemerken oder gar Anteil an dem zu nehmen, was sich da abspielte.

Eine schwarze Limousine fuhr vor. Die Familie scharte sich zusammen, als der Chauffeur ausstieg, um den Wagenschlag zu öffnen. Das schwarze Biest rollte vom Bordstein weg. Ich sah, wie ein schwarzes undurchsichtiges Fenster heruntergekurbelt wurde und ein wutverzerrtes Männergesicht brüllte: »Kümmer dich um deinen eigenen Scheiß, Arschloch.«

Dann fiel der Vorhang.

X

Kurz vor Mitternacht setzte der Fahrer uns vor Danis Haus ab. Die Nacht war diesig, der Mond schien und die Luft duftete nach Hornstrauch und Magnolien. Während ein Nachtvogel auf dem Dachvorsprung sein Lied trällerte, schlenderten wir Arm in Arm zur Veranda. Dani holte den Schlüssel aus der Tasche und schloss die Tür auf. Nachdem wir zwei Stunden lang die Ausdünstungen von anderen Menschen ertragen hatten, tat die kühle saubere Luft gut. Ich warf einen Blick auf ihr Telefon, wo das rote Lämpchen blinkte.

»Du hast eine Nachricht.«

Sie ging in die Küche und kontrollierte, ob die Hintertür verschlossen war. Eine typische Angewohnheit alleinlebender Frauen. »Wahrscheinlich Laurel Hollings, der mich wegen meiner Rede auf die Schippe nimmt. So was macht er gern, wenn er einen im Tee hat. Hör sie doch ab, während ich mich draußen umsehe.«

Die Küchentür ging auf und die Fliegengittertür fiel zu, als Dani hinaustrat, um die hintere Verandatür zu überprüfen. Ich warf mein Jackett auf einen Stuhl, lief zum Telefon hinüber und drückte auf den NACHRICHTEN-Knopf.

»Es war großartig, dich heute Abend zu sehen, meine liebe DeeDee. Das, was ich über eine strahlende Zukunft gesagt habe, war mein voller Ernst. Und, ach ja, dieses rote Kleid war fabelhaft. Ich melde mich bald wieder bei dir.«

Vor vier Stunden hätte ich diese Stimme nicht erkannt, doch nun wusste ich, wer das war.

Buck Kincannon.

Ich schloss die Augen, überlegte, was ich tun sollte, und spulte zurück. Eine Minute später tauchte Dani wieder auf. Ich stand vor dem Spiegel im Flur und fingerte an einem Westenknopf herum.

»Mist«, knurrte ich.

»Was denn?«

»Der Knopf ist locker. Hängt nur noch an einem Faden.«

Ihr Blick wanderte zum Telefon, wo das Lämpchen blinkte, als hätte sich niemand daran zu schaffen gemacht.

»Du hast die Nachricht nicht abgehört?«, fragte sie.

Ich beäugte den Knopf missmutig. »Wenn ich diesen verdammten Knopf abreiße, berechnen sie mir wahrscheinlich dreißig Dollar dafür. Liegt die Schere wie immer im Badezimmer?«

Sie nickte. Ich wanderte ins Gästebad und schloss die Tür hinter mir. Mit rasendem Herzen stand ich im Dunkeln, während sie die Nachricht abhörte. Ich spitzte die Ohren. Die Stimme von Buck Kincannon schallte ein zweites Mal durchs Haus.

Das ist nur ein geschäftlicher Anruf, redete ich mir ein. Buck Kincannon war der *capo di tutti capo* der Kincannon-Familie und von Clarity Broadcasting. Vermutlich meldete er sich bei allen, die für den Sender arbeiteten und heute Abend eine Rede gehalten hatten, um ihnen das Gefühl zu vermitteln, zum Team zu gehören. Das war rein geschäftlich.

Kurze Zeit später kehrte ich mit der Weste in der Hand zurück. Dani war in der Küche und räumte das Geschirr aus der Spülmaschine in die Regale.

»Kann das nicht bis morgen warten?«, fragte ich.

Sie zuckte mit den Achseln und setzte ein Lächeln auf. »Ich hatte nur das Gefühl, etwas tun zu müssen. Überschüssige Energie oder so was in der Art.«

»Und ... war die Nachricht von deinem Witzbold aus dem Sender?«

Unsere Blicke trafen sich nicht; sie drehte sich um, verstaute einen Teller im Regal und sprach mit dem Brett. »War nichts Wichtiges. Ein Freund hat sich gemeldet und wollte plaudern.«

In dieser Nacht lagen wir gemeinsam in ihrem Bett, doch keiner machte Anstalten, mit dem anderen zu schlafen. Blitze erhellten den Nachthimmel und tauchten den Raum in Schatten, doch Regen fiel nicht. Kurz nach Morgengrauen stand ich auf, ohne sie zu wecken, hinterließ eine Nachricht, dass ich tagsüber viel zu tun hätte, und flüchtete nach draußen in die unerträgliche Hitze des noch jungen Tages.

Kapitel 13

Harry rückte einen Stapel Vordrucke auf seinem Schreibtisch beiseite und legte einen neuen auf die freigeräumte Stelle.

»Bist du in Ordnung, Cars?«

»Sicher, Harry. Wieso?«

»Du hast etwa drei Worte gesagt, seit du heute Morgen hier aufgetaucht bist. Wie war die große Sause von Channel 14? Tanzen und sich unter die feinen Leute mischen? Das war doch dieses Wochenende, oder?«

»Es war nett.«

Ich ahnte, dass Harrys Antenne meinen Kummer registrieren würde, wenn ich keine Einzelheiten erzählte. Also lieferte ich ihm eine kurze Zusammenfassung des Abends: schlechte Musik, großartiges Essen, erstklassige Getränke, Unmengen von Geschäftsgesprächen.

»Und außerdem konnte ich einen Blick auf die oberen Zehntausend von Mobile werfen, eine Familie namens Kincannon. Die waren so –«

Harry unterbrach mich. »Hast du Buck kennengelernt?«

Ich starrte meinen Partner an, als wäre gerade eben ein pflaumenfarbenes Hütchen auf seinem Kopf aufgetaucht.

»Wie bitte?«

»Buck Kincannon. Hattest du Gelegenheit, dich mit ihm zu unterhalten?«

»Woher, zum Teufel, kennst du Buck Kincannon?«

»Vor vier, fünf Jahren habe ich mit einer Bürgervereinigung in North Mobile zusammengearbeitet, in der Nähe von Pritchard. Erinnerst du dich noch?«

»Ich weiß noch, dass du ein paar Monate lang jeden Abend beschäftigt warst. Und auch an den Wochenenden. Hatte das nicht irgendwas mit Baseball zu tun?«

Er nickte. »Die Vereinigung hat sich dafür eingesetzt, dass Kids aus ärmeren Stadtvierteln Sport treiben, Baseball. Kinder im Alter von zehn bis vierzehn. Nach dem Motto: Rauf aufs Spielfeld, runter von der Straße. Bei dem Versuch, gebrauchte Sportsachen und so zusammenzutragen, sind wir gegen die Wand gelaufen. Wir haben auch versucht, die Stadt dazu zu bewegen, uns ein ungenutztes Spielfeld fürs Training zu überlassen, doch die Bürokraten haben nur an Haftungsfragen gedacht. Mardy Baker, der Leiter einer sozialen Einrichtung, hat Briefe an alle großen städtischen und karitativen Organisationen geschickt und versucht, Geld aufzutreiben, ohne etwas zu erreichen.«

Harry hielt inne und grinste, als erinnere er sich an einen besonders schönen Vorfall.

»Und wo kommt Kincannon ins Spiel?«

»Einer der Briefe ist an die Stiftung der Kincannon-Familie gegangen, eine philanthropische Einrichtung. Bei unserem nächsten Treffen ist Kincannon aufgetaucht und hat das Scheckbuch gezückt.«

»Sprich weiter.«

»Und auf einmal haben unsere abgerissenen Kinder teure Schläger, Handschuhe von Rawlings und super Trainingsklamotten gekriegt. Das lag nicht nur am Geld, sondern am Einfluss. Als wäre er mit einer Einkaufsliste ins Rathaus gelaufen und hätte gesagt: ›Das hier will ich.‹ Zwei Tage später waren die Genehmigungen ausgestellt und die Versicherung kein Thema mehr. Alle Probleme waren wie weggeblasen. Das alte Spielfeld kriegte einen neuen Rasen verpasst. Sand und Erde wurden angekarrt für die Grundlinien und ein Wurfmal für den Werfer gab es auf einmal auch. Und Ränge, wo die Eltern sitzen und ihre Kinder anfeuern konnten.«

»Dann warst du also dabei, als Kincannon den Zauberstab schwang?«

»Die Gruppe bestand zum größten Teil aus Müttern und einer Hand voll Typen, die in der Gemeinde aktiv sind. Sie hatten mich dazu auserkoren, mit Buck zu sprechen, wo ich doch ein großer und wichtiger Cop war und so. Wir sind zusammen Mittagessen gegangen. Er hat alles geplant und ich habe nur genickt und gesagt: ›Klar doch, Buck, das klingt gut.‹«

»Und was hältst du von diesem Kincannon?« Ich versuchte betont lässig zu klingen.

Harry streckte beide Daumen hoch. »Er hat sich richtig reingehängt, hat den Typen in der Stadtverwaltung den Kopf zurechtgerückt und einen festen Zeitplan aufgestellt. Man rechnet nicht damit, dass Menschen, die so viel Macht und Einfluss haben, die Ärmel hochkrempeln und sich reinknien. Wenn du mich fragst, ist der Typ cool.«

Ich hörte nicht mehr zu, sondern nickte und grunzte nur hin und wieder, während Harry die engelsgleichen Taten des heiligen Buck aufzählte.

»… bei der Eröffnung des Spielfeldes hättest du die Augen der Kinder sehen müssen. Buck hat hinterher gesagt, es wäre einer der Höhepunkte seines …«

Nicken. Grunzen. Nicken. Grunzen.

»… die ganzen Politikerärsche kamen angekrochen und taten so, als wäre alles ihre Idee gewesen. Stellten sich neben Buck und ließen schnell noch Fotos schießen …«

Nicken. Grunzen.

»… denke mal, du kriegst alles hin, wenn du genug Kohle hast …«

Ich war gerade zwischen Nicken und Grunzen, als mir einfiel, dass ich Gefängnisleiter Malone oben in Holman anrufen und mich erkundigen wollte, wie es um Leland Harwood bestellt war. Ich ging in das kleine Besprechungszimmer, weil es dort ruhig war, doch Harry folgte mir und sang immer noch Loblieder auf Buck Kincannons glorreiche Taten.

»Sieht auch gut aus, der Mann. Muss die Mädels wahrscheinlich morgens gleich haufenweise vor die Tür schieben …«

Wir traten ins Besprechungszimmer. Ich wählte die Nummer des Gefängnisses und schaltete den Lautsprecher, einen schwarzen Plastikseestern, in der Mitte des runden Tisches ein. Kurz darauf ertönte Malones Stimme.

»Leland Harwood ist zwei Stunden, nachdem er im Besucherraum umgekippt war, gestorben. Hat das Bewusstsein nicht wiedererlangt.«

»Gift«, meinte ich.

»Ein wahres Hexengebräu aus Toxinen. Organophosphate, heißt es im Bericht. Der Ausdruck ist mir noch nie zu Ohren gekommen. Pestizide, Herbizide, verschiedene Industriereiniger.« Ich hörte das Papier in Malones Hand rascheln, während er vom Blatt ablas.

»Und wo ist all das Zeug hergekommen?«, fragte Harry.

»Ist alles hier drinnen erhältlich, Detective«, antwortete Malone. »Reinigungsmittel, Rattengift, Farbverdünner. Sie werden weggeschlossen, aber …«

»Dann gibt also jemand etwas von dem Zeug auf Harwoods Rühreier, und ein paar Stunden später fällt er tot um?«

»Der Arzt hat gesagt, man muss die Bestandteile schon richtig mischen, um das gewünschte Ergebnis zu erzielen oder, wenn ich es mal krass ausdrücken darf, um einen richtigen Knaller für sein Geld zu kriegen.«

»Bei Harwood hat's definitiv richtig geknallt«, lautete mein Kommentar. »Hatte er Feinde?«

»Ich habe das überprüft und die Antwort lautet: eigentlich nicht. Er war zwar ein Klugscheißer, doch es ist ihm gelungen, sich aus den derberen Auseinandersetzungen rauszuhalten. Genau die richtige Strategie, wenn man vor dem Bewährungsausschuss den Engel spielen möchte.«

»Haben Sie Giftmörder bei sich einsitzen?«, erkundigte sich Harry.

»Gleich mehrere, aber wir halten sie, um es mal so zu formulieren, von der Speisekammer fern. Laut Arzt hätte jeder mit Zugang zu den einzelnen Bestandteilen das Gebräu mixen können ... mit etwas Hilfe von jemandem, der Böses im Schilde führt, die richtige Formel kennt und in der Highschool Chemie hatte.«

»Informationen, die auch von draußen gekommen sein könnten.«

Obwohl Malone lachte, schwang da kein Humor mit. »Stellen Sie sich mal ein paar Typen im Besucherraum vor. Der von draußen sagt: ›Löse zwanzig Kakerlakentabletten in Alkohol auf, lass das Gebräu zwei Tage stehen und misch dann ...‹«

»Okay, wir haben kapiert«, stöhnte Harry.

Wir baten Malone, uns auf dem Laufenden zu halten. Harry schaltete den Seestern aus, schloss die Augen und schüttelte den Kopf.

»Wenn ich das nächste Mal vor Logan am Tatort sein will, könntest du mich dann bitte vorher erwürgen.«

»Daran habe ich auch gerade gedacht. Und wie machen wir jetzt weiter?«

»Lass uns bei Harwood noch ein bisschen tiefer graben. Wir sollten die Akte von dem Typen wälzen. Und mit Leuten reden, die den Verstorbenen kannten. Vielleicht finden wir sogar raus, warum Taneesha Franklin sich für einen Kerl wie Harwood interessiert hat.«

Ich saß am Computer und verschaffte mir einen Überblick über Harwoods Fall. Harry beugte sich über meine Schulter und las, was auf dem Bildschirm auftauchte.

»Bernard Rudolnick hieß Harwoods Opfer«, sagte Harry stirnrunzelnd. »*Doktor* Bernard Rudolnick.«

»Wurde in einer Bar getötet, richtig?« Ich scrollte zur entsprechenden Information hinunter, während Harry die Einzelheiten laut vortrug.

»In der Citadel Tavern, einem Schuppen, wo sich der Abschaum trifft. Zuerst gab es drinnen, an der Bar, ein Handgemenge, danach sind die Männer vor die Tür gegangen. Aus einer Waffe löst sich ein Schuss und es gibt einen lauten Knall in der Nacht. Der Schütze hat sich vom Acker gemacht, doch unsere Kollegen, das Beste, was Mobile zu bieten hat, haben ihn ein paar Stunden später aufgegriffen.«

Ich starrte eine Weile lang auf den Bildschirm. »Doktor? Mediziner?«

»Psychiater«, meinte Harry. »Könnte wetten, in der Citadel sind nicht viel Gäste Seelenklempner. Eine Schande, dass der Einzige, den sie hatten, den Abend nicht überlebt hat.«

X

Es war Zeit, das Ergebnis der Voruntersuchung von Taneesha Franklins Autopsie abzuholen. Ich nahm die Treppe, warf einen Blick in die zweite Etage und sah Sally Hargreaves an ihrem Schreibtisch sitzen und mit ausdrucksloser Miene die Wand anstarren. Sallys Job – sie bearbeitete Sexualdelikte – war selbst an guten Tagen ziemlich hart. Auf dem Weg nach unten dachte ich darüber nach, dass Sally eigentlich nicht der Typ war, der Wände anstierte. Ich lief wieder hoch und trat an ihren Schreibtisch.

»Was ist denn, Sal? Du siehst aus, als wäre deine Katze in den Staubsauger geraten.«

Als sie sich umdrehte, hellte sich ihre Miene auf. Sie strich eine rotbraune Haarsträhne aus dem Gesicht und lächelte gekünstelt.

»Hallo, Carson.«

»Bist du okay?«

Sie warf einen Blick auf den Bericht, den sie dabei war zu schreiben, und schüttelte den Kopf.

»Bin gerade aus dem Krankenhaus zurück. Das Opfer wurde vergewaltigt. Unter anderem.«

»Harter Fall?«

»Durch und durch hässliche Geschichte. Richtig bizarr.«

Ich zog den Stuhl von einem freien Schreibtisch heran und setzte mich zu Sally. Der Schreibtisch hatte ihrem Expartner Larry Dayle gehört. Nach vier Monaten in der Abteilung Sexualdelikte hatte Dayle den Job hingeworfen, war mit seiner Familie in die Berge von Montana gezogen und hatte sein Grundstück mit Stacheldraht eingezäunt.

Auf dieser Etage, wo die Abteilungen Sexual- und Eigentumsdelikte untergebracht waren, herrschte Ruhe, da die meisten unterwegs waren. Ich nahm Sals Hand.

»Möchtest du einem Freund das Herz ausschütten? Ich kann Harry holen.«

Sie lachte, doch dann begann sie zu schluchzen. Einen Moment später riss sie sich zusammen und wischte eine Träne weg. Ihr Mitgefühl machte Sal so gut in ihrem Job. Die Kehrseite der Medaille war, dass die Fälle sie nicht losließen.

Sie sagte: »Eine Frau, fünfundzwanzig Jahre alt. Studentin. Wurde vor zwei Tagen nachts auf der Straße überfallen und gewaltsam in ein Fahrzeug gezerrt. Anschließend hat der Täter sie irgendwohin gebracht, wahrscheinlich in eine Scheune. Das hat sie aus dem Geruch geschlossen. Und hinterher hat man sie aus dem fahrenden Auto geworfen, auf den Parkplatz von einem Krankenhaus.«

»Eigenartig. Wurde sie vergewaltigt?«

»Und schwer misshandelt. Ihr Gesicht ... es wird lange dauern, bis die Chirurgen es wieder so weit hergestellt haben, dass man es Gesicht nennen kann. Sie wollte Kinder. Das kann sie jetzt vergessen. Ihre Gebärmutter, ihre Scheide wurden ...«

»Schhh«, machte ich.

»Der Typ, der das getan hat, er hat gelacht und gebrüllt: ›Sieh mich an, Schlampe, sieh mich an!‹, während er auf sie eingedroschen und ihr all das angetan hat. Und dann hat er sie wieder geschlagen und geschrien: ›Schau mich an und sag mir, was du siehst.‹«

»Konnte sie ihn beschreiben?«, fragte ich.

»Nein.«

»Hat der Täter eine Maske getragen?«

Sally schüttelte den Kopf. »Nein.«

»Was dann?«, wollte ich wissen.

Sally verbarg das Gesicht in den Händen.

»Ach, Carson. Sie ist blind. Das Opfer ist von Geburt an blind.«

X

Auf der Fahrt ins Leichenschauhaus dachte ich über die Vergewaltigung nach. Ich hatte nie in der Abteilung Sexualdelikte gearbeitet, doch als Mitglied des Psycho- und Soziopathologischen Ermittlungsteams hatte ich mich mit

Sexualstraftätern beschäftigt. In dem Täter, den Sal beschrieben hatte, vereinten sich allem Anschein nach zwei Grundtypen: der auf Unterwerfung Fixierte, der sich einbildet, mit Fug und Recht zu handeln, und der sadistisch Veranlagte, der einen Kick daraus zieht, seinem Opfer Angst einzuflößen. Der erste Typus erniedrigt das Opfer zur Steigerung seines Selbstwerts und Selbstvertrauens. Der zweite ist brutal und legt meistens ein großes Maß physischer Aggression an den Tag, auch Folter.

Ich hatte keine Ahnung, was ich davon halten sollte, dass er die Frau vor dem Krankenhaus aus dem Auto geworfen hatte. Es war äußerst ungewöhnlich.

Plötzlich wurde es mir in dem Crown Vic viel zu eng. In der Hoffnung, mit frischer Luft meine düsteren Gedanken zu verscheuchen, kurbelte ich das Fenster herunter. Vor dem Leichenschauhaus parkte ich neben Clairs sportlichem kleinen BMW, der mehr kostete, als ich im Jahr verdiente. Clairs Exmann Zane Peltier, Mitglied der Mobiler Gesellschaft, gehörte zum alten Geldadel. Während der Scheidung war ein bisschen von seinem Vermögen auf sie übergegangen.

In diesem Augenblick kam ich auf die Idee, dass Clair bestimmt schon von den Kincannons gehört hatte, sie eventuell sogar persönlich kannte. Vielleicht konnte sie mir ja bei ein, zwei Fragen weiterhelfen, falls es mir gelang, sie während einer Unterhaltung beiläufig einzuflechten.

Da Clair nicht in ihrem Büro war, lief ich über den Flur und sah im Obduktionsraum nach. Sie lehnte in ihrem grünen Kittel an der Wand, während Lula Baker den Boden unter dem Obduktionstisch wischte. Lula hatte früher als Hausmeisterin in New Orleans gearbeitet und gehörte zu der großen Gruppe Heimatloser, die nach dem Hochwasser hierhergezogen waren.

»Hallo, Lula«, sagte ich.

»Morg' Tect Ryd.« Lula war etwa dreißig Jahre alt, weiß, dürr und besaß die Begabung, die meisten Worte auf eine Silbe zu reduzieren.

»Das Ergebnis liegt da drüben, Ryder«, sagte Clair und schaute von einer Ausgabe des *Morbidity and Mortality Monthly* auf, eine der wichtigsten Fachzeitschriften für Pathologen, die von den Centers for Disease Control herausgegeben wurde.

»Ich wollte Sie noch etwas anderes fragen.«

»Und was?«

Ich zuckte mit den Achseln. »Ich hab's vergessen.«

Clair nahm ihre Lesebrille ab und musterte mich mit ihren bemerkenswert großen blauen Augen.

»Liegt möglicherweise daran, dass Sie nicht genug Schlaf kriegen. Sie haben dunkle Ringe unter den Augen.«

»Das liegt am Franklin-Fall. Da tut sich gar nichts.«

»Nehmen Sie Vitamine und achten Sie auf Ihre Ernährung. Vergessen Sie nicht zu schlafen.«

»Danke, Mom.«

Sie runzelte die Stirn, sagte aber nichts. Ich drehte mich um und tippte mir dann auf die Stirn, als wäre mir plötzlich etwas eingefallen.

»Neulich war ich auf einer Party von Channel 14, Clair. Ging dort ziemlich förmlich zu. Es waren eine Menge hohe Tiere da. Ich hatte halb damit gerechnet, dass ich Sie dort auch antreffen würde.«

»In absehbarer Zeit möchte ich nirgendwo auftauchen müssen, wo der Sekt in Strömen fließt. Sie sind da wohl nicht in Ihrem Element gewesen, was?«

»In absehbarer Zeit möchte ich keinen Smoking mehr tragen müssen. Sie kennen nicht zufällig eine Familie namens Kincannon, oder?«

Ihre Miene verdüsterte sich. »Warum fragen Sie?«

»Die wurden da wie Könige behandelt. Habe noch nie miterlebt, wie sich so viele Leute verbeugen und den Kratzfuß machen.«

Clair wandte sich an die Putzfrau. »Das reicht, Lula. Sie können jetzt gehen.«

»Ist gut.«

Lula rollte den Mopp und Eimer zur Tür hinaus. Clair legte das Magazin der Centers for Disease Control auf eine Theke.

»Die Kincannons haben Geld, Carson. Und das heißt Macht. Viel Geld, viel Macht. Manche Menschen reagieren instinktiv, wenn sie in die Nähe von Mächtigen kommen. Und knicken ein.«

»Es waren auch eine Menge hoher Politiker da.«

»Politiker knicken noch schneller und öfter ein. *Sie* war auch da, oder? Eine ältere Frau mit weißen Haaren, gedrungen, unnahbar?«

»Ja. May-bell-line?«

»Maylene. Natürlich ist sie da gewesen. Sie ist immer da, auf die eine oder andere Weise.«

Da schwang etwas in Clairs Stimme mit, vielleicht Wut oder Resignation.

»Auf die eine oder andere Weise?«, fragte ich. »Was meinen Sie damit?«

Sie warf einen Blick auf ihre Uhr und runzelte die Stirn.

»Zwei meiner Pathologen haben Grippe. In drei Minuten muss ich mit meiner zweiten Obduktion beginnen. Hören Sie, die Kincannons tun viel für die Gemeinde und die Region. Spenden viele hunderttausend Dollar für Parks, Gesundheitseinrichtungen, Schulen, der Polizei ... Unsummen von Geld.«

»Und?«

»Die Kincannons ... nun, nur wenige von den ganz Reichen geben wirklich mit vollen Händen, Ryder.«

Ihre Worte hatten etwas Kryptisches und Clair neigte eigentlich nicht dazu, sich kryptisch auszudrücken.

»Sie meinen, die Kincannons besitzen so viel Geld, dass sie die Gemeinde damit zuschütten können?«

»Denken Sie mal darüber nach, aber woanders. Ich muss jetzt arbeiten.«

Ich holte tief Luft und sagte: »Und was ist mit Buck Kincannon?«

»Wollen Sie auf etwas ganz Bestimmtes hinaus?«

»Nein«, erwiderte ich. *Ich hätte da eher eine ganze Liste von Fragen.*

Clair nahm den Hörer des Telefons ab, das auf der Theke stand, und bat darum, dass man ihr den Leichnam brachte. Dann drehte sie sich in meine Richtung.

»Buck Kincannon ist momentan der Goldjunge der Familie, achtundvierzig Karat astreine Kincannon-Zucht. Die *Alabama Times* hat ihn in der Ausgabe vom letzten Monat als einen der zehn begehrtesten Junggesellen im Staat aufgeführt.«

Das war nicht das, was ich hören wollte.

»Wieso ist er momentan der Goldjunge, Clair?«

»Maylene Kincannon führt die Familie wie ein wettbewerbsorientiertes Unternehmen. Gut möglich, dass Nelson nächsten Monat auf dem Thron sitzt. Oder Racine, es sei denn, er säuft wieder und verdrückt sich. Race mag Frauen und Alkohol, aber vermutlich nicht in dieser Reihenfolge. Nun, falls Sie mir nicht zur Hand gehen wollen, wäre es jetzt an der Zeit, Reißaus zu nehmen.«

Ich nickte, ging Richtung Tür und trat gerade in den Flur, als sie meinen Namen rief. Ich hielt inne und drehte mich um.

»Die Kincannons, Ryder. Sie haben keine Grenzen überschritten, oder? Sie oder sonst wer ermitteln doch nicht in diese Richtung?«

»Nein, mich macht nur ein Lebensstil neugierig, den ich nie kennenlernen werde.«

Wieder musterte sie mich eindringlich. »Das meiste ist Fiktion. Halten Sie sich von diesen Leuten fern, Carson. Da ist für Sie nichts zu gewinnen.«

Ich holte den Obduktionsbericht am Empfang ab und verließ das Gebäude. So wie die Hitze vom asphaltierten Parkplatz aufstieg, war das eher ein August- als ein Maitag.

Grenzen überschritten?

Auf dem Weg zum Wagen ging mir Clairs Satz durch den Kopf. Ihre Wortwahl war seltsam. Und dann dieser beiläufig dahingeworfene Ratschlag, mich von den Kincannons fernzuhalten ...

War das als Warnung gemeint gewesen?

Du drehst langsam durch, dachte ich und setzte mich ans Steuer. Die einzige Warnung, die es im Augenblick zu beachten gilt, lautet, deine Phantasie im Zaum zu halten.

Kapitel 14

Ms Kyla Rudolnick war die Mutter von Dr. Bernard Rudolnick, Harwoods Opfer. Die dünne Frau Ende sechzig trug einen braunen Hosenanzug und pinkfarbene Hausschuhe. In der einen Hand hielt sie eine Zigarette, in der anderen einen Glasaschenbecher. Sie entschuldigte sich für ihre Lockenwickler und führte uns zu einer Couch, über deren Lehne ein Schonbezug lag. Der Raum roch nach einer pfefferminzhaltigen Schmerzsalbe und Nikotin.

»Sie hat nur ein einziges Mal angerufen, aber ich weiß noch, dass sie Reporterin war.«

»Taneesha Franklin?«

Rauch quoll aus ihren Nasenlöchern. »Ich erinnere mich nur an das Taneesha.«

»Was wollte Ms Franklin wissen?«, erkundigte ich mich.

Hinter einer Rauchwolke kniff Ms Rudolnick die Augen zusammen. »Ich habe ihr gesagt, sie soll mich in Ruhe lassen. Bernie wäre tot. Und dass sie mich nie wieder anrufen soll.«

Ms Rudolnick zog ein rosafarbenes Papiertaschentuch aus ihrem Ärmel, hob die Brille an und tupfte die Augen ab.

»Er war ein guter Mensch, mein Sohn. Brillanter Verstand, ein gutes Herz.«

»Das glaube ich Ihnen gern.«

»Er hatte seine Probleme. Aber die haben wir doch alle, nicht wahr?«

Ich warf Harry einen Blick von der Seite zu. Auf dieses Thema würden wir später zurückkommen.

»Der Doktor war nicht verheiratet?«, fragte ich.

»Doch, zum ersten Mal mit achtundzwanzig und dann noch mal mit sechsunddreißig. Beide Ehen dauerten keine zwei Jahre. Er hatte kein Gespür für Frauen. Die beiden haben ihn einfach vor die Tür gesetzt. Zwei Mal hat er von vorn anfangen müssen.«

Auf dem Tisch neben mir stand ein Foto: Rudolnick und Mama vor etwa fünf Jahren. Er stand hinter ihr und hielt sie in den Armen. Wie die Mutter hatte auch Rudolnick traurige slawische Augen und eine dominante

Nase. Das schwarze, schütter werdende Haar trug er zurückgekämmt. Das weiße Hemd mit dem gestärkten Kragen war bis zum Adamsapfel zugeknöpft. Er sah aus, als hätte man ihn in die fünfziger Jahre katapultiert, wo er sich gut eingefügt hätte.

Harry und ich hatten gehofft, eine Ehefrau könnte uns über Rudolnicks Verhalten und Routinetätigkeiten aufklären, doch die Scheidungen des guten Doktors lagen fünf Jahre zurück und seitdem hatte er allein gelebt. Ich sagte: »Dann wird uns seine letzte Frau also nicht viel über sein Leben erzählen können.«

»Shari hat er in einer Bar kennengelernt. Anständige Frauen trifft man nicht in Bars. Sie ist vor vier Jahren nach Seattle gezogen. Hat wahrscheinlich eine neue Bar und einen neuen Bernie gefunden.«

»Sie haben erwähnt, Bernie hätte Probleme gehabt, Ms Rudolnick«, mischte sich Harry ein.

Sie schnippte die Asche ab und blickte in eine andere Richtung. »Sie wissen es schon, oder?«

»Nein, Ma'am. Ich bin Ihrem Sohn nie begegnet.«

»Es steht in den Akten. Haben Sie sie nicht gelesen?«

»Ich weiß nicht, auf welche Akten Sie anspielen, Ms Rudolnick.«

»Die Akten sind dort, wo Sie arbeiten.«

Endlich konnte ich mir einen Reim auf ihre Andeutungen machen. Und ich ahnte auch, warum eine Reporterin bei ihr aufgetaucht war.

»Ihr Sohn ist verhaftet worden?«, fragte ich. »Wann?«

Sie schaute weg. »Vor vier Jahren. Er hatte ein paar Probleme.«

»Könnten Sie das bitte weiter ausführen?«

»Nachdem Shari ihn verlassen hatte, bekam er Depressionen. Hin und wieder hat er etwas genommen, das ihm half, damit zurechtzukommen, ruhiger zu werden. Er war immer sehr nervös.«

»Drogen?«

»Er war Arzt. Er hat sie wie Medizin benutzt.«

»Aber sicher.«

»Eines Tages ist er hier aufgetaucht. Er weinte. Ich habe einen richtigen Schreck gekriegt. Er sagte, es gäbe einen Krankenhausmitarbeiter, von dem er einen Teil seiner Medizin erhalten hätte, und dass die Polizei diesen Krankenhausmitarbeiter beobachtet hat. Bernie hatte gerade etwas bei ihm gekauft. Er war sich sicher, dass die Zeitungen darüber berichten würden und seine Karriere damit beendet wäre.«

Ihr Blick wanderte von meinem Gesicht zu Harry hinüber. Obwohl ihr Sohn tot war, spiegelte sich angesichts der Erinnerung Furcht und Scham in ihrer Miene.

»Ist schon gut, Ma'am. Sie brauchen uns nicht die ganze Geschichte zu erzählen.«

Ich ging davon aus, dass wir den Rest aus dem Verhaftungsprotokoll erfahren und der armen Frau das Aufwärmen der alten Erinnerungen ersparen konnten.

»Er hat aufgehört, das Zeug zu nehmen«, fügte sie hinzu. »Der Vorfall mit der Polizei hat das bewirkt.«

»Wie war sein Verhalten, bevor er damit aufhörte?«, wollte ich wissen. »Normal?«

Eine Standuhr im Flur ertönte. Wir warteten, bis sie wieder verstummte.

»Ungefähr einen Monat vor … diesem Tag schien er wieder deprimiert zu sein. Er kam mich seltener besuchen. Und er war stiller, als müsse er etwas entscheiden.«

»Könnte es mit seiner Arbeit zu tun gehabt haben? Oder war er einfach unglücklich?«

Sie ging zu dem Mutter-Sohn-Foto. Berührte es ehrfurchtsvoll. »Er liebte seine Arbeit. Er war geboren, um anderen zu helfen. Er hat in den besten Einrichtungen der Region gearbeitet. Bernie war im Ausschuss des Mobile Regional Hospital. Und er hatte eine eigene Praxis.«

Sich zu verabschieden, während sie sich an die positiven Seiten ihres Sohnes erinnerte, war bestimmt eine gute Strategie. Auf dem Weg zur Tür stellte ich ihr eine letzte Frage.

»Entschuldigung, Ms Rudolnick. Hatte Ihr Sohn ein Spezialgebiet?«

Sie stieß Zigarettenrauch aus und tippte sich mit dem nikotingefärbten Finger an die Schläfe. »Er arbeitete mit gequälten Seelen.«

Psychotiker? Da läutete etwas bei mir im Kopf. Ob Rudolnick Harwood schon vorher gekannt hatte?, fragte ich mich. Hatten die beiden Männer vielleicht eine gemeinsame Vorgeschichte? Was, wenn Harwood ein Patient gewesen war oder an einer Studie teilgenommen hatte?

»Ich vermute mal nicht, dass er Patientennamen erwähnt hat?«, sagte ich.

Sie drückte die Zigarette im Aschenbecher aus und stellte ihn weg. »Verschwiegenheit war ihm sehr wichtig.«

»Die Akten, die Ihr Sohn über seine Patienten angelegt hat«, meinte Harry. »Die sind alle weg, oder?«

»Sie waren in seinem Haus, und da ich nicht wusste, was ich damit machen sollte, habe ich sie eingelagert. Fragen Sie mich nicht, warum.«

»Wäre es möglich, einen Blick darauf zu werfen?«

Mit erhobenen Händen wehrte sie mein Anliegen ab. »Nein, die sind alle vertraulich.«

Harry trat näher. Nahm ihre Hände und ließ sie nicht mehr los. Nie im Leben wäre mir eingefallen, so etwas Einfaches und Passendes zu tun. »Es könnte hilfreich sein, Ms Rudolnick«, sagte er leise. »Außer mir und Carson würde niemand etwas davon erfahren. Und vielleicht finden wir da den Schlüssel, der uns herauszufinden hilft, wer Ihren Sohn auf dem Gewissen hat.«

Tränen funkelten in ihren Augen und sie presste die Lippen zusammen. »Das war dieses widerliche Tier Harwood. Abschaum. Das miese Stück Dreck ... Stück *Dreck*.«

»Ich wünschte, dem wäre so, Ma'am. Aber Leland Harwood war nur das Werkzeug, der Hammer. Der Mann, der den Hammer geschwungen hat, läuft da draußen noch frei herum.«

Sie schüttelte den Kopf. »Nein, das kann nicht sein. Das stimmt nicht.«

»Detective Ryder hat mit Leland Harwood eine Stunde vor dessen Tod gesprochen, Ma'am. Er denkt, dass Harwood geschickt wurde, um Ihrem Sohn wehzutun.«

Sie sah mich an. »Stimmt das?«

Ich nickte. »Leland Harwood war jemand, der Befehle ausführte. Er hat immer im Auftrag anderer gearbeitet.«

Ihre Miene verzog sich vor Zorn. Sie drehte sich in Harrys Richtung.

»Sie werden die Vertraulichkeit der Akten meines Sohnes respektieren?«

»Darauf geben wir Ihnen unser Wort«, versprach Harry.

Kyla Rudolnick schaute Harry so lange in die Augen, bis sie darin fand, was sie suchte.

»Die Akten sind in der Cottage Hill Road eingelagert. Ich hole Ihnen den Schlüssel.«

✗

Acht weiße Kartons standen in einer Art abschließbarem Drahtkäfig in einem alten Containerlager. Der Wachmann war über unseren Besuch informiert worden. Wir nahmen die Kisten aus dem Käfig, den Ms Rudolnick gemietet hatte, und hievten sie in den Kofferraum des Crown Vic.

Nachdem wir die letzten Kisten beisammen hatten, wies mich Harry mit einem Nicken auf den Käfig nebenan hin. Dort stand ein Kinderbett, Kisten mit Spielsachen, Kuscheltieren, Postern, die mal an Wänden gehangen hatten und deren Klebestreifen inzwischen vergilbt und rissig waren. Und da standen auch ein kleiner Rollstuhl und ein verstaubtes rotes Kinderrad mit Stützrädern, das anscheinend noch nie jemand benutzt hatte.

Plötzlich dämmerte mir, wie es sich anfühlte, wenn Gebete nicht erhört wurden. Harry seufzte und schüttelte den Kopf, ehe wir uns wie Diebe davonschlichen.

Die Akten stellten wir bei Harry ab und fuhren dann aufs Präsidium zurück. Da ich das Verhaftungsprotokoll lesen wollte, tippte ich *Rudolnick, Bernard* in meinen Computer. Entweder hatte Rudolnick mildernde Umstände gekriegt und war zu einer Geldstrafe verdonnert worden oder er war einer härteren Bestrafung entgangen unter der Auflage, sich einem Programm zu unterziehen und in Zukunft sauber zu bleiben.

Der Computer surrte und piepte, bis auf dem Bildschirm KEIN EINTRAG aufflimmerte.

Ich versuchte es erneut und erhielt dasselbe Ergebnis. Harry starrte auf den Bildschirm.

»Entweder wurde der Bursche gar nicht hochgenommen oder die Daten wurden gelöscht. Falls die zweite Option zutrifft, hat sich da jemand schwer ins Zeug gelegt.«

X

Ms Verhooven bedeutete Lucas, ihr zu folgen. Der Raum war nicht möbliert. Die Maklerin klackte in ihren hochhackigen Pumps über den nackten Parkettboden. Mit den blonden Haaren, dem gelben Kleid und den weißen Schuhen strahlte Ms Verhooven wie eine neue Trompete. Blendend weiße Zähne blinkten zwischen rosaglänzenden Lippen hervor. Die langen Beine steckten in schimmernden Strumpfhosen und reichten unter dem kniehohen Saum bis ... Lucas spürte, wie sein Glied steif wurde, und schaute in eine andere Richtung, denn er wusste, dass solche Anwandlungen fürs Erste *sublimiert* werden mussten, um mal einen Begriff aus Dr. Rudolnicks Welt zu verwenden.

Ms Verhooven stieß eine Tür auf und machte eine ausladende Handbewegung wie eine Frau in einer Ratesendung im Fernsehen.

»Ta-da!«, rief sie.

Lucas' Blick fiel auf eine Toilettenschüssel. »Ta-da?«

Wie die Platte daneben war die Schüssel cremefarben. Ms Verhooven beugte sich über die Platte und streichelte sie wie ein Kätzchen.

»Granitplatten im Gäste-WC, Mr Lucasian. Echter, ehrlicher Stein. Drüben in den Midtowne Office Estates sind alle Oberflächen nur aus Corian.«

Lucas nickte, ohne eine Vorstellung zu haben, wovon die gute Frau sprach. Am ehesten interessierte ihn noch das Handwaschbecken.

Vergiss nicht, dachte er, *Handtücher zu kaufen*.

An der Wand hing ein Pseudobarockspiegel mit Goldrahmen. Lucas betrachtete den schlanken, frisch rasierten Mann, dessen kurzes und modisch rotgesträhntes Haar ordentlich gescheitelt war. Er trug einen dunklen Anzug, der genauso konservativ war wie das blaue Hemd und die gedeckte Krawatte. Lucas wirkte jung, aber wohlhabend. Ein erfolgsorientierter junger Mann, ein blauäugiger Jungunternehmer mit reichem Vater im Hintergrund, der entschlossen war, es dort draußen in der Welt allein zu schaffen. Von der Sorte gab es viele.

Lucas zwinkerte dem Geschäftsmann im Spiegel zu, widmete dann seine Aufmerksamkeit dem Handwaschbecken und drehte das heiße Wasser an und aus.

»Die Gegend macht einen recht netten Eindruck, Ms Verhooven, wie ein Hort des freien Unternehmertums.«

»Im Zentrum von Mobile ist das hier der Gewerbekomplex mit dem höchsten Prestige, Mr Lucasian. Diese Adresse hier ist sehr *distinguiert.*« Sie sprach das Wort irgendwie komisch aus. »Sie sind ein Glückspilz. Für diese Räumlichkeiten gab es schon einen Interessenten. Von daher war das Büro mehrere Monate lang reserviert. Doch weil irgendetwas schiefgelaufen ist, ist es nun wieder auf dem Markt.«

Lucas brach fast in Gelächter aus. Früher waren das Bürogebäude gewesen und nun sprach man von Gewerbekomplexen. Mit Prestige. Als er durch die Lamellenjalousie spähte, sah er mehrere kleine Bürohäuser mit roten Backsteinfassaden, von denen das höchste gerade mal vier Etagen hatte. Die Grünflächen mit den Myrten und Hornsträuchern wirkten gepflegt. Hie und da gab es auch ein paar Magnolienbäume und selbstverständlich blühende Azaleen in Hülle und Fülle.

»Hier sind Sie in einem wunderbaren Geschäftsambiente, Mr Lucasian«, zwitscherte die Maklerin, als sie sah, wie sein Blick über die roten Hausschachteln wanderte. »Revisionsfirmen, Maklerbüros, Finanzdienstleister, solche Firmen eben. Vier oder fünf Ärzte. Zwei Unternehmenshauptsitze, dann noch drei Anwaltskanzleien ...«

Als Lucas durch den Raum schlenderte, roch er frische

Farbe und Reinigungsmittel. Er nahm mehrere Posen ein, die er für besonders geschäftsmäßig erachtete: Er legte die Hand ans Kinn und deutete mit dem Kinn Richtung Fenster, schob die Daumen unter den Gürtel, betrachtete die Decke und zog eine Augenbraue hoch und lehnte sich mit verschränkten Armen an die Wand.

»Fühlt sich sehr umtriebig an«, meinte er und stieß sich von der Wand ab. »Ein Ort, an dem man heimisch werden kann.«

Ms Verhooven strahlte. »Welche Dienstleistung bietet Ihre Firma denn hauptsächlich an?«

»Hauptsächlich mache ich in Un- ... ähm ... Sicherheit«, sagte Lucas und musste kichern.

Sein Blick wanderte zu dem nächsten, dreißig Meter entfernten Gebäude auf der gegenüberliegenden Straßenseite. Im obersten Stockwerk, der vierten Etage, waren große, spärlich bevölkerte Büroräume zu erkennen, ein geruhsames, kleines Königreich aus Teakholz und Messing. In den anderen drei Stockwerken konnte man Angestellte in Bürozellen beobachten, die Unterlagen abhefteten und telefonierten. Von den vier Etagen interessierte Lucas sich nur für die oberste. Das Büro, das Ms Verhooven ihm zeigte, lag auch im vierten Stock, aber das Gebäude stand leicht erhöht, wodurch Lucas sich etwas weiter oben befand als die vierte Etage von gegenüber. Dieser kleine Höhenunterschied erlaubte es Lucas, auf das andere Gebäude hinunterzuschauen, was ihn amüsierte.

»Gefällt Ihnen das Büro, Mr Lucasian?«, trällerte die Maklerin. »Ist alles so, wie Sie es sich vorstellen?«

Lucas warf einen letzten Blick auf das Haus gegenüber und freute sich über sein Glück. Oder hatte der alte Mann dort oben alles göttlich gefügt und sich diesen perfekten Ort für ihn ausgesucht?

»Ja, Ms Verhooven«, antwortete Lucas. »Es ist absolut perfekt.«

Nachdem wir unsere Büroarbeiten erledigt und etliche Telefonate geführt hatten, fuhren wir zu Harry nach Hause. Im Gegensatz zu ihm war ich ganz scharf darauf, mir Rudolnicks Akten endlich anzusehen.

Mein Partner wohnte in einer kleinen Enklave ein paar Meilen westlich der Innenstadt. Die Grundstücke und Häuser waren nicht groß, besaßen jedoch viel Charme. In dem Viertel wimmelte es nur so von alten Lebenseichen, Pekannussbäumen und dickblättrigen Magnolien. Wann immer ich im Sommer durch dieses schattige Viertel fuhr, hatte ich das Gefühl, dass es hier sechs, sieben Grad kühler war als sonst wo in der Stadt.

Harrys Heim, ein kompaktes, einstöckiges kreolisches Haus, hatte eine umlaufende Veranda und im Vorgarten stand eine Magnolie. Es war korallenrot gestrichen und mit Mauve abgesetzt, eine für Harry ungeheuer zurückhaltende Farbwahl. In dieser Umgebung wirkte das Haus genau richtig.

Bei Harry fühlte ich mich genauso heimisch wie in meinem eigenen Wohnzimmer. An seinen Wänden hingen mehrere Kunstwerke, naive Malereien von Musikern, die er im Center for Southern Folklore in Memphis erstanden hatte. Die Bilder waren meinem Einfluss zuzuschreiben. Auf dem College hatte ich angefangen, mich für Kunst zu begeistern, und mein Enthusiasmus war auf Harry übergesprungen.

Im Gegenzug hatte er mich an Jazz und Blues herangeführt. Als wir anfingen, uns auch privat zu treffen, hatte er mich nach meinen musikalischen Einflüssen gefragt und dann nur noch den Kopf geschüttelt, ehe er eine Platte von Louis Armstrong aus der Hülle zog, sie auf den Plattenspieler legte und die Nadel auf einer Coverversion von W. C. Handy namens *St. Louis Blues* aus dem Jahre 1929 platzierte. So etwas hatte ich noch nie gehört. Der Song war heiter, lebendig, plätscherte wie ein Fluss dahin, und ich war bekehrt, bevor die ersten sechzehn Takte verklungen waren.

»Ich lege Musik auf«, sagte Harry und kniete sich vor einen Stapel Vinyl neben seiner Stereoanlage. Geräte im Wert von achttausend Dollar waren der einzige Luxus, den er sich leistete. Ferdinand La Menthe – besser bekannt als Jelly Roll Morton – begann in Harrys Wohnzimmer die ersten Noten seines Pianosolos.

Harry reichte mir ein Bier. Ich saß im Schneidersitz auf seinem Wohnzimmerboden inmitten von acht weißen Kartons, in denen Bernie Rudolnicks Arbeitsleben aufbewahrt wurde. Da das Durchsehen dieser Akten möglicherweise gegen den Eid verstieß, an den Ärzte gebunden waren, wusste ich nicht genau, ob oder inwieweit unser Tun überhaupt zulässig war. Genauer nachzufragen hatten wir nicht vor, denn manchmal ist Unwissenheit zwar vielleicht kein Segen, aber doch wesentlich angenehmer als das Wissen, gerade gegen die eine oder andere Regel verstoßen zu haben. Deshalb hatten wir die Kisten mit zu Harry genommen, anstatt sie uns im Büro vorzunehmen.

»Was hältst du davon, wenn ich die Akten auspacke, sortiere und den Inhalt jedes Kartons an einen bestimmten Platz lege, während du das Lesen übernimmst«, schlug Harry vor.

Ich hob den Daumen und sichtete das Material aufs Geratewohl. Harry holte Bier und stellte die Flaschen neben sich und mich. Da ich einen großen Teil meiner sechsjährigen College-Zeit im Fachbereich Psychologie zugebracht hatte, war ich mit der Sprache und den Methoden von Rudolnicks Berufsstand vertraut.

»Wonach suchen wir?«, fragte Harry. »Wir haben hier eine halbe Tonne Akten vor uns.«

»Alles, was Leland Harwood betrifft. Oder mit Strafrecht, Übergangshäusern oder Gefängnisbesuchen zu tun hat. Wir spannen einen ganz weiten Rahmen.«

Harry musterte den Kistenberg und stieß einen Laut aus, der schwer nach ramponiertem Dudelsack klang.

Kapitel 15

Vier Stunden beschäftigten Harry und ich uns mit den Akten, dann fingen wir an zu schielen. Ich fuhr nach Hause, warf mich ins Bett und stand am nächsten Morgen wieder bei ihm auf der Matte, nur dass wir jetzt Kaffee statt Bier tranken. Zwei Stunden später warf Harry einen Stapel Papiere auf den Boden.

»Ich schaffe es nicht, mich vier Stunden am Stück mit diesem Seelenklempnerjargon zu befassen. Lass uns wieder richtige Polizeiarbeit machen.«

Ich rieb mir die Augen und streckte den Rücken.

»Was hältst du davon, wenn wir die übrige Arbeit aufteilen und jeder jeden Tag allein daran arbeitet? Halbe Stunde Minimum. In sieben bis zehn Tagen müssten wir dann durch sein.«

Danach stürzten wir uns wieder auf richtige Polizeiarbeit, redeten noch mal mit allen, die in Taneeshas Adressbuch standen, sprachen mit ihrer Familie, spürten unsere Spitzel auf und köderten sie mit Geld, die Ohren aufzusperren und sich umzuhören. Gegen fünf Uhr machten wir Schluss. Auf dem Heimweg nahm ich einen Umweg von fünf Meilen in Kauf, nur um an Danis Haus am Rande der Innenstadt vorbeizufahren.

Ihr Wagen stand nicht auf der Zufahrt. Ich stieg auf ihre Veranda und läutete. Als niemand an die Tür kam, überlegte ich, mit meinem Schlüssel aufzumachen und zu warten.

»Carson?«, hörte ich eine weibliche Stimme nach mir rufen. Als ich mich umdrehte, stand da Leanna Place, Danis ältliche Nachbarin, die mich wie einen Diener heranwinkte.

»Kommen Sie mal her, Carson. Sehen Sie, was ich hier habe.«

Ich seufzte, denn ich war nicht in Stimmung für Ms Place. Sie war der Ansicht, einen Cop zum Freund zu haben wäre unter Danis Würde und viel zu gewöhnlich. Ms Place tat stets so, als interessiere sie sich für meine Gesundheit und mein Wohlergehen, während sie in Wahrheit dauernd kleine, fiese Spitzen in meine Richtung abfeuerte.

Ich folgte ihr in ihr ordentliches Haus. Neben dem Eingang stand eine riesige Vase mit Blumen. Zumindest vermutete ich ein Gefäß unter der Farb- und Geruchsexplosion. Rosen, Tulpen und Nelken, die mir bis zur Taille reichten.

»Die sind für DeeDee«, sagte Ms Place. Wie die meisten Menschen benutzte sie Danis Fernsehnamen. »Die Blumen wurden vor einer Stunde geliefert. Da DeeDee nicht daheim war, habe ich sie angenommen. Sind sie nicht wunderbar?« Sie warf mir einen ironischen Blick zu. »Ich wüsste zu gern, von wem sie sind.«

Dass die alte Schreckschraube mir nicht zutraute, Blumen zu schicken, versetzte mir einen Stich.

»Vielleicht von mir?«

Sie schüttelte die Blumen wie ein Kissen auf und tippte dann auf einen kleinen Umschlag, der an der Vase baumelte. »Die Blumen sind von Jon-Ella, Carson. Ich schätze, der Strauß hat dreihundert Dollar gekostet. So was kauft man nicht vom Gehalt eines *Polizisten.*«

Jon-Ella war Mobiles schickster Blumenladen, drüben in Spring Hill. Ich hatte mal überlegt, dort ein halbes Dutzend Rosen zu kaufen, doch der Preis hatte mir den Atem verschlagen. Bei Winn-Dixie hatte ich die gleiche Menge für ein Viertel der Summe gekriegt.

Ich vermied es, Ms Place zu sagen, dass Euthanasie vielleicht doch gar keine so schlechte Idee war, und lief mit den Rosen zu Dani hinüber. Ich schloss auf und stellte das große Bouquet auf ihren Esstisch. Die Karte des Absenders wippte vor meinen Augen hin und her. Der Umschlag war nur mit einem winzigen Stück Tesafilm zugeklebt.

Ich rührte das Ding nicht an.

Erst als ich die letzte Verandastufe hinuntergestiegen war, machte ich kehrt. Der Klebestreifen löste sich leicht. Mit schwitzenden Händen zog ich die Karte aus dem Umschlag.

Meine liebste DeeDee
Die Schönheit dieser Blumen verblasst
neben Deiner.
Alles Liebe und heiße Küsse
Buck

Die Blumen stellte ich in das kleine Vestibül vor der Eingangstür, wo der Lieferant sie deponiert hätte. Wie ich nach Hause gekommen bin, weiß ich nicht mehr.

Ich saß im Dunkeln auf meinem Deck. Oberbekleidung zu tragen war kurz vor Mitternacht keine Vorschrift. Der Wind hatte an Stärke zugenommen und die heiße Luft hielt die Mücken in der Bucht in Schach. Weit draußen auf dem Wasser loderte auf einer Bohrinsel eine Gasflamme. Das orangene Feuer stieg in den nachtblauen Himmel. Ganz hinten in meinem Kopf schrillte ein hoher Piepton.

Meine Hälfte von Rudolnicks Akten lag ausgebreitet auf meinem Esstisch. Eine halbe Stunde hatte ich mich mit ihnen beschäftigt, sie beiseitegeschoben und war dann nach draußen gegangen, um über gar nichts, Dani eingeschlossen, nachzudenken.

Das Handy, das neben mir auf dem Tisch lag, klingelte. Dani meldete sich im Flüsterton.

»Carson, ich glaube, jemand war in meinem Haus.«

»Ein Einbruch? Ist die Polizei da?«

Sie zögerte. »Ich habe sie nicht verständigt.«

»Warum nicht?«

»Es ist so, dass ... ich will sagen, die Alarmanlage ist nicht angesprungen.«

»Und wie sind sie reingekommen? Durch die Tür? Die Fenster?«

»Ich kann nicht belegen, dass es wirklich, ähm ... Carson, ich habe Angst. Richtig Angst. Kannst du vorbeikommen?«

Als ich vor Danis Haus neben dem Bordstein parkte, sah ich sie am Fenster stehen. Sie hatte die Vorhänge zurückgezogen. Hinter ihr brannte Licht. Ihre Silhouette war atemberaubend schön. Mit einem Mal fühlte ich tief in mir und gleichzeitig ganz weit weg einen Schmerz. In dem Moment, wo ich auf die Veranda trat, öffnete sie die Tür.

»Danke, dass du so schnell gekommen bist.«

Ich lief an ihr vorbei und wich ihren ausgebreiteten Armen aus. Die Alarmanlage war im vorderen Schrank untergebracht. Das Lämpchen, das einen Einbruch meldet, leuchtete nicht.

»Du hast nicht die RESET-Taste gedrückt, oder?«, fragte ich. »Oder die Parameter anders eingestellt?« Die Bewegungsmelder waren in die Fußschwellen eingelassen, damit das System nicht jedes Mal die Polizei verständigte, wenn jemand Post durch den Briefschlitz schob.

Sie schüttelte den Kopf. »Ich habe sie nicht angerührt.«

»Keine Fenster offen, keine Türen entriegelt?«

»Nein.«

»Darf ich dich mal fragen, wieso du denkst, jemand wäre in deinem Haus gewesen?«

Sie bedeutete mir, ihr nach oben zu folgen. Als wir an ihrem Schlafzimmer vorbeikamen, warf ich einen Blick hinein. Ein ungemachtes Bett, der Überwurf ein Haufen, ein großer Haufen.

Ich hatte das Gefühl, dass der Geruch von Blumen aus dem Zimmer drang.

Dani führte mich in ihr Arbeitszimmer. In den Regalen befanden sich Bücher und Zeitschriften, neben dem Fenster sprossen ein paar üppige Farne, an der Decke hing ein Ventilator. In der Zimmermitte stand ein großer Teakholzschreibtisch, dahinter eine Anrichte und zwischen den beiden Möbeln ein Stuhl. Mit anklagendem Finger zeigte sie darauf.

»Jemand war an meinem Schreibtisch.«

»Woher willst du das wissen?«

Sie setzte sich und drehte sich zum Computerbildschirm. »Ich schreibe etwa fünfundsiebzig Worte die Minute, sehe dabei auf den Bildschirm, auf den Text.

Weil ich den Blick nie abwende, stehen alle Gegenstände so auf dem Tisch, dass sie leicht erreichbar sind. So ungefähr wie bei einem Blinden. Pass mal auf.«

Sie öffnete ein leeres Dokument, fing an zu schreiben und ließ den Blick die ganze Zeit auf den Bildschirm gerichtet. Ich stand neben ihr und sah zu, wie die Worte über den Monitor liefen.

Ich schreibe eine Geschichte, Carson, aber jetzt habe ich beschlossen, mir eine Notiz zu machen, und darum greife ich nach einem Bleistift …

Sie streckte die Hand nach dem Becher mit den Stiften aus. Zwischen ihren Fingerspitzen und dem Becher lagen etwa fünf Zentimeter. Sie zog die Hand zurück und tippte weiter.

Siehst du? Zu weit weg. Jetzt schreibe ich an meiner Story weiter. Hm, ich muss mir ein paar Fakten von meiner Quelle bestätigen lassen. Also greife ich nach dem Telefon …

Sie streckte die Hand aus, die dieses Mal zwei, drei Zentimeter zu weit rechts landete.

Und dann brauche ich auf einmal eine Telefonnummer aus meinem PDA. Immer noch tippend greife ich nach hinten, wo das Ding normalerweise liegt, am Rand der Anrichte, aber …

Ihre Hand schwang nach hinten, ihre Fingernägel berührten den Rand der Anrichte und der kleine Taschencomputer lag ungefähr fünfzehn Zentimeter weiter drüben. Sie drehte sich zu mir um.

»Siehst du?«

»Könnte es sein, dass du heute ein bisschen neben der Spur bist? Vielleicht so zweieinhalb Zentimeter? Das soll kein Witz sein.«

»Ich arbeite jetzt seit acht Jahren auf diese Weise. Mein Büro im Sender ist genauso organisiert. Jemand war hier und hat die Sachen verschoben.«

»Hast du deine Unterlagen kontrolliert? Fehlt etwas?«

Sie öffnete die unterste Schublade. Da waren ein paar dünne Hängeregistraturen untergebracht. »Nicht, dass mir etwas auffiele. Hier gibt es keine Storys, die gerade in der Mache sind. Keine Namen von Personen oder Firmen, die recherchiert werden. Keinerlei belastende Papiere. Alles, was ich hier habe, sind uralte Notizen. Was soll ich jetzt tun?«

Ich räusperte mich. »Es gibt keine Beweise, dass hier jemand eingedrungen ist. Deine Vermutung basiert auf … Ergonomie.«

Sie klopfte mit den pinkfarbenen Nägeln auf die Anrichte. »Du glaubst mir nicht, was?«

»Ich weiß nicht mehr so genau, was ich glauben soll, Dani.«

Sie runzelte die Stirn. »Du drückst dich eigenartig aus, Carson.«

»Wo sind die Blumen, Dani?«

Eine Pause. »Was für Blumen?«

»Du hast Ms Place nicht gesprochen, was? Ich bin vor ein paar Stunden hier vorbeigefahren. Sie hat Blumen im Wert von mehreren Hundert Dollar in Empfang genommen und ich habe sie hierhergebracht.«

»Ähm, sie stehen in meinem Schlafzimmer. Die sind

vom Sender. Äh, weil ich zur Fernsehmoderatorin er…«

»Erspar dir die Lügen. Ich habe die Karte gelesen.«

Ihr Gesicht wurde aschfahl. »Carson …«

»Ich habe neulich Abend auch die Nachricht auf dem Anrufbeantworter gehört. Wann hast du angefangen, mit Buck Kincannon zu schlafen? Erst kürzlich? Oder geht das schon die ganze Zeit so?«

Sie schloss die Augen. Schwankte. Wäre sie gefallen, hätte ich sie nicht aufgefangen.

»Wir, Buck und ich … waren ein Paar, bevor ich dich kennengelernt habe. Das liegt gut ein Jahr zurück. Was du denkst, trifft nicht …«

Ich tat so, als zöge ich eine Karte aus einem Umschlag – wie bei einer Preisverleihung. Oder aus einem Strauß, den ein Geschäft geliefert hat.

»Und meine letzte Frage lautet …«

»Bitte, tu das nicht, Carson.«

»Bist du in letzter Zeit mit Buck Kincannon ins Bett gestiegen? In den vergangenen Monaten?«

Sie ballte die Fäuste zusammen. Tränen liefen ihre Wangen hinunter. »Carson«, flüsterte sie.

»Antworte mir!«, schrie ich.

Sie schloss abermals die Augen. Holte ganz tief Luft.

Und sagte: »Ja.«

»In meinem Haus sind ein paar Sachen von Ihnen, Ms Danbury«, sagte ich. »Ich werde sie in ein, zwei Tagen vorbeibringen und auf Ihrer Terrasse deponieren.«

Kapitel 16

Um Viertel nach zwei in der Nacht hatte ich Danis Sachen in eine grüne Mülltüte gepackt. Ich brachte sie in die Küche, was mir komisch vorkam. Deshalb stellte ich sie aufs Deck. Doch das behagte mir ebenfalls nicht. Die Treppe war auch nicht besser. Am Ende trug ich sie nach unten und verstaute sie in der Kaltwasserdusche unter dem Haus.

Ich versuchte zu schlafen, aber die Bilder in meinem Kopf überschlugen sich und die unterschiedlichsten Gefühle machten meinem Herzen zu schaffen. Der Krieg, der in meinem Innern tobte, hielt mich bis vier Uhr morgens wach. Ich wanderte nach draußen und schlief am Strand endlich ein. Als der Tag graute, erwachte ich. Ich rappelte mich auf, klopfte den Sand aus meinen Klamotten und kehrte ins Haus zurück. Dort duschte ich und brühte Kaffee auf.

Obwohl es erst kurz vor halb sechs war, beschloss ich, ins Büro zu fahren und ein bisschen früher als sonst anzufangen. Zehn Meilen südlich von Mobile stieg eine Rauchwolke über der Stadt auf und malte eine dunkle Schliere an den leuchtend blauen Himmel. Ich stellte das Funkgerät so ein, dass ich den Kanal der Feuerwehr empfangen konnte. Das Durcheinander aus Stimmen deutete auf einen schlimmen Brand hin.

»Jeffers hier, auf der Eastside. Flammen schlagen aus den Fenstern im vierten Stock.«

»Sofort den Schlauch anschmeißen.«

»Alle Hochdruckschläuche sind schon auf der Südseite im Einsatz.«

»Hier ist Smith. Der Hydrant auf der Corcoran Street

verliert mächtig Druck. Schickt uns einen Tankwagen, und zwar schnell.«

»Jeffers. Ich habe hier eine Frau, die sagt, im Vierten sind Leute. Sie hat Schreie gehört. Warten Sie ... da steht ein Mann am Fenster. Schon etwas betagt. Herrje, der wird gleich –«

Ich setzte das Blaulicht aufs Dach, drückte das Gaspedal durch und hielt auf die Rauchwolke zu.

Acht Minuten später fädelte ich mich durch die gaffende Meute am Rand des Schauplatzes. Um den Feuerwehrmännern nicht in die Quere zu kommen, parkte ich einen Block weiter am Bordstein. Das Letzte, was die Jungs jetzt gebrauchen konnten, war ein Fahrzeug, das ihnen einen unentbehrlichen Zugang versperrte. Ich klappte das Ledermäppchen mit meiner Marke auf, steckte es in meine Tasche und joggte zum Ort des Geschehens. Öliger Rauch und Wasserdampf hingen in der Luft.

Ich kannte das Haus, ein vierstöckiges altes Apartmentgebäude mit etwa zwölf Wohnungen pro Etage. Die Miete war nicht hoch, aber wiederum nicht so günstig, dass Junkies und Obdachlose sich hier einmieten konnten. Als Streifenpolizist war ich einige Male hierhergerufen worden, weil sich Paare in die Wolle gekriegt hatten, oder um eine Hure abzuholen, die man vorgeladen hatte. Alles keine wirklich großen Sachen. Damals, als ich noch auf Streife ging, hatten in dem Wohnhaus ein, zwei Huren gewohnt, keine Straßennutten, sondern solche, die man sich nach Hause bestellte. Sie legten Wert darauf, nicht aufzufallen und keinen Ärger zu kriegen, und wir ließen sie auch mehr oder minder in Ruhe, denn wir mussten uns um ganz andere Kaliber als um irgendwelche Callgirls kümmern.

Ich entdeckte einen Feuerwehrkumpel von mir, Captain Rawly Drummond. Er stand neben dem Tankwagen und entledigte sich seiner Sauerstoffflasche und seines gelben Mantels aus feuerfestem Material. Er zog seine Handschuhe aus und wischte sich den Schweiß von der Stirn.

»Hallo, Rawly.«

Als er sich umdrehte, blitzte ein Lächeln unter dem roten Schnauzbart auf, der ganz hervorragend zu einem Goldsucher zu Zeiten des großen Goldrausches gepasst hätte.

»He, Carson. Bist du gekommen, um dir mal anzusehen, wie die Typen arbeiten, die dem Staat wirklich dienen?«

»Ich war auf der Suche nach einem Doughnut-Laden und bin falsch abgebogen. Wie läuft es denn?«

»Anfangs war es ziemlich brenzlig, doch inzwischen gelingt es uns, das Feuer zurückzudrängen. Ziemlich viel brennbares Material in dem Gebäude.«

»Ich habe über Funk einiges mitgekriegt. Sind Leute da drinnen?«

Der Schnauzbart sackte nach unten. »Wir haben die Bewohner noch nicht gezählt, aber anscheinend konnten die meisten Leute rechtzeitig flüchten. Ein alter Mann hat Panik gekriegt und ist aus dem Fenster gesprungen. Zwei Minuten später hätten wir ihn mit der Leiter rausholen können. Man hat ihn noch ins Krankenhaus gebracht, doch da war es schon zu spät.«

»Irgendeine Ahnung, wo das Feuer ausgebrochen ist?«

»Ich habe zwei Jungs reingeschickt, zum Brandherd, von wo sich das Feuer ausgebreitet hat. Meine Männer hatten den Eindruck, trotz der Masken Benzin zu riechen.«

»Brandstiftung?«

»Manche Materialien entwickeln einen Benzingeruch, wenn sie Feuer fangen. Also insofern muss das nicht unbedingt der Fall sein. Trotzdem hat in dem Gebäude irgendwas gekokelt, in zwei Etagen richtig schlimm und in einer weiteren ist es gerade losgegangen. Das asphaltierte Dach war ein einziges Flammenmeer.«

Die Gefahr, dass das Feuer auf angrenzende Gebäude übersprang, war gebannt, und Rawlys Arbeit war getan. Nun kümmerte sich eine andere Einheit um den Brandherd im hinteren Teil des Gebäudes. Ein paar Minuten lang unterhielten wir uns, flunkerten uns gegenseitig etwas vor, doch in allem, was wir austauschten, steckte auch ein Körnchen Wahrheit, so dass es sich unterm Strich die Waage hielt.

»Captain!«, rief ein Mann von der Ecke des Gebäudes. »Wir haben hier eine Leiche.«

»Ach, Scheiße«, knurrte Rawly. Er rannte zu dem Mann und ich folgte den beiden. Als wir um die Ecke bogen, stand ein Feuerwehrwagen mit ausfahrbarer Leiter neben dem Haus. Zwischen dem Fahrzeug und dem Gebäude lag ein Leichnam auf einer zusammenklappbaren Bahre. Zwei junge Feuerwehrmänner starrten den reglosen Körper an. Nach ihrem Blick zu urteilen, war das ihre erste Leiche. Auf dem Helm des Mannes, der Rawly gerufen hatte, stand in Druckbuchstaben der Name JEFFERS.

Jeffers, ein schlanker Mann, der schon ein paar Jahre auf dem Buckel hatte, deutete mit dem Kinn auf die jüngeren Kollegen. »Wills und Hancock haben den Leichnam gefunden und rausgeholt.«

»Vielleicht hätten wir ihn drinnen lassen sollen«, sagte einer der Feuerwehrmänner. »Es war nur so, dass …«

Der Junge konnte nicht weitersprechen. Ich senkte den Blick. Der Leichnam war bis zur Unkenntlichkeit verbrannt und hatte die Form eines durchnässten Briketts in halbmenschlicher Gestalt.

Jeffers bemerkte meine Marke. »Sie sind Polizist? Vielleicht gibt es ja einen Grund, dass Sie hier sind.«

»Wovon reden Sie?«, fragte ich ihn.

»Dreht ihn um«, befahl Jeffers.

Mit abgewandten Gesichtern drehten die jungen Männer den Leichnam vom Rücken auf den Bauch. Zwei schwarze Äste, die Arme, lagen auf dem Rücken der verkohlten Gestalt.

Und an dem, was früher mal Handgelenke gewesen waren, entdeckte ich Handschellen.

Rawly kauerte sich neben den Leichnam und wischte mit dem Daumen die Asche von den Fesseln. Rostfreier Edelstahl kam zum Vorschein. Sie waren ein bisschen angelaufen, glänzten aber immer noch. Der Schließmechanismus war intakt, die Kette geschmiedet. Das waren gute Handschellen von hervorragender Qualität.

Rawly runzelte die Stirn. »Ich denke, die Wahrscheinlichkeit, dass es sich um Brandstiftung handelt, ist gerade gestiegen, Carson. Ich werde mal die Spurensicherung verständigen.«

»Von dem Zimmer, in dem der Leichnam gefunden wurde, ist nicht mehr viel übrig«, meinte Jeffers. »Die Leiche war im dritten Stockwerk oder eigentlich sogar im vierten. Nach dem Gestell zu urteilen, ist das Bett ziemlich groß gewesen. Als die Flammen die Bodenbalken weggefressen haben, ist das Bett in die untere Etage gefallen.«

»Denkst du, das wird ein Fall für dich, Carson?«, wollte Rawly wissen.

»Darum wird sich jemand anders kümmern müssen. Mein Tanzkärtchen ist voll.«

»Willst du dir drinnen trotzdem einen Überblick verschaffen? Ich kann nicht mit Sicherheit sagen, dass wir den Raum abschirmen können. Hier trampeln einfach zu viele Leute herum.«

Auf unserer Seite des Gebäudes war das Feuer mehr oder minder gelöscht. Aus ein paar Zimmern im hinteren Teil drang Rauch, als die Feuerwehrmänner aus dicken Schläuchen Wasser durch die Fenster spritzten.

Ich sah Jeffers an und meinte: »Gehen Sie vor.« Wir stiegen die Leiter hoch und kletterten im dritten Stock durch ein Fenster mit scharfkantigen Glasscherben. Ich schob meinen geborgten Helm zurück, hob den Kopf und schaute in den Himmel. Die darüberliegende Etage und das Dach existierten nicht mehr.

»Bleiben Sie dicht am Zimmerrand«, riet Jeffers. »Der Boden in der Mitte ist nicht belastbar.«

Ich fand mich inmitten einer Ruine aus rußverschmierten Backsteinen wieder. Möbelteile, größtenteils aus Metall, standen herum. Mein Blick fiel auf die verschmurgelten Überreste eines Fernsehers und eines Computers. Ungefähr in der Zimmermitte waren ein verbogener Bettrost und die Federkerne der Matratze zu erkennen. Das Bett musste Übergröße gehabt haben. Der Bezugsstoff in der Mitte war verbrannt und an den Rändern schwarz gefärbt.

»Der Leichnam hat in der Mitte des Bettes gelegen?«, fragte ich.

»Todsicher.« Als er hörte, was er da sagte, schnitt er eine Grimasse und flüsterte: »Tut mir leid.«

Ich studierte den Boden, ein Durcheinander aus verkohlten Bodendielen aus der oberen Etage, Kabeln und Glasscherben. Mit der Fußspitze bewegte ich die Scherben hin und her, die überall aus der Asche hervorragten. Als ich mich ein paar Schritte nach vorn wagte, knirschten die versengten Dielen wie Eis.

»Keinen Schritt weiter«, rief Jeffers und packte mich am Arm.

Ich machte einen Rückzieher. »Das brauchen Sie mir nicht zwei Mal zu sagen.« Ich griff nach unten, schob den Unrat beiseite und hob eine der vielen Glasscherben auf. Nachdem ich die Asche weggepustet hatte, spiegelte sich mein Gesicht auf der Scherbe.

»Das war ein Spiegel«, stellte ich fest.

Jeffers kniete sich hin und kämmte den Boden gründlich ab.

»Ganz schön viel Spiegelglasscherben. Das muss ein Riesending gewesen sein.« Zentimeterweise arbeitete er sich über die Dielen zum Bett vor.

»In den Federkernen stecken auch Spiegelscherben. Richtig große Stücke.« Jeffers' Blick wanderte durch den nicht mehr existierenden Raum. »Was halten Sie davon, Detective?«

Ich schaute mich in den Ruinen um. Jetzt, wo ich wusste, wonach ich suchte, entdeckte ich überall Spiegelglasscherben.

»Ein Spiegel über dem Bett. Oder an der Wand. Vielleicht auch an der Decke und der Wand.«

»Ich denke mal, für diese Antwort kriegen Sie eine Eins plus«, lobte Jeffers mich. »Haben Sie genug gesehen?«

X Kapitel 17

Als ich ins Büro der Detectives spazierte, legte Harry gerade den Telefonhörer auf. Er blähte die Nasenlöcher und schaute mich an.

»Ich rieche Rauch.«

»In einem Wohnhaus Ecke Corcoran und Hopple hat es gebrannt. Ich habe kurz angehalten und mich dort umgetan.«

Harry nickte. »Darüber wurde im Fernsehen berichtet. Hörte sich gravierend an.«

»Sie haben es jetzt unter Kontrolle. Zwei Tote, soweit ich weiß. Irgendein armer alter Kerl, der Heidenangst hatte und aus dem Fenster gesprungen ist. Ich war gerade da, als sie die zweite Leiche gefunden haben. Hatte die Arme auf dem Rücken gefesselt. Mit Handschellen.«

»Uh-oh. Mann oder Frau?«

»Konnte man nicht sagen. Von der Größe her eher eine Frau. Sah so aus, als hätte sie vor dem Feuer in einem Zimmer voller Spiegel gelegen.«

»War das dieses vierstöckige Wohnhaus Ecke Corcoran und Hopple, auf der Ostseite?«

Ich nickte.

»In dem Gebäude wohnten früher mal ein paar Callgirls. Haben ihre Kunden wahrscheinlich bei sich zu Hause empfangen. Die hatten auch so spezielle Vorlieben im Sortiment. Bondage, Sadomaso. Abgedrehte Rollenspiele. Vielleicht hat ein Kunde mit derlei Vorlieben ja die Beherrschung verloren und musste schnell seine Spuren verwischen.«

»Das ist ihm dann geglückt. Alles, was es da an Spuren gab, fliegt jetzt irgendwo in der Troposphäre herum.«

Harry zuckte mit den Achseln. »Den Fall muss nun, Gott sei Dank, jemand anders bearbeiten. Hör mal, ich habe eben einen Anruf von Lincoln Haley von WTSJ gekriegt. Er hat ein paar Unterlagen von Taneesha Franklin gefunden. Und auf einer der Seiten stehen wohl unsere Namen.«

»Dann lass uns mal da hinfahren und einen Blick darauf werfen.«

Als wir durch die Tür traten, unterhielt Lincoln Haley sich gerade mit der Empfangsdame. Mit einer Handbewegung forderte er uns auf, ihm zu folgen. Aus den allgegenwärtigen Lautsprechern drang James Browns *Baby, Baby, Baby*. Seine Stimme klang wie die eines von einer Tarantel gestochenen Ozelots.

Haley sagte: »Teesh hat auch als Werbetexterin gearbeitet. Nachdem sie in der Nachrichtenabteilung angefangen hatte, nicht mehr so oft, aber sie ist eingesprungen, wenn einer von unseren anderen Textern zu viel zu tun hatte. Teesh hat nicht an ihrem normalen Schreibtisch getextet, sondern im Verkaufsbüro.« Haley rang sich ein Lächeln ab. »Ich denke, sie hatte das Gefühl, sie würde das Büro der Nachrichtenabteilung kontaminieren, wenn sie dort ihre Werbetexte fabrizierte.«

Wir wanderten in sein Büro. Ein Schreibtisch, eine Couch, ein paar Stühle. Ein Regal mit Andenken, Fotos von berühmten Musikern, drei mit Autogrammen vollgekritzelte Baseballs, ein signierter Handschuh. Er deutete auf die Stühle und wir setzten uns. Haley tat es uns gleich und nahm einen Stapel Papiere hoch.

»Unsere eigentliche Werbetexterin, Sharie Dumond, hat alte Computerdateien gelöscht und ist dabei auf einen Ordner von Teesh gestoßen. Ist nur ein kleiner Ordner mit wenig Inhalt. Betitelt mit ›Danbury‹.«

Ich beugte mich vor. »Danbury?«

»Falls mich nicht alles täuscht, habe ich schon erwähnt, dass Teesh sich ein paar Mal mit DeeDee Danbury, der Reporterin von Channel 14, getroffen hat. In dem Ordner sind anscheinend Notizen, die sie sich bei den Treffen gemacht hat. Ich gehe mal davon aus, dass Teesh irgendwann, nachdem sie mit dem Texten fertig war, beschlossen hat, die handschriftlichen Notizen in den Computer zu tippen. Sie sind nicht leicht zu entziffern – sie hat direkt transkribiert und in ihrer eigenen Kurzschrift.«

»Und in diesen Aufzeichnungen tauchen unsere Namen auf?«

»Sie ähneln Notizen aus dem Schulunterricht, als hätte Ms Danbury einen Vortrag gehalten und Teesh mitgeschrieben. Hier ist die Seite …«

Ich neigte mich vor, nahm von Haley das Blatt Papier in Empfang und las die Anmerkung.

MPD Beschützer: Det C Ryder, Det H Nautilus. Falls Prob. // auch SP, Arn Norlin.

»Ist es was Wichtiges?«, fragte Harry und spähte über meine Schulter.

Ich schüttelte den Kopf und merkte, wie sich bei mir Enttäuschung breitmachte. »Eigentlich nicht. Ich denke, die Botschaft bedeutet einfach, sollte Taneesha irgendwann mit dem MPD Probleme kriegen, könnten du und ich ihr aus der Patsche helfen.«

»Probleme?« Haley runzelte die Stirn. »Patsche?«

»Klingt schlimmer, als es ist«, winkte ich ab. »Das sind Namen, die sie erwähnen soll, falls sie an der Nase herumgeführt wird oder vielleicht eine Art Türöffner braucht. Für manche Cops ist es ein Hobby, Journalisten im Regen stehen zu lassen.«

In dem Moment kam mir Pace Logan in den Sinn. Ich konnte nur hoffen, dass sich dieser Wesenszug nicht auf Shuttles übertrug. Man gibt der Presse nicht alles, was man hat, doch wenn man Journalisten richtig behandelt, zahlt sich das auf die eine oder andere Weise aus. Das hatte ich schon begriffen, bevor ich was mit einer Reporterin anfing.

»Und was ist mit dem anderen Namen?«, fragte Haley.

»Die gleiche Sache, anderer Zuständigkeitsbereich.

Arn Norlin arbeitet für die State Police. Er ist ein anständiger Kerl. Dani kennt Arn schon seit Jahren.«

»Dani?«

»Ms Danbury«, erklärte ich. »Mit Vornamen heißt sie Danielle, daher die Initialen DD und der Spitzname.«

»Sie kennen sie?«

Ich fühlte mich in die Ecke gedrängt. »Sie, ähm, ist meine …«

Harry zwinkerte. »Ms Danbury ist die bessere Hälfte meines Partners, Mr Haley, falls man das heute überhaupt noch so nennt. Cop und Reporter, Feuer und Wasser. Trotzdem sind die beiden schon seit einem Jahr zusammen.«

Haley grinste. »Gratulation. Nach allem, was mir Teesh über Ihre Freundin erzählt hat, können Sie sich glücklich schätzen.«

Ich versuchte mich an einem höflichen Lächeln, doch es fühlte sich an, als würde ich die Zähne fletschen.

»Tut mir leid, dass ich Sie umsonst hierhergelockt habe«, fuhr Haley fort, »aber ich dachte, es wäre wichtig. Ich wollte mich melden, bevor ich heute Abend die Stadt verlasse.«

»Urlaub?«, erkundigte sich Harry. Ich stand auf und wandte mich ab, denn vor lauter Anstrengung, nicht laut zu brüllen, tat mir das Gesicht weh.

»Mein Bruder wohnt in Atlanta. Ich fahre für ein paar Tage zu ihm, schau mir ein Spiel an. Lass mich ein bisschen ablenken.«

»Sind Sie Braves-Fan?«, wollte Harry wissen.

Haley nickte. »Ich habe auf dem College gespielt. Außenfeldspieler. Und Sie?«

Harry erhob sich schwitzend von seinem Stuhl. »Ich stehe auf Baseball. Aber meine Erfahrung beschränkt sich auf die Jugendliga. Kennen Sie das Spielfeld westlich von

Pritchard? Vor drei Jahren habe ich mein Scherflein dazu beigetragen, dass man dort wieder trainieren kann.«

Großer Gott, nicht schon wieder diese Geschichte ...

Haley schüttelte den Kopf. »Den Platz kenne ich nicht, aber in der Gegend treibe ich mich normalerweise auch nicht herum. He, soll ich Teeshs Notizen für Sie kopieren? Nur für alle Fälle?«

»Ja«, antwortete Harry. »Ich tue sie in die Akte. He, haben Sie mal ein Spiel gesehen, wo Aaron mitspielte?«

»Lass uns gehen, Bruder«, sagte ich und packte ihn am Ellbogen.

»Die Kinder wollten so gern eine Anzeigetafel, Carson, nichts Ausgefallenes, nur nummerierte Karten für die Home Runs oder falls ein Ball ins Aus geschlagen wurde. Wäre doch nett, wenn sie ihren Willen kriegten.«

»Umph«, grunzte ich.

Harry schlitterte mit dem Dienstwagen über drei Spuren. Das wütende Gehupe hinter uns kriegte er gar nicht mit. Er schaute in den Rückspiegel und winkte. *Danke, dass Sie uns reingelassen haben.* Das Baseballgespräch mit Haley hatte meinen Partner angeregt, wieder einen Monolog darüber zu halten, wie er mit Buck Kincannon dafür gesorgt hatte, dass die Kinder ein Spielfeld kriegten.

»He, Cars, lass uns umkehren und einen Blick drauf werfen.«

»Einen Blick worauf werfen?«

»Das Spielfeld. Ich komme nie in diese Gegend. Dauert nur zehn Minuten.«

Ich könnte aus dem Wagen springen, dachte ich, als Harry mit dem Wagen auf das Feld seiner Träume zusteuerte. *Die Tür aufstoßen und laut losschreien ...*

Harry fuhr ein paar Meilen, ging dann vom Gas, reckte den Kopf und drehte ihn in alle Richtungen. Aus Fertigteilen zusammengesetzte Gebäude, von Zäunen und Stacheldraht umgeben, ein Schrotthändler, ein Friedhof für Schulbusse. Selbst bei geschlossenen Fenstern und mit laufender Klimaanlage drang ein chemischer Geruch ins Wageninnere.

»Ist schon so lange her, dass ich mich nicht mehr erinnere, wo das Feld genau war. Alles verändert sich. Ich weiß gar nicht mehr, wo vorn und hinten ist.«

Harry hielt vor einem klapperdürren Mann an, der nur ein weites Paar abgerissener Jeans trug. Sein Gesicht war fleckig, als hätte er die Krätze. Dem Aussehen nach schätzte ich ihn auf vierzig.

Mein Partner kurbelte sein Fenster herunter. »Sag mal, Kumpel, weißt du, ob es hier in der Nähe einen kleinen Sportplatz gibt?«

Der Typ stolperte in unsere Richtung. Er grinste, als würde er jemanden wiedererkennen. An seinem Mund konnte man sehen, dass er auf Crack war: Sein Zahnfleisch war so gut wie verschwunden und die schwarzen Zähne hatten blutverkrustete Wurzelhälse.

»Haaa-i-eee«, wieherte der Typ und packte Harry am Ellbogen. »Haaa-i-eee.«

Wenn man den Mund vergaß und ihn aus der Nähe betrachtete, stellte man fest, dass er etwa achtzehn Jahre alt war. Crackrauchen hatte dieselbe Wirkung wie mit Salzsäure gurgeln. Und außerdem kratzten die Süchtigen sich die Haut auf, um an die Käfer zu kommen, die durch ihre Adern krabbelten. Aufgrund des Gewichtsverlusts hing die Haut wie ein nasser Lappen an seinen Knochen.

»Ähm, vielen Dank auch.« Beim Wegfahren schaute Harry mehrmals in den Rückspiegel. Der Typ rief immer noch: »Haaa-i-eee.«

»Das war informativ«, meinte ich.

»Es war hier. Ich weiß, dass es hier war.«

»Vielleicht verlegt Buckie das Spielfeld um diese Jahreszeit ja nach Minnesota, weil's dort kühler ist.«

»Was?«

»Wenn du es nicht findest, findest du es eben nicht. Lass uns umkehren.«

Er trommelte mit den Fingern aufs Lenkrad und überlegte. »Noch ein Versuch.«

»Harry ...«

Wir fuhren durch ein übles Viertel voll verfallender Häuser und Menschen mit leerem Blick. Eine Schule mit vergitterten Fenstern flog an uns vorbei. Die Geschäfte und Firmen waren typisch für so eine Gegend: Läden, wo man Schecks einlösen konnte, Bars, Pfandhäuser, schwer gesicherte Lebensmittelgeschäfte, in denen die Angestellten hinter kugelsicherem Glas kauerten.

Harry hielt vor dem einzigen adretten Schaufenster in der Straße. Auf einem abgehängten Schild stand DREAMCENTER SOCIAL SERVICES. Die Fassade schmückte ein farbenfrohes Wandbild mit weißen und braunen Gesichtern, Alleen, einem Mann, der Hotdogs briet, Kindern, die in einem Pool schwammen, und einer freundlichen Sonne, die über allen wachte. Das Bild passte hier in etwa so gut her wie eins vom Zauberreich Oz im Nagasaki des Jahres 1946.

Zwei Mal vergewisserten wir uns, dass der Crown Vic abgeschlossen war, ehe wir die Einrichtung betraten.

Eine volle Frauenstimme tönte uns entgegen: »Harry Nautilus? Verdammt, du bist es wirklich!«

Mardy Baker war eine kräftige Frau und überragte mich mit meinen ein Meter sechsundachtzig, war allerdings etwas kleiner als Harry, der es auf einsdreiundneunzig brachte. Sie hatte weite Khakis und ein T-Shirt mit dem Aufdruck JOIN THE COMMUNI-TEAM! an. Und dazu trug sie doch tatsächlich pinkfarbene Pumps, die vorn und hinten offen waren. Ihre Finger- und Fußnägel waren mit Goldlack angepinselt.

Ms Bakers Überschwänglichkeit passte sehr gut zu ihrer Statur. Sie drückte Harry an die Brust, die den Umfang eines LKW-Reifens hatte, und musterte seine ratlose Miene.

»Der Herr lasse Gnade walten, Harry Nautilus, du verfluchter Kerl. Ähm, war das blasphemisch? Hin und wieder habe ich deinen Namen in der Zeitung gelesen, Harry. Du bist mir schon eine Nummer.«

Harry stellte uns vor. Wir wurden in ein Büro mit einem Schreibtisch, Stuhl und mehreren Regalen gescheucht. Ms Baker donnerte den Flur hinunter, um Kaffee zu holen. Ich studierte die heiteren Poster an den Wänden, die Infobroschürenstapel, die rieten, einen AIDS-Test machen zu lassen, während der Schwangerschaft keinen Alkohol zu trinken, auf dem zweiten Bildungsweg einen Highschool-Abschluss zu machen und so weiter und so fort. In einer Ecke lag ein bunter Teppich mit Spielsachen. Hier konnten die Kinder spielen, während sie die Eltern beriet, vermutete ich.

Ms Baker kehrte mit einem Tablett mit Kaffeekanne, Milch und Zuckertütchen zurück. Dann lehnte sie sich an die Wand und musterte Harry erneut.

»Was führt dich her, Harry? Oder warst du einfach in der Gegend?«

»Vor ein paar Tagen habe ich mich mit Carson unterhalten und da sind wir auf das Baseball-Projekt gekommen. Und weil wir gerade in der Nähe waren, dachte ich mir, ich könnte es ihm ja mal zeigen. Nur gefunden habe ich es nicht.«

Ms Baker schnaufte laut.

»Liegt vielleicht daran, dass es sich mittlerweile unter einer Lagerhalle befindet.«

Harry sackte in sich zusammen. »Trotz all der Mühe, der Ausrüstung, der Sanierung? Was, zum Teufel, ist denn passiert?«

Mardy Baker drehte sich zum Fenster um und betrachtete die Straßen. »Vielleicht trügt mich ja meine Erinnerung, Harry. Oder ich bin voreingenommen. Jedenfalls sind meine Ansichten nicht öffentlichkeitstauglich.« Resignation und Groll hielten sich in ihrer Stimme die Waage.

»Wir sind in deinen Augen doch nicht die Öffentlichkeit, oder?«, hakte Harry nach.

Sie ging zu ihrem Schreibtisch, setzte sich und umklammerte mit beiden Händen ihre Kaffeetasse. »Im ersten Jahr lief es prima. Das Geld kam wie versprochen, die Mitgliederzahl wuchs, wir hatten etwa siebzig Kinder zusammen. Und die Finanzierung der nächsten Saison war so gut wie eingetütet …«

Harry wandte sich an mich. »Ich musste mich ausklinken, als die Sache in Fahrt kam, denn ich war gerade von der Sitte ins Morddezernat versetzt worden. Das war ein harter Sommer, neue Gangs schossen wie Pilze aus dem Boden und trieben ihr Unwesen. Ich musste gleichzeitig drei Schusswechsel aus fahrenden Autos bearbeiten.«

Ms Baker fuhr fort. »Harry hat alles ins Rollen gebracht und die Verbindungen hergestellt.«

»Und was ist dann passiert?«, fragte ich.

»Ich habe mich an den Geldgeber gewandt, ganz offiziell einen Kostenplan erstellt und Mr Kincannon angerufen, ihn aber telefonisch nie erwischt. Entweder war er im Urlaub, nicht in der Stadt oder in einer Besprechung. Eines Tages tauchte ein Anwalt auf, aalglatt und so höflich, als hätte er den Knigge auswendig gelernt. Er hat mir ein paar Vorschläge für die kommende Saison vorgelegt.«

»Was für Vorschläge?«

»Die Teams hatten Namen wie Panthers, Gators und Bears, eben Namen, wie Kinder sie sich aussuchen.« Ms Baker schmunzelte. »Natürlich hätte ihnen Stone Killers, Bloody Warriors oder Ninja Mutants viel besser gefallen, doch wir haben ihnen eine Liste gegeben mit Namen, die nicht ganz so extrem waren.«

»Dem Anwalt hätte Stone Bloody Ninjas besser gefallen?«, staunte ich.

»Er schlug uns Firmennamen vor wie Panorama Advertising, Magnitude Construction oder Clarity Broadcasting.«

Ich nickte. »Alles Namen von Firmen, an denen Kincannon beteiligt ist, nehme ich an. Trotzdem, wenn sie die Mannschaften finanziell unterstützen ...«

»Klar doch, Sponsoring durch Unternehmen. Ich habe eingewilligt, den Mannschaften neue Namen zu verpassen. Ein paar Tage später wurde uns der nächste Vorschlag unterbreitet.« Sie hielt inne. »Der war ein bisschen ... unverschämter.«

Ich zog eine Augenbraue hoch.

Ms Baker sah zu Harry hinüber. »Weißt du noch, wie die Stadt eine Sammelstelle für Industrieabfälle drüben bei den Sozialbauwohnungen in der Saylor Street einrichten wollte?«

»War ein harter Kampf. Die Firma, die damit betraut war, hatte keinen guten Ruf. Chem-Tron?«

»Chemitrol. Der Anwalt tauchte mit Tabellen und Grafiken auf, die alles so hinstellten, als wäre die Umladestation eine Riesenchance für das Viertel: Arbeitsplätze, Ausbildung, Schulungen ... und Geld, das sich wie ein Tsunami ausbreiten würde.«

Ms Baker trank einen Schluck Kaffee und runzelte die Stirn. Ich bezweifelte, dass das Stirnrunzeln dem Geschmack des Kaffees geschuldet war. Sie fuhr fort.

»Ich fing an zu recherchieren. Und fand einiges heraus, was man uns nicht gesagt hatte. Die Hochrechnungen. Die Menge der Chemikalien, die durch unsere Straßen befördert werden sollten. Dann habe ich mich über diesen ganzen Industriezweig und ähnliche Anlagen informiert. Und ratet mal, was dabei herausgekommen ist?«

»Die Fakten sind ein bisschen frisiert worden?«, schlug ich vor.

»So ein Ding kann man mit einem Dutzend Menschen betreiben. Vier davon müssen Chemie studiert haben. Die anderen schieben Telefondienst und legen Akten ab.«

»Also acht Arbeitsplätze, für die der Mindestlohn gezahlt wird«, schlussfolgerte ich.

»Das war eine richtig miese Tour. Viel Trara und nichts dahinter.«

Harry beugte sich vor. »Und was ist danach passiert, Mardy?«

»Der Herr Rechtsanwalt ist mit diesen toll aufgemachten Flugblättern aufgetaucht, die die Sammelstelle anpriesen, und wollte, dass die Kinder sie im Viertel verteilen.«

»Sehr geschickt«, fand ich. »Und gut für die Presse.«

»Der Herr Rechtsanwalt schlug vor, eine Parade zugunsten der Sammelstelle zu veranstalten. Wir brauchten nur zu erscheinen, Mütter, Väter, Kinder, Tanten und Onkel, und die propersten Leute, die wir kennen, zum Kommen zu überreden –«

»Die propersten Leute?«, fragte Harry.

»Der hat doch keine Sekunde darüber nachgedacht, was er da faselt.«

»Mistkerl«, murmelte Harry.

»Sie wollten sich um die Genehmigung der Parade kümmern«, erzählte Ms Baker, »und dafür sorgen, dass die Medienleute ebenfalls erscheinen. Der Herr Anwalt hatte sogar schon das Drehbuch fertig. ›Einen Schritt voran für unsere Kinder‹, ›Kinder sind die Zukunft, wenn die Eltern Arbeit haben‹, ›Chemitrol – wir kümmern uns um die Gemeinde‹. Wie Papageien sollten unsere *properen Leute* dieses verlogene Gesülze singen, entschuldigt meine Ausdrucksweise. Ich habe dem Typen gesagt, er könne seine Flugblätter in Stacheldraht packen und sie sich in den Allerwertesten schieben. Vielleicht habe ich es etwas netter formuliert. Aber nicht viel netter.«

»Und der Geldhahn wurde zugedreht?«, mutmaßte ich.

»Das Spielfeld kriegte ein Vorhängeschloss und wurde zugesperrt. Und es dauerte keine Woche, bis alles vorbei war.«

»Und du hast nie von Kincannon gehört?« Harrys Stimme war nur noch ein leises Krächzen.

»Ich hatte mir überlegt, Krawall zu schlagen, doch dann habe ich begriffen, dass sie nur auf die Schläger, Handschuhe und Trikots zeigen mussten und wir am Ende wie nörgelnde Idioten dastehen würden. Die Trikots wurden mit der Zeit natürlich schäbig und gingen kaputt und die Ausrüstung löste sich in ihre Einzelteile auf. Und ohne ein anständiges Spielfeld verloren die Kinder natürlich das Interesse.«

Mardy Baker schloss die Augen und rieb sie mit den Fingerspitzen.

»Tausend Mal habe ich Gott gedankt, dass er so gutherzige Menschen zu uns geschickt hat. Und im nächsten Jahr standen sie mit ausgestreckten Händen da und verlangten Gegenleistungen.«

»Jetzt fällt bei mir der Groschen«, erklärte ich zu

Harry gewandt. »Clair hat gesagt, nur wenige Reiche würden mit beiden Händen geben. Ich dachte, in ihren Augen wären die Kincannons eine Ausnahme und wirklich großzügig. Doch in Wahrheit hat sie gemeint, mit einer Hand werden die Gaben verteilt und die andere ist schwer damit beschäftigt, sich etwas zurückzuholen.«

Ms Baker beäugte mich über die Kaffeetasse hinweg.

»Die eine Hand gibt, die andere nimmt«, sagte sie. »Das trifft, verflucht noch mal, den Nagel auf den Kopf.«

Ein niedergeschlagener Harry fuhr dieselbe Strecke zurück, die wir gekommen waren, vorbei an der Lagerhalle, einem mit billigen Materialien hochgezogenen Gebäude auf zwei Morgen Asphalt. Auf diesem von Maschendrahtzäunen gesäumten Gelände wurden nun Anhänger, Kräne und Gerüststangen gelagert. Missmutig beobachtete er, wie ein vollgeladener Lastwagen aus dem Gebäude rollte, gefolgt von einer kleinen Planierraupe. Auf der Tür des Lasters stand MAGNOLIA INDUSTRIAL DEVELOPMENTS.

Harry deutete mit dem Finger darauf. »Dort war das Spielfeld. Weißt du, wem Magnolia Industrial Development gehört?«

»Den Kincannons?«, riet ich.

»Mistkerle.«

Harry fuhr mit zehn Meilen pro Stunde die Straße hinunter, wo der Cracksüchtige herumgelungert hatte, schaute sich um, blieb stehen und spähte in die kleinen Gassen.

»Suchst du was Bestimmtes?«, fragte ich ihn.

»Der Crackkopf, der fertige Junge mit dem kaputten Maul. Haaa-i-eee. Ich glaube, er wollte meinen Namen sagen. Muss einer von den Spielern von damals gewesen sein, eins von den Kindern. Von woher sollte er mich denn sonst kennen?«

»Es tut mir echt leid, Bruder«, brummte ich.

»Ich schwöre, wenn Buck Kincannon jetzt vor mir stünde, Cop hin oder her, ich würde diesen Hurensohn an die Wand knallen, dreißig Meter von ihm wegtreten und lernen, wie man mit Pfeil und Bogen schießt.«

Ich hatte schon überlegt, wann und wie ich Harry von Dani erzählen sollte. Jetzt schien mir der richtige Zeitpunkt gekommen zu sein.

»Harry?«, sagte ich.

»Was ist denn, Bruder?«

»Ms Danbury treibt es mit Buck Kincannon.«

Ich sah, wie Harry das Steuer umklammerte, als wäre er am Ersticken.

»So was kommt ja öfter vor«, meinte er.

Kapitel 18

Harry und ich fuhren nach Mobile zurück und arbeiteten schweigend Rudolnicks Patientenakten durch. Unsere schwelende Übellaunigkeit – angestachelt von einem falschen Wort, einer zweideutigen Geste oder einer Bemerkung von unserem Klugscheißer Pace Logan – kam bei den Kollegen nicht gut an, doch da Buck Kincannon uns beiden zugesetzt hatte, waren wir wenigstens voreinander sicher.

Nachdem Harry sich eine Stunde lang mit Begriffen aus der Psychotherapie herumgeschlagen hatte, legte er einen Stapel Akten in die Kiste zurück. »Was hältst du davon, wenn wir Terry Baney mit dem Lastwagenfahrer zusammenbringen und er eine Zeichnung für uns anfertigt, die wir auf der Straße verteilen?«, schlug er vor.

Terry Baney war unser Phantomzeichner. »Was willst du mit einer Zeichnung? Der Täter hat kein Gesicht, das man zeichnen könnte, Harry. Wir haben einen Augenzeugen, richtig? Und wenn man seinen Worten Glauben schenken darf, sieht unser Täter wie ein Wookie aus. Oder wie ein Yeti.«

»Wenn du einem Yeti auf der Straße begegnen würdest, würdest du dich auch an ihn erinnern, Carson. Oder?«

Eine Stunde später standen wir in Arlin Dells mit Blumen übersätem Krankenhauszimmer. Inzwischen hatte man ihn von den meisten Geräten abgehängt. Der Lastwagenfahrer schaute mürrisch drein, weil er unsere Bitte ziemlich komisch fand.

»Alles, was ich gesehen habe, waren Haare. Das habe ich Ihnen doch schon gesagt«, murrte Dell. »Erinnern Sie sich an Cousin Itt aus der *Addams Family*? Den müssen Sie zeichnen, aber lassen Sie den Hut weg.«

»Das war eine Melone«, korrigierte Baney ihn. Er setzte sich auf einen Stuhl neben Dells Bett. In der einen Hand hielt er ein Zeichenbrett, in der anderen einen dicken Bleistift. Harry und ich lehnten an der Wand.

Dell verdrehte die Augen. »Melone, Zylinder, was auch immer.«

Terry Baney war dreiundvierzig Jahre alt und wirkte wie jemand, der sich eher mit Versicherungsstatistiken befasste als mit Zeichenutensilien. Er war zierlich, trug eine Brille, hatte pomadisiertes Haar und rote Bäckchen. Den Anzug, den er trug, hatte er wahrscheinlich auf einem Kaufhaus-Grabbeltisch erstanden und den einzigen künstlerischen Touch, den er sich leistete, war eine Westernkrawatte und eine silberne, mit Türkisen besetzte Gürtelschnalle. Doch war der Mann extrem begabt, verfügte über die Fähigkeit, Erinnerungsfetzen aus Augenzeugen herauszuholen und diese in Zeichnungen umzusetzen, die zwar nicht mit einem Foto mithalten konnten, dafür aber etwas anderes besaßen: emotionalen Informationsgehalt.

Baney zeichnete drei Formen auf seinem Brett, einen abgeflachten Kreis, einen Kreis und ein längliches Oval. Anschließend drehte er das Brett in Dells Richtung und tippte mit dem Bleistift auf die Formen.

»Welche von diesen drei Grundformen hatte der Kopf des Täters?«

»Ach, kommen Sie«, knurrte Dell.

Baney lächelte nonchalant und hielt dem Lastwagenfahrer das Brett beharrlich vor die Augen.

Dell überlegte kurz. »Die mittlere. Vielleicht ein bisschen kantiger, wie eine Kiste.«

Baney riss das Blatt ab und warf es auf den Boden. Er malte einen eher viereckigen Kreis und fügte Linien hinzu, die eine Frisur andeuten sollten.

»Die Haare, sind sie ganz glatt heruntergefallen? In etwa so?« Er zeichnete vertikale Linien auf das Oval. »Oder war es eher seitlich aufgebauscht so wie hier?« Baney malte nun Striche, die leicht abstanden, und schuf damit eine Dreiecksform.

»So. Es war aufgebauscht.«

»Waren die Haare aufgebauscht und glatt? Oder waren es Locken, so gekräuselt wie hier?« Baney zeichnete gewellte Linien.

»Nein, anders. Das Haar war glatt.«

Baney riss die Seite ab und fing auf einem neuen Blatt von vorn an.

»Die Augen des Mannes, Mr Dell. Sie haben gesagt, sie hätten in dem Haarwust wie Löcher ausgesehen.«

Dell betätigte den Schalter, mit dem er das Bett verstellen konnte, bis er höher saß. »Nur Löcher. Und sie waren ganz schön tief. Als hätte ihm jemand die Augen eingedrückt.«

»Lassen Sie uns mal über die Form sprechen. Runde Löcher wie die hier?« Baney zeichnete seine Phantasie. »Oder waren sie eher so?« Seine Hand flog über das Papier, zeichnete, verwischte, formte. Am Ende hatte er markante Wangenknochen und tiefliegende Augen gezaubert.

Dell tippte mit dem Finger auf das Brett. »So. Ich erinnere mich an ein weißes Dreieck über den Augen. Haut. Hat wie ein Zelt von vorn ausgesehen.«

»Das deutet darauf hin, dass die Haare gescheitelt waren«, schlussfolgerte Baney, warf die Seite weg und fing noch mal von vorn an. Sein Bleistift sauste über das Papier. »Genau in der Mitte. Das führt zu diesem Zelteffekt. Kann ich dieses Wort in Zukunft verwenden, Mr Dell? Zelteffekt?«

Dell grinste und nickte. Der Mann freute sich über seine Wortkreation.

»Die tiefliegenden Augen des haarigen Mannes«, fragte Baney. »Waren sie klein oder groß?«

Dell dachte mit geschlossenen Augen nach. »Klein. Oder vielleicht wirkten sie auch nur so, weil der Kerl ...« Der Lastwagenfahrer öffnete die Augen. »Wütend war. Grimmig guckte.« Dell runzelte die Stirn, um Baney den Blick vorzumachen.

Baney nickte und arbeitete weiter. »Also, dann nehme ich mal ein normales schmales Gesicht, zeichne markante Wangenknochen unter die Augen, mache das Haar glatt, aber voll, male eine leere Fläche in die Mitte der Stirn und seine Augen schmal vor Wut ...«

Beim Malen, Schattieren und Verwischen wirkte Baney

wie entrückt. Nach ein paar Minuten drehte er das Brett in Dells Richtung.

»Erinnert Sie das an jemanden?«

Der Lastwagenfahrer machte große Augen und ließ die Kinnlade fallen.

»Das ist er. Wie haben Sie das nur hingekriegt?«

Harry und ich fuhren zurück ins Polizeipräsidium, um die Zeichnung zu fotokopieren, die wir auf der Straße herumzeigen und an unser Informantennetz verteilen wollten. Das Bild ließen wir dann auf Harrys Schreibtisch liegen und schlenderten zur Thermoskanne hinüber, die fast leer war. Den Kaffee besorgten wir uns schließlich einen Stock tiefer im Raubdezernat.

Bei unserer Rückkehr lag die Zeichnung neben Harrys Schreibtisch auf dem Boden. Der Detective, der am nächsten stand, war Pace Logan. Er lehnte an einem Stützpfeiler und überflog ein Blatt Papier. Shuttles stand mit gepeinigter Miene neben ihm.

»Das hier hast du nicht richtig gemacht«, belehrte Logan Shuttles. »Und deine Rechtschreibung ist eine Katastrophe. Es heißt *Täter* und nicht *Tä – h – ter*.«

»Tut mir leid, Pace«, meinte Shuttles. »Ich schreibe den Bericht noch mal neu.«

»Hat hier wer auf meinem Schreibtisch herumgewühlt?«, knurrte Harry und starrte Logan an.

Logan spähte über seine Lesebrille. »Mach dir nicht ins Hemd, Nautilus. Ich habe mir deine dämliche Zeichnung angeschaut. Bin an deinem Schreibtisch vorbeigekommen und konnte mich nicht entscheiden, ob das Charlie Manson oder ein Grizzlybär sein soll.«

»Wie wäre es, wenn du sie das nächste Mal wieder aufhebst und zurück auf den Schreibtisch legst?«

Logan schüttelte den Kopf, drehte sich um und wanderte zu seinem Schreibtisch hinüber.

»Noch zwei Monate«, murmelte Harry.

Wir zeigten das Phantombild herum, verteilten es an ein paar von unseren Spitzeln und baten sie, uns anzurufen, falls sie dem Typen begegneten. Wenn er sich die Haare hatte schneiden lassen und den Bart abrasiert hatte – und die Chancen dafür standen ganz gut, falls er nicht total bescheuert war –, nützte uns die Zeichnung nichts.

Nachdem wir alle Phantombilder verteilt hatten, fuhren wir auf ein Bier und einen Teller Gumbo zum Flanagan's. Harry warf mir ab und an einen Blick zu, den ich eher spürte als sah. Er schob seinen Teller weg.

»Was willst du jetzt tun, Carson? Mit Da... Ms Danbury?«

»Ist schon erledigt.«

Harry rührte mit dem Löffel im leeren Teller herum.

»Bist du dir sicher, dass sie was mit Kincannon hat? Ich meine, sie war wirklich –«

»Ich habe sie einfach gefragt, Harry. Sie hat zugegeben, mit Buckie zu schlafen.«

Harry nickte. Er warf einen Blick über meine Schulter und schnitt eine Grimasse. Ich drehte mich zu dem Fernseher über der Theke um. Dani moderierte die Sechs-Uhr-Nachrichten und fingerte wie ihre Kollegen mit den Unterlagen auf dem Tisch herum. Sie brachte eine Geschichte über das Feuer vom heutigen Morgen.

»... Mann sprang, ehe die Feuerwehrmänner bei ihm waren. Er starb auf dem Weg ins Krankenhaus. In den Trümmern wurde eine stark verbrannte Frauenleiche gefunden. Der Name der Toten wird erst veröffentlicht, wenn die Verwandten informiert worden sind ...«

»Schalten Sie doch mal auf einen anderen Kanal«, rief Harry Eloise, unserer Bedienung, zu.

»Lassen Sie nur, Eloise«, sagte ich. »Und drehen Sie die Lautstärke ein bisschen auf.«

Harry musterte mich kritisch.

»Ich muss mich daran gewöhnen«, meinte ich und stierte zum Bildschirm hoch.

Harry räusperte sich und neigte sich vor. »Ähm, Carson, hast du schon mal darüber nachgedacht, ähm ...«

Ich drehte den Kopf vom Fernseher weg. »Buck Kincannon zu vermöbeln? Vor Danis Haus zu warten, bis sie eines schönen Abends nach Hause kommen, ihm die Augen auszureißen und ihm so fest in den Arsch zu treten, bis er sein Abendessen anstarren kann?«

»Ja. Malst du dir solche Sachen aus?«

»Nie.«

»Das ist gut. Ich muss jetzt nach Hause. Ich bin total erledigt.« Er zog seine Jacke an, legte ein paar Geldscheine auf den Tisch und lief zur Tür. Dort wandte er sich noch mal um und kam zurück.

»Was ist denn?«, fragte ich Harry, der sich mit den Händen in den Taschen vor mir auftürmte.

»Du bist dir aber schon darüber im Klaren, dass du deinen Job an den Nagel hängen kannst, wenn du jemals so einen Typen fertigmachst.«

»Ich weiß, Harry.«

»Gut.«

Er drehte sich um. Blieb stehen. Drehte sich wieder in meine Richtung.

»Innerhalb einer Stunde wärst du deinen Job los, Carson. Nein, sogar noch schneller. Ein Fingerschnippen würde reichen.«

»Ich bin mir dessen bewusst, Bruder.«

»Ich weiß«, seufzte er. »Ich wollte nur sichergehen, dass ich es auch weiß.«

Kapitel 19

In dieser Nacht schlief ich ein bisschen. Zwischen Viertel nach vier bis Viertel vor sechs, denke ich. Die übrige Zeit starrte ich die verschwommenen Bilder an, die sich an der Decke bildeten und wieder auflösten. Hörte die Worte, die durch die dunkle Luft geisterten.

Sie wird dich betrügen. Sie betrügen uns doch immer, oder?

Diese Worte stammten von meinem Bruder Jeremy. Er war – daran gab es überhaupt nichts zu rütteln – verrückt. Von den unerbittlichen Strafen und Schlägen unseres Vaters in den Wahnsinn getrieben, hatte Jeremy mit sechzehn unseren alten Herrn getötet. Im Lauf der Jahre hatte er fünf Frauen umgebracht. In seiner verdrehten Vorstellung rächte er sich damit an unserer Mutter, weil sie ihn nicht beschützt hatte.

Doch unsere Mutter trug keine Schuld, denn sie war selbst kaum mehr als ein Kind. Daheim hieß es immer wir drei gegen meinen Vater, doch hatten wir viel Ähnlichkeit mit drei Chihuahuas, die mit einem tollwütigen Dobermann eingesperrt waren.

Jeremy war in einer Anstalt westlich von Montgomery untergebracht. Eher widerwillig rang ich mich dazu durch, etwa alle vier Monate bei ihm vorbeizuschauen. Letztes Jahr hatte ich Dani mitgenommen, als ich Jeremy besuchte. Da er Frauen verabscheute, war das Treffen nicht gut verlaufen. Am Ende hatte er mir prophezeit, meine Beziehung zu Dani würde daran zerbrechen, dass sie mich betrog.

Wie sein Verstand arbeitete, war mir unheimlich. Hatte er etwas gesehen, was mir entgangen war? Oder hatte er damals einfach nur seinem Hass auf Frauen Luft gemacht?

Ich hatte vorgehabt, meinen Bruder demnächst endlich den Besuch abzustatten, der schon einen Monat überfällig war. Doch dann würde er mich wie üblich fragen: *Wie geht es der kleinen Zuckerschnecke, Carson? Hat sie dich schon betrogen*? Und ich wollte der Wahrheit nicht ins Auge sehen. Sie hatte mich ein Jahr lang ausprobiert, gemerkt, dass ich sie wollte, und sich dann mit einem Mann zusammengetan, der ihr die Welt mit einer Flasche Champagner auf dem Silbertablett servieren konnte.

Ich beschloss, meine Stippvisite bei Jeremy auf unbestimmte Zeit zu verschieben. Und mir eine Pause von meinem Bruder zu gönnen. Schließlich konnte er ja nirgendwohin verschwinden.

Um sechs Uhr morgens kletterte ich aus dem Bett, schaltete das Radio ein und machte Kaffee. Da ich glaubte, richtig viel Koffein zu brauchen, gab ich vier Esslöffel Pulver pro Tasse in den Filter, trank vier Tassen und fuhr ziemlich aufgedreht ins Präsidium.

Harry, der zu Recht davon ausgegangen war, dass ich nichts gegessen hatte, tauchte mit einem halben Dutzend Schinkenbrötchen auf. Während wir die Brötchen in uns reinmampften, überflogen wir die Anrufmemos vom vergangenen Tag in der Hoffnung, irgendwo auf Gold zu stoßen. Harry las einen Notizzettel durch, las ihn noch mal und fuhr mit dem Fingernagel darüber.

»Das hier könnte was sein. Ich geh mal telefonieren.«

Harry stand auf und lief in das Besprechungszimmer, um einen von unseren Informanten zu kontaktieren. Wenn wir einem Informanten versicherten, dass niemand anders das Gespräch mithörte, war das auch so. Das mochte vielleicht nicht viel bedeuten, doch so hielten wir es nun mal.

Eine Minute später kehrte er mit hochgezogenen Brauen zurück.

»Kennst du Leroy Dinkins?«, fragte er.

Ich durchforstete mein Gedächtnis, entdeckte aber nur einen amorphen Haufen in einem Türrahmen. Es dauerte einen Moment, bis ich begriff, dass es Leroy war, den ich vor meinem geistigen Auge erblickte.

»Bin ihm einmal begegnet, als ich noch Streifenpolizist war«, sagte ich. »Es ging seinerzeit um einen Ladendiebstahl. Leroy war stecken geblieben, als er versuchte, sich durch die Hintertür eines Lebensmittelgeschäfts in der Innenstadt zu verdrücken. Die Hintertür war viel schmaler als die Eingangstür gewesen. Falls mich mein Gedächtnis nicht im Stich lässt, war er damals achtzehn Jahre alt.«

»Ja, das ist unser Wabbelarsch, wie er leibt und lebt«, knurrte Harry, der den Zettel mit finsterer Miene studierte. »Ich habe da einen Informanten, der manchmal mit Leroy Dinkins rumhängt. Er behauptet, Leroy hätte in einer Bar namens Lucky's ein paar Drinks geschnorrt, als dort ein Typ auftauchte, der große Ähnlichkeit mit unserem Phantombild hatte. Sie haben sich leise unterhalten, bis unser Wuschelkopf wieder abgedampft ist. Und auf einmal hatte Leroy genug Kohle, seine Drinks selbst zu bezahlen.«

»Dann hat der Wuschelkopf Leroy also Geld zugesteckt«, schlussfolgerte ich.

»So hat es mein Informant jedenfalls interpretiert.«

»Und wieso hat dein Informant seinen Kumpel Dinkins verpfiffen?«

Harry lachte. »Leroy hat den ganzen Abend schwer gesoffen und niemandem einen Drink spendiert. Das ist meinem Informanten schwer gegen den Strich gegangen und deshalb hat er den Mund aufgemacht.«

»Leroy sollte lernen zu teilen«, meinte ich. »Weißt du, wo Wabbelarsch wohnt?«

»Bei seiner Mama.« Harry grinste. »Wo denn sonst?«

✗

Leroy Dinkins war leicht zu finden: Auf der Veranda saß ein Ungetüm von Mann. Harry, der Dinkins besser kannte als ich, setzte mich ins Bild, während wir vor Dinkins' Haus, einem kleinen Holzbungalow, parkten.

»Leroy ist ein echter Schisser, Carson. Friedfertig, saft- und kraftlos, träge. Spielt gern den Zuschauer am Rand, ist viel zu feige, um richtig in Schwierigkeiten zu geraten. Hat eine Heidenangst vor dem Knast.«

Ich nickte. Im Gefängnis gab es Typen, die sich lieber einen fetten Kerl als eine dünne Frau vorknöpften. Harry fuhr mit seiner Einschätzung fort. »Leroy ist nicht gerade eine Leuchte, kennt allerdings eine Menge zwielichtiger Gestalten und hat zwei große Ohren, die viel hören, was er später verkaufen kann. Wer hat das beste Gras, wo treiben sich die exklusivsten Huren herum und so weiter. Er ist kein Macher, sondern eher so was wie ein Vermittler.«

»Und wie sollen wir die Sache mit ihm angehen, Bruder?«

»Sprich mit ihm wie mit einem Zwölfjährigen.«

Wie eine fette Qualle lag Dinkins rücklings auf einem Liegestuhl. Er trug ein grell gemustertes Hemd von der Größe eines Lakens, riesige Jeans und orangene Badelatschen. Als wir vorfuhren, wurde er sichtlich nervös, und als wir den Gehweg hochschlenderten, wirkte er wie vom Blitz getroffen.

»Hallo, Leroy, erinnerst du dich noch an mich?«, fragte ich. »Ich gebe dir mal einen kleinen Tipp. Deine Vorderseite war vor Packy's EZ Mart, dein Hinterteil war noch drinnen.«

»Keine Ahnung, wovon Sie reden.«

Leroy Dinkins nuckelte an einer großen Flasche Coors und verdrückte nebenbei den Inhalt einer Riesentüte Erdnussflips. Wie bei einem Clown war sein Mund ganz orange von den Erdnussflipsbröseln.

Harry musterte Leroy kritisch. »Den Gerüchten zufolge bist du vor ein paar Tagen in einem Schuppen namens Lucky's gewesen.«

»Na und? Ich gehe zwei, drei Mal die Woche ins Lucky's. Dort machen sie gute Poor-Boys-Sandwiches und leckere Käsefritten.«

»Und Lucky's hat eine breite Tür, was?«, fragte Harry.

»Warum nerven Sie mich? Wieso sind Sie so gemein zu mir?«

Harry beugte sich vor. »Wir sind auf der Suche nach einem Typen. Vielleicht erinnerst du dich an ihn, er hat große Ähnlichkeit mit King Kong. Viel Haar und wenig Gesicht.«

Als Dinkins sich aus seinem Liegestuhl quälte, erinnerte er an ein mit Pudding gefülltes Michelin-Männchen, das Probleme mit dem Aufstehen hatte.

»Ich muss rein und für Mama das Abendessen machen. Sie muss jeden Tag um dieselbe Zeit essen.«

Ich stellte mich zwischen ihn und die Tür. »Komm schon, Leroy, du steckst doch nicht in der Klemme. Hast du diesem Kerl etwas verkauft?«

»Ich kenne niemanden, der so aussieht«, jammerte er. »Ich muss jetzt rein.«

Hinter mir flog die Tür auf und stieß gegen meinen Hintern. Als ich mich umdrehte, stand eine winzige Frau Mitte sechzig mit strassbesetzter Hornbrille vor mir. Sie stützte sich auf einen Stock. Mit an Sicherheit grenzender Wahrscheinlichkeit hatte sie hinter der Tür gestanden und uns belauscht.

»Leroy, du hast mir gar nicht gesagt, dass du Besuch bekommst.«

»Das sind Vertreter, Mama. Sie wollten gerade gehen.«

Sie sah mich an, kniff die Augen zusammen. »Was verkaufen Sie denn?«

Harry trat einen Schritt vor. »Um ehrlich zu sein, Ma'am, wir sind Detectives vom MPD und wollten Leroy über jemanden befragen, den er möglicherweise getroffen hat.«

»Lee-roy?«, fragte sie. »Wen hast du getroffen?«

»Niemanden, Mama. Sie reden mit dem Falschen.«

Sie wandte sich an Harry. »Über wen wollen Sie etwas wissen?«

»Über einen Typen mit Vollbart und langen Haaren.«

Sie richtete den Blick auf ihren Sohn. »Wann ist dieser Junge das letzte Mal hier gewesen, Leroy? Habe ich ihn nicht vor vier, fünf Tagen hier draußen gesehen?«

Auf Dinkins' Miene spiegelte sich Verzweiflung. »Ich kann mich nicht mehr erinnern, Mama«, stöhnte er. »Ich glaube aber nicht.«

»Natürlich war es so. Ich habe ihn ganz deutlich gesehen. Ihr beide habt vorn im Hof gestanden. Zuerst habe ich gedacht, der Kerl dreht mir den Rücken zu, wegen der vielen Haare und so, doch dann habe ich Augen und einen Mund erkannt.«

»Mama!«, jaulte Leroy.

»Vielen Dank, Ma'am«, entgegnete Harry.

»Ich möchte heute Abend Hühnchen essen, Leroy. Mit Brötchen. Kommst du bald rein?«

»Gleich, Mama.«

Sie nickte uns zu und schlurfte auf wackeligen Beinen nach drinnen. Dinkins wollte ihr folgen, aber Harry legte ihm die Hand auf die Brust. »Begleite uns zum Wagen, Leroy«, befahl Harry. »Wir würden uns über deine Gesellschaft freuen.«

»Aber ich muss jetzt *gehen*«, jammerte er. »Mama braucht ihr Hühnchen.«

Aber Harry umklammerte Dinkins' weichen Bizeps und dirigierte ihn Richtung Bürgersteig.

»Wir müssen alles über das Pelzgesicht erfahren, Leroy, also spar nichts aus.«

»Ihr Typen werdet mir nur die Worte im Mund umdrehen und mich ins Gefängnis schicken.« Dinkins erweckte den Anschein, als würde er jeden Moment losheulen. Der Mann wusste etwas, fürchtete jedoch, dass dieses Wissen ihn in Schwierigkeiten brachte. Auf der Straße galt das Motto, dass sich alles, sogar die Cops, in Luft auflöste, wenn man nur den Mund hielt und sich dumm stellte.

»Warte hier«, befahl Harry. »Ich bin gleich wieder da.«

Harry ließ Dinkins mitten auf dem Bürgersteig stehen und holte ein Stück gelbe Kreide aus dem Wagen, mit der er ein großes Quadrat auf den Weg malte. Dann hielt er inne, betrachtete das Quadrat und packte Dinkins' Arm.

Dinkins machte große Augen. »Was machen Sie da mit mir?«

»Pst«, machte Harry, trat mit Dinkins zu dem Quadrat und stellte ihn in dessen Mitte. Dinkins starrte die gelbe Linie an.

»Das hier ist ein straffreier Raum«, erklärte Harry. »Alles, was du in diesem Raum sagst, bleibt inoffiziell. Nichts davon kann gegen dich verwendet werden. Um ehrlich zu sein, es ist nicht mal so, als hättest du es überhaupt gesagt. Es ist so flüchtig wie eine Stimme, die der Wind wegträgt.«

»Das denken Sie sich doch gerade aus.«

Harry zog seine Marke heraus und hielt sie wie die Bibel hoch. »Gib ihm das Straffreier-Raum-Versprechen, Carson.«

Ich legte meine Hand auf Harrys Marke. »Ich, Carson Ryder, Detective, schwöre hiermit feierlich, dass Leroy Dinkins das volle Straffreier-Raum-Privileg erhält.« Ich schwieg kurz, ehe ich fortfuhr: »So wahr mir Gott helfe.«

»Du bist in einem straffreien Raum, Leroy. Nichts, was du sagst, kann jemals gegen dich verwendet werden«, versprach Harry.

Dinkins blickte nach unten. »Kein Scheiß?«

»Nicht raustreten«, warnte ich ihn.

Harry lehnte sich mit auf der Brust verschränkten Armen an den Crown Vic. »Und jetzt erzählst du mir alles über diesen Kerl bei Lucky's. Wie hat er geheißen, wo habt ihr euch kennengelernt, und was wollte er?«

Als Dinkins mit den Achseln zuckte, begann sein Fett zu wabbeln. »Er ist einfach aufgetaucht, hat sich an die Bar gesetzt und sich umgesehen. Und dann hat er ein Sandwich gegessen und sich unterhalten. Irgendwann hat er auch mich angesprochen.«

»Worum ging es?«

Dinkins wollte die Frage mit einem Achselzucken abtun, doch da deutete Harry auf den Boden. »Straffreier Raum, Leroy. Nutz deine Chance, so lange du sie hast. Im Präsidium gibt es keine straffreien Räume.«

»Er wollte ein paar Autos loswerden, aber mit den Papieren war nicht alles in Ordnung. Sind bei einem Feuer draufgegangen, hat er behauptet.«

»Gestohlen.«

»Klar. Die Autos waren heiß. Er hat sich nur verquer ausgedrückt.«

»Wie hat er geheißen, Leroy?«

»Seinen Namen hat er nicht erwähnt. Ehrlich nicht.«

»Und wie hat er aus der Nähe ausgesehen? War er kräftig, vierschrötig, kantiges Gesicht, komplett zugewuchert?«

»Ich konnte nur seine Augen sehen. Sie waren braun, glaube ich. Aber vierschrötig war er nicht. Er war ...« Dinkins streckte die Arme aus, fuhr mit den Händen, zwischen denen etwa dreißig Zentimeter lagen, hoch und runter.

»Schlank?«, fragte ich.

»Ungefähr so gebaut wie Sie. Und in etwa auch so groß. Vielleicht sogar größer. An mehr kann ich mich nicht erinnern. Und er hat mit einem Bündel nagelneuer Scheine vor meiner Nase herumgewedelt.«

Nagelneu wie die Scheine aus einem Geldautomaten, dachte ich. Das Geld, das Mrs Atkins unter Zwang abgehoben hatte.

»Was hatte er an?«, wollte ich wissen.

Er zuckte mit den Achseln. »Keine Ahnung. Jeans und ein Hemd. Ein blaues Hemd? Ganz normale Klamotten eben.«

»Und hast du ihm gegeben, was er wollte?«

Dinkins erinnerte an einen Mann auf einem dünnen Hochseil.

»Los, Leroy«, drängte Harry. »Nutz den straffreien Raum aus.«

»Er hat gesagt, er würde tausend Dollar für die richtige Information zahlen. Für einen Tipp, wo man die Kisten loswerden könnte.«

»Eintausend Dollar?«, staunte Harry. »Einen *Riesen*?«

»Fünfhundert im Voraus, fünfhundert, wenn sich rausstellt, dass der Name was taugt.«

Harry schwieg kurz und runzelte die Stirn.

»Ist er hinterher zu dir gekommen?«

»Zwei Tage später steht er vorn im Garten und gibt mir die anderen fünf Scheine. Da hat Mama ihn auch gesehen.«

»Wessen Namen hast du ihm gegeben, Leroy? Wessen Namen?«

Dinkins senkte den Blick, überprüfte, ob er noch in der Mitte des Quadrats stand.

»Ähm, es gibt da diese beiden Typen, sind Brüder. Sie handeln mit Autos ...«

»Die Hooleys«, schlussfolgerte Harry. »Stimmt doch, Leroy?«

Dinkins nickte nervös.

»Hooleys?«, hakte ich nach.

»Zwei Brüder«, klärte Harry mich auf. »Darryl und Danny Hooley. Als ich noch beim Raubdezernat war, haben sie gestohlene Stereoanlagen verscheuert. Ist schon acht, neun Jahre her. Damals waren die Burschen noch keine zwanzig.« Harry musterte Dinkins skeptisch. »Weißt du, wo die Hooleys die Kisten auseinandernehmen?«

»Ich habe dem haarigen Typen nur ihre Namen gegeben. Ich meine, die stehen doch, verdammt noch mal, im Telefonbuch.« Das mit dem Telefonbuch war wahrscheinlich gelogen – Dinkins wusste, wo die Werkstatt der Hooleys war, aber die Adresse wollte er uns – straffreier Raum hin oder her – nicht verraten. In Dinkins' Blick spiegelte sich Furcht. »Dieser haarige Typ hat irgendwie Mist gebaut, oder? Und Sie werden nun den Hooleys stecken, dass ich sie verraten habe, und dann vermöbeln die mich.«

»Krieg dich wieder ein, Leroy«, beschwichtigte Harry ihn. »Der straffreie Raum schützt dich.«

Dinkins beäugte den Gehweg zu seinen Füßen und entspannte sich. »Ach, stimmt ja.«

Harry und ich marschierten zum Wagen hinüber. Dinkins blieb in seinem Quadrat stehen und schaute immer noch fasziniert nach unten.

»He, ihr«, rief er uns hinterher.

Wir drehten uns um. »Was ist?«, fragte ich.

»Sind Sie sicher, dass ich in dem straffreien Raum alles Mögliche sagen kann, ohne deswegen Scherereien zu kriegen?«

»So ist es«, meinte ich.

»Ihr Arschlöcher seid voll doof«, grölte Dinkins.

»Fordere dein Glück nicht heraus«, warnte Harry.

Kapitel 20

Von den beiden Hooleys war Darryl, ein dämlicher Kiffer, derjenige, den man laut Harry in die Zange nehmen musste. Darryl Hooley wohnte in einem einstöckigen Ranchhaus in Mid Mobile, einem alternden Vorort mit schlichten Häusern – Anonymität gepaart mit einer Postanschrift. Harry hielt einen Block weiter weg und spähte durchs Fernglas.

»Super«, sagte er grinsend. »Es gibt also doch einen Gott.«

»Was?«

»Darryl Hooley, mutterseelenallein. Sitzt auf der Veranda und dröhnt sich zu. Wir parken besser in der kleinen Gasse und kommen von hinten.«

Wir schlichen durch den Hinterhof und schlängelten uns an der Hauswand entlang. Ich sprang über das Verandageländer, schnappte mir die Tüte mit Gras und warf sie Harry zu. Hooley wollte aufstehen, doch meine Hand sorgte dafür, dass er sitzen blieb. Hooley war ein kleiner Kerl mit knochigen Schultern und sanften Augen. Er trug ausgewaschene Jeans und ein schwarzes T-Shirt mit KISS-Aufdruck – die Band, die einfach nicht sterben wollte.

Mit spitzen Fingern hielt Harry seine Marke hoch. Den kleinen Finger hatte er sogar abgespreizt, als würde er Tee trinken. »Der Herr lasse Gnade walten, Darryl. Was ist das denn für ein grünliches Zeug?«

»Das ist, verflucht noch mal, Gras. Was zum Teufel ... He, Harry Nautilus! Ist ja Jahre her. Sie sehen gut aus, Alter, haben ein paar Pfund zugelegt ...«

Harry griff nach hinten, wo seine Handschellen am Gürtel hingen. Wie ein Glöckchen ließ er sie vor Darryls Augen baumeln. »Los, Darryl, du weißt ja, wie's läuft.«

»Hä? Ist das Ihr Ernst?«

»Das ist eine illegale Substanz, Darryl. Völlig indiskutabel.«

»Wir wissen beide, dass die Tüte nicht reicht, um mich wegen Dealen dranzukriegen. Sie spielen doch nur Ihre Spielchen.«

Harry klapperte mit den Handschellen. »Hände an die Hauswand und die Beine grätschen, Darryl. Ich nehme dich jetzt fest und buchte dich ein.«

»Sie sind inzwischen doch beim Morddezernat, oder? Wieso tun Sie mir das an? Das ist reine Schikane.« Darryl hatte eine nasale Stimme und klang wie ein Kind, das Spinat vorgesetzt bekam.

»Du verbringst eine Nacht im Bau«, sagte ich. »Und kommst vor Gericht. Außerdem kriegst du einen Rechtsverdreher, der dich morgen ins Gerichtsgebäude begleitet. Ich weiß, das alles ist gequirlte Hühnerkacke, aber es nervt eben auch und wird dich eine schöne Stange Geld kosten.«

»Du hast recht, Darryl«, meinte Harry. »Das hier ist Schikane. Ich habe mir ein paar neue Hobbys zugelegt und Schikane gehört dazu.«

Langsam verflog Darryls Cannabisrausch. Er seufzte.

»Sie wollen was. Stimmt doch, oder, Harry? Sie wollen immer was.«

Harry legte Darryl Hooley die Hände auf die Schultern und beugte sich vor.

»Es gibt da einen Typen, der neuerdings euer Geschäft ankurbelt. Hat Wookie-Gene, ist von Haaren übersät. Liege ich richtig?«

Hooley starrte schweigend auf seine Schuhe. Harry wich zurück und klimperte mit den Handschellen. »Mannomann, ich fahre tierisch auf mein neues Hobby ab. Gibt mir einen richtigen Kick, immer wieder das Gleiche herunterzuplärren, bis man es auswendig kann. Habe ich dir mal erzählt, wie lange es gedauert hat, bis ich Tamburin spielen konnte? Denk nicht in Wochen, Darryl. Auch nicht in Monaten.«

Hooley warf einen Blick über die Schulter. Seine Stimme klang plötzlich nachdenklich.

»Mit Geständnissen und so befinde ich mich in einer Grauzone, Harry. Ist vielleicht am besten, wenn ich mich einfach eines kleineren Vergehens schuldig bekenne, mein Guter. Ich will hier ja keine Übersetzungsprobleme kriegen und am Ende rausfinden, dass Sie etwas sagen und ich die Bedeutung Ihrer Worte nicht verstehe, wissen Sie?«

Das war die Ich-lasse-mich-auf-einen-Handel-ein-Stimme, die ich schon hundert Mal gehört hatte. Ich zwinkerte Harry zu.

»Kannst du dich erinnern, dass ich dich jemals angelogen habe, Darryl?«, fragte Harry.

»Sie waren immer fair, Harry. Hart, aber fair.«

»Das ist mein Vorschlag: Diesmal lassen wir dich mit dem Gras davonkommen. Und alles, was du sagst, ist in der Minute, wo wir gehen, vergessen. Garantiert.«

Hooley nickte. »Das reicht mir, Harry. Kann ich mich wieder setzen, es mir ein wenig bequem machen? Und meinen Joint weiterrauchen?«

»Zwei von drei kriegst du, Darryl«, meinte Harry. »Rate mal, welche zwei?«

Leise seufzend drehte Hooley sich um, ließ sich auf seinen Stuhl fallen und schob die Hippiehaare hinter seine Ohren.

»Harry, der Kerl, den Sie suchen, ist irre.«

»Wie wäre es, wenn du ganz von vorn anfängst, Darryl?«

»Das war letzte Woche. Ein Kerl ist bei uns im, ähm, Geschäft aufgetaucht. Mein Bruder fragte ihn, was er wolle. Woraufhin der Kerl meinte: ›Ich möchte einen Termin für eine Präsentation vereinbaren.‹ Mein Bruder fragte: ›Für eine was?‹ Und der Kerl meinte: ›Ich glaube, wir könnten zusammenarbeiten, eine zeitlich begrenzte Partnerschaft ins Leben rufen.‹ Ich dachte mir, *der Scheißkerl ist nicht ganz sauber*. Danny sagte: ›Ich erzähle dir mal, wie wir zusammenarbeiten, Partner. Du lieferst uns Ware, und zwar nur Spitzenkarossen, und wir geben dir Kohle.‹«

»Du und Danny, ihr habt nicht vermutet, er könnte ein abgekartetes Spiel spielen? Oder ein Cop sein?«

»Wie ich schon gesagt habe, dazu war der Kerl viel zu abgedreht. Hat komisch geredet, Worte mit zig Silben benutzt. Und er hat nicht wie ein verdeckter Ermittler ausgesehen. Ihr Typen fallt doch auf wie Papageien auf einem Misthaufen.«

»Und was ist dann passiert?«

Darryl schüttelte den Kopf. Ein verträumtes Graslächeln machte sich auf seinem Gesicht breit. »Am nächsten Tag kam er mit einem Klassiker, einem 58er Mercedes, vorbei. Als er mir die Schlüssel in die Hand drückte, hätte ich mir fast ins Hemd gepisst.«

»Was hat er dann getan?«

Hooley klatschte fröhlich in die Hände. »Ist in einen verdammten Bus gestiegen und eine Stunde später mit einem 7er BMW, Baujahr 2004, auf der Matte gestanden. Dann das Ganze noch mal, nur bringt er jetzt einen 97er Porsche Turbo vorbei. Der Mann hatte echt ein Händchen für Autos.«

»Wo steckt er im Moment?«

Hooleys Miene verfinsterte sich. »Er hat den Turbo samt Schlüssel geliefert und dreieinhalb Riesen kassiert. Als ich ihn fragte, was er als Nächstes beschafft, meinte er, mehr würde es nicht geben und er sei raus aus dem Spiel.«

»Raus aus dem Spiel?«, hakte Harry nach.

»Ich sagte: ›Kumpel, wir könnten dich richtig mit reinnehmen, du bist ein Naturtalent.‹ Und wissen Sie, was der bescheuerte Arsch darauf geantwortet hat?«

»Was denn?«

»Er hat gesagt, er hätte so viel Kohle gemacht, wie er brauchen würde. Wer, wenn er noch halbwegs bei Verstand ist, hat so viel Kohle, wie er braucht, Harry? Kapieren Sie jetzt, wieso der Kerl meiner Meinung nach irre ist?«

X

Den nächsten Zwischenhalt auf unserem Blindflug legten wir bei der Abteilung Eigentumsdelikte ein, und zwar eine Etage tiefer bei den Jungs, die die Kfz-Diebstähle bearbeiteten. Hier hatte Vince Raines das Sagen, doch da er nicht in der Stadt war, sprachen wir mit Mitch Burdon, seinem Stellvertreter.

»Porsche Turbo von 1997, Mercedes Benz Sportwagen Baujahr 1958 und einen 7er BMW von 2004?«, wiederholte Mitch und gab die Daten in den Computer ein. Er schüttelte den Kopf. »Keine Treffer auf die Anfrage. Haben ein paar Lexuse, einen Infinitis, ein paar teuere Geländewagen und Cadillacs. Sind alle in der betreffenden Woche verschwunden.«

Wieder eine Sackgasse. Harry sagte: »Uns ist zu Ohren gekommen, dass die Hooleys die Abnehmer waren. Hilft das weiter?«

»Das heißt nur, dass die Jungs effizient sind. Die Hooleys nehmen nur erstklassige Ware und schieben sie schneller wieder ab, als man schauen kann.«

»Wir sind sicher, dass die Fahrzeuge von hier stammen«, meinte Harry.

Mitch nickte. »Da gibt es mehrere Möglichkeiten. Euer Dieb könnte sie aus einer Ladung Fahrzeuge haben, die schon vor längerem gestohlen worden sind. Oder von einem Ort, wo sie abgestellt wurden und bis jetzt noch nicht vermisst werden. Möglich wäre auch ein Langzeitparkplatz am Flughafen, wo noch niemand mitgekriegt hat, dass sie weg sind. Ich werde euch auf dem Laufenden halten, Jungs.«

✗

Wir liefen nach oben. Harry blieb vor dem Wasserspender stehen und ließ einen Becher volllaufen, während ich schon zu meinem Schreibtisch ging. Heute waren nur wenige Detectives im Büro. Roy Trent, der eine Spur verfolgte, hing am Telefon und befragte jemanden zu Kreditkartenkäufen. Wie immer, wenn er tief in Gedanken versunken war, hockte Larry Barnes mit pinkfarbenen Ohrstöpseln an seinem Schreibtisch, starrte an die Decke und spielte mit einem Tennisball.

Ich kam am Logan-Shuttles-Bereich vorbei. Logan saß an seinem Schreibtisch, Shuttles stand hinter ihm und hatte den Blick auf Logans Tischplatte gerichtet. Sie betrachteten ein 17 mal 25 Zentimeter großes Foto. Was darauf abgebildet war, konnte ich nicht erkennen.

»Sexy ist sie eigentlich nicht, aber dafür sieht sie echt scharf aus, nicht wahr, Tyree?«

»Mann, Pace«, stöhnte Shuttles. »Das ist doch krank.«

»Könnte wetten, die hält dich in einer kalten Nacht schön warm. So wie die raucht!« Logan lachte, was wie ein lautes Gurgeln klang.

Ich reckte den Kopf und spähte über die Trennwand.

»Was liegt an, Jungs?«

Shuttles schüttelte den Kopf. »Pace dreht langsam durch.«

»Kennst du schon unseren neusten Fall, Ryder?« Logan grinste. »Komm, schau's dir an, das ist eine richtig süße Mumie.«

Er hielt das Foto hoch. Darauf war ein völlig verkohlter Leichnam zu erkennen, der fast mumifiziert aussah, falls man das so nennen wollte. Das Foto stammte aus dem Leichenschauhaus und war nach dem Transport der Leiche aufgenommen worden.

»Das Brandopfer aus dem Apartment auf der Corcoran«, meinte ich. »Ich war da, als sie sie rausgebracht haben.«

»Hast du die Handschellen bemerkt?«, fragte Shuttles.

Ich nickte. »Habt ihr schon was gefunden?«

»Wir haben festgestellt, dass sie vorher besser ausgesehen hat«, spottete Logan.

Er schlug eine Akte auf, fischte ein Foto heraus und hielt es mir vor die Nase. Eine attraktive Frau mit Schmollmund, die Netzstrümpfe anhatte, hochhackige Schuhe, einen ledernen G-String und sonst nichts. In der Hand hielt sie eine Reitgerte. Eine überdimensional große URL deutete darauf hin, dass das Foto von einer Website stammte. Ich hoffte inständig, dass mir nicht wie einer Comicfigur die Kinnlade herunterfiel, doch wahrscheinlich war dem so.

»Ich kenne sie«, sagte ich, als Harry auf uns zukam. Er studierte das Foto, fluchte leise und schüttelte den Kopf.

»Ich kenne sie auch«, setzte er hinzu. »Carole Ann Hibney.«

»Ihr Künstlername ist übrigens Mistress Sonia«, meinte Logan mit höhnischem Grinsen. »Wie ist es – gehört ihr beide zur Kundschaft?«

Wie ein geölter Blitz hatte Harry sich vor Logan aufgebaut, ihn am Kragen gepackt und hochgezogen.

»Harry!«, rief ich, sprang zwischen die beiden Männer und wich Logans Hand aus, die sich gerade nach dem Hals meines Partners ausstreckte. Es krachte mehrmals, Akten flogen vom Schreibtisch, ein Stuhl schlitterte gegen die Wand, doch am Ende gelang es Shuttles und mir, Harry und Logan zu trennen.

»Du bist nicht ganz dicht, Nautilus«, knurrte Logan über Shuttles' Schulter.

»Und du bist der beschissenste Detective, den die Welt je erlebt hat, Logan«, brüllte Harry über meine zurück. »Du respektierst nichts und niemanden.«

»Dich respektiere ich definitiv nicht. Du warst mal ein ordentlicher Streifenpolizist, aber seit du die Goldmarke gekriegt hast, tust du so, als ob deine Scheiße nicht stinken würde.«

»Halt's Maul, Logan«, fuhr ich dazwischen. »Harry und ich kennen das Opfer offenbar. Wie wäre es, wenn du mal wie ein Detective reagierst und uns die richtigen Fragen stellst?«

Ich hörte, wie Shuttles Logan ins Ohr flüsterte, sich zu setzen, zu entspannen und die Sache auf sich beruhen zu lassen. Auf der anderen Seite des Raumes beobachtete uns Trent mit gewissem Interesse und hängte sich dann wieder ans Telefon. Im Büro der Detectives waren Konflikte zwischen Kollegen keine Seltenheit. Larry Barnes, der immer noch seinen Tennisball drückte und an die Decke starrte, bekam von all dem nichts mit.

Harry und Logan bombardierten sich mit finsteren Blicken, bis Logan sich endlich hinsetzte und Harry ein paar Meter zurückwich.

Shuttles ergriff das Wort. »Nach dem, was Pace sagt, war sie ein Callgirl. Eine Domina. Kennst du sie tatsächlich, Carson?«

»So würde ich es nicht formulieren«, antwortete ich. »Ich bin ihr vergangenen Samstag auf einer Party im Shrine Temple begegnet, bei einem Geschäftsbankett, das von Channel 14 veranstaltet wurde. Wir haben höchstens vier Worte gewechselt.«

Ich durchforstete meine Erinnerung. Die Frau im kobaltblauen Kleid, die durch die Küchentür kommt, mich bittet, ihr einen Drink zu bestellen, sich neben die Säule stellt und den Blick durch den Raum schweifen lässt, während sie sich mit Alkohol zuschüttet. Ich erinnerte mich, wie sie dieses breite, strahlende Lächeln aufsetzte, als würde sie sich auf eine Rolle vorbereiten. Und dann waren die Lichter ausgegangen und ich hatte sie aus den Augen verloren.

»Mit wem war sie dort?«, fragte Shuttles.

»Mit niemandem. Jetzt, wo ich weiß, womit sie ihr Geld verdient hat, denke ich, sie hat sich da reingeschlichen.«

»Und was ist mit dir, Harry?«, wollte Shuttles wissen. »Woher hast du Ms Hibney gekannt?«

»Oder Mistress Sonia«, meinte Logan, der schon wieder höhnisch grinste.

Harry ignorierte Logan und richtete seine Worte an Shuttles und mich.

»Ich bin ihr vor zehn Jahren begegnet. Damals war Carole Ann etwa dreiundzwanzig. Sie war in Mobile aufgetaucht, nachdem sie ihren Freund, der sie misshandelte, verlassen hatte. Das Mädchen stammte aus einem Hinterwäldlerort in Mississippi. Eigentlich war sie recht gescheit, wisst ihr? Aber ungebildet, weil sie nach der achten Klasse die Schule abgebrochen hatte. Mit einem Koffer und einem blauen Auge ist sie hier am Busbahnhof gelandet.«

»Schöne Scheiße«, murmelte ich. Zuhälter und Perverse, die nach den Carole Anns dieser Welt geiferten, grasten die Busbahnhöfe wie hungrige Haie ab.

»Ein Kerl, ein Zuhälter namens Sleet Bemis, hat sie sich gekrallt. Eine schmierige Type war das. Drei Wochen später hat er sie auf die Straße geschickt. Bemis hat sie auch geschlagen. Carole Ann und ich haben uns im Krankenhaus kennengelernt, nachdem er sie mal wieder verprügelt hatte. Ich knöpfte mir Bemis dann vor, der kurz darauf die Stadt verließ. Hinterher habe ich Carole Ann davon überzeugt, dass sie klug genug war, um wieder zur Schule zu gehen, einen Abschluss zu machen und es vielleicht aufs Junior College zu schaffen, aber …«

Harry schüttelte den Kopf.

»Aber sie war bequem«, mischte Logan sich in das Gespräch ein und klatschte in die Hände. »Richtig, Nautilus? Das habe ich ein Dutzend Mal erlebt. Ein Mädchen wächst in einer Wohnwagensiedlung auf, wo nur Gesindel wohnt. Da kriegt es ja niemand mit, wenn jemand aufsteht und zur Arbeit geht. Irgendwann schnallt die Kleine, dass sie ihr Geld leichter verdient, wenn sie die Beine breit macht, und kommt zu dem Schluss, dass das viele Lernen und der ganze Schulkrams einfach viel zu viel Umstände macht.«

Harry musterte ihn wütend. Logan zuckte mit den Achseln und hielt die Hände hoch.

»Ich liege da doch richtig, oder?«

Mit einem Seufzer wandte Harry den Blick ab. »Ja, du liegst richtig, Logan. Die Idee mit der Schule hat sie nicht aufgegriffen. Das Letzte, was ich gehört habe, war, dass Carole Ann ihre Zelte in New Orleans aufgeschlagen hat. Vermute mal, irgendwann ist sie wieder hier gestrandet.«

»Ich möchte zu gern wissen, was sie im Shrine zu suchen hatte«, überlegte ich.

Shuttles sagte: »Ich erinnere mich an einen Fall aus einem Kurs, den ich besucht habe ...«

»Meine Fresse, jetzt geht das wieder mit den Kursen los«, stöhnte Logan und verdrehte die Augen.

»Da gab es einen Prostituiertenring«, fuhr Shuttles fort. »Gutaussehende Frauen, teuer. Sie haben Hotelangestellte geschmiert. Dafür haben die Angestellten die Huren informiert, wenn eine Tagung oder irgendeine große Firmenparty stattgefunden hat. Dann haben sich die Mädels in Partyklamotten geschmissen und sind auf der Matte gestanden, quasi ganz überraschend.«

»Meinst du, so ist es hier auch gelaufen?«, fragte ich.

»Würde Sinn machen«, antwortete Shuttles. »Wo du doch angedeutet hast, sie hätte sich da reingeschlichen.«

»Hühnerkacke«, wehrte Logan ab und rollte mit seinem Stuhl so schnell nach vorn, dass Shuttles zurückspringen musste, damit sein Partner ihm nicht über die Zehen fuhr. »Schau dir das verdammte Foto an. Die Frau hatte die harte Nummer drauf, sie war Domina. Hat ihre Freier gefesselt, ausgepeitscht, ihnen Stecknadeln in die Nippel gerammt und ihnen in den Mund gepisst, während sie gekommen sind. ›'tschuldigung, Mistress Sonia, könnte ich noch ein bisschen Natursekt kriegen?‹«

Logan lachte über seinen läppischen Witz. Ich hörte Harry knurren. Es war höchste Zeit, sich vom Acker zu machen.

»Worauf willst du hinaus, Logan?«, seufzte ich.

»Solche Damen suchen ihre Kundschaft nicht auf Tagungen. Heutzutage nutzen sie das Internet. Da haben wir auch das Foto her. Warum soll man von Tür zu Tür gehen, um es mal so zu formulieren, wenn man eine Website mit Fotos von ledergeschnürten Titten einstellen kann und die Masos sich darum prügeln, dir die Bude einrennen zu dürfen?«

Logan klatschte in die Hände und brach in Gelächter aus. Vermutlich erheiterte ihn die Vorstellung von sich prügelnden Masochisten.

Ich wandte mich an Shuttles. »Ich würde mal mit dem Küchenpersonal vom Shrine sprechen. Dort nachhaken, ob jemand weiß, wie und warum sie reingekommen ist.«

»Da siehst du mal, Tyree«, kicherte Logan, verschränkte die Hände hinterm Kopf und lehnte sich zurück. »Nun hat Ryder rausgekriegt, was du heute Nachmittag tun wirst.«

X

Harry und ich kehrten an unsere Arbeitsplätze zurück, um unsere Notizen über Dinkins mit denen von Hooley zu vergleichen. Ich fing an, ein grobes Szenario zu entwerfen. Harry starrte an die Decke, als wollte er sich an Barnes ein Beispiel nehmen.

»Soll ich dir Ohrstöpsel besorgen?«, fragte ich. »Oder einen Tennisball?«

»Was? Tut mir leid. Ich war gerade woanders.«

»Denkst du über Carole Ann Hibney nach?«

Er nickte. In seinem Blick lag eine große Traurigkeit. »Im Grunde genommen war sie ein jämmerliches Etwas, Cars. Ist in der Pampa aufgewachsen, hatte von vornherein verloren und keine andere Alternative, als noch tiefer zu fallen. Aber sie hatte Feuer, war aufgeweckt. So seltsam es auch klingen mag, sie glaubte zu wissen, wie der Hase lief in ihrer Welt. Rechnete eins und eins zusammen. Sie hatte beschlossen, sich nicht mehr von Männern verprügeln zu lassen, war der Meinung, dass sie nun an der Reihe war, Schläge auszuteilen. Sie hatte ein paar Freier, die darauf standen, und dann gemerkt, dass sie damit besser zurechtkommt und noch mehr verdient. Darum hat sie sich diese Mistress-Sonia-Nummer ausgedacht. Sie hat mir mal gesagt, sie würde ihre Freier vorher richtig unter die Lupe nehmen. Von daher glaubte sie auch, die Sache im Griff zu haben.«

»Leider braucht es nur einen, der durchdreht«, meinte ich.

Kapitel 21

Taneesha Franklins Aufbahrung war für den kommenden Morgen angesetzt. Harry und ich fuhren zum Bestattungsinstitut, weil es hin und wieder vorkam, dass die Täter, einem inneren Zwang folgend, der an Triebhaftigkeit grenzte, dort ebenfalls auftauchten.

Der Morgen war frisch und sonnig, der Himmel strahlend blau. Das weitläufige Institutsgebäude mit dem großen Rasen an der Front besaß links und rechts zwei riesige Parkplätze. Zu beiden Seiten des Geländes befanden sich mehrere Läden. Gleich nebenan war ein kleines Lebensmittelgeschäft. Da ich ahnte, dass Dani auch erscheinen würde, war ich nicht sonderlich erpicht darauf gewesen, der Aufbahrung beizuwohnen, doch mein Beruf und meine Verpflichtung Taneesha gegenüber verlangten, dass ich mich sehen ließ. Das Debakel mit Dani tat höllisch weh, aber jeder neue Tag sorgte dafür, dass ich etwas besser mit der Situation zurechtkam.

Wir zwängten uns zwischen der dichtgedrängten Menge hindurch. Schätzungsweise zweihundert Personen waren versammelt. Zuvor hatte nur für die Familienangehörigen eine Trauerfeier stattgefunden. Auf der gegenüberliegenden Seite des Raumes stand Lincoln Haley im schwarzen Anzug und mit düsterer Miene. Als er uns entdeckte, lief er uns entgegen.

»Meine Herren, danke, dass Sie gekommen sind.«

»Eigentlich gehört das zu unserem Job, Mr Haley. Aber nach allem, was wir über Ms Franklin erfahren haben, ist es uns eine Ehre, hier zu sein.«

Ein paar Minuten standen wir schweigend da und

litten unter der Beklemmung, die die Trauer hervorruft. Hinter meinem Rücken ertönte eine tiefe Stimme, und eine männliche Gestalt schob sich an meinen Schultern vorbei.

»Mr Haley? Sind Sie Lincoln Haley, Sir? Ich habe Sie von dem Foto auf der WTSJ-Website wiedererkannt. Ich bedauere Ihren Verlust. Muss jedem im Sender einen herben Schlag versetzt haben.«

Als ich mich umdrehte, fand ich mich einem Mann gegenüber, etwas kleiner als ich, dick und mit abfallenden Schultern. Er trug dunkle Hosen und eine dunkle Sportjacke. Seine kurzen Haare waren von jenem gedämpften Rot, für das man sich entschied, wenn man auffallen wollte, aber einem Job nachging, wo Blau oder Grün tabu waren. In einer Augenbraue steckte ein Ohrring und seine Haut hatte diesen rosigen Ton, der auf Make-up schließen ließ. Zudem lispelte der Mann leicht.

»Danke, Sir«, antwortete Haley. »Sind Sie ein Freund von Taneesha gewesen?«

»Zu meinem Bedauern, nein. Ich bin eher ein Freund von WTSJ, meinem Lieblingssender. Ich höre ihn schon seit Jahren. Ich weiß noch, als Ms Franklin anfing und von Mitternacht bis morgens um sechs auf Sendung war. Da habe ich immer eingeschaltet und zugehört. Ich bin erst 1981 geboren, doch ich stehe schon seit Ewigkeiten auf Funk und Motown aus den Sechzigern und Siebzigern. Otis, Sly, Mahalia, Aretha, James Brown …«

Ich klinkte mich aus der Unterhaltung aus, ließ den Blick über die Gäste wandern und versuchte dabei, gelassen zu wirken. Ich hielt Ausschau nach einem irren Blick, einer gefährlichen Aura. Manchmal kam es ja vor, dass sich die Irren einem auf dem silbernen Tablett servierten.

»Sie hatte eine tolle Stimme«, sagte der Fan zu Haley. »Das ist ein schrecklicher Verlust. Ich hoffe, derjenige, der das getan hat, muss teuer dafür bezahlen.«

»Sie haben sie mitten in der Nacht gehört?«, fragte Haley. »Dann waren Sie Teil einer kleinen, aber exklusiven Hörerschaft. Verfolgen Sie die Sendung immer noch, Mr ...«

»Lucasian. Jim Lucasian.«

Die beiden Männer reichten sich die Hand.

»Sind Sie ein Freund oder auch ein treuer Hörer?«, fragte Mr Lucasian mich.

»Detective Ryder ist beim MPD«, erklärte Haley. »Er und sein Partner sind beruflich hier.«

Ich zuckte zusammen. »Ähm, Linc?«, räusperte ich mich.

Da zuckte auch Haley zusammen. »Oh, tut mir leid.«

Lucasian hielt die Hand hoch, als wollte er einen Eid leisten. »Ihr Geheimnis ist bei mir sicher, Detective. Ich kann nur hoffen, dass Sie den Mistkerl festnageln.« Und damit entschwand er Richtung Ausgang.

Ich entschuldigte mich und steuerte auf die Tür zu. Gerade als ich um die Ecke biegen wollte, betrat Dani den Raum. Wir wären fast ineinander gerannt. Sie blieb auf der Türschwelle stehen. Mein Atem wurde ganz flach. Ihre Fingerspitzen berührten meinen Arm.

»Bitte, Carson, können wir reden ...«

»Es gibt nichts zu reden«, krächzte ich.

»Ich möchte es dir erklären.«

»War es eine Lüge, als du gesagt hast, dass du mit Kincannon schläfst?«, fragte ich und tat so, als würde ich mich mehr für die Lampe neben Dani interessieren.

»Nein, aber ich wollte, dass du weißt, dass es nicht –«

»Nein ist alles, was ich wissen muss. Es gibt nichts, worüber wir uns unterhalten müssten, Ms Danbury.

Wenn Sie mit jemandem reden wollen, sprechen Sie lieber mit Buckie-Boy.«

Ihre Finger lagen noch immer auf meinem Arm. Ich schüttelte sie ab und drehte mich um. Ein paar Minuten später beobachtete ich, wie sie sich verabschiedete.

X

Lucas zwängte sich durch die dichte Menschenmenge Richtung Tür. Es war an der Zeit, wieder ins Büro zurückzukehren. Ein Schläfchen zu halten und das Gebäude gegenüber zu observieren. Er schlenderte über den Rasen vor dem Bestattungsinstitut, als ihm eine Stimme ins Ohr flüsterte und ein harter Gegenstand in seine Seite gedrückt wurde.

»Das ist eine Waffe, Lucas. Unternimm nichts. Geh einfach weiter wie gerade eben.«

»Hallo, Crandell«, sagte Lucas, blieb stehen und fuhr mit ruhiger Stimme fort, »sieh mal einer an, heimlich, still und leise – wie eh und je.«

»Geh weiter, Lucas.«

Er rührte sich nicht von der Stelle. Die Pranke des anderen Mannes fuhr hervor und schnappte sich Lucas' Hand. In Windeseile wanderte ein stechender Schmerz Lucas' Arm hoch.

»Immer schön weiter, Lucas, dann tut dir keiner weh. Bleibst du stehen, breche ich sie dir.«

Lucas bewegte sich so langsam wie möglich, aber immer noch so schnell, dass kein Anlass zum Fingerbrechen bestand. Der Mann in dem gut geschnittenen grauen Anzug neben ihm war einsdreiundachtzig groß, von kräftiger Statur und muskulös. Mit seinen O-Beinen erinnerte er ein bisschen an einen Affen. Seine Augen waren kleine schwarze Knöpfe, fast wie die Glasaugen einer Puppe.

Und wie üblich waren Crandells Haare perfekt geschnitten: Kaskaden blonder Locken rahmten seine Wangen ein.

Lucas äffte die melodische Stimme des Filmschauspielers Peter Lorre nach. »Du hast mich trotz meiner Verkleidung erkannt, nicht wahr, Crandell? Ich habe ganz vergessen, wie gut du bist. Meine Größe, richtig? Du hast dich auf alle konzentriert, die einsfünfundachtzig sind, und dann genauer hingeschaut? Du bist erstaunlich, Crandell.«

»Und du bist ein Witzbold. Nur kann eine Menge Leute nicht darüber lachen, Lucas. Dass du draußen bist und wer weiß was tust, macht ihnen richtig Angst. Sie werden sich sehr freuen, wenn sie erfahren, dass wir wieder zusammen sind.«

Lucas sprach ganz normal weiter. Seine Stimme klang sanft und ausgeglichen. »Großer Zahltag bei dir, was?«

»Wenn wir uns über den Weg gelaufen sind, Lukey-Boy, war für mich immer großer Zahltag.«

»Lass mich mal nachdenken, Crandell, das letzte Mal, dass wir uns getroffen haben, ist wohl vier Jahre her. Auf einem Feld unter einem Sendemasten.« Lucas zwinkerte.

»Du bist krank, Lucas. Leidest unter Wahnvorstellungen. Kommst schnell in Rage, hast Probleme mit Frauen. Du brauchst Hilfe.«

Lucas wandte den Blick ab. Atmete tief durch.

»Ich werde nicht zurückgehen. Da wirst du mich schon hier abknallen müssen. Die Dinge wieder in Ordnung zu bringen, darauf verstehst du dich prima, Crandell, aber wenn du mich auf einem Parkplatz erschießt, wie willst du das wieder hinbiegen?«

»Dir wird nichts zustoßen, Lucas. Du musst nur … wieder in deine ganz normale Alltagsroutine zurück.«

Lucas hörte einen Motor aufheulen, ehe sich ein dunkler kastenartiger Wagen aus der Reihe der anderen Fahrzeuge löste, vor ihm hart abbremste und anhielt. Die Tür flog auf. Lucas beugte sich nach unten, lächelte und musterte den Fahrer.

»Gehören Sie zur Polizei, Sir? Crandell stellt gern Polizisten ein.«

»Steig ein oder ich stopfe dich in den Wagen, Luke«, schnauzte Crandell. »Und das wird dann ein paar Tage lang ganz schön wehtun.«

Lucas warf einen letzten Blick nach hinten. Auf die Freiheit. Oder das Leben. Weit und breit niemand in der Nähe. *Warte mal.* Da drüben, dreißig, vierzig Meter entfernt ... lief ein tief in Gedanken versunkener Mann an den geparkten Autos entlang.

Dieser Cop. Der Detective. Wie, verdammt noch mal, hat er gleich noch geheißen?

X Kapitel 22

Ich verließ das Bestattungsinstitut, um mich auf dem Parkplatz umzusehen, und fühlte mich erleichtert. Beerdigungen im 21. Jahrhundert empfinde ich als verkrampft und manieriert. Sie werden von geschäftstüchtigen Unternehmern orchestriert, die dafür bezahlt werden, den Schlag abzufedern, den der Tod einem versetzt. Das Protokoll verlangt, dass man schweigt und nicht die Fassung verliert. Wenn es uns gelingt, nicht zu weinen, nicht zu wehklagen und unsere wahren Gefühle zu verstecken, lobt man uns dafür, dass wir uns *gut halten*.

Wenn ich sterbe, möchte ich nicht, dass sich meine Trauergäste beherrschen. Ich wünsche mir, dass die Leute am ganzen Leib zittern, niedergeschmettert sind und sich wie in alten Zeiten bei einer Erweckungsversammlung zu Boden werfen. Ich will, dass sie sich auf der Erde herumwälzen, ekstatische Gebete sprechen, den Mond ansingen. Ich möchte, dass Gedichte vorgetragen, Lieder gesungen werden und geklatscht wird. Und ich möchte, dass Menschen, die mir nie begegnet sind, denen, die mich kannten, die Hand reichen.

Ich will, dass die Wahrheit erzählt und mit sagenhaften Lügen ausgeschmückt wird.

»Detective Ryder!«

Als ich mich umdrehte, sah ich, wie mir der rothaarige Funk-Fan, der sich mit Haley unterhalten hatte, zuwinkte. Er stand neben einem Mann, dessen kompakte Gestalt und lockiges blondes Haar mir irgendwie bekannt vorkamen. Eine dunkle Limousine, wahrscheinlich ein Buick, stand schräg zum Bordstein. Mit den Händen in den Taschen schlenderte ich auf den Winkenden zu. Der Funk-Fan strahlte von einem Ohr zum anderen, während der andere Mann ein Gesicht machte, als wüsste er nicht, ob er abhauen oder ausharren sollte. Ich war noch fünf, sechs Schritte weit weg, als der Funk-Fan wegstolzierte.

»Was ist denn, Kumpel?«, fragte ich.

Der Fahrer der Limousine drückte auf die Hupe, deren durchdringender Ton in unseren Ohren klingelte. Ich schnitt eine Grimasse. Funky lachte und wich noch weiter zurück. Als ich dem blond gelockten Mann ins Gesicht schaute, wusste ich plötzlich, dass ich ihm irgendwo schon mal begegnet war. Er erkannte mich im selben Moment. Ich registrierte, wie er nach unten langte und der Griff einer automatischen Pistole in seiner linken Hand auftauchte, die noch halb im Jackett steckte. Das Ding war eine Stupsnase mit Schalldämpfer. Die Hand setzte sich in Bewegung. Die Waffe kam vollständig zum Vorschein.

Der wird dich abknallen!, kreischte eine Stimme in meinem Kopf, als die Waffe nach oben wanderte. Mein Schießeisen steckte im Schulterhalfter unter dem linken Arm. Keine Option. Mir blieb nur eines: Ich musste seine Beine zu fassen kriegen. Mit ausgestreckten Armen ließ ich mich fallen, sah entschwindende Beine, während ich über den Rasen rollte, griff ins Leere, erwischte ihn nicht. Eine Tür fiel ins Schloss, Reifen quietschten. Der Gestank von verbranntem Gummi stieg mir in die Nase.

Kurz darauf kniete sich Harry neben mich.

»Was für eine Nummer läuft denn hier ab, Carson?«

»Dieser Kerl. Im Wagen. Er hatte eine Waffe. Mit einem verfluchten Schalldämpfer.« Die Worte wurden von einer zitternden Stimme geäußert, die ich nicht als die meine erkannte.

Harry half mir auf die Beine. Da meine Knie wie Pudding waren, setzte ich mich wieder hin.

»Wer war das denn?«

Ich drehte den Kopf und hielt Ausschau nach Funky.

»Der andere Typ, wo ist der hin, Harry?«

»Ich habe sonst niemanden bemerkt. Ich war drinnen, hörte lautes Gehupe und bin nach draußen gegangen, um mal nachzuschauen, was los ist. Und da liegst du am Boden und eine blaue Limousine rast mit rauchenden Reifen die Straße runter, während jemand noch schnell die Tür zuzieht.«

»Der andere Typ war dieser Funk-Fan, der sich vorhin mit Haley unterhalten hat. Haley hat ihn nicht gekannt. Der Typ hat über Taneesha und den Sender geredet. Ich bin nach draußen gelaufen, um mich auf dem Parkplatz umzusehen. Da ruft der Funk-Fan meinen Namen. Er steht neben einem schweren Jungen mit blonden Locken. Und als ich rübergehe, haut Funky ab und ich stelle fest, dass Lockenschopf eine Pistole mit Schalldämpfer in der

Hand hat. Ich glaube, er hatte gerade überlegt, ob er sie abfeuern sollte oder nicht. Dann hupt es, als wollte der Fahrer sagen: *Scheiß drauf, lass uns verschwinden.* Ich war dabei, mich auf den Schützen zu werfen, bin aber stattdessen auf dem Rasen gelandet.«

»Davon habe ich überhaupt nichts mitgekriegt. Habe dich nur auf dem Boden liegen und die Limousine wegfahren sehen.«

»Funky hat mich benutzt«, meinte ich. »Ich war die Ablenkung, damit er die Biege machen konnte.«

Eine ältere Dame spazierte den Bürgersteig hinunter und warf uns einen ängstlichen Blick zu. Ein großer schwarzer Mann kniete neben einem schlanken Weißen, der vor einem Bestattungsinstitut auf dem Rasen lag. Ich erhob mich. Meine Knie funktionierten schon wieder besser. Harry und ich folgten dem Weg, den Funky genommen hatte. Als wir um eine Ecke bogen, lag mitten auf dem Gehweg ein Kissen.

»Dieser Funky«, fragte Harry, »war er korpulent?«

»Jetzt offenbar nicht mehr.«

Wir gingen den Weg zurück, den wir gekommen waren, und warfen das Kissen in den Wagen. Es steckte in einer Hülle aus weicher Baumwolle – kein Material, von dem man Fingerabdrücke abnehmen konnte.

Ich spielte den ganzen Vorfall noch mal im Kopf durch und kam zu folgendem Ergebnis:

»Funky ist unser Mann, Harry. Taneeshas Mörder. Er hat sich verkleidet. Und da gibt es noch jemanden, der hinter ihm her ist.«

»Könntest du ihn identifizieren, wenn du ihn siehst?«

Ich zuckte mit den Achseln. »Mir macht der Kerl mit der Waffe Kopfzerbrechen, Bruder. Ich kenne ihn. Und ich bin mir sicher, dass er mich kennt. Das Problem ist nur, dass ich weder seinen Namen weiß noch, wo wir uns über den Weg gelaufen sind. Trotzdem … mir kommt sein Gesicht von irgendwoher bekannt vor.«

»Jetzt gibt es ja überall Überwachungskameras«, meinte Harry. »Jeder verdammte Winkel dieser Welt wird ausgespäht. Lass uns mal nachsehen, ob jemand was aufgezeichnet hat.«

Das Bestattungsinstitut besaß Überwachungskameras, aber nicht nach vorn auf die Straße hinaus. Einen halben Block die Straße hinunter gab es eine Tankstelle. Die Chance, dass deren Kameras etwas aus dieser Entfernung aufgezeichnet hatten, war gleich null. Dennoch lohnte es sich nachzufragen. Wir machten uns zu Fuß auf den Weg und kamen unterwegs an einem drei Meter breiten Schaufenster vorbei, das zu einem Lebensmittelgeschäft neben dem Parkplatz des Bestattungsinstituts gehörte. Harry packte mich am Arm und zeigte auf das Schaufenster.

»Sieh mal, Carson.«

Ich drehte mich zu der Auslage um und entdeckte ein Schild, auf dem Schinken aus der Keule für $1.89 pro Pfund angeboten wurde.

»Hast du Hunger?«

»Schau mal in den Laden. Rechts oben in der Ecke.«

Ich spähte an dem Schild vorbei. Hinter dem Fenster hing eine kleine Überwachungskamera in der Ecke, die auf die Straße gerichtet war.

»Seltsame Richtung für so eine Kamera«, fand Harry. »Lass uns mal nachfragen, was es damit auf sich hat.«

Als wir eintraten, läutete ein Glöckchen. An der Theke stand ein großer schlanker Schwarzer in weißer Schürze, der Scheiben von einem runden Käse schnitt. Er warf uns einen kurzen Blick zu. Aufgrund der kurzen, grau gesträhnten Haare schätzte ich ihn auf Ende fünfzig. Hinter ihm war eine zweite Kamera installiert, die die beiden Regalreihen überwachte, die einmal längs durch den Laden liefen.

Harry hielt seine Marke hoch. »Gehört Ihnen der Laden, Sir?«

Der Mann konzentrierte sich aufs Schneiden. »Nein, ich schmeiße nur den Laden. Der Eigentümer taucht erst in einer guten Stunde auf.«

Harry wartete einfach so lange, bis der Mann sich umdrehte und die Augen verdrehte.

»Verflucht, ja, mir gehört der Laden. Oliver Tapley. Wer sonst wäre so dumm, hier zu arbeiten?«

»Diese Kamera am Fenster, Mr Tapley. Komischer Standort.«

Tapley drehte uns den Rücken zu und nahm seine Tätigkeit wieder auf.

»Mr Tapley?«, sagte Harry.

Zwei weitere Scheiben Käse fielen auf die Theke. »Ich werde gesprächiger, wenn aus Störenfrieden Kunden werden.«

Harry kramte seine Geldbörse heraus. »Machen Sie uns zwei Schinken-Käse-Sandwiches auf Roggenbrot. Beide mit Peperoni, eins mit braunem Senf.«

Tapley holte einen Schinken aus dem Kühlschrank und legte ihn auf die Theke. »Ich habe da draußen zwei Parkplätze. Gehören nur zu diesem Geschäft. So steht es auch auf dem Schild. Die Kunden kommen rein, kaufen, was sie brauchen, und fahren weg.«

»Aber andere stellen sich auch dorthin, oder?«, rechnete Harry zwei und zwei zusammen.

Tapleys Miene verfinsterte sich. »Hauptsächlich Leute, die zum Bestattungsinstitut wollen. Die haben dort drüben fünfundsechzig Stellplätze, verdammt noch mal, und wo wird geparkt? Vor meinem Laden.«

»Dann überwachen Sie also, was sich draußen und im Laden abspielt ...«

»Wenn sie nicht bei mir einkaufen, stauche ich sie so zusammen, bis sie verschwinden.«

»Zeichnet die Kamera alles auf, was draußen passiert?«

Tapley musterte den Schinken, als läge da etwas höchst Faszinierendes drauf. Harry seufzte. »Ich denke, wir werden auch was trinken, Mr Tapley. Eine Limonade und ein Dr. Pepper.«

Tapley schnitt ein paar Scheiben Schinken ab und machte die Sandwiches. Mit dem Kinn deutete er auf einen Monitor neben der Kasse. Wir mussten uns über die Theke beugen, um das Bild sehen zu können. Der Bildschirm war geteilt: Eine Hälfte zeigte das Ladeninnere, die andere Tapleys heiß geliebte Parkplätze. Die Kamera war ein billiges Teil mit schlechter Bildauflösung. Die Aufnahme wirkte, als hätte jemand ein Stück grauen Baumwollstoff über die Linse gelegt. Der Bildausschnitt reichte nicht bis zu der Stelle, wo der Vorfall sich abgespielt hatte.

»Haben Sie während der letzten Stunden jemanden von Ihrem Parkplatz verscheucht?«, erkundigte sich Harry.

Tapley wickelte die Sandwiches in Papier ein und legte sie auf die Theke.

»Vor etwa einer Stunde. Ein Riesenschlitten ist mit einer Selbstverständlichkeit auf meinen Platz gefahren, als würde er die Miete dafür hinblättern und nicht ich. Ich habe den Mistkerl fortgejagt.«

»Erinnern Sie sich noch, was für ein Fahrzeug das war?«, fragte Harry.

»Eine blaue Kiste. Irgendwas aus Detroit, denke ich. Buick? Oldsmobile?«

»Und bewahren Sie die Bänder auf, Mr Tapley?«, hakte Harry nach, dem es kaum mehr gelang, seine Aufregung zu verbergen. Tapley drehte sich weg und holte ein Glas Pickles aus dem Fach, das er sorgfältig von allen Seiten inspizierte.

Harry sprang zu dem Regal, das hinter ihm stand, schnappte sich wahllos mehrere Artikel und legte sie neben die Kasse.

»Die Sachen hier nehmen wir auch.«

Tapley lief nach hinten und kam mit einer Videokassette zurück. Er spulte das Band zum passenden Zeitfenster vor, gab uns die Fernbedienung und ging dann weg, um ein paar Sachen für eine ältere Dame zu holen. Auf der Bildhälfte, die den Innenraum zeigte, waren Kunden zu sehen, die kamen und gingen. Die Parkplätze draußen waren leer. Auf der Straße rauschten Fahrzeuge vorbei.

»Da«, rief Harry. »Drück auf PAUSE.«

Ich stoppte das Band und spulte zurück. Drückte auf PLAY. Die Plätze vor dem Geschäft waren leer, hin und wieder fuhr ein Wagen vorbei. Eine blaue Limousine, ein Buick, fuhr heran und stellte sich quer über beide Plätze. Wegen der abgedunkelten Fensterscheiben konnte man nichts weiter erkennen.

Als die Beifahrertür aufging, hielten wir den Atem an. Lockenkopf stieg aus, strich mit den Fingern die Haare zurück, schlenderte zum Bestattungsinstitut hinüber. Zwei Sekunden lang war er im Bild und davon war eineinhalb Sekunden seine Hand zwischen der Linse und seinem Gesicht. Die Aufnahme war körnig und verschwommen.

»Viel zu kurz«, sagte ich. »Aber er kommt mir so bekannt vor, dass es fast schon wehtut.«

Wir quittierten Tapley den Empfang der Videokassette

und verließen das Geschäft. Ich trug die Kassette und die Sandwiches, Harry eine Papiertüte. Er griff in die Tüte und zog einen von den Artikeln heraus, die er wahllos aus dem Regal geklaubt hatte. Eine handtaschengroße Packung Tampons. Laut Packungsbeschreibung ›dufteten sie herrlich nach Frühling‹!

»Mist«, war alles, was er hervorbrachte.

Kapitel 23

Auf der Fahrt zum Gerichtsmedizinischen Institut, draußen beim Campus der University of South Alabama, mussten wir uns durch dichten Verkehr kämpfen. Hembree saß in einem Meeting, das noch zwanzig Minuten dauerte. Ich sagte Harry, dass ich im Leichenschauhaus vorbeischauen wollte, während er beschloss, sich die Zeit mit einer halbvollen Schachtel Donuts im Mitarbeiter-Aufenthaltsraum der Gerichtsmedizin zu vertreiben.

Clair hockte mit einem Buch in der Hand an ihrem Schreibtisch und hatte eine Brille mit Kette auf. Da sie nicht gehört hatte, wie ich den Flur heruntergekommen war, beobachtete ich sie ein paar Minuten lang beim Lesen: Sie überflog eine Seite, leckte die Spitze ihres glatten Daumens ab, hob die Ecke der Seite an, blätterte um und neigte das Buch leicht nach links, als wollte sie schon weiterlesen, ehe die Seite richtig aufgeschlagen war. Sehr effizient. Sie nahm sogar den Anfeuchtungsvorgang vorweg, indem sie die rosa Zunge schon herausstreckte, während sie den Daumen noch anhob.

Nachdem ich ihr eine Weile zugesehen hatte, räusperte ich mich und trat auf die Türschwelle.

»Hallo, Clair. Was lesen Sie da? Ein Buch über Schusswunden? Oder Schmeißfliegen?«

Ihr Nacken färbte sich rot und sie warf das Buch auf den Schreibtisch. Es landete mit dem Deckel nach oben. Eine abgegriffene Taschenbuchausgabe eines Liebesromans. Auf dem Umschlag war ein muskulöser Mann mit freiem Oberkörper zu erkennen, der einer Frau mit rabenschwarzem Haar in einem viktorianischen Kleid tief in die Augen schaute. Im Hintergrund sturmgepeitschte Baumwipfel, so als würde gerade ein Hurrikan durchs Land fegen. Der Titel lautete *Sturm der Leidenschaft*.

»Clair?«, fragte ich. »Studieren Sie Meteorologie?«

Sie drehte den Umschlag um.

»Dummes Zeug. Meine Tante verschlingt diese Dinger und gibt sie anschließend mir. Nicht um sie zu lesen, Ryder, sondern um sie weiterzuverschenken. Hier gibt es ein paar Frauen, die sie sich schnappen, kaum dass ich sie im Aufenthaltsraum ausgelegt habe.«

»Sie haben also nicht gelesen?«

»Ich habe es erst ein paar Sekunden, bevor Sie aufgetaucht sind, in die Hand genommen. Vielleicht ein, zwei Sätze gelesen. Infantil. So, jetzt haben wir genug geplaudert, meine Mittagspause ist gleich vorbei. Was wollen Sie?«

»Haben Sie die Frau obduziert, die in dem Feuer umgekommen ist, die mit den Handschellen auf dem Rücken?«

»Ja. Warum?«

»Ich war an jenem Morgen gerade auf dem Weg zur Arbeit, habe das Feuer gesehen und bin rübergefahren. Ich war da, als man sie aus dem Feuer geholt hat, und habe mich dort ein bisschen in den Trümmern umgeschaut. Meine Neugier gestillt.«

»Sie ist regelrecht abgeschlachtet worden«, sagte Clair. »Anders kann man es nicht ausdrücken.«

»Was genau meinen Sie damit?«

Clair schob *Sturm der Leidenschaft* beiseite und nahm einen Stapel Papiere hoch.

»Hier, Sie kennen sich ja mit medizinischer Terminologie gut genug aus ... lesen Sie selbst.«

Sie reichte mir den vorläufigen Obduktionsbericht. Ich setzte mich, schaltete die Lampe neben dem Stuhl an und begann zu lesen. Nach drei Minuten, die vom Gefühl her ewig dauerten, gab ich ihr den Bericht zurück. Mein Magen fühlte sich an, als hätte ich einen Sack Kakerlaken verschlungen.

»Wer immer das getan hat, ist ein sadistischer Terrorist. Jemand, der Frauen hasst. Das Wort krank reicht da als Beschreibung bei weitem nicht.«

»Das Fleisch war stark verbrannt, wie Ihnen aufgefallen sein dürfte. Dennoch ist der Zustand der inneren Organe immer noch sehr aussagekräftig. Vor allem die Verletzungen der Vagina und des Uterus oder besser von dem, was davon noch übrig ist.«

»Und das hat man ihr alles angetan, solange sie noch am Leben war?«, fragte ich.

»Während ich die Autopsie durchführte, habe ich gebetet, dass sie hoffentlich irgendwann das Bewusstsein verloren und das meiste gar nicht mitgekriegt hat. Was denken Sie, Carson? Sie haben da doch Erfahrung.«

Ich seufzte und massierte meine Stirn mit den Fingerspitzen. »Nach allem, was ich weiß, Clair, ist es der Schmerz, der den Täter das Opfer immer weiterquälen lässt. Wenn das Opfer ohnmächtig wird, verliert der Täter das Interesse. Wahrscheinlich hat er ihr den Mund zugeklebt.«

»Woher kommen solche Monster, Carson? Sind sie aus der Hölle geflohen?«

»Die züchten wir schon selber heran, Clair. Und manchmal wohnen sie gleich bei uns um die Ecke.«

»Na, das ist wirklich eine grauenvolle Vorstellung. Die Frau in Ihrem Fall ist auch gequält worden, Ryder. Die Franklin. Denken Sie, da besteht eine Verbindung?«

»Ms Franklin wurden die Finger gebrochen. Es klingt hart, wenn ich es so ausdrücke, aber auf der Folterskala ist sie weitaus besser weggekommen als Ms Hibney. Ms Franklin war in ihrem Wagen, Ms Hibney daheim. Ms Franklin scheint auch Opfer des Zufalls geworden zu sein, während Ms Hibneys Tod vermutlich durchgeplant wurde.«

»Dann gibt es also keinen Zusammenhang.«

»Im Land der Wahnsinnigen ist alles möglich«, konstatierte ich. »Gut möglich, dass unser Junge darauf abgefahren ist, Taneesha Franklin mit dem Messer zu bearbeiten und ihr die Finger zu brechen. Und bei Ms Hibney legte er einen Zahn zu. Wer war bei der Autopsie anwesend?«

»Die Detectives Logan und Shuttles.« Clair legte die Stirn in Falten. »Detective Shuttles hat interessante und äußerst kluge Fragen gestellt. Aus dem Jungen wird noch was werden. Logan tat, was er immer tut.«

»Und was ist das?«

»Saß hinter mir auf dem Stuhl und hat meinen Hintern angestarrt.«

X

Ich ging zum Gebäude zurück, in dem die Spurensicherung untergebracht war. Die Donutschachtel war fast leer. Harry entging mein Stirnrunzeln nicht.

»Ein paar Techniker haben sie verputzt. Ich habe nur einen davon gegessen.«

Die Falten auf meiner Stirn wurden noch tiefer.

»Zwei«, gab er zu.

Ich drückte ihm eine Kopie von Carole Ann Hibneys Obduktionsbericht in die Hand. Auf dem Umschlag stand ihr Name. Harry sah mich fragend an.

»Heb ihn dir für später auf«, riet ich. »Ist keine schöne Sache.«

Seufzend griff er nach einem Donut. Zum Trost.

Zehn Minuten später kam Hembree aus seiner Sitzung und führte uns in das Labor mit den weißen Theken, Computern und Bechergläsern. In mehreren Röhrchen schwappten mysteriöse Flüssigkeiten. Manche sahen wie gefärbtes Wasser aus, andere waren besorgniserregenderweise dick wie Eintopf.

Harry hielt die Kassette hoch. »Wir hatten gehofft, jemand könnte das Band mal unter die Lupe nehmen, Bree, und es für uns vielleicht ein bisschen bearbeiten, damit man mehr erkennt.«

Hembree grinste. »Hatten Sie in letzter Zeit öfter mal Glück, Harry?«

»Nee. Wieso?«

»Heute stehen Ihre Sterne günstig.«

Hembree führte uns in den erst kürzlich dazugekommenen Laborbereich, wo vorwiegend mit Computern gearbeitet wurde. Auf einer langen Theke standen Monitore, Tastaturen und verschiedene elektronische Geräte. Der Mann, der vor ein paar Tagen die Probeschüsse auf Hembree abgegeben hatte, saß auf einem Stuhl an der Theke. Wenn man ihn von Nahem betrachtete, merkte man, dass er schon um die siebzig sein musste. Das schütter werdende graue Haar war nach hinten gekämmt, das rosa Gesicht von Altersflecken überzogen und eine Lesebrille hing an einer Drachenschnur um seinen Hals. Er hatte eine hohe, stark gewölbte Stirn und fröhlich funkelnde grüne Augen. Er trug Sandalen, weiße Tennissocken, Khakis und ein Hawaiihemd aus Seide, auf dem pinkfarbene Seepferde durch ein neonblaues Meer ritten.

»Thaddeus Claypool, unser neuer digitaler Cowboy«, stellte Hembree ihn vor.

Ich schaute dumm aus der Wäsche. Und Harry war wahrscheinlich so sehr von Claypools Hemd fasziniert, dass er eh nichts anderes mehr mitkriegte. Claypool lachte und streckte die Hand aus.

»Ich weiß. Irgendwo steht geschrieben, dass CFs nicht älter als zwanzig sein dürfen.«

»CFs?«, fragte ich nach.

»Computerfreaks.«

»Ich wollte gewiss nicht andeuten, dass Sie vom Alter, ähm …«

»Hatte meinen ersten Computer 1957 am MIT, Detective. Ich habe mich damals mit direkter Tastatureingabe und zugeordneten Algorithmen beschäftigt. In den Sechzigern und frühen Siebzigern habe ich bei Bell Labs gearbeitet und bin Mitte der Siebziger zu IBM gewechselt, um mal Geld zu verdienen, doch da habe ich mich aufgrund der Unternehmenskultur wie in einer Zwangsjacke gefühlt. Trotzdem ist es mir gelungen, dort acht Jahre lang gute Arbeit abzuliefern. Anschließend habe ich zwölf Jahre in der Beratung gearbeitet und zwischen den beiden Polen hin und her gewechselt.«

»Nord- und Südpol?« Harry war irritiert.

»Apple und Microsoft.«

»Thad ist gebürtiger Mobiler«, erzählte Hembree. »Und wegen der Kinder und Enkel wieder zurückgezogen. Nun arbeitet er zwölf Stunden pro Woche unentgeltlich für die Spurensicherung. Müssten wir ihn nach seinem Beraterhonorar bezahlen, könnten wir ihn uns gerade mal zwei Wochen pro Jahr leisten.«

Mit funkelnden Augen tippte Claypool an seine vorspringende Stirn. »Wenn man nicht im Training bleibt, wird da oben alles weich.«

Ich gab ihm die Kassette. »Eine Kassette zu bearbeiten ist wahrscheinlich eine ziemlich langweilige Aufgabe.«

»Algorithmen«, pries er. »Zahlen und noch mehr Zahlen. Das Programm, mit dem die Qualität verbessert werden kann, basiert auf einer Auswahl statistischer Möglichkeiten. Ich habe die Software ein bisschen frisiert oder getunt, wie die Kids das nennen. Ich stehe auf Polizeiarbeit.«

Er schob die Kassette in eine Maschine und drückte auf ein paar Tasten. Ein Monitor sprang an. Auf dem Bildschirm tauchte der blonde Mann auf einem der wenigen Einzelbilder auf.

»Damit können wir nicht viel anfangen«, meinte ich. »Können Sie da was machen?«

»Ich werde mal einen Referenzpunkt herstellen.« Claypool zog ein helles Quadrat über den Bildschirm, das den verschwommenen Umriss eines Reifens hervorhob.

Er tippte auf ein paar Tasten, murmelte leise vor sich hin, tippte weiter. Ich sah Zahlen über den Bildschirm laufen. Claypool nickte zufrieden, als würden die Ziffern ihm eine positive Rückmeldung liefern. Mit ausladender Geste drückte er auf die ENTER-Taste.

Die Form des Reifens flackerte und löste sich auf. Sekunden später tauchte er wieder auf. Nun konnte ich das Profil und das Luftventil erkennen.

»Ich glaube, ich habe mich gerade in Sie verliebt, Mr Claypool«, schwärmte ich. »Können Sie das auch mit dem Gesicht von diesem Typen machen?«

»Gesichter sind komplizierter«, entschuldigte er sich, als das helle Quadrat den unscharfen Kopf einfasste. »Mehr Möglichkeiten, zwischen denen man wählen kann, und geringere Bildschärfe. Dabei handelt es sich nicht um eine echte Vergrößerung, sondern vielmehr um eine statistische Berechnung, wie das Gesicht aussehen könnte.«

Wieder drückte Claypool mit triumphierender Geste auf die ENTER-Taste.

»Irre«, entfuhr es Harry, als er das Ergebnis betrachtete.

Mit finsterer Miene studierte ich den Bildschirm. Obwohl das Gesicht scharf war, hatte es auch etwas Uneindeutiges, aber ich *kannte* es von irgendwoher.

»Und, Cars?«, fragte Harry. »Sag mir bitte, dass bei dir der Groschen fällt.«

»Noch nicht, aber es dauert nicht mehr lange. Die Antwort liegt mir auf der Zunge ...«

»Hast du ihn auf einer der Fahndungslisten gesehen?«, hakte Harry nach. »Vielleicht wird er ja gesucht.«

Ich hatte Hunderte von Gesichtern aus den Fahndungslisten im Kopf gespeichert, Fotos von Tätern zusammengestellt, um sie den Opfern zu zeigen, endlos die Mappen mit Verbrecherfotos durchgeblättert.

»Irgendwie kommt das nicht so richtig hin.«

»Was halten Sie davon, wenn ich das Bild drehe?«, fragte Claypool. »Und Ihnen eine andere Einstellung zeige?«

Claypool tippte zweimal auf die Tastatur. Die rechte Gesichtshälfte schrumpfte auf einen schwarzen Punkt in der Mitte des Monitors zusammen. Eine Sekunde später dehnte sich der Punkt wieder aus und prompt erhielten wir die linke Gesichtshälfte.

Ich schloss die Augen und sah den Mann mit den blonden Locken, aber nicht auf dem Gehweg vor dem Bestattungsinstitut. Er saß rechts von mir, schaute nach links. Hatte einen Telefonhörer am Mund. Sprach mit einem grobschlächtigen, von Narben übersäten Monster hinter einer Plexiglasscheibe.

»Jetzt weiß ich, woher ich ihn kenne«, flüsterte ich. »An dem Tag, an dem Leland Harwood vergiftet worden ist, hat er neben mir gesessen.«

Kapitel 24

Gefängnisleiter Frank Malone fummelte an dem Videorekorder in der Ecke herum. Ich ging jedenfalls davon aus, dass es sich um einen Videorekorder handelte. Obwohl ich mich im Büro des Gefängnisleiters befand, fühlte ich mich wie in einer Zelle. Die Fenster waren vergittert und es stank nach Furcht und Desinfektionsmittel. Trotz großer Entfernung zum nächsten Zellenblock breitete sich der Geruch wie Nebel in diesem Gebäude aus.

Da es keinen Sinn machte, zu zweit hier herauszufahren, hatte ich mich bereit erklärt, den Weg auf mich zu nehmen, was ein großes Loch in meinen Arbeitstag riss. Dieses Land brauchte dringend ein gutes Teleportationssystem.

Mit der Fernbedienung schaltete Malone das Gerät ein. Er hatte die Bänder von dem Morgen herausgesucht, an dem ich hier gewesen war, und spulte nun so weit vor, bis ich mich im Besucherraum sah.

Er schaute auf und ich nickte. An der Stelle ging es los.

Ich beobachtete, wie ich mehrere Minuten mit Harwood redete, ehe der grobschlächtige, von Narben übersäte Sträfling hereinkam. Im gleichen Moment tauchte der muskulöse Mann im Anzug auf, dessen kantiges, braun gebranntes Gesicht von blonden Locken eingerahmt wurde. Trotz seiner kompakten Statur bewegte er sich wie Seide im Wind oder wie ein im Körper eines Maurers gefangener Tänzer.

Malone tippte auf den Bildschirm. »Der kantige Sträfling ist ein Serienvergewaltiger namens Tommy Dowell. Hier drinnen kennt man ihn unter dem Spitznamen Tommy die Bombe, weil man nie weiß, wann er hochgeht.«

Tommy Dowell stolzierte umher, als hätte er nicht nur in diesem Laden das Sagen, sondern als gehörte ihm auch jedes andere Gebäude im Umkreis von hundert Meilen. Mit diesem Blick war ich wesentlich vertrauter als meine Mitmenschen.

»Psychopath«, konstatierte ich. »Volle Kanne.«

»Der Typ war Biker, Mitglied bei den Iron Rangers. Irgendwann war er selbst denen zu abgedreht, und da haben sie ihn rausgeworfen.«

»Zu abgedreht für die Rangers? Das ist ja so, als wäre man zu groß für die Basketballmannschaft.«

Malone seufzte und setzte seine Lesebrille ab. »Ich bin der Leiter hier, Detective Ryder. Von mir wird erwartet, dass ich Begriffe aus der klinischen Psychologie verwende, wenn ich über Insassen spreche. Ich habe Psychologiekurse belegt, damit ich wissenschaftlich und rational diskutieren kann.«

»Und?«

»Tommy die Bombe ist wie ein Atomreaktor nach dem Super-GAU. Dreihundert Pfund durchgeknallte Sicherungen.«

»Mit den Begriffen kann ich was anfangen«, sagte ich. »Denken Sie, er hatte was mit Harwoods Vergiftung zu tun?«

»Insassen erweisen Typen wie Tommy einen Gefallen, um sich gut mit ihm zu stellen.«

»Um sich gut zu stellen?« Ich schob meinen Stuhl vor den Bildschirm und zeigte auf den Besucher. »Kennen Sie diesen Mann, Malone? Denn eigentlich interessiere ich mich für ihn.«

Malone setzte die Brille auf und studierte die entsprechende Sequenz noch mal. Der Mann stand meistens mit dem Rücken zur Kamera. Harwood quatschte auf mich ein. Ein paar Minuten später begann er zu zappeln und auf seine Brust zu klopfen. Mir fiel auf, dass der Blonde mehrere kurze Blicke in Harwoods Richtung warf.

Malone drückte auf STANDBILD. »Den Besucher habe ich vorher noch nie gesehen. Laut Aussage der Aufseher hat der Mann die Bombe in den letzten Wochen drei Mal besucht.« Er schob mir ein Blatt Papier zu. »Die Besucherliste von dem Morgen, an dem Sie hier gewesen sind.«

Ich verglich die Zeiten mit den Namen und kriegte nur eine Übereinstimmung.

»C. M. Delbert«, meinte ich. »Er hat doch einen Ausweis vorlegen müssen, um reinzukommen, oder?«

Malone nickte. »Gibt nicht viele Leute, die mit falschen Papieren ins Gefängnis gelangen. Wir kontrollieren zwar die Ausweise, doch unser Schwerpunkt sind natürlich Waffen und andere Gegenstände, die reingeschmuggelt werden könnten.«

»Und wir beide wissen, dass jeder Teenager im Land sich einen falschen Ausweis besorgen kann, wenn er über die entsprechenden Kontakte verfügt und ein paar Scheine lockermachen kann.«

»Der Mann hat als Beruf Anwalt angegeben«, erklärte Malone. »Halten Sie den für einen Anwalt?«

»Erscheint mir ziemlich weit hergeholt. Ist bestimmt nicht in Harvard gewesen.«

Malone stöhnte. »Gibt nicht sonderlich viele Harvardabsolventen, die einem psychopathischen Monster wie Tommy die Bombe gegenübersitzen möchten.«

»Denken Sie, Tommy die Bombe würde mit mir sprechen?«

»Denken Sie, dass Ihnen bald Titten und eine Möse wachsen?«

»Eher unwahrscheinlich.«

»Keine Chance.«

Malone drückte wieder auf den START-Knopf. Zwei Minuten später lag Harwood am Boden und wurde von Krämpfen durchschüttelt. Tommy die Bombe beobachtete ihn dabei. Der Besucher verließ den Raum, ohne sich noch mal umzusehen. Er tat so ungerührt, als ginge er aus einer öffentlichen Toilette.

Malone steckte die Brille in seine Tasche. »Ihr Mann wirkt nicht besonders interessiert.«

»Weil er weiß, wie die Geschichte ausgeht«, meinte ich.

Als ich ins Polizeipräsidium zurückkehrte, saß Harry im Besprechungszimmer und studierte die Akte unseres Mordfalls. Er hob den Blick.

»Sag mir, dass du im Gefängnis auf das fehlende Glied in der Kette gestoßen bist, Carson. Dass du dich jetzt zu mir setzt und die losen Fäden schön zusammenschnürst.«

Ich seufzte und berichtete, was ich in Erfahrung gebracht hatte.

»Er hat sich als Anwalt ausgegeben?«, fragte Harry. »Vielleicht sollten wir einen unserer hiesigen Rechtsverdreher aufsuchen und fragen, ob ihn jemand identifizieren kann.«

Im Kopf spielte ich eine Liste mit Anwälten durch. Nur einer stach heraus. »Wir brauchen einen Rechtsanwalt, der keine Probleme mit Mördern, Vergewaltigern, Drogenkurieren und sonstigen Kotzbrocken hat.«

»Preston Walls kommt für mich nicht in Frage, Cars«, warnte Harry. »Ich habe heute schon gegessen.«

»Keine Sorge. Das bringe ich auch noch allein auf die Reihe.«

Harry stand auf, nahm eine orangene Sportjacke von der Stuhllehne und zog sie über sein blaues Hawaiihemd.

»Das würde ich dir doch nicht antun, Partner. Lass uns auf dem Weg dorthin irgendwo anhalten und eine Flasche Lysol kaufen. Nach dem Besuch bei Walls möchte ich mich nämlich desinfizieren.«

Dr. Preston Walls' Büro lag in der Nähe des Gerichts. Links davon war eine Kneipe und rechts ein Kautionsbürge. Tja, es kommt eben doch auf die richtige Lage an. Vor dem Büro parkte ein Porsche mit dem Kennzeichen LGLEGL. Ich brüllte meinen Namen in das Metallgitter und hielt meine Marke vor die Kamera, ehe drinnen jemand den Summer betätigte und die Tür öffnete.

Walls' Sekretärin, Empfangsdame oder was auch immer war eine Blondine mit riesiger Oberweite, Wulstlippen, Kokserblick und einem Handschellentattoo auf der nackten Schulter. Mit Säuselstimme bat sie uns, Platz zu nehmen, bis ihr Chef sein Telefonat beendet hatte, zog dann an ihrer Zigarette und starrte mir so lange auf den Schritt, bis ich ein Bein über das andere schlug.

Zehn Minuten später tauchte Walls auf. Der Anwalt war Anfang, Mitte vierzig, knapp einen Meter siebzig groß und übergewichtig. Er trug einen schlecht sitzenden braunen Anzug und einen Pferdeschwanz, als ob er damit hip wäre. Gekrönt wurde das Ganze von einem Brillantstecker in einem Ohrläppchen. Als er zur Begrüßung die Hand ausstreckte, wandte Harry sich ab und schaute aus dem vergitterten Fenster.

»Carson, Harry, ich bin überrascht«, wieherte Walls, ohne auf den Affront einzugehen. »Mann, ich habe Sie ja seit Rollie Kreegs Verhandlung nicht mehr gesehen. War das letztes Jahr? Ist so viel Zeit vergangen, seitdem ...« Er brach ab und riss den Mund auf, als wäre ihm etwas entfallen. »Anscheinend leide ich gerade unter Alzheimer. Wie lautete der Schuldspruch? Wer hat gewonnen?«

Ich biss die Zähne zusammen. »Sie. Das Verfahren wurde aufgrund eines Formfehlers eingestellt, falls mich mein Gedächtnis nicht im Stich lässt.«

Walls grinste. »Formsache, bla bla bla ... Im Grunde genommen geht es doch um das Aufeinanderprallen verschiedener Vorstellungen. Um von der Verfassung garantierte Rechte. Um Gesellschaft contra Individuum, um die Wahrung der Rechte des Bürgers, der –«

Harry starrte Walls an. »Wie sicher sind die Bürger vor den Vergewaltigern und Mördern, die Sie frei kriegen?«

Walls zog eine Augenbraue hoch. »Wenn ich sie frei kriege, sind sie unschuldig, Harry.«

Ich stellte mich zwischen Walls und Harry und zog ein Foto aus meiner Tasche, ein abfotografiertes Standbild vom Videorekorder im Gefängnis.

»Dieser anwaltsmäßig wirkende Typ, Preston, kennen Sie den?«

Falls Walls sich das Bild überhaupt anschaute, dann nur für eine Millisekunde. Er versuchte, es mir wieder zuzustecken.

»Sehen Sie es sich noch mal an«, drängte ich ihn. »Länger.«

Der Form halber kam Walls meiner Aufforderung

nach, schien aber an dem Foto vorbeizuschauen. Er runzelte die Stirn.

»Was ist denn, Preston?«

Wie Walls das Foto mit spitzen Fingern hielt, hätte man meinen können, es wäre ihm allein schon die Berührung unangenehm. Das Foto fiel in meine Hände.

»Hab ich noch nie gesehen. Ich muss jetzt los, Jungs. War nett, mit Ihnen zu reden.«

Er brachte uns nach vorn zum Empfang und verschwand wieder in seinem Büro. Ich hörte, wie er abschloss.

Wir fuhren zurück zum Präsidium. Harry trat durch die Tür, blieb unvermittelt stehen, versperrte mir mit dem Arm den Weg und deutete mit dem Kinn in Richtung unserer Schreibtische. Pace Logan saß an Harrys Tisch und wühlte seine Unterlagen durch. Falls nötig, konnte Harry sich sehr schnell und leichtfüßig bewegen. Eine Sekunde später baute er sich hinter Logan auf.

»Kann ich helfen, Logan?«

»Ach du Scheiße. Nautilus. Ich wollte gerade –«

Ich lief hinüber. Logan hatte Taneesha Franklins Mordakte aufgeschlagen und die Fotos studiert.

»Was wolltest du gerade?«

Logan ging in die Defensive. »Wonach sieht es denn aus? Ich habe einen Blick in die Akte geworfen. Ich war, wie du weißt, am Tatort. Und zwar als Erster, soweit ich mich erinnere. Da ich gerade ein paar Minuten Zeit hatte, wollte ich mal nachsehen, wie die Sache steht. Das stört dich doch nicht, oder?«

»Wenn du dir was ansehen willst, Logan, dann frag erst mal.«

Logan stand auf, fletschte die Zähne und drückte die Akte auf Harrys Brustkorb.

»Scheiß auf dich, Nautilus. Ich wusste nicht, dass die Mordakten dein persönlicher Besitz sind. Hab wohl vergessen, beim großen Zampano schriftlich anzufragen.«

Ich stellte mich zwischen die beiden, ehe Harry etwas tat oder sagte, was ihm im Moment in der Seele guttat, ihm jedoch auf lange Sicht schadete. Eine Wolke aus Tabakgeruch hinter sich herziehend, stürmte Logan an seinen Schreibtisch zurück. Harry atmete ganz langsam aus, und wir setzten uns. Auf mich warteten mehrere Notizzettel mit Nachrichten von nervösen Spitzeln, die mir Lügenmärchen andrehen wollten, doch ein Name stach heraus. Ms Rudolnick hatte angerufen. Die Botschaft lautete: ›Nichts Wichtiges, wollte nur mal nachfragen‹.

Ich griff nach dem Telefonhörer, wählte und rüffelte mich für meine schlechten Manieren, denn ich hatte vergessen, mich bei ihr zu melden, nachdem wir die Akten abgeholt hatten.

»Wie geht es Ihnen, Ma'am?«

»Ich wollte nur wissen, ob das mit dem Schlüssel geklappt hat?«

»Ja, danke. Die Akten Ihres Sohnes sind sicher. Niemand wird sie zu Gesicht kriegen.«

»Und helfen sie Ihnen weiter?«

»Wir sind immer noch dabei, sie zu sichten. Das dauert sicher noch eine ganze Weile.«

»Finden Sie nur die Person, die für den Tod meines Sohnes verantwortlich ist, Sir.«

»Das werden wir, Ma'am. Danke für Ihre Nachfrage.«

»Keine Ursache. Ach, Sir?«

»Ja?«

»Gestern habe ich etwas Schönes erlebt. Ein wirklich netter junger Freund von Bernie hat mich besucht.«

»Wer?«

»Ich traue ja nicht vielen Personen über den Weg und weiß auch, dass Leute in meinem Alter gern mal über das Ohr gehauen werden, deshalb habe ich ihm Fragen gestellt. Er wusste gut über Bernie Bescheid: dass sein linkes Auge zu zittern anfing, wenn er nervös wurde, oder dass er eine Vorliebe für Wortspiele hatte. Bernie hatte einen ganz speziellen Gang. Er bewegte sich sehr schnell und wirbelte auf den Absätzen herum, wenn er kehrtmachen wollte. Der junge Mann hat Bernies Gang nachgemacht und dann haben wir uns beide kaputtgelacht. Der Besuch war sehr erfrischend, so gut habe ich mich schon lange nicht mehr gefühlt. Mein junger Besucher hat wirklich wunderschöne Dinge über meinen Sohn gesagt.«

»Und wer war dieser junge Mann, Ms Rudolnick?«

»Frank Cloos. Er hat vor zwei Jahren mit Bernie in der Psychiatrischen Abteilung am Mobile Regional Hospital gearbeitet. Bernie ist da zwei, drei Tage die Woche als Facharzt tätig gewesen. Mr Cloos war Krankenpfleger in dieser Abteilung.«

»Wie hat Mr Cloos ausgesehen?«

»Hatte schätzungsweise Ihre Größe. Dunkles Haar mit einem rötlichen Schimmer. Durchdringender Blick. Ein äußerst gut aussehender junger Mann.«

»Sie sagten jung?«

»Mitte zwanzig, würde ich schätzen. Wirkte sehr erwachsen.«

»Und worüber haben Sie sonst noch gesprochen?«

Eine Pause. Ich hörte das Ticken der Standuhr im Flur.

»Das war sehr traurig. Mr Cloos ist aus beruflichen

Gründen eine Weile lang nicht in der Stadt gewesen. Da er nicht wusste, was Bernie zugestoßen war, wunderte er sich, dass er ihn telefonisch nicht mehr erreichen konnte. Und weil im Telefonbuch keine anderen Rudolnicks aufgeführt sind, ist er hierhergekommen.«

»Er hatte also keine Ahnung, dass Bernie gestorben war?«

»Das war der eine Moment, wo ich dachte, es wäre ein Fehler gewesen, ihn hereinzubitten. Als ich Mr Cloos erzählte, was passiert war, schien er sich in sein Inneres zurückzuziehen. Er schloss die Augen. Seine Hände umklammerten die Hosenbeine und seine Knöchel liefen weiß an. Es wirkte so, als ...«

Sie rang um die richtigen Worte.

»Wie denn, Ms Rudolnick?«

»Es war so, als würde es ihn innerlich zerreißen, als würde er gleich weinen, kreischen oder mit Dingen um sich werfen. Ich kriegte es mit der Angst zu tun, sagte aber nichts. Und es ging ja auch vorbei. Danach hat er meine Hand genommen und mir Fragen gestellt. Er war so besorgt, so freundlich. Und ich habe uns anschließend etwas zu trinken gemacht und ein paar Süßigkeiten geholt und dann haben wir uns über Bernie unterhalten, über die guten, die fröhlichen Dinge. Eine halbe Stunde haben wir miteinander gesprochen. Dann musste er los. Er hat gesagt, er wolle nächsten Monat wieder vorbeischauen, und vorgeschlagen, dass wir dann essen gehen und uns länger unterhalten.«

»Hat er Ihnen verraten, wie Sie ihn erreichen können?« Ich hielt den Atem an.

»Nein, nur dass er sich melden würde. Und dass wir in einem netten Restaurant, wo es auch Bernie gefallen hätte, zu Abend essen.«

Es gelang mir, nicht mit dem Kopf auf den Schreibtisch

zu schlagen. Nachdem wir uns voneinander verabschiedet hatten, rief ich beim Mobile Regional an, wo das, was ich eh schon dachte, bestätigt wurde. Es gab keinen Hinweis darauf, dass ein Frank Cloos dort jemals gearbeitet hatte. Dann meldete ich mich noch mal bei Ms Rudolnick und fragte, ob ich ihr ein Team schicken könne, das bei ihr nach Fingerabdrücken sucht, doch eigentlich war mir ziemlich klar, dass der Kerl nichts angefasst hatte.

X

Ein paar Minuten später beschloss ich, mich auf den Heimweg zu machen, und schaute noch kurz bei Sally Hargreaves vorbei.

»Machst du Fortschritte in dem Vergewaltigungsfall mit dem blinden Opfer?«

Sally nickte und hob den Daumen. »Ich habe jetzt ein besseres Gefühl, was sie anbelangt, Carson. Sie ist taff, kann ganz schön viel einstecken. Morgen steht noch eine kleinere Operation an, und wenn alles gut geht, darf sie Mitte nächster Woche nach Hause. Sie kann auch wieder ihre Hand benutzen. Es wird jeden Tag etwas besser.«

Das ließ mich aufhorchen. »Was meinst du mit ›ihre Hand benutzen‹?«

»Bei dem Überfall hat sie sich zwei Finger gebrochen und einen böse ausgerenkt. Die Ärzte hatten schon befürchtet, die Nervenstränge seien in Mitleidenschaft gezogen, aber offenbar –«

»Das mit den Fingern hast du bislang nie erwähnt.«

Sally warf mir einen Blick zu, der ganz deutlich *Na und?* sagte. »Von all den Verletzungen waren das die geringsten.«

»Kann ich sie sehen, Sal? Mit ihr sprechen?«

»Sie erholt sich gerade vom totalen Horror, Carson.

Aus dem Grund bin ich nicht davon überzeugt, dass sie das alles noch mal durchleben sollte. Was willst du von ihr?«

»Ich habe eine Tote mit gebrochenen Fingern, die wahrscheinlich auch schwer misshandelt wurde. Vielleicht sind die Täter ja identisch.«

»Kannst du noch ein bisschen warten? Bis mein Opfer wieder daheim ist, sich an die vertraute Umgebung und den Alltag gewöhnt hat?«

»Der Täter ist ein Psychopath. Wenn der den Weg eingeschlagen hat, den ich vermute, hat er schon die nächste Frau im Visier.«

Sal schloss die Augen und schüttelte den Kopf.

»Carson ...«

»Wir haben keine einzige Spur, Sal. Der Typ ist ein unbeschriebenes Blatt.«

Sally runzelte die Stirn. Kramte in ihrer Handtasche nach dem Handy.

»Lass mich erst mal telefonieren.«

Eine halbe Stunde später saßen wir an Karen Fairchilds Krankenbett.

Sie war zierlich, weiß, dunkelhaarig. Ihre Stimme klang noch heiser vom vielen Schreien. Der Täter hatte sie die ganze Zeit gewürgt. Ihr Kopf war mit weißen Mullbinden eingewickelt, auf der rosa Flecken von einer antibiotischen Salbe zu erkennen waren. Trotz der Qualen, die sie durchlitten hatte, begrüßte sie mich freundlich. Ich nahm an, dass Sally ihr den Grund meines Kommens erklärt und dabei nett über mich gesprochen hatte.

Eine von Ms Fairchilds Händen lag auf einer flexiblen Schiene, die die Finger stützte. Mehrere Fingerspitzen der anderen Hand waren verbunden. Bei dem Versuch, sich zur Wehr zu setzen, hatte sie ein paar Fingernägel verloren. Weder unter Ms Fairchilds Nägeln noch an ihrem

Körper hatte man Blut oder Haut vom Täter gefunden. Aus diesem Umstand hatten die Leute von der Spurensicherung geschlossen, dass Ms Fairchild gebadet worden war, ehe man sie dem Krankenhaus buchstäblich vor die Tür gekippt hatte.

Die Ablieferung vor dem Krankenhaus und das Bad waren ungewöhnlich und deuteten darauf hin, dass der Täter einen Moment innegehalten, nachgedacht und sorgfältig geplant hatte, während er den restlichen Abend über in einer Scheune wie ein außer Rand und Band geratener Irrer gewütet hatte.

»Das war keine Scheune für Pferde oder Kühe«, antwortete sie auf eine der vielen Fragen, die ich ihr stellte. »Sondern eher so was wie ein Geräteschuppen.«

»Wie können Sie das sagen?«, wollte ich wissen.

»So etwas gehörte zu meinem Training in der Blindenschule, Detective Ryder. Die Lehrer hielten uns Geruchsproben von Tierscheunen unter die Nase und wir mussten sie von denen aus einem Geräteschuppen unterscheiden.«

»Was war denn der Sinn dieser Übung?«, fragte ich verwundert nach.

Der zwischen den Bandagen und Kompressen sichtbare Mund verzog sich zu einem Lachen. Die Schläuche, an denen sie angeschlossen war, gerieten in Bewegung. Ich blickte zu Sal hinüber, die hinter vorgehaltener Hand lachte.

»Autsch«, sagte ich.

Die Lippen, die grinsend zwischen den Verbänden hervorblitzten, waren noch blau verfärbt und angeschwollen vom Nähen.

»Tut mir leid, Detective. Ich bin auf einer Farm westlich von Movella, Mississippi, aufgewachsen und weiß Bescheid. Ich habe Schmierfett, Dünger, ganz normale

Erde gerochen. Auch Heu. Aber Tiere hat es keine gegeben. Sie haben einen starken Eigengeruch, den man noch aus einiger Entfernung wahrnimmt. Je länger ich darüber nachdenke, desto überzeugter bin ich, dass der Schuppen schon seit einer ganzen Weile, vielleicht sogar seit ein paar Jahren, nicht mehr benutzt wurde. Es roch dort nach Schimmel, nach Fäulnis. So als läge das Heu schon lange herum.«

»Und Sie wissen nicht, wie lange Sie in diesem Schuppen festgehalten worden sind?«

Das Lachen fror ein. »In jener Nacht war Zeit vollkommen bedeutungslos.«

»Erinnern Sie sich noch daran, wie er Ihre Finger gebrochen hat?«

»Das hat höllisch wehgetan. Er lag da ... auf mir, umklammerte meine Hand. Während er sich in mir bewegte, forderte er mich immer wieder auf zu sagen, dass ich ihn liebe. Doch ich sprach nicht laut genug, und da hat er meine Finger immer weiter nach unten gedrückt, bis ich die Worte herausschrie. Irgendwann bin ich dann ohnmächtig geworden.«

»Und sind erst im Krankenhaus wieder zu Bewusstsein gekommen.«

»Als ich merkte, dass ich noch am Leben war, war ich ziemlich überrascht, denn er hat mir immer wieder gesagt, ich müsse sterben. Und dabei hat er gelacht.« Sie sah mich an und verzog fragend den Mund. »Ich möchte mich nicht beschweren, Detective Ryder. Ich freue mich wirklich über Ihren Besuch, aber sind Sie nicht beim Morddezernat?«

»Mein Partner und ich gehören auch zu einer Sondereinheit, dem Psycho- und Soziopathologischen Ermittlungsteam, und beschäftigen uns gelegentlich mit schwer gestörten Personen. Ich weiß, wie schwer es ist, uns Ihre

Erfahrungen zu schildern, doch glauben Sie mir, wir lernen aus jeder Geschichte. Und das vergrößert unser Wissen über solche Verbrecher.«

»Verrückt sind sie«, drang eine traurige Stimme aus den Bandagen. »Nicht nur ein bisschen verrückt, sondern von einem ganz anderen Planeten.«

»Richtig.«

Sie schaute mich unverwandt an, als könnte sie richtig sehen, und als wären ihre Augen nicht teilweise von Mull verdeckt.

»Dann haben Sie es gerochen, Detective Ryder.«

»Tut mir leid, ich weiß nicht, was Sie meinen.«

»Den Wahnsinn gerochen.«

»Ich wusste bisher gar nicht, dass man Wahnsinn riechen kann.«

Die Erinnerung schnürte ihr die Kehle zu. »Das ist ein fauliger, ekliger Geruch. Am Anfang, als er freundlich, ja beinahe vernünftig mit mir redete, roch ich ihn nicht. Später wurde er auf einmal grundlos wütend. In diesem Augenblick ist mir der Geruch aufgefallen. Er wurde stärker ... als er seine Bedürfnisse befriedigte. Wie Rauch, der immer dichter wird.«

»Und wie riecht er?«, flüsterte Sal. »Der Wahnsinn?«

Karen Fairchild schüttelte den weiß bandagierten Kopf.

»Das lässt sich nicht in Worte fassen. Das muss man erleben.«

Kapitel 25

Lucas lag in seinem Büro auf dem Boden. Er hatte die Jalousie heruntergezogen und starrte abwesend auf seinen neuen Fernseher. Er hatte auch einen Stuhl und einen Schreibtisch bei Staples gekauft. Der Fernseher stand auf dem Tisch, die Lautstärke war leise gestellt. Die blonde Frau mit den toten Augen und dem aufgesetzten Lächeln zeigte auf Buchstaben. Lucas kam es so vor, als zeigte sie auf diese blöden Buchstaben, seit er denken konnte. Er malte sich aus, wie es wäre, sie zu vögeln. Wahrscheinlich wäre sie wie ein Apparat, wie ein Toaster.

»Beug dich nach vorn, Liebling, ich muss dich auf Stufe zwei stellen.«

Lucas kicherte in sich hinein und konzentrierte sich auf das Ratespiel im Fernseher. Die Antwort auf der Tafel war ein Ortsname. Jemand tönte, er wolle einen Buchstaben kaufen. Lämpchen leuchteten auf und Buchstaben wurden sichtbar. Vier Worte, sinnierte Lucas, mit drei, vier, fünf und acht Buchstaben.

N													
							X				N		

Lucas gähnte und murmelte: »New York Stock Exchange.« Die Kandidatin, deren Mund sperrangelweit offen stand, kapierte es nicht.

»Blöde Kuh!«, rief Lucas. »Retardierte Alte.«

Er kriegte sich wieder ein. Schloss die Augen. Sah einen Mann mit Stupsnase und schiefem Grinsen durch einen stillen Wald laufen.

»Tut mir leid, Freddy«, murmelte er.

Lucas zappte durch die anderen Kanäle. Was hätte er für Kabelfernsehen gegeben, doch dazu brauchte er Papiere. Und sie würden Augen und Ohren aufhalten, kontrollieren, ob er sich eine neue Identität zulegte.

Lucas blieb bei einer Werbung für eine andere Fernsehsendung hängen, einer Gruppe Halbnackter, die mit brennenden Pfeilen auf eine Kokosnuss schossen. Diese Sendung hatte er schon mal gesehen. Da wurden Leute mit unterschiedlichsten Charakterschwächen in einem Dschungel ausgesetzt, deren Aufgabe es war, eine ähnlich zusammengesetzte Gruppe zu überlisten.

Alles war so schwachsinnig, aber ein paar von den Frauen waren heiß, vor allem eine Blondine, die einen breiten Lederriemen um den Hals trug, der an einen Kragen erinnerte. Sie wirkte permanent feucht und klebrig, als würde sie Honig ausschwitzen.

Ich könnte schon dafür sorgen, dass du richtig ins Schwitzen kommst, Süße …

Lucas masturbierte in die Unterwäsche vom Vortag, machte es sich dann auf seinem Schlafsack bequem und verschränkte die Arme unter dem Kopf. Er war in ein Geschäft für Sportartikel gegangen und hatte dort einen Schlafsack und eine Luftmatratze gekauft. Falls er aus irgendeinem Grund schnell verschwinden musste, würde ihm der Schlafsack unter einer Brücke oder in einem anderen Versteck gute Dienste leisten.

Doch so weit durfte er es erst gar nicht kommen lassen. Dies war sein Spiel und er konnte sich keine Fehler leisten. Wie beispielsweise auf dieser verdammten Beerdigung aufzukreuzen. Auf der anderen Seite mussten gewisse Gepflogenheiten gewahrt bleiben. Der Brauch zu kondolieren. Einem Verstorbenen den gebotenen Respekt zu erweisen.

Er stand in Taneesha Franklins Schuld. Sie hatte nichts falsch gemacht.

Lucas verdankte Dr. Rudolnick viel, aber nicht sein Leben. Der Psychiater hatte zwar keinen groben Schnitzer begangen, aber die falsche Wahl getroffen. Bei der Entscheidungsfindung hatten ihm zugegebenermaßen nicht viele Alternativen zur Verfügung gestanden. So lief es ja meistens.

Lucas spürte die Wut aus der Tiefe seiner Lenden aufsteigen und in seinem Bauch auflodern. Er merkte, wie er die Zähne zusammenbiss und die Hände zu Fäusten ballte.

»Die Wolken, Lucas«, raunte Dr. Rudolnick hinter Lucas' Ohren. *»Lass den Zorn auf den Wolken davonschweben.«*

Mehrere Minuten lang ließ Lucas die Wärme durch seinen Körper strömen. Anschließend stand er auf und stellte sich hinter seine wichtigste Neuanschaffung, ein Celestron C5 mit einem erstklassigen Okular. Das Celestron, ein optisches Wunderwerk, war das beste Fernglas, das das Sportartikelgeschäft vorrätig gehabt hatte. In Racine Kincannons Büro war es dunkel. Die Lampen waren ausgeschaltet. Auf seinem Schreibtisch stand ein silberner Flachmann mit Whisky. Lucas verstellte die Brennweite. Entdeckte einen Fernsehapparat auf einem Sideboard. Auf dem Bildschirm befriedigte eine Frau einen Mann oral. Ein Pornofilm – Racine Kincannon bei der Arbeit.

Crandell war garantiert unterwegs und suchte die Straßen ab. Ein gedemütigter Crandell war alles andere als eine angenehme Vorstellung. Obwohl es vermutlich keine sonderlich gute Idee war, tagsüber nach draußen zu gehen, schlich Lucas die Fluchttreppe hinunter und stieg in seinen Wagen, einen zwei Jahre alten Subaru Outback ohne jedweden Schnickschnack, den er bar bezahlt hatte. Liebend gern hätte er eins der Fahrzeuge behalten, die er an die Hooleys verscherbelt hatte, oder einen von den schicken Flitzern aus der Lagerhalle mitgenommen, doch der Subaru fiel nicht auf. Und er hatte ein rotes Nummernschild vom Händler, mit dem er noch zwei Wochen unbehelligt herumfahren konnte.

Lucas hielt vor einem Telefon, das an der Außenwand eines Lebensmittelgeschäfts angebracht war. Er hoffte schwer, dass Racine mit seiner Beschäftigung fertig war, die er höchstwahrscheinlich unter dem Schreibtisch verrichtete.

»Hallo, Race, lange nicht gehört.«

Schweigen. Lucas grinste und hätte am liebsten eine Anspielung auf den Porno gemacht.

»Wie geht es dir, Lucas?«, antwortete Racine schließlich. Er sprach übertrieben langsam, um seine Verblüffung zu kaschieren. Es entspricht Racine Kincannons Persönlichkeit, dachte Lucas, dass er immer den guten Jungen von nebenan mimt, der rein zufällig in einem Zweitausend-Dollar-Anzug steckt.

»Mir geht es gut, Racine. Ist nett hier draußen.«

»Weißt du, Lucas, du musst erst noch deine Behandlung zu Ende bringen, bevor du, ähm, raus kannst.«

Racine tat so, als litte Lucas unter einer schweren Bronchitis. *»Du musst noch eine Woche das Antibiotikum nehmen und dann bist du wieder gesund, mein Sohn.«*

»Mann, das kaufe ich dir nicht ab, Race. Vor allem nicht, dass ich irgendwann wieder rauskomme.«

»Die Situation ist für uns alle schwierig, Lucas. Wir sollten uns dringend unterhalten. Uns irgendwo treffen.«

»Neulich bin ich Crandell über den Weg gelaufen, weißt du.«

Das Schweigen verriet Lucas, dass Racine von dem Zwischenfall im Beerdigungsinstitut nichts zu Ohren gekommen war. Ausgezeichnet. Crandell ging mit seinen Fehlschlägen nicht hausieren, was für Lucas' Pläne äußerst hilfreich war.

»Wann war das, Lucas?«, versuchte Racine ganz beiläufig zu fragen.

»Vor ein paar Tagen. Wir haben kurz miteinander geplaudert. Er hat ein paar Pfund zugelegt, sich ein neues Rasierwasser zugelegt, einen etwas herberen Duft, und trägt die Haare kürzer, aber er war trotzdem ganz der Alte.«

Schweigen. Das Gewicht, die Haare und die Erwähnung des Rasierwassers bestätigten, dass Lucas Crandell tatsächlich getroffen hatte. Lucas konnte fast hören, wie Racine Kincannons Verstand arbeitete. Langsam, als wäre er eingerostet, aber er funktionierte noch.

»Ich denke, die nächste Frage lautet: ›Wieso bin ich noch draußen?‹«, sagte Lucas. »Du kennst ja Crandells Erfolgsquote. Die Frage habe ich mir auch gestellt. Und rate mal, zu welchem Ergebnis ich gekommen bin, Racine?«

»Da fallen mir schon ein paar Möglichkeiten ein«, meinte Racine vorsichtig.

Nein, du täuschst dich, Race, fuhr es Lucas durch den Sinn. *Du hast dein ganzes Leben lang überhaupt nichts geschnallt.*

»Dann lass mal hören, was du denkst, Race.«

»Warum erzählst du mir nicht, zu welchem Schluss du gekommen bist«, schlug Racine Kincannon vor. »Dann sehen wir ja, ob wir das Gleiche denken.«

Lucas legte eine wirkungsvolle Pause ein. »Ich finde, ich sollte mich bei dir bedanken, Racine. Ich glaube, bei dir ist der Groschen gefallen. Du warst ja schon immer ein Denker.«

Racine, den Lucas' Einschätzung wie aus heiterem Himmel traf, verfiel wieder in Schweigen. »Hörst du, was ich sage, Race?«, fragte Lucas. »Ich danke dir. Für den Fall, dass du da mitmischst.«

»Ich finde wirklich, wir sollten uns unterhalten, Lucas«, antwortete Racine Kincannon schließlich. »Vielleicht muss das ja alles gar nicht so laufen. Manchmal hält man etwas für richtig und am nächsten Tag findet man es falsch, verstehst du, was ich meine?«

»Hier draußen sieht vieles ganz anders aus, Racine. Vielleicht hat Crandell ja einfach Mist gebaut. Es waren Leute in der Nähe. In der einen Sekunde schiebt er mich noch Richtung Auto und in der nächsten mache ich mich vom Acker. Womöglich alles Zufall. Aber falls nicht, danke ich dir, Racine. Ich könnte mir denken, du weißt, was für ein Potential in einer echten Partnerschaft steckt. Natürlich ist eine Allianz vor allem immer dann gut, wenn jeder der Partner ein Spezialist ist, richtig? Zwei talentierte Menschen, die etwas auf eine ganz neue Stufe heben.«

»Du hast von zwei Partnern gesprochen, Lucas.«

»*Dos.*«

»Hä?«

»Nichts. Ich rufe wann anders wieder an.«

»Hör mal, Lucas, wie wäre es –«

Lucas hängte ein. Das reichte fürs Erste. Er sprang in den Subaru und fuhr ins Büro zurück. Dort setzte er sich an den Schreibtisch und richtete das Celestron auf das gegenüberliegende Gebäude. Das Schlimmste, was dort stattfinden konnte, war ein Treffen aller Brüder, Crandell eingeschlossen. Das wäre eine Katastrophe.

Stattdessen sah er Racine Kincannon an seinem Schreibtisch hocken. Die Tür war geschlossen. Er genehmigte sich einen Drink aus seinem allgegenwärtigen

Flachmann. Lucas verstellte die Schärfe. Nun konnte er Racine Kincannons Gesicht so deutlich wie aus einem Meter Entfernung erkennen. Auf Racines Miene spiegelten sich Unentschiedenheit, womit Lucas gerechnet hatte, und die ersehnte Furcht. Und zehn Minuten später, als Racine Kincannon sich langsam zu einer Entscheidung durchrang, entdeckte Lucas ein leises Lächeln.

»Danke«, flüsterte er dem Mann oben zu.

Kapitel 26

Es klingelte. Ich konnte das Geräusch tatsächlich sehen – wie einen Zug, der auf mich zuraste. Kurz bevor er mich erwischte, riss ich die Augen auf, griff nach dem Telefon auf dem Nachttisch, drehte es um und hielt den Hörer ans Ohr.

»Hmm?«

»Carson, hier ist Clair Peltier.«

»Ähm?«

»Sie sind anscheinend noch nicht wach, oder?«

Ich unterdrückte ein Gähnen und schüttelte den Kopf. »Wie spät ist es?«

»Zwanzig vor sieben. Da Sie offensichtlich nicht im Präsidium sind, könnten Sie da auf der Fahrt ins Büro vielleicht auf einen Sprung im Leichenschauhaus vorbeikommen? Ich habe ein paar interessante Informationen zusammengetragen. Bringen Sie Harry mit.«

Ich spähte auf die Uhr auf dem anderen Nachttischchen, die gerade von 6 Uhr 40 auf 6 Uhr 41 schaltete.

»Beantworten Sie mir eine Frage, Clair. Wann schlafen Sie?«

»Ich kann noch genug schlafen, wenn ich tot bin, Ryder. Bis gleich.«

Um halb acht marschierten Harry und ich ins Leichenschauhaus. Ich stopfte gerade meine Hemdzipfel in den Hosenbund. Harry trug – dem Anlass entsprechend gedeckt – einen himmelblauen Blazer, ein pflaumenfarbenes Hemd und dazu gelbe Hosen.

Clair führte uns in ihr Büro.

»Der Fall liegt vier Jahre zurück. Ich habe die Obduktion nicht gemacht, sondern Daugherty, weil ich nicht in der Stadt war. Ich habe damals ein Symposium über Temperatur und die Auswirkung von Feuchtigkeit auf die Zersetzung der Epidermis besucht. War eine ziemlich gute Präsentation.«

»Die Sie gehalten haben?«, fragte ich.

Sie lächelte.

»Und wie kam es, dass Sie sich an dieses spezielle Opfer erinnert haben, Clair?«, fragte ich weiter.

Sie presste die Fingerspitzen unter den vollen pinkfarbenen Lippen zusammen. »Das war in gewisser Weise Ihr Verdienst. Unser Gespräch über Hibney, die Frau, die in dem Feuer umgekommen ist, hat dazu geführt, dass ich über schwere Misshandlungen nachgedacht habe. Auf einmal erinnerte ich mich an eine Unterhaltung mit Daugherty über gebrochene Finger. Ich habe ihn noch mal darauf angesprochen. Bingo.«

Wir schoben zwei Stühle vor Clairs Schreibtisch. Sie schlug eine Akte auf, zog ein paar Fotos heraus und reichte sie über den Tisch. Harry nahm sich ein halbes Dutzend Bilder vor, die anderen schnappte ich mir. Es handelte sich um Fotos, die während der Autopsie gemacht wurden und auf denen alle sichtbaren Wunden festgehalten worden waren. Wir schauten uns eine Menge Fotos an, aber es gab ja auch viele Wunden.

»Die Verletzungen kommen mir bekannt vor«, brummte Harry.

»Der Name des Opfers ist Frederika Holtkamp«, führte Clair aus. »Jäger haben die Leiche in einer Hütte oben bei Nenemoosha gefunden, am Rand des Deltas. Dreiundsechzig Jahre alt. Pensionierte Lehrerin. Ledig. Lebte allein. Keine narkotischen Substanzen im Blut.«

»Sieh dir ihre Hände an, Cars«, meinte Harry und reichte mir zwei seiner Fotos.

»Gebrochen, wie bei Franklin«, erläuterte Clair. »Beinah identische Wunden und Stichverletzungen. Auch am Hals.«

»Wann ist das passiert?«, wollte ich wissen, während ich die Fotos hin und her schob.

»Vor vier Jahren.«

»Wie war noch gleich der Name des Opfers?«, murmelte Harry. Clair buchstabierte ihn für meinen Partner. Harry entschuldigte sich, holte sein Handy heraus und ging in den Flur, um Informationen einzuholen.

Eine Minute später gesellte er sich wieder zu uns und steckte sein Handy in die Tasche.

»Der Fall wurde von der Polizei im County bearbeitet. Die Jungs dort oben wurden auch noch von der State Police unterstützt. Da sie keinen einzigen Verdächtigen hatten, wurde der Fall nicht aufgeklärt.«

Es war offenbar Zeit, nach Nenemoosha zu fahren. Wir bedankten uns bei Clair für ihre Wachsamkeit. Harry meinte, er würde mich in der Eingangshalle treffen, und verschwand Richtung Toilette. Ich zog meine Jacke an.

»Harte Nuss?«, fragte Clair.

»Viele Tentakel, aber weit und breit kein Oktopus.«

Auf ihrer Miene spiegelte sich Besorgnis. Sie berührte meinen Arm. Ihre Finger fühlten sich warm und trocken an.

»Geht es Ihnen gut, Carson?«

»Klar doch.«

»Sie brüten doch nichts aus, oder?«

»Ich, ähm ... es ist etwas Persönliches, Clair. Nichts Schlimmes.«

Ich spürte den Blick ihrer durchdringend blauen Augen deutlich im Rücken und drehte mich um.

»Tut mir leid, das zu hören«, sagte sie. »Falls Sie irgendwann mal reden möchten, ich bin –«

Entgegen meinem Willen brach es aus mir heraus. »Meine Freundin und ich haben richtig Probleme, Clair. Ich habe herausgefunden, dass sie sich mit einem anderen Mann trifft.«

Clair räusperte sich teilnahmsvoll und schüttelte den Kopf, ehe sie einen Schritt auf mich zu machte und mich in die Arme schloss. Sie legte die Hände fest auf meinen Rücken und ihre Brüste wärmten meinen Bauch. Ich spürte, wie ihr Herz klopfte. Ihr Haar roch nach sonnengereiften Pfirsichen. Sie lehnte sich zurück. Wir schauten uns tief in die Augen. Wie immer, wenn wir das taten, stockte mir der Atem.

»Es tut mir leid, Clair. Das ist meine Baustelle. Ich hätte nicht ...«

»Sie brauchen sich nicht zu entschuldigen. Ich bin froh, dass Sie es mir erzählt haben.«

»Die letzten Tage waren ziemlich irre.«

»Möchten Sie, dass sie zurückkommt, Carson?«

»Ich habe nicht den Eindruck, dass ich überhaupt noch im Rennen bin. Der Kerl, mit dem sie sich trifft, hat haufenweise Geld und sieht aus wie die Männermagazin-Version von Adonis.«

Sie strich mir die Haare aus der Stirn.

»Ich mache mir Ihretwegen Sorgen, Carson. Passen Sie bitte auf sich auf.«

Keine Ahnung, warum ich es tat, aber ich drückte ihr einen Kuss auf die Schläfe. Danach drehte ich mich um und stolperte wie ein Betrunkener den Korridor hinunter.

X

Harry hatte im Büro des County-Sheriffs angerufen, um sich nach dem Holtkamp-Fall zu erkundigen, und war an Sergeant Cade Barlow verwiesen worden. Barlow, der am Telefon schon ziemlich mürrisch klang, war von Angesicht zu Angesicht noch viel schlimmer. Er behandelte uns, als hätten wir ihm in die Schuhe gepinkelt.

»Die Jungs von der State Police haben den Fall übernommen. Wenn Sie mehr wissen wollen, fragen Sie dort nach.«

Barlow stand im Türrahmen und machte keine Anstalten, uns in sein Büro zu bitten. Er war ein großer, wettergegerbter, knochiger Kerl Anfang fünfzig mit Tränensäcken und Krähenfüßen. Wie bei einem schweren Trinker waren seine Wangen und Nase von roten Äderchen überzogen und er hatte ein großes gelbes Pferdegebiss.

»Wir würden uns gern den Tatort ansehen«, sagte Harry.

»Ist 'ne Strecke.«

Harry deutete mit dem Kinn auf das Büro des Sheriffs.

»Möchten Sie, dass wir Ihren Chef fragen, ob Sie mal eine kleine Spritztour machen dürfen?«

Barlow stürmte Richtung Ausgang. »Mann, lassen Sie uns diesen Scheiß erledigen, damit ich mich wieder um wichtigere Dinge kümmern kann.«

Wir fuhren mehrere Meilen hinter Barlow her und bogen schließlich in einen schmalen unbefestigten Feldweg, der eher ein Rinderpfad als eine Straße war. Der Crown Vic setzte mehrmals auf, während wir ungefähr eine Meile lang über tiefe Furchen bretterten. Barlow, der einen höhergelegten Geländewagen fuhr, blieb am Rand eines Waldgebietes stehen.

»Normalerweise fällt es nicht in meinen Aufgabenbereich«, sagte er, »mich um Leute zu kümmern, die einen Tatort aus grauer Vorzeit besichtigen wollen.«

Harry starrte Barlow unverwandt in die Augen. »Vier Jahre sind keine Ewigkeit, sondern jüngste Vergangenheit. Und soweit ich mich erinnere, gibt es kein Gesetz, das die Ermittlungen in einem Mordfall zeitlich beschränkt.«

Barlow grunzte nur und führte uns auf eine Lichtung. In der Mitte türmten sich verbrannte Holzlatten, verbogene Metalldachbleche und verkohlte Backsteine zu einem Haufen.

»Hier wurde ihr Leichnam gefunden.«

»Ich dachte, man hätte die Leiche in einer Hütte entdeckt.«

»Ist vermutlich abgebrannt.«

Ich fing an, mit den Zähnen zu knirschen, und richtete den Blick in die Ferne. Hundert Meter weiter drüben ragte ein etwa sechs Stockwerke hoher Sendemasten aus den Baumkronen. Oben in der Spitze blinkte ein weißes Licht.

»Wer war sie?«, fragte ich. »Das Opfer, meine ich.«

Barlow räusperte sich und spuckte aus. »Die Unterlagen sind bei der State Police. Sie war Lehrerin. Pensioniert.«

»Wie alt?«

Barlow pulte etwas aus seinen Zähnen, zuckte mit den Achseln. »Irgendwas um die sechzig.«

»Wer hat die Ermittlung geleitet, Sergeant Barlow?«

»Irgend so ein Jungspund hat darin rumgestochert. Ist nicht mehr hier.«

»Wurde dieser rumstochernde Jungspund von Außerirdischen entführt?«, wollte Harry wissen. »Ist er in ein tiefes Loch gefallen? In seinem Müsli ertrunken?«

»Nach Montgomery gezogen.« Barlow grunzte wieder, spuckte aus, lief weg und stieg in seinen Wagen. Harry marschierte zu ihm hinüber.

»Sind Sie immer so hilfsbereit, Barlow? Oder zeigen Sie sich fremden Kollegen einfach nur mal von Ihrer netten Seite?«

Barlow räusperte sich laut, wollte schon in Harrys Richtung spucken, besann sich aber noch rechtzeitig eines Besseren.

»Ich muss noch vier Monate so tun, als würde mich der ganze Scheiß interessieren. Dann gehe ich in Rente. Sie nehmen denselben Weg zurück, den Sie gekommen sind.«

Barlow schlug die entgegengesetzte Richtung ein und folgte einem Weg zwischen den Bäumen hindurch.

»Warum fährt er da lang?«, wunderte sich Harry.

»Ich denke, ich weiß, wieso. Wir fahren ihm hinterher.«

Wir hängten uns quasi an Barlows Stoßstange. Schätzungsweise nach dreißig Metern gelangten wir auf eine geteerte Straße. Barlows Geländewagen verschwand in der Ferne.

»Er hat uns eine Meile lang über den Acker gelotst, um uns mal richtig durchzuschütteln«, sagte ich. »Meinst du, das ist hier so Sitte?«

»Hinterwäldlerarschloch«, murmelte Harry.

Wir legten Barlow in der Schublade ›Unangenehme Erinnerungen‹ ab und fuhren zur nächsten Dienststelle der State Police. Glücklicherweise hatten wir dort unseren

Kontaktmann namens Arn Norlin, einen Profi mit mehr als zwanzig Dienstjahren auf dem Buckel. Wir riefen ihn von unterwegs aus an und umrissen kurz, worüber wir uns mit ihm unterhalten wollten. Eine Viertelstunde später konnte er uns empfangen.

Arn sah aus wie ein Wikinger, der den Hornhelm gegen den Stetson eines State Troopers eingetauscht hatte: rötliches Gesicht, eine große nordische Nase, eine breite Stirn und wässrig blaue Augen. Seine Hände waren kräftig und hart, als würde er öfters zwischen Dänemark und Island hin und her rudern. Und mit diesen Händen aquarellierte er die eindrucksvollsten Wasserlandschaften, die ich je gesehen hatte. Von daher war es eine Ehre, dass eins von Arns Kunstwerken in meinem Wohnzimmer hing.

»Wir haben einige Unterlagen, die zur betreffenden Akte gehören. Ich glaube, die Kollegen, die mit alten ungelösten Fällen betraut sind, schauen hin und wieder rein, ehe sie sich erfolgversprechenderen Aufgaben zuwenden. Ich würde ja gern behaupten, dass der Fall oberste Priorität hat, aber …«

»Nicht genug Personal«, meinte ich.

»Alle Politiker schwafeln, sie wollten uns personaltechnisch besser ausstatten, doch wenn das Budget verabschiedet wird, gehen wir immer wieder leer aus.«

»Du hast gesagt, ihr hättet nur einen Teil der Akte?«

Er warf mir einen Blick durch seine blau gefärbte Lesebrille zu. »Einige Unterlagen sind verschwunden. Wurden anscheinend verlegt.«

»Wann?«

»Das geht auf das Konto des Countys, was Barlow vermutlich nicht erwähnt hat.«

»Kleine Unterlassungssünde«, frotzelte Harry.

Arn lehnte sich zurück und verschränkte die Finger

hinter dem Kopf. »Ich hatte gehofft, die von der County Police würden den Fall lösen, und habe mich deshalb zurückgehalten. Es war Pettigrews Fall.«

»Pettigrew?«, hakte ich nach.

»Ben Pettigrew. Ein junger Bursche, der erst seit ein paar Jahren bei der County-Truppe war. Pettigrew war ein Heißsporn, gutmütig, intelligent, neugierig. Das war seine erste richtig harte Nuss. Stichverletzungen, schwere Misshandlungen. Pettigrew hat sich den Fall sehr zu Herzen genommen. Und sich mit ganzer Energie darauf gestürzt.«

»Gut für ihn«, meinte Harry.

»Als Erstes hat Pettigrew das ganze Gebiet abgekämmt. Jeden Stein umgedreht, jeden Dornenstrauch inspiziert. Ist euch der Sendemasten in der Nähe des Tatorts aufgefallen?«

Ich nickte.

»Pettigrew ist auf das verdammte Ding geklettert, um ein besseres Gefühl für das Gelände zu kriegen. Er hat die Stelle gefunden, wo das Fahrzeug versteckt worden war, und hatte zudem den Eindruck, dass jemand unter dem Turm im Gras gelegen hat.«

»Barlow erwähnte, Pettigrew wäre nach Montgomery gezogen.«

»Wurde von der dortigen Polizei angeheuert. Ist eine große Chance für einen cleveren, hartnäckigen Burschen wie Pettigrew, wenn er bei einer Einheit in der Großstadt anfangen kann. Und für Montgomery ist es ein Glücksfall, einen wie Pettigrew zu kriegen. Fürs County war es allerdings schlecht.«

»Weil sie eine Spitzenkraft verloren haben?«

»Kannst darauf wetten, dass er den Mörder gekriegt hätte, wenn er geblieben wäre. Der Junge war wie ein Pitbull.«

»Ich wünschte, Pettigrew wäre noch hier«, seufzte Harry. »Von Barlow haben wir nichts erfahren. Der Typ hat uns behandelt, als hätten wir eine Art Syphilis, die sich über die Luft überträgt.«

Arn griff nach ein paar Büroklammern, hängte sie ineinander und löste sie wieder.

»Keine Ahnung, was dort gelaufen ist. Barlow war mal ein ganz guter Cop. Vor ein paar Jahren wurde er plötzlich alt und mürrisch. Gerade so, als wäre jemand, den er geliebt hat, gestorben und er hätte sich von diesem Verlust nie erholt. Doch so was in der Art ist mir nie zu Ohren gekommen.«

»Wie lange liegt das zurück?«, fragte Harry. »Vier Jahre?«

Arn ließ die Büroklammern auf die Schreibunterlage fallen und schob sie beiseite. »Könnte ungefähr passen. Vielleicht nicht ganz so lange. Wie kommst du darauf?«

»Das ist ein Zeitraum, mit dem wir immer öfter konfrontiert werden.«

Detective Benjamin T. Pettigrew vom Montgomery Police Department lehnte sich zurück und legte die maßgefertigten Alligatorenstiefel auf den Besprechungstisch.

»Das war fürchterlich«, sagte Pettigrew. »Das Opfer in der kleinen Jagdhütte hatte gut zwei Dutzend Stichwunden.«

Obwohl wir konstant zwanzig Meilen über der erlaubten Geschwindigkeit gefahren waren, hatte die Fahrt nach Montgomery zwei Stunden gedauert, und nun sah es ganz so aus, als ob das gar nicht nötig gewesen wäre. Doch angesichts der verlorenen Unterlagen, der abgebrannten Hütte und Arn Norlins Beschreibung von

Pettigrew hatten wir das Bedürfnis, alle Möglichkeiten auszuloten. Und ein persönliches Gespräch war immer besser als ein Telefonat.

»Gebrochene Finger?«, erkundigte ich mich.

Er wedelte mit den entsprechenden Fingern. Pettigrew war Ende zwanzig, hatte rotblondes Haar und einen hellen Teint. Er trug ein abgetragenes Baumwollsakko, Jeans und einen perlenbesetzten Ledergürtel. Pettigrew wirkte entspannt, aber sein Blick verriet, dass er ganz bei der Sache war.

»Laut Arn Norlin haben Sie am Tatort jeden Grashalm inspiziert«, sagte Harry.

»Norlin übertreibt. Das Wenige, das ich tun konnte, habe ich getan.«

»Sind Sie wirklich auf den Sendemasten geklettert?«

»Wollte mir die Felder und den Wald mal aus der Vogelperspektive anschauen. Außerdem habe ich am Fuß des Mastens etwas Interessantes entdeckt. Das Gras und Unkraut waren platt gedrückt. Auf dem Gras habe ich noch Blut gefunden und es für die Spurensicherung in einen Plastikbeutel getan. Die DNS-Analyse hat dann ergeben, dass es sich dabei um Frederika Holtkamps Blut handelte. So hieß das Opfer.«

»Eine Lehrerin, hat Barlow gesagt.«

»Auf einer Sonderschule. Sie hat geistig zurückgebliebene und autistische Kinder unterrichtet. War pensioniert. Schien ganz gut zurechtzukommen. Sehr hübsches Haus, ordentlicher Wagen. Sie hatte mehr Geld auf der hohen Kante als die meisten anderen pensionierten Lehrer, die ich kenne. Doch viel mehr haben wir nicht mehr in Erfahrung gebracht. Wir wissen nicht mal, wo oder wie sie entführt wurde. Das war alles so clever eingefädelt, dass man es mit der Angst zu tun kriegte.«

»Sie haben Blut in der Nähe vom Masten erwähnt,

aber die Hütte war doch ein gutes Stück weit weg. Wie ist Ihrer Meinung nach das Blut des Opfers dort hingekommen?«

»Ich dachte mir, sie ist dem Täter vielleicht entwischt, ist zum Sendemasten rübergerannt und hat dabei Blut verloren, doch laut Spurensicherung waren das nicht nur ein paar Tropfen, sondern größere durchtränkte Flächen. So als hätte jemand einen blutigen Lappen aufs Gras geworfen. Oder ganze Kleidungsstücke.«

»Vielleicht hat sich der Täter ja dort ausgeruht«, spekulierte Harry. »Blutüberströmt.«

Pettigrew beugte sich vor, griff nach einem Bleistift und spielte damit herum.

»Als kleiner Junge bin ich mit meinem Vater und meinem Onkel auf die Jagd gegangen. Rotwild, Wildschweine, so was in der Art. Hat mich zu einem guten Spurenleser werden lassen. Man muss vor allem auf subtile Hinweise achten.«

»Dann kommen Sie mir mal subtil«, forderte Harry ihn auf.

»Ich war da oben auf dem Masten, achtzehn, zwanzig Meter hoch. Um halb acht Uhr morgens. Ms Holtkamp war eine Stunde zuvor von zwei alten Farmern gefunden worden, die vor der Arbeit ein bisschen jagen wollten. Die Sonne stand noch tief und es lag noch Tau. Da, wo der Tau weg und die Farbe des Grases eine Nuance anders war, konnte ich mehrere Fährten erkennen. Nicht auffällig genug für eine Kamera. Die Fährten liefen unten am Turm zusammen.«

»Arn sagte, Sie hätten Beweise gefunden, die auf ein Fahrzeug hindeuteten.«

»Sichtbare Reifenspuren im Gras und abgebrochene Zweige, mit denen das Fahrzeug wahrscheinlich zugedeckt worden war.« Pettigrew hielt inne. »Doch da war etwas mit dem Auto, auf das ich mir nie einen Reim machen konnte.«

»Und was war das?«, wollte Harry wissen.

»Die Reifenspuren verliefen dort, wo er mit dem Wagen in den Wald gefahren ist, achtzehn, zwanzig Meter von der Straße entfernt. Und noch mehr Spuren fand ich an der Stelle, wo er rückwärts wieder rausfuhr. Im Profil setzte sich Erde ab. Die Spur wurde natürlich blasser, als das Fahrzeug auf die Straße kam, aber man konnte sie noch deutlich erkennen. Und dann hörte sie auf einmal auf.«

»Wurde unsichtbar?«, fragte Harry und kniff ein Auge zu.

»Als wäre der Wagen auf die Straße gefahren und hätte sich dann in Luft aufgelöst. Ist mir bis heute ein Rätsel. Wurde er von einem marsianischen Raumschiff hochgesogen?«

Er kicherte über die Theorie, doch ich merkte, dass ihm dieser Umstand immer noch zusetzte.

»Und wie interpretieren Sie den Fall?«, mischte ich mich ein.

Pettigrew legte die Arme auf den Tisch und beugte sich vor. Er sprach so leise, dass man ihn kaum verstehen konnte.

»Sie sind doch vom PSET in Mobile, oder? Die Jungs, die die Irren schnappen.«

»Das ist eher so was wie ein Teilzeitjob«, erklärte ich. »Kommt vielleicht zwei Mal im Jahr vor.«

»Haben Sie mal Vermutungen angestellt, die ein bisschen von der Norm abweichen?«

Ich nickte. »Selbst wenn wir uns täuschen, ist das die richtige Methode. Alles ist möglich.«

Pettigrew senkte die Stimme zu einem Flüstern. »Meine Vermutung ist folgende: Der Täter hat das Opfer in die Hütte gebracht und dort getötet. Anschließend ist er vom

Tatort zum Masten gelaufen. Vielleicht war er müde. Auf Drogen oder desorientiert. Das werden wir wohl nie erfahren. Und dann ist jemand aufgetaucht. Oder, wie ich glaube, gleich mehrere Personen.«

»Sprechen Sie nur weiter.«

»Ich denke, jemand hat den Mörder am Fuß vom Masten erwischt.«

»Wer denn?«, fragte Harry.

Pettigrew grunzte und schlug auf den Tisch. »Keine Ahnung. Nichts. *Nada.*«

»Und was ist mit dem Fahrzeug?«

»Zwei Möglichkeiten: Entweder gehörte es dem Täter oder seinen Verfolgern. Ich tippe allerdings auf den Täter, weil es ja unter den Ästen versteckt gewesen war.«

Seit Pettigrew die plötzlich endenden Reifenspuren erwähnt hatte, geisterte mir ein Gedanke durch den Kopf.

»Wenn das Fahrzeug nicht gefahren, sondern abgeschleppt oder aufgeladen worden wäre, würde das erklären, warum die Spuren aufhörten.«

»Das gefällt mir«, knurrte Pettigrew und kniff ein Auge zusammen, als blicke er in die Vergangenheit. »Das gefällt mir sogar sehr gut. Wäre ich bloß damals darauf gekommen.«

»Und was hat Cade Barlow gedacht?«, fragte Harry unvermittelt.

Pettigrew rümpfte die Nase wie jemand, der gerade einen Mülleimer geöffnet hatte. »Was wissen Sie über Barlow?«

»Dass er sich nicht sonderlich für einen Mord interessiert, der vor ein paar Jahren in seinem Bezirk verübt wurde.«

Ich hatte mitgekriegt, wie Pettigrew aussah, wenn er unsicher war. Nun durfte ich beobachten, was geschah, wenn er wütend wurde.

»Barlow hätte eigentlich versuchen müssen, mir zuvorzukommen, mich auszuschalten. Denn er ist so ein Typ, der anderen gern die Show stiehlt und die Lorbeeren einheimst. Mich störte das nicht. Der Wettbewerb sorgt dafür, dass ich auf Trab bleibe. Aber in dem Holtkamp-Fall warf er mir Steine in den Weg und machte sich über meine Vermutungen lustig. Ich breitete meine Ansichten über die Spuren im Gras aus und Barlow verdrehte die Augen, verglich sie mit Furchen von Saatmaschinen und fragte mich, ob ich der Meinung wäre, Außerirdische hätten die Frau umgebracht. Er sorgte dafür, dass die Vorgesetzten über meine Ansichten lachten.«

»Denken Sie, er hatte etwas mit dem Verschwinden von Unterlagen zu tun?«, fragte ich.

Instinktiv warf Pettigrew einen Blick durch die Scheibe, die das Besprechungszimmer vom Großraumbüro trennte, und überprüfte, ob uns jemand belauschte.

»Würde mich nicht überraschen.«

Plötzlich schoss mir eine Idee durch den Kopf, und ich stieß auf einen dieser zufälligen Zusammenhänge. »Haben Sie irgendwann mal gesehen, wie Barlow sich mit einem brutal aussehenden, kräftig gebauten Mann unterhalten hat, ungefähr eins neunzig groß, mit blonden Locken? Schaut ein bisschen wie Jerry Lee Lewis aus, wenn er Gewichte stemmen würde anstatt Klavier zu spielen.«

Pettigrew schürzte beim Nachdenken die Lippen. »Haben Sie ein Foto?«

»Ich kann Ihnen eins faxen.«

»Tun Sie das. Vielleicht fällt dann ja der Groschen.«

Wir standen auf, schüttelten Pettigrew die Hand und dankten ihm für seine Zeit.

»Der Fall lässt mich einfach nicht los«, gestand er. »War ganz schön hart für mich, mittendrin auszusteigen.«

»Arn hat erwähnt, Sie wurden von der Montgomery Police angeheuert. Rekrutiert.«

»Sie brauchten Streifenpolizisten, kriegten ein Budget für Neueinstellungen, hörten irgendwo meinen Namen. Haben mich gleich nach dem Vorstellungsgespräch eingestellt. Zwei Jahre später bin ich Detective geworden.«

»Die haben Sie herausgepickt?«, staunte Harry. »Mein Kompliment. Ich bin beeindruckt.«

Pettigrew lief rot an. Für eine Sekunde erhaschte ich einen Blick auf einen schüchternen Jungen vom Land.

»Ach, verdammt, die waren nur auf der Suche nach ein paar Kleinstadtcops, die in die Großstadt wollten und nicht lange eingearbeitet werden mussten.« Er zuckte mit den Achseln. »Hat mir nicht geschmeckt, trotz ungelöster Fälle meinen Hut zu nehmen, doch in Montgomery brauchten sie mich sofort. Die Frage war, ob ich sofort zugreife oder für alle Zukunft mit Cade Barlow zusammenarbeite. Da habe ich zugegriffen.«

Kapitel 27

Wir waren auf der Interstate 65, etwa eine Viertelstunde nördlich von Mobile. Ich lag auf der Rückbank und versuchte, aus den letzten zwei Wochen schlau zu werden. Ich fühlte mich, als hätte mir jemand ein Fadenknäuel von der Größe eines Basketballs in die Hand gedrückt und gesagt: ›Drösel das auf, aber die Hände darfst du nicht benutzen.‹

In meiner Jackentasche klingelte das Handy. Ich meldete mich, beendete das Gespräch und betrachtete Harrys Hinterkopf.

»Das war dein Lieblingsanwalt. Walls will mit uns sprechen.«

Harry rümpfte die Nase. »Hat der Schleimscheißer erzählt, was er im Gegenzug dafür will? Denn der will immer etwas.«

Walls begrüßte uns an der Tür und führte uns in sein Büro. Harry zog ein Stofftaschentuch heraus und staubte den Stuhl ab, ehe er sich setzte. Walls tat so, als bemerke er nichts.

»Mir ist etwas eingefallen«, erklärte Walls, setzte sich hinter seinen Schreibtisch und zupfte einen Fussel von seinem glänzenden Seidenanzug. »Das Foto von dem Blonden. Wissen Sie, ich war gestern Abend lange im Büro, habe am Fall eines Mandanten gearbeitet, einem Mann namens Tony Blinker. Tony die Biene ...«

»Ach Scheiße«, stöhnte Harry.

»Tony ist kein schlechter Kerl, sondern nur ein Junge, der mit der falschen Clique rumhängt ...«

»Tony die Biene ist Anführer einer Drogengang, Walls«, entgegnete Harry. »Der stampft falsche Cliquen erst aus dem Boden.«

»Da ist mir auf einmal wieder eingefallen, dass Sie beide ja damals gegen Tony ermittelt haben. Während ich noch versuchte, mich zu erinnern, wer der Mann auf dem Foto ist, dachte ich mir, Sie könnten vielleicht beim Staatsanwalt ein gutes Wort für Tony einlegen. Und die Dinge etwas erleichtern, falls er verurteilt wird.«

Harry kochte innerlich. Walls leckte seinen Zeigefinger ab und kratzte etwas von seinem Jackettkragen. Was auch immer er gefunden hatte, drehte er zu einer Kugel und schnippte sie weg.

»In vieler Hinsicht bin ich ja so was wie ein Sozialarbeiter, wissen Sie? Ich stelle mein Leben in den Dienst benachteiligter Menschen, die den falschen Weg eingeschlagen haben. Menschen, die für eine Weile in eine Besserungsanstalt gehören, aber doch längst nicht so lange, wie der Staat es manchmal für notwendig hält ...«

Ich warf Harry einen Blick von der Seite zu. Ekel spiegelte sich auf seiner Miene. Trotzdem nickte er. *Nur zu.*

»Na schön, Walls«, seufzte ich. »Wir werden beim Staatsanwalt tun, was wir können, machen aber keine Versprechungen.«

»Harry?«, fragte Walls. »Sind Sie damit einverstanden?«

Harrys Lippen zuckten vor den Worten zurück, die er aussprechen wollte. »Ja, Walls«, brachte er schließlich heraus, »ich werde mitspielen. Schauen, ob sich das Ganze ein bisschen frisieren lässt. Das ist doch das mindeste, was ich für so einen ausgezeichneten Sozialarbeiter tun kann.«

Walls strahlte. »Ihr Jungs seid super.« Er streckte die Hand aus, um die Vereinbarung zu besiegeln.

»Jetzt sind Sie an der Reihe«, meinte ich, ohne seine Hand zu nehmen. Stattdessen hielt ich das Foto hoch. Walls hielt die Hand vor Augen, als wollte er das Bild nicht in seinem Blickfeld haben.

»Harry, Carson, ich muss noch vorausschicken, dass Sie von mir überhaupt nichts gehört haben.«

Harry grunzte. »Wir schalten keine Anzeigen im *Register* und verkünden, woher wir unsere Informationen kriegen.«

»Ich wage mich hier in ganz tiefes Gewässer vor und habe keine Lust, irgendwann einen Hai auf mich zuschwimmen zu sehen.«

»Ist dieser Typ ein Hai?«

Walls ging zur Tür und warf einen Blick ins Foyer, als rechne er damit, dass sich jemand unterm Teppich versteckte und uns belauschte. Dann schloss er die Tür, sperrte ab und setzte sich wieder.

»Er ist ein Hai aus der Hölle. Der Hai der Haie. Crandell ist der Name, unter dem man ihn kennt. Er regelt Dinge, löst Probleme. Doch dieser Hai schwimmt nicht unten. Der schwimmt ganz oben. Arbeitet für Gewerkschaften, wenn auch vielleicht nicht in jüngster Zeit. Ölgesellschaften. Investmentfirmen. Für große glänzende Firmen wie Enron.«

Harry hatte da so seine Zweifel. »Er tötet für sie?«

»Falls es so weit käme, sicher, das würde ihm wahrscheinlich sogar gefallen. Er würde die Chance sofort beim Schopf greifen. Aber auf Crandells Niveau ist Töten das allerletzte Mittel. Macht zu viel Scherereien, und irgendwer in der Hierarchie muss den Startschuss geben und *Los* rufen. Soweit ich informiert bin, verbringt Mr Crandell den größten Teil seiner Zeit damit, Verlorenes dorthin zurückzuschaffen, wo es eigentlich hingehört. Verschwundene Gemälde. Veruntreute Aktien. Eigensinnige Ehefrauen.«

»Woher soll ich wissen, dass Sie sich diese Geschichte nicht ausgedacht haben?«, fragte Harry. »Und irgendeinen Gauner erfinden, damit Ihr Bürschchen ein paar Jahre kürzer einfährt?«

»Ich habe in einer großen Kanzlei angefangen – Barton, Turnbull und Pryce. Ist schon zwölf Jahre her. Erstklassige Firma mit Anwälten, die ihre Finger in Puder tauchen, damit die Nagelspitzen schön weiß sind. Wir hatten einen richtig großen Kunden, ein Unternehmen. Die Ehefrau von einem der Geschäftsführer hat sich aus dem Staub gemacht. Das Frauchen hat Geschichten über diesen Herrn in Umlauf gebracht, behauptet, er wäre krank, ein Verrückter, was kein gutes Licht auf das Unternehmen warf. Außerdem hat die Lady sich auch noch einen fetten Packen Inhaberschuldverschreibungen unter den Nagel gerissen, um ihr neues Leben zu finanzieren.«

»Durchaus nachvollziehbar, dass einem so etwas peinlich sein kann«, meinte ich.

»Rechtlich gegen sie vorzugehen hätte bedeutet, ins Rampenlicht zu treten, was keiner wollte. Jemand in der Firma hatte von Crandell gehört und ihn angerufen. Crandell wirkte wie ein erfolgreicher Geschäftsmann, wie ein Typ, der früher mal Schiffsladungen gelöscht hat und nun das Unternehmen leitet. Strahlendes Lächeln, intelligentes Vokabular, trug Anzüge wie die Vorstandsvorsitzenden. Wissen Sie, im Umgang mit so jemandem brauchen die normalen Bürohengste das Gefühl, sie würden einem Gleichgesinnten einen Auftrag erteilen, so etwa in der Art: ›Wir haben hier ein Marketingproblem. Lösen Sie das für uns.‹«

»Aber verraten Sie uns ja nicht, wie.«

»So läuft das Geschäft. Nur das Ergebnis interessiert. Wie auch immer, ich habe Crandell damals kennengelernt, wusste allerdings nicht, wer er war und was er machte. Die meisten Leute haben es nicht erraten, aber ich schnallte es sofort.«

»Wie kam das?«, fragte Harry.

»Seine Augen haben ihn verraten. Wenn er einen direkt anschaute, ist einem gar nichts aufgefallen, doch ab und an blitzte da so was wie Tollwut auf, als lauere der Wahnsinn gleich hinter seinen Pupillen. Können Sie damit etwas anfangen?«

Ja, dachte ich, *das kann man, wenn man genug Zeit mit Psycho- und Soziopathen verbracht hat.* Viele von denen wirken so harmlos wie Glöckchen schwingende Heilsarmeemitglieder, doch kaum dreht man ihnen den Rücken zu, zücken sie die Messer.

»Und was ist dann passiert?«, wollte ich wissen. »Mit dem Problem?«

»Hat sich einfach in Luft aufgelöst. Das Frauchen hat keine Geschichten mehr in Umlauf gebracht und die Inhaberschuldverschreibungen landeten wieder da, wo sie hingehörten, obwohl der Stapel ein bisschen geschrumpft war. Ist alles ganz schnell gegangen. Mehr weiß ich nicht.«

Harry starrte Walls an.

»Was halten Sie davon, dass wir es nun mit diesem Crandell zu tun haben?«

Der Anwalt zog seinen Krawattenknoten zu, strich über sein Jackett. Mir fiel das Talkum unter seinen Nägeln auf.

»Irgendjemand hat hier ein Problem, Harry. Und zwar ein großes.«

Gegen fünf Uhr saßen wir wieder an unseren Schreibtischen und zogen Streichhölzer – oder besser gesagt abgebrochene Bleistifte. Harry, der verloren hatte, musste ins Büro des Staatsanwalts laufen und vorfühlen, was er für Walls herausholen konnte.

Ich holte eine Tasse Kaffee, die nach frittiertem Kleister schmeckte, machte es mir an meinem Schreibtisch gemütlich und versuchte, die Ergebnisse des Tages im Computer zusammenzufassen – elektronische Schreibarbeit: wer, was, wo. Versuchte, mir Notizen aus den Fingern zu saugen, die uns klug und tatkräftig aussehen ließen und nicht wie zwei Typen, die sich von unerklärlichen, über vier Jahre hinziehenden Ereignissen kreuz und quer durch Mobile County scheuchen ließen. Wirklich eine kreative Herausforderung.

Eine halbe Stunde später legte ich den Kopf in die Hände und begann, meine Schläfen zu massieren. Ich wollte nicht nach Hause fahren, hatte aber auch keine Lust, im Büro zu bleiben.

Bier, sagte eine Stimme in meinem Kopf, der ich einfach gehorchen musste.

Ich stürmte durch die Tür vom Flanagan's und hockte mich an einen Fenstertisch unter einer summenden Neonreklame. Da die Hauptstoßzeit noch ein, zwei Stunden auf sich warten ließ, war der Laden relativ leer. Und die Jukebox gab glücklicherweise auch keinen Ton von sich, obwohl es da einen Song gab, der mich immer wieder richtig anrührte, eine schwermütige alte Nummer mit dem Titel »Wayward Wind« von Gogie Grant. Ich und ein pensionierter Sergeant vom Polizeiarchiv waren die Einzigen, die den Song je spielten. Ihm traten dann jedes Mal die Tränen in die Augen. Ich werde dann auch melancholisch, aber eher auf die angenehme Art. Warum, ist mir schleierhaft. Ich werfe einfach einen Vierteldollar ein, wähle den Song und dann schaut Harry mich an, als hätte ich den Verstand verloren.

Ich ließ meinen Blick durch die Bar schweifen. Es saßen nur ein paar einsame Trinker herum, von denen mich einer anstarrte – ein schlanker, breitschultriger Schwarzer, jung, mit milchkaffeebraunem Gesicht und nachdenklichem Blick.

Tyree Shuttles.

Nach kurzem Zögern kam er herübergeschlendert. Shuttles, der erst seit vier, fünf Monaten Detective war, wirkte immer noch so, als fühlte er sich in Zivil nicht so richtig wohl. Unbewusst suchten seine Finger den Dienstgürtel, den er nun nicht mehr trug, von dem aber das Leben eines Streifenpolizisten abhing: Waffe, Schlagstock, Handschellen, Munition, Funkgerät, Pfefferspray – zwanzig Pfund Hilfsmittel für jede Lebenslage. Ich hatte den ›Bat-Gürtel‹, nach Batman benannt, ebenfalls drei Jahre lang getragen. Morgens beim Anziehen, wenn ich noch nicht richtig wach bin, kann es gelegentlich vorkommen, dass ich instinktiv immer noch nach dem verdammten Ding greife.

Nachdem Shuttles einen Stuhl herangezogen hatte, vertrieben wir uns die Zeit wie die meisten unserer Kollegen und plauderten über verschiedene Fälle, Straßenmonster und das Drehtürprinzip. Shuttles, ein Technikfan, erzählte mir von den neuesten Geräten und anderem elektrischen Schnickschnack, die uns die Arbeit erleichtern sollten.

Nach ein paar Minuten fragte ich ihn, wie sie im Carole-Ann-Hibney-Fall vorankamen, um Harry später mit Neuigkeiten zu versorgen.

Shuttles wandte den Blick ab. »Läuft schon. Kein Durchbruch, aber wir haben die eine oder andere Spur.«

»Wie zum Beispiel?«

»Einzelverbindungsnachweise ihres Handys. Stammfreier. Die knöpfen wir uns jetzt vor.«

»Wenn du *wir* sagst, sprichst du dann von dir und Logan?«

»Na, hauptsächlich mache ich das«, räumte Shuttles ein. »Das Problem sind die Befragungen, wie du dir ja denken kannst.«

»Ja, ich weiß. Du schaust bei denen daheim vorbei, der Freier öffnet die Tür und die Ehefrau, drei Kinder und der Familienhund stehen neugierig hinter ihm.«

Shuttles brach in Gelächter aus.

»Was ist denn, Tyree?«

»Ich habe mit einem Kerl gesprochen, seine Freundin stand neben ihm, und mich erkundigt, was er an dem fraglichen Abend gemacht hat. Worauf er antwortete, und ich schwöre, das ist nicht auf meinem Mist gewachsen: ›Ich glaube, ich war an jenem Abend eingebunden, Detective.‹«

Ich lachte und dann tauschten wir noch ein paar amüsante Cop-Geschichten aus. Da ich schon fünf Jahre länger dabei war, hatte ich mehr Storys auf Lager und außerdem noch mehr Zeit gehabt, an ihnen herumzufeilen und die Pointen richtig zu timen.

Zwei Mal, als uns kurz der Gesprächsstoff ausging, setzte Shuttles an, etwas zu sagen, überlegte es sich aber offensichtlich anders und schaute dann zum Fenster hinaus. Er trank sein Bier aus, meinte, er müsste sich heute Abend um seine Wäsche kümmern und in den Waschsalon gehen. Er wollte die Rechnung übernehmen, doch das ließ ich nicht zu. Nachdem wir uns verabschiedet hatten, machte er sich auf den Weg.

Während ich ihm hinterherschaute, überlegte ich, was er mir hatte erzählen wollen.

Ein paar Minuten später stand ich auf und wollte auch verschwinden. Ich konnte mir ja ein Beispiel an Shuttles nehmen, heimfahren und stumpfsinnige Hausarbeiten erledigen, bis ich müde wurde. In dem Moment klingelte mein Handy. Vom Display las ich die Nummer des Anrufers ab.

Das war Clair. Sie rief mich von ihrem Handy an und nicht vom Leichenschauhaus aus. Ich ging ran.

»Hallo, Clair. Ich wollte mich morgen früh bei Ihnen melden. Sieht ganz so aus, als hätte Ihr Opfer von vor vier Jahren etwas mit dem heutigen Fall zu tun.«

»Ich hoffe, mein Tipp hilft Ihnen weiter. Sind Sie daheim? Oder bei der Arbeit?«

»Ich bin im Flanagan's, will aber gleich nach Hause.«

»Ich mache gerade Schluss im Leichenschauhaus«, meinte sie. »Haben Sie kurz Zeit?«

»Möchten Sie, dass ich Harry anrufe und nachfrage, ob er auch Zeit hat?«

»Ich möchte Sie allein sprechen, wenn's geht.«

»Ich bin gleich bei Ihnen drüben.«

Ich läutete am Nachtschalter und wurde von einem Wachmann hereingelassen. Drinnen herrschte, nun ja, Totenstille. Ein einsamer Hausmeister reinigte mit einem Wischmopp das andere Ende des Flurs. Clair saß an ihrem Schreibtisch und erledigte Papierkram. Mit einer Handbewegung bedeutete sie mir, Platz zu nehmen, und setzte ihre Lesebrille ab. Sie strich eine schwarze Haarsträhne aus der Stirn und trank einen Schluck heißen Tee, nach dem starken Bergamottgeruch zu urteilen einen Earl Grey. Sie starrte mich durch den aufsteigenden Dampf an. Für einen Sekundenbruchteil fühlte sich das zarte Band zwischen uns wie ein leises Rascheln der Moleküle in der Luft an.

»Ich mache mir über etwas Sorgen, Carson. Habe lange darüber nachgedacht, ob ich oder ob ich nicht ... Es liegt mir fern, im Privatleben anderer herumzustochern.«

Sie nahm einen Briefbeschwerer in die Hand, einen Löwenzahn in einer Glashalbkugel, und schob ihn mit zittrigen Fingern über die Tischplatte. So nervös war Clair nur äußerst selten. Sie räusperte sich und trank einen Schluck Tee.

»Vor ein paar Tagen, nach der Abendveranstaltung von Channel 14, haben Sie mich nach einer gewissen Familie gefragt.«

Plötzlich wurde mir bang ums Herz. »Nach den Kincannons.«

»Und gestern haben Sie erwähnt, Sie hätten sich von Ihrer Freundin getrennt, und dabei eine Anspielung fallen lassen, sie hätte einen anderen Mann, der gut aussieht und reich ist.«

»Der Kerl hat alles«, sagte ich. »Und noch viel mehr.«

»Ist es einer von den Kincannon-Brüdern, Carson?«

»Buck«, gab ich zu.

»Bitte, schließen Sie die Tür.«

Ich tat wie mir geheißen und setzte mich wieder.

»Was wissen Sie über sie?«, fragte sie mich. »Über die Kincannons?«

»Bevor ich mit Ihnen gesprochen habe, kannte ich sie nur vom Namen her, von ein paar Messingschildern, die draußen an der Polizeiakademie angebracht sind. Doch dann ist mir was zu Ohren gekommen: Harry hat vor ein paar Jahren mit Buck Kincannon und dem K-Klan zusammengearbeitet und einen kleinen Sportplatz wiederbelebt, damit unterprivilegierte Kinder Baseball spielen können. Nach einer Weile haben die Kincannons verlangt, dass die andere Seite sich revanchiert. Und zwar richtig. Sie glaubten, sie könnten den Menschen ihre Integrität abkaufen. In diesem Fall haben sie sich gründlich getäuscht. Aber die Kinder haben danach ihren Sportplatz verloren, ihre Ausrüstung, einfach alles.«

»Passiert nicht zum ersten Mal«, meinte Clair. »Leider Gottes.«

»Sie müssten das wissen, weil die Kincannons doch mal zu Ihrem blaublütigen Umfeld gehört haben, oder? Zu den zwei-, drei-, vierhundert, die im Gesellschaftsregister stehen?«

Clair legte die weißen Fingerspitzen unter dem Kinn zusammen.

»Ich gebe Ihnen jetzt mal etwas Nachhilfeunterricht, Ryder. Selbstverständlich gibt es in Mobile eine soziale Hierarchie. An der Spitze stehen altes Geld, alteingesessene Namen. Gäbe es diese Leute nicht, müssten das Symphonieorchester, die Museen, alle möglichen Kultureinrichtungen darben. Ein Großteil dieser Menschen handelt ehrenwert und spendet großzügig Zeit und Geld. Andere hingegen sind unerträgliche Schnösel.«

»Trifft das Letztere auf die Kincannons zu?«

»Sie gehören nicht zu dieser Gruppe, zur *feinen* Gesellschaft, wie Harry es nennt. Hinter der schönen Fassade sind die Kincannons ziemlich gewöhnlich und ungehobelt. Parias. Die wahren Mitglieder der feinen Gesellschaft tun alles, um ihnen aus dem Weg zu gehen.«

»Ich habe gesehen, wie auf der Party die unterschiedlichsten Leute um die Kincannons herumscharwenzelt sind, Clair. Gemieden wurden sie dort meines Erachtens kaum.«

»Das waren Politiker und Speichellecker, Carson. Alteingesessene Mobiler Familien würden die Kincannons nicht mal auf ein Würstchen einladen, geschweige denn offiziell empfangen. Und genau das könnte Teil des Problems sein.«

»Kein Würstchen spendiert zu kriegen?«

»Die Kincannons werden gemieden. Kühl und höflich zwar, aber trotzdem mit Missachtung gestraft. Mit dem Ergebnis, dass sie engstirnig und egozentrisch geworden sind. Sie verteilen Geld in der Hoffnung, sich damit Respekt und Anerkennung erkaufen zu können, doch sie handeln so grobschlächtig und egoistisch, dass die anderen sie dafür nur noch mehr verachten. Die Öffentlichkeit kriegt davon selbstverständlich nichts mit.«

»Diese Leute sind ja auch nicht gerade erpicht auf negative Publicity.«

»Die Familie beschäftigt die größte PR-Agentur in diesem Bundesstaat, die angesehenste Anwaltskanzlei. Der beste Caterer kümmert sich um ihre Festivitäten, ein Fotograf hält jeden ihrer Schritte fest ...«

Ich hielt die Hand hoch. »Der Klan interessiert mich

nicht. Dennoch fällt es mir schwer, die Familie als so bösartig zu sehen, wie Sie sie schildern.«

»Die Kincannons spielen schon so lange die Gutmütigen und Liebenswerten, dass sie davon inzwischen wahrscheinlich selbst überzeugt sind. Und größtenteils halten sie sich an die gesellschaftlichen und juristischen Spielregeln. Bis etwas ihre Welt bedroht. Denn dann kommt die dunkle, die kaputte Seite ihrer Seelen zum Vorschein.«

»Wollen Sie damit andeuten, sie können gefährlich werden?«

»Wenn sie sich bedroht fühlen. Oder man ihnen verweigert, was sie haben wollen.«

»Clair, das sind nur egoistische, reiche Fuzzis. Vielleicht überschätzen Sie deren Macht und Einfluss –«

»Pst. Hören Sie mir zu. Diese Freundin. Liegt Ihnen noch etwas an ihr?«

»Ich würde ihr meine Gefühle nicht gerade auf dem Butterbrot servieren, aber … ich denke schon.«

Für einem Moment spiegelte sich Resignation oder Traurigkeit in Clairs Miene. »Dann warnen Sie sie vor Buck Kincannon, Carson. Vor allen Kincannons.«

Ich seufzte. »Ich werde sehen, was ich tun kann, Clair.«

Sie musterte mich kurz, ehe sie den Blick abwandte. Ich stand auf und schlenderte zur Tür. Auf der Schwelle blieb ich stehen und drehte mich um, denn ich erinnerte mich daran, wie Clair mich neulich, als ich einsam und verzweifelt gewesen war, in den Arm genommen hatte. Ich wollte mich bei ihr bedanken.

Sie saß mit dem Rücken zu mir und schaute aus dem Fenster. Da es draußen dunkel war, spiegelte sich ihr Gesicht auf der Scheibe und erinnerte an einen weißen Mond am Himmel – wie aus einem Hank-Williams-Song.

Ich wollte noch etwas sagen, doch mein Herz machte mir einen Strich durch die Rechnung.

Kapitel 28

Der nächste Tag folgte nicht der üblichen Routine. Ich war gegen acht Uhr aufgestanden, also ziemlich spät für meine Verhältnisse, und paddelte eine Stunde lang volle Kraft mit dem Kajak durch die leise Brandung. Hinterher joggte ich drei Meilen am Strand entlang. Es kostete einige Überwindung, mich an den Esstisch zu setzen und mich mit Rudolnicks Akten zu beschäftigen. Nachdem ich mich eine Viertelstunde lang gequält hatte, rief Harry an.

»Ich überlege, ob ich nach Mississippi rüberfahre, Carson. Zu dem kleinen Barschsee, den es dort gibt. Willst du mitkommen?«

Ich hatte lange über Clairs Warnung nachgedacht, war aber nicht davon überzeugt, dass Dani in echter Gefahr schwebte, es sei denn, sie stieg bei Clarity so schnell auf, dass sie Nasenbluten kriegte. Auf der anderen Seite gehörte Clair nicht zu der Sorte Mensch, die leichtfertig falschen Alarm schlägt. Deshalb hatte ich entschieden, das Schöne mit dem Nützlichen zu verbinden.

»Nein, danke, Bruder. Ich will raus und ein bisschen rumkutschieren. Vielleicht aufs Land. Das Fenster runterkurbeln und mir wenigstens für eine Weile den Kopf von der frischen Luft durchblasen lassen.«

»Wo auf dem Land?«, fragte Harry voller Skepsis nach. »Doch nicht dort oben, wo Ms Holtkamp umgebracht worden ist?«

»Das war im Nordosten«, erklärte ich. »Ich hatte eher den Nordwesten im Sinn. Viele Felder, weite Flur.«

»Flunkerst du mir was vor?«

»Wie bitte? Kannst du dir nicht vorstellen, dass ich einfach mal eine kleine Spritztour mache?«

Harry grunzte und legte auf.

X

Die Felder reichten, so weit das Auge blicken konnte – Melonen, Baumwolle und Pekannussbäume. Ich kam an Kieferwäldern vorbei. Schnurgerade wie Pfeile schossen die Bäume in den Himmel. Tannennadelgeruch hing in der heißen Luft.

Nach einer Weile veränderte sich die Landschaft. Die an mir vorbeiziehenden Wälder wurden lichter. Weiden, von weiß gestrichenen Lattenzäunen eingerahmt, bestimmten nun das Bild. Hier wuchsen Wassereichen und Platanen. Gelegentlich ragte eine karibische Kiefer wie ein Kirchturm heraus. Wegen der vielen schattenspendenden Bäume kam es einem hier viel kühler vor.

Ich bin einmal quer durch Kentucky gefahren und dabei östlich von Paris und Cynthiana an den Pferdefarmen vorbeigekommen, wo die Zäune sich bis zum Horizont erstreckten und Vollblüter auf hellgrünem Präriegras weideten. Im Unterschied zu dort wurden im Norden von Mobile County Rinder gezüchtet, Brahmas, mit Schultern wie ein Minotaurus und einem grauen Fell, das so glatt wie das von Seehunden war.

Kincannon züchtete preisgekrönte Brahmas. Deshalb ging ich davon aus, dass es nicht mehr weit war.

Ich kam an einem landwirtschaftlichen Betrieb mit einem halben Dutzend Nebengebäuden vorbei. Durch die offenen Türen konnte ich Traktoren und Viehanhänger erkennen. Auf der Ladefläche eines Anhängers stand eine kleine Planierraupe. Und es gab einen Getreidesilo, Ställe, Futterkrippen und Wassertränken.

Ich fuhr weiter und rollte eine Anhöhe hoch. Unter mir entdeckte ich einen Steinbogen wie von einem römischen Aquädukt mit einem K aus schwerem Eisen oben auf dem Schlussstein. Hinter einem der Pfeiler befand sich ein Wachhaus, das kaum zu sehen war. Das große Haupthaus aus weißem Backstein im Plantagenstil lag gut eine Viertelmeile hinter der Straße. Ein weißer Zaun rahmte die Zufahrt zum Haus ein. Mitten in der weitläufigen Rasenfläche stand die überdimensionierte goldene Skulptur eines Brahmabullen mit einem riesigen K als Brandzeichen auf der Flanke. Das Tier hielt einen Vorderhuf hoch und blickte herausfordernd auf die Straße. Die Plastik war ein fantastisches Beispiel für Arroganz und Anmaßung, und ich konnte nur noch den Kopf schütteln.

Als ich noch mal hinüberschaute, entdeckte ich auf dem Grundstück ein weiteres Gebäude. Es hatte zwar dieselbe Größe wie das vordere Haus, stand aber eine Dreiviertelmeile weiter hinten zwischen lauter Bäumen. Ich rauschte an der Toreinfahrt vorbei, fuhr ein gutes Stück weiter und bog rechter Hand in einen Schotterweg. Hier war allem Anschein nach die westliche Grundstücksgrenze. Rechts ragte der weiße Lattenzaun auf, links begann ein dichter Wald. Ich parkte am Wegesrand und spähte in das Dickicht. Das Hauptgebäude musste etwa eine Viertelmeile weiter drüben auf der anderen Seite des Waldes liegen.

Ich holte das Fernglas aus dem Handschuhfach, sprang über den weißen Zaun und lief in den Wald. Über meine Motive war ich mir nicht ganz im Klaren. Ich wusste nur, dass ich mehr erfahren wollte. Vielleicht suchte ich auf dem weitläufigen Gelände nach einem Zeichen oder einem Hinweis, der mir erklärte, wer diese Menschen waren und warum sie, obwohl sie doch schon so viel besaßen, immer noch mehr wollten. Ich schaute durch das Fernglas. Zwischen den Bäumen schimmerte das weiße Haus hindurch. Ich wanderte so lange weiter, bis ich plötzlich eine hohe Piepsstimme hörte.

»Du findest mich nicht.«

Rasch versteckte ich mich hinter einer schmalen Eiche, hielt das Fernglas vor die Augen und versuchte herauszufinden, aus welcher Richtung die Stimme kam.

»Wärmer, es wird wärmer«, verkündete die Stimme.

Und dann sah ich einen großen, pummeligen Jungen durchs Unterholz rennen. Die Entfernung zwischen uns betrug an die siebzig Meter. Ein kleiner Motor sprang an.

»Wo steckt Freddy?«, rief eine erwachsene Männerstimme.

»Du kannst ihn nicht finden! Kälter, jetzt wird es kälter.«

Ein Versteckspiel. Dem Geräusch nach zu urteilen kam der stotternde Motor näher. »Wo ist Freddy hin?«, fragte die erwachsene Stimme, der man anhörte, dass der Sprecher langsam sauer und des Spiels überdrüssig wurde.

Ein kindisches Kichern. »Hier drüben!«

Das Fahrzeug kam noch näher. Ich warf mich auf den Boden, krabbelte unter die Zweige und deckte mich spontan mit Laub zu, damit mich niemand entdeckte. Der Motor war ziemlich laut und so nah, dass ich die Auspuffgase riechen konnte.

Sechs, sieben Meter weiter drüben verstummte der Motor. Ein großer, schlanker Mann stieg von einem vierrädrigen Buggy. Er trug eine braune Uniform ohne Aufdruck, wie sie häufig vom Wachschutz getragen wurde. In einem Halfter steckte eine halbautomatische Pistole.

Wenn der Mann in meine Richtung schaute, würde er mich unter aller Garantie entdecken.

»Kalt, ganz, ganz kalt«, kicherte der Junge von ferne.

»Verdammter Idiot«, murmelte der Mann, ehe er sich räusperte, ausspuckte und dann im spielerischen Ton fortfuhr: »Ich komme und hole dich, Freddy.«

»Du findest mich nie.«

Der Mann gab Vollgas und rauschte davon. Ich holte tief Luft, stand mit schlotternden Knien auf und trat den Rückzug an. Als ich den Schotterweg schon halb hinuntergelaufen war, hörte ich Gelächter und schaute noch mal durchs Fernglas. Durch das Laub erkannte ich den Mann auf dem Buggy. Der pummelige Junge saß auf dem Sozius, hatte die dicken Arme um den Fahrer geschlungen und lachte aus voller Kehle.

Nachdem ich das Fernglas neu eingestellt hatte, stellte ich fest, dass der Junge Bartstoppeln hatte. *Das war kein Kind mehr, sondern ein Erwachsener.* Sein Gesicht war klein und rund, der lachende Mund weit aufgerissen. Ich drehte mich um, stolperte über einen heruntergefallenen Ast und fiel mit lautem Krachen zu Boden. Als der vertrocknete Ast entzweibrach, gab es einen Knall wie aus einer 22er.

Der Motor des Buggy heulte auf. Der Mann legte den Gang ein und steuerte in meine Richtung. Das letzte Stück rannte ich, kletterte geschwind über den Zaun und sprang in den Wagen. Schlingernd bretterte ich den Schotterweg hinunter und warf einen Blick in den Rückspiegel. Am Zaun war keine Menschenseele zu erkennen, doch falls sich jemand die Mühe machte, die Stelle abzusuchen, entdeckte er bestimmt den Laubhaufen, unter dem ich mich versteckt hatte.

X

Drei Meilen die Straße hinunter hielt ich durstig vor einem kleinen Lebensmittelgeschäft. Die Verkäuferin war eine schwergewichtige Schwarze Anfang vierzig mit blond gefärbtem Haar. Auf ihrem Namensschild stand SYLVIA.

»Sie sind hier ja ganz in der Nähe vom Haus der Kincannons«, meinte ich und nahm eine Packung Beefy Jerk aus dem Regal.

»Ja«, sagte sie und musterte mich argwöhnisch. »Kennen Sie sie?«

»Hab nur von ihnen gehört. Dass sie große Summen spenden und so.«

»Kann schon sein.«

»Kaufen sie hin und wieder bei Ihnen ein?«

»Ein paar von den Arbeitern. Und einen Kincannon habe ich auch mal zu Gesicht gekriegt. Einen Typen namens Racey.«

»Racine?«

Sie nickte. »Ist mit einer Horde Kumpels hier reingeschneit. Nach dem, was sie geredet haben, sind sie wahrscheinlich auf der Vogeljagd gewesen. Und sie hatten getrunken. Das konnte man riechen, kaum dass sie durch die Tür gekommen waren. Einer von ihnen sagte: ›Ist mir doch egal. Wenn ich nach einer Stunde noch nichts geschossen habe, knall ich halt irgendwas ab.‹ Da haben die anderen sich ausgeschüttet vor Lachen und sich gegenseitig auf die Schulter geklopft.«

»Was wollten sie hier kaufen?«

»Haben ein paar Sechserpacks geholt und den Inhalt von ein paar geleerten Flaschen da gelassen.« Sie deutete mit dem Kinn auf eine Tür im hinteren Bereich, auf der TOILETTE stand.

»Gut zu wissen, dass die Reichen dieselben Bedürfnisse haben wie wir normalen Menschen«, konstatierte ich und trat mit meinen Sachen an die Kasse.

»Vielleicht auch nicht«, entgegnete Sylvia.

»Wie meinen Sie das, Ma'am?«

»Die haben überall hingepisst, nur nicht in die Schüssel. Auf den Boden, an die Wände, ins Handwaschbecken, auf einen Stapel Papierhandtücher. Und sogar auf den Spiegel gerotzt.«

»Vielleicht finden die Reichen das ja lustig«, sagte ich. »Solche Typen wie Racine Kincannon.«

Sylvia gab mir mein Wechselgeld und betrachtete mich mit müden Augen. »Der Teufel investiert sein Geld dort, wo er am meisten dafür zurückbekommt.«

Als ich nach draußen ging, stand ein blauer Pritschenwagen, ein zweifach bereiftes Monster mit laufendem Hochleistungsdieselmotor, neben meiner Karre. Auf der Tür war ein Kreis mit einem *K* gemalt. Es war das gleiche *K*, das ich über der Steinpforte und auf der Flanke der Bullenskulptur gesehen hatte. Hinter dem Steuer saß ein massiger Kerl in Uniform. Der Bursche auf dem Beifahrersitz war der ungeschliffene knochige Mann, der vorher den Buggy gefahren hatte.

Ich zwängte mich zwischen den beiden Fahrzeugen hindurch, um zu meiner Tür zu gelangen. Der knochige Kerl starrte mich mit zusammengekniffenen Augen an. Auf einem Aufnäher auf der muskulösen Schulter stand PRIVATER WACHSCHUTZ. Ich nickte lässig, wie jemand, der gerade ein paar Snacks gekauft hatte. Der Typ, der mich immer noch kaltblütig musterte, erinnerte mich an eine zusammengerollte Klapperschlange.

»Habe ich Sie nicht gerade eben ein paar Meilen von hier auf diesem einspurigen Schotterweg gesehen?«, fragte er.

»Muss wer anders gewesen sein«, antwortete ich. »Wieso?«

»Das geht Sie überhaupt nichts an.«

Ich tippte mit den Knöcheln an die Tür und erkundigte mich: »Wofür steht das *K*?«

»Nehmen Sie Ihre Scheißhände vom Truck.«

»Einen schönen Tag noch«, sagte ich und kletterte hinter mein Steuer.

✗

Mein nächster Halt auf der Kincannon-Erkundungstour war ein Bürokomplex. Auf einem mehrere Hektar großen, gepflegten Rasen stand alle zweihundert Meter ein quadratisches Bürogebäude aus hellbraunem Backstein. Vom Highway 747 sah das Areal wie ein Arrangement roter Würfel auf grünem Filz aus.

An allen Wegen, die von der Hauptzufahrtsstraße abzweigten, stand ein Pfosten, auf dem ein Messingschild mit Hausnummern und Richtungspfeilen montiert war. Ich rollte an zwei großen Teichen mit hohen Wasserfontänen und weißen Enten am Ufer vorbei und hielt neben einer der Kisten mit kupferfarbenen Fenstern an. Auf einem Schild neben dem Eingang stand KEI, KINCANNON ENTERPRISES INTERNATIONAL.

Es gab auch einen Parkplatz, doch ich ließ den Wagen auf der Straße stehen, weil das näher war. Ich trat durch eine getönte Glastür und gelangte in eine kühle Lobby, in der es nach Plastik und Teppichshampoo roch. Hinter einer u-förmigen Theke saß die Empfangsdame. In der Ecke lauerte ein fleischiger Wachmann, der mich vom Scheitel bis zur Sohle musterte, als erwarte er jemanden, ohne genau zu wissen, wen.

»Ich suche das Firmenverzeichnis«, sagte ich zu der Empfangsdame, einer jungen Frau, die es offenbar für extrem kultiviert hielt, einen britischen mit einem Südstaatenakzent zu kombinieren.

»Darf ich fragen, wen Sie suchen?«

»Nur das Verzeichnis der Firmen, die sich in diesem Gebäude eingemietet haben.«

Der Klops von Wachmann kam gleich herbeigeeilt. »Kann ich Ihnen helfen, Kumpel?«

Damit, dass ihm ein Kerl in abgewetzten, abgeschnittenen Jeans und einem T-Shirt mit dem Aufdruck von einem Fischrestaurant in Key West eine Polizeimarke unter die Nase halten würde, hatte er wohl nicht gerechnet.

»Das Verzeichnis?«, wiederholte ich.

»Wieso interessieren Sie sich dafür?«

»Machen Sie nur so weiter, dann können Sie mit einer Anklage wegen Behinderung rechnen«, meinte ich.

»Im obersten Stock sind die Büros des KEI-Managements. Im dritten Stock die Räume der Verwaltung von KEI. Clarity Broadcasting befindet sich in der zweiten Etage. Und im ersten Stock haben sich Magnolia Industrial Developments eingemietet.« Man hatte den Eindruck, dass ihm jede Lippenbewegung schwere Schmerzen bereitete.

»Na, geht doch. War doch keine Operation am offenen Hirn, oder?«, sagte ich und stürmte zur Tür hinaus.

✗

Lucas aß den letzten Rest Moo Shu Pork und warf den Karton in die Mülltüte. Er rieb sich die Augen, stand gähnend auf, bückte sich, bis seine Finger den Boden berührten, und entlastete so sein Rückgrat. Er zog die Jalousie ein paar Zentimeter hoch und spähte zu dem Gebäude auf der gegenüberliegenden Seite hinüber. Ihn interessierte das Eckbüro in der obersten Etage, wo Buck Kincannon arbeitete. Links davon hatte Nelson Kincannon sein Zimmer.

Noch vor einer Woche hatte seine ganze Welt aus einem Raum und einem Bett bestanden und nun besaß er seine eigene Unsicherheitsfirma. Lucas lehnte sich an die Wand und nahm eine Haltung ein, die ihn schon immer amüsiert hatte. Er verschränke die Arme, hielt den Kopf leicht schräg und presste die Lippen zusammen, als müsse er eine Entscheidung treffen. Dann begann er zu lachen und das Lachen beschwor Erinnerungen herauf.

»Warum lachen Sie, Lucas?«

»Weil alles so lustig ist, Dr. Rudolnick.«

»Was ist denn lustig?«

»Wie sehr ich ihnen Angst mache. Wie sehr es ihnen Angst macht.«

»Was meinen Sie mit es, *Lucas?«*

»Soll ich die Sache mal schnell überschlagen? Haben Sie Interesse an einem gratis Anlage-Tipp?«

Lucas rückte von der Wand ab, blickte nach draußen, entdeckte aber nichts Interessantes. Nachts war viel mehr los. Da kamen und gingen die Leute, manchmal in heller Aufregung. Sie zu beobachten machte richtig Spaß. Was für ein Anblick, wenn sie ihre Sakkos auszogen, die Hemdsärmel hochkrempelten und den Knoten ihrer Krawatte lockerten. Sie breiteten Straßenkarten auf dem Konferenztisch aus. Unten auf dem Parkplatz herrschte reger Betrieb. Manchmal fuhr ein Streifenwagen im Schritttempo vorbei und hielt kurz an.

Die Mienen der Anwesenden waren immer ganz düster vor lauter Sorge – auch die von Crandell. Alle spielten eine Rolle und reagierten damit auf die Rollen, die die anderen spielten. Doch hinter diesem ganzen Getue gab es nur ... ich, mir, meins.

Vergangenen Abend hatte sich die ganze Truppe im Konferenzraum getroffen – oder im Kriegszimmer, wie Lucas ihn spaßeshalber nannte. Er hatte sich in seiner neuen Mikrowelle Popcorn gemacht, im Dunkeln die Knabberei in sich hineingestopft und die Ereignisse im Gebäude gegenüber wie einen Kinobesuch genossen. Gegen Mitternacht war es drüben ziemlich dramatisch zugegangen: Nelson und Racine hatten mit den Fäusten so lange aufeinander eingeschlagen, bis die anderen sie trennten.

Das alte Schuldzuweisungsspielchen, bei dem keiner oder alle den Sieg davontrugen.

Er hatte auch etwas ungeheuer Spannendes beobachtet – alles war so gelaufen, wie sein Mentor es prophezeit hatte. In seiner derzeitigen Rolle als Sprecher der Familie glänzte Buck Kincannon in der Firma häufig durch Abwesenheit. Mit Ausnahme seiner persönlichen Assistentin, einer verkniffenen, aber extrem effizienten Frau in den mittleren Jahren mit gewöhnlichem Gesicht, dicken Fesseln und korpulenter Figur, konnte niemand sein Büro betreten. Genau dieses Paar Fesseln hatte er zwei Nachmittage hintereinander auf Nelson Kincannons Rücken gesehen. Das Intermezzo auf der Couch hatte beide Male sechs Minuten gedauert. Lucas fragte sich, welche Phantasien Nelson bemühte, um bei der Stange zu bleiben. Für ein Techtelmechtel mit so einer Frau brauchte es doch wirklich ein erhebliches Maß an Vorstellungskraft.

Von daher überraschte es nicht weiter, dass – kaum hatte Buck das Gebäude verlassen – seine Assistentin mit einer Mappe in der Hand in Nelsons Büro schlich. Lucas ging davon aus, dass sie ihm Anrufmemos und Notizzettel überbrachte. Nelson überflog die Zettel und notierte etwas auf einem Blatt Papier, ehe die Assistentin die Mappe in BKs Büro zurücktrug. Mit an Sicherheit grenzender Wahrscheinlichkeit waren Bucks E-Mails streng vertraulich und passwortgeschützt, doch alle Anrufe für ihn wurden von der Gespielin mit dem unansehnlichen Gesicht direkt zu Nelson durchgestellt, so dass der über die Aktivitäten und Absichten seines Bruders bestens Bescheid wusste. Das Doppelspiel der Assistentin jagte Lucas einen Freudenschauer den Rücken hinunter.

Er kroch ans Fenster und spähte ins grelle Sonnenlicht. Unten auf der Straße stand ein grauer Truck, der aussah, als wäre er gerade von Mexiko hier heraufgefahren. Ein schlampig gekleideter Weißer schleppte ihn soeben ab. Wahrscheinlich der Hausmeister. Uninteressant. Aber andererseits war heute ein schöner Tag. Vielleicht verzog er sich auch nur nach hinten, wo ihn niemand sehen konnte, und setzte sich kurz in die Sonne.

»Denken Sie, sie werden mich heute rauslassen, Doktor?«

»Sie haben sie beim letzten Mal enttäuscht, Lucas.«

»Wir lernen aus unseren Fehlern, Doktor. Ich werde mich einfach ans Fenster setzen und zuschauen, wie Freddy im Wald spielt. Ich möchte sein Lachen hören.«

Kapitel 29

»Ich habe das Foto gekriegt, das Sie uns geschickt haben, Detective Ryder. Ist ziemlich unscharf. Aber das liegt an unserem Faxgerät, es ist uralt und arbeitet schätzungsweise noch mit Kohle.«

Am nächsten Morgen hatte ich gleich nach Arbeitsbeginn Pettigrew angerufen, um nachzufragen, ob er mit dem vergrößerten Foto von diesem Crandell etwas anfangen konnte. Ich benutzte den Apparat im Besprechungszimmer. Harry, der mir gegenübersaß, hörte mit.

Von meinen privaten Nachforschungen über die Kincannons hatte ich Harry nichts erzählt.

»Das Foto war eh schon unscharf, Ben. Und, klingelt da etwas bei Ihnen?«, sagte ich.

»Der Fall liegt vier Jahre zurück. Tut mir leid.«

Sackgasse.

»Danke für Ihre Unterstützung, Ben«, meinte ich. »Dass Barlow Crandell kennt, war sowieso ziemlich weit hergeholt. Und dass Sie etwas wissen, war noch viel abwegiger.«

»Crandell? Den Namen haben Sie nie erwähnt.«

»Sagt Ihnen der Name etwas?«

Pettigrew rutschte hörbar auf seinem Stuhl herum. Vor meinem geistigen Auge sah ich, wie er sich vorbeugte, die Ellbogen auf den Tisch stützte und den Hörer ans Ohr drückte.

»Kurz bevor ich nach Montgomery ging, hat Barlow sich mal eines Tages heimlich aus dem Büro geschlichen. Hinter dem Haus gab es nur hohes Gras, sonst nichts. Er hat sich dort unterhalten. Bei geschlossenem Fenster hätte ich nichts gehört, doch da ich nicht so auf Klimaanlagen stehe, schiebe ich mein Fenster immer ein paar Zentimeter hoch.«

»Barlow hat sich draußen mit jemandem getroffen?«

»Nein, er hat telefoniert. Mit dem Handy. Ich habe angenommen, er redet mit einer seiner Freundinnen, alles furchteinflößende Damen. Doch dann ist mir aufgefallen, wie freundlich und ehrerbietig er klang. ›Ja, Sir. Nein, Sir.‹ Das war nicht der Cade Barlow, den ich kannte.«

»Hat er mit Crandell telefoniert?«

»Ich meine mich an Randell zu erinnern, aber …«

»Klingt ziemlich ähnlich«, fand ich.

»Als Barlow wieder reinkam, grinste er wie ein Honigkuchenpferd, was auch eigenartig war. Selbst bevor

Barlow ein mieses Schwein wurde, hat er nicht oft gelacht. Wahrscheinlich schämt er sich wegen seiner gelben Hauer.«

»Ist Barlow nach diesem Gespräch vielleicht … zu einem größeren Grundstück oder einer Stange Geld gekommen?«, fragte Harry nach.

»Woher wissen Sie das? Kurz vor meinem Umzug fuhr er auf einmal eine fette alte Harley Panhead. Aus den Fünfzigern, war super in Schuss. Alles Handarbeit. Hat schätzungsweise dreißig Riesen gekostet.«

»Diese Unterhaltung war höchst aufschlussreich, Ben«, meinte Harry.

Wir legten auf. Harry schob das Telefon beiseite.

»Barlow ist nicht nur widerlich, Cars, sondern hat auch Dreck am Stecken. Ich kann es förmlich riechen. Das passt alles wie die Faust aufs Auge: Rudolnick, Taneesha, Fellgesicht oder Funk-Fan oder wie auch immer, Frederika Holtkamp, das flach gedrückte Gras neben dem Sendemasten, Barlow. Wir haben es hier mit ein und demselben Fall zu tun. Kriegen wir etwas über ein Verbrechen heraus, hilft uns das auch bei dem anderen weiter.«

Plötzlich sahen wir uns mit einer entmutigenden Fülle von Ermittlungsmöglichkeiten konfrontiert. »Wen oder was knöpfen wir uns als Nächstes vor?«, stöhnte ich.

»Taneesha, Ms Holtkamp und Bernie Rudolnick sind tot. Barlow lebt noch. Dem werden wir jetzt mal das Foto von Crandell unter die Nase halten. Ohne Vorwarnung. Mal schauen, wie er reagiert.«

Ich spielte das Szenario im Kopf durch. »Barlow ist ein Cop, Harry. Der hat gelernt, keine Miene zu verziehen. Gut möglich, dass er sich nichts anmerken lässt, wenn wir ihn nur mit dem Foto konfrontieren.«

»Hast du eine bessere Idee?«

»Was hältst du davon, wenn wir uns Barlow unter Vorspiegelung falscher Tatsachen vorknöpfen, ihn so lange in die Irre führen, bis er nicht mehr normal reagiert und sich verplappert?«

Eine halbe Stunde später beugte ich mich über das Papierschneidegerät. Harry reichte mir je ein Dutzend Seiten Kopierpapier. Zum ersten Mal seit zwei Wochen hatten wir das Gefühl, dass die Luft, die wir atmeten, sich so unverbraucht anfühlte, als wäre sie mit frischem Sauerstoff versetzt worden.

»Was meinst du, wie viel?«, fragte ich und tippte auf den rechteckigen Papierstapel.

Harry hob den Stapel an und blätterte ihn wie einen Packen Geldscheine durch.

»Gib mir noch anderthalb Zentimeter, Cars. Ich möchte, dass Barlow ganz gierig wird, wenn er die hier zwischen die Finger kriegt.«

Anschließend fuhren wir in die Gerichtsmedizin. Dort fanden wir Thaddeus Claypool in der Ballistikabteilung. Er hämmerte auf die Computertastatur ein und murmelte etwas über Spitzen, parabelförmig verlaufenden Zerfall und derlei Dinge vor sich hin. Diesmal trug er ein Hawaiihemd mit blauen Aras auf einem grünen Feld. Seine Jeans sahen aus, als hätte er sie schon in Woodstock getragen. Als Claypool uns bemerkte, sprang er auf und schloss uns spontan in die Arme. Es dauerte ein paar Sekunden, bis er uns wieder losließ.

»Wissen Sie noch, wie Sie für uns das Videoband bearbeitet haben, Thad?«

»Klar doch. Ich habe das Programm hinterher ein bisschen frisiert, ein paar Fehler ausgemerzt und mit einem Kumpel von mir, einem Softwareentwickler, gesprochen, der mir ein paar Tipps für die räumliche Datenmodellierung gegeben hat. Man muss das Gleitpunkteraster verwenden –«

»Haben Sie Lust auf ein neues Projekt?«

»Worum geht es?« Seine nachdenklich dreinblickenden Augen funkelten neugierig hinter der rotgetönten Lesebrille.

»Haben Sie noch das Band von dem Mann im Anzug?«

»Aber sicher.«

»Er hat darauf den Kopf zur Seite gedreht, nicht wahr?«

»Ich habe hier zwei Einzelbilder, auf denen er beinah direkt in die Kamera schaut.«

Ich griff in meine Tasche und zog ein Foto heraus, das letzten Herbst in Bellingrath Gardens aufgenommen worden war. Auf dem Bild stand Dani zwischen Harry und mir vor einer üppigen Azaleenwand. Wir drei grinsten in eine Kamera, die einer neunzigjährigen Touristin aus Bath, England, namens Mabel Hodge gehörte. Hinterher hatten wir mit ihr ein Gumbo-Restaurant besucht, wo sie beherzter zugelangt hatte als wir. Ich legte das Foto vor Claypool auf den Tisch, der mich ansah und fragend eine Augenbraue hochzog.

Als ich ihm verriet, was ich brauchte, führte er ein kleines Freudentänzchen auf und bat uns, in einer Stunde wiederzukommen.

X

Barlow wohnte in einem einfachen Terrassenhaus aus Backstein. Ein Blick in die offen stehende Garagentür verriet uns, dass der Sergeant auf großes Spielzeug stand. Er besaß ein Trike, ein paar Mountainbikes und die alte Harley Panhead, tiefergelegt und mit Chrom verziert. Das war die Kiste, von der Pettigrew gesprochen hatte.

Wir rollten auf die Auffahrt und stiegen aus. Harry

hatte bei Popeye's eine Schachtel frittiertes Huhn besorgt. Nachdem er eine Hähnchenkeule herausgefischt hatte, stellte er die Schachtel auf die Motorhaube. Wir lehnten uns an den Crown Vic und knabberten so lange an den Hühnerbeinen herum, bis sich ein Vorhang bewegte und die Eingangstür aufflog. Barlow trat auf die Treppe hinaus und starrte uns fassungslos an. Harry wedelte zur Begrüßung mit der Hähnchenkeule.

»Wie geht's denn so, Cade? Haben Sie auch Appetit?«

Barlow zeigte auf die Straße.

»Die Müllhalde ist eine Meile in die Richtung. Veranstalten Sie Ihr Scheißpicknick dort.«

Harry musterte demonstrativ das Haus und das Motorrad. »Nette Hütte, Cade. Starkes Motorrad. Was kostet so ein heißer Ofen? Fünfundzwanzig Riesen? Dreißig?«

»Verschwinden Sie von meinem Grundstück.«

Harry hielt Barlow die Keule wie ein Mikrofon unter die Nase.

»Wo sind die Unterlagen vom Holtkamp-Fall, Cade? Wissen Sie noch, wer das ist? Die Lehrerin, die während Ihrer Schicht umgebracht wurde? Sie haben uns nicht verraten, dass bestimmte Unterlagen verlegt worden sind.«

»Kann mich nicht erinnern, dass Sie mich danach gefragt hätten. Ich will, dass Sie von meiner Auffahrt verschwinden. Ich habe Ihnen nichts zu sagen.«

Harry suchte in der Schachtel nach einem Brötchen.

»Sie haben angedeutet, die State Police hätte alle Unterlagen, doch die haben gar nichts. Wo ist die Akte denn gelandet?«

»Verflucht, woher soll ich das denn wissen? Könnte ja durchaus sein, dass die Reinigungskräfte sie in den Müll geworfen haben.«

Harry betrachtete sein Brötchen, als müsse er eine

schwierige Entscheidung treffen. Dann fand er irgendwo eine Portion Honig und strich ihn auf das Brötchen. Er wollte schon zubeißen, hielt jedoch inne und musterte Barlow.

»Wir haben mit Pettigrew gesprochen, Cade. Persönlich.«

Ich sah, wie Cade kurz zusammenzuckte, aber eine Sekunde später lächelte er schon wieder süffisant.

»Pettigrew ist seit vier Jahren nicht mehr hier gewesen. Der ist nach Montgomery gegangen, um Supercop zu werden. Was weiß der schon?«

Harry biss von seinem Brötchen ab, kaute mit geschlossenen Augen und lächelte, als liefere der Honig ihm die Antworten auf all seine Fragen.

»Sie sagen, Sie wissen nichts über den Holtkamp-Mord? Sind nie auch nur in die Nähe von Beweismaterial gekommen?«

»Ihr Mistkerle tickt echt nicht ganz richtig. Das ist meine Antwort.«

»Wiederholen Sie das«, forderte Harry ihn heraus.

»Aber gern: Sie ticken nicht richtig.«

Harry schwenkte den Blick demonstrativ in meine Richtung und zog eine Augenbraue hoch, als müsse er etwas abwägen. Ich sah zu ihm hinüber und nickte, als wäre ich zum gleichen Ergebnis gekommen. Harry drehte sich in Barlows Richtung und applaudierte.

»Kriegen Sie sich wieder ein, Barlow. Nehmen Sie ein Stück vom Huhn. Sie haben es sich verdient.«

Barlow betrachtete Harry, als spräche mein Partner auf einmal Gälisch.

»Wovon, verdammt noch mal, reden Sie?«

»Wie heißt es so schön im Fernsehen: Das hier war ein Test. Und Sie haben ihn bestanden.«

»Verfluchte Scheiße, sagen Sie endlich, was Sache ist.«

»Man hat uns geschickt, um uns zu vergewissern, dass die Vergangenheit auch Vergangenheit bleibt.«

Als das Wort *Vergangenheit* fiel, kniff Barlow die Augen zusammen.

»Ich habe keinen Schimmer, wovon Sie sprechen.«

»Was, wie ich schon erwähnte, die richtige Antwort ist. Und weil Sie die richtige Antwort gegeben haben, kriegen Sie eine Kleinigkeit für Ihr Schweigen. Einen Bonus, weil Sie den Test bestanden haben.«

Harry zog einen Umschlag aus der Tasche und hielt ihn Barlow hin. Der Polizist drückte den Umschlag an die Brust. Seine Finger fuhren über den Quader im Umschlag, der ihm wahrscheinlich bekannt vorkam.

»Von wem kommt das?«, fragte Barlow und befingerte den Umschlag.

Ich fuhr mit der Hand in die Jackentasche und fischte auch einen Umschlag heraus. »Wie heißt es so schön: Ein Bild sagt mehr als tausend Worte? Oder war es vielleicht ein Foto?«

Ich zog das Foto aus dem Umschlag, warf einen letzten Blick auf Claypools Computermachwerk, ehe ich das manipulierte Foto weiterreichte: Harry und ich posierten in Bellingrath Gardens und in unserer Mitte stand Crandell. Wir drei grinsten. Die Schatten stimmten nicht, und Claypool hatte alles etwas unscharf gemacht, um die Unstimmigkeiten zu kaschieren, aber wenn man das Ergebnis nur kurz betrachtete, war es verdammt gut.

Ich reichte es Barlow. Der Cop betrachtete es, erstarrte und riss die Augen auf.

»Wollen Sie damit sagen, Sie kennen Crand …«

Er hatte sich verplappert. Barlow merkte das eine Sekunde zu spät. Er war darauf trainiert, gefälschte Fahrzeugbriefe und Führerscheine zu erkennen, die kleinsten

Diskrepanzen zu registrieren. Er ließ das Foto fallen und stieß es mit dem Fuß weg.

»Ich weiß nicht, wer das ist.«

»Halten Sie uns für blöd?«, schnauzte Harry. »Ihnen ist gerade eben der Name rausgerutscht.«

Auf Barlows Stirn bildeten sich Schweißperlen. Scin rechtes Augenlid zuckte und er schluckte schwer.

»Sie wollen mich verarschen.«

»Crandell wer?«, fragte Harry. »Wie? Wo? Was?«

»Den Typen habe ich noch nie gesehen.«

»Muss ich meine Kreide herausholen, Barlow?«, ätzte Harry. »Für Sie einen straffreien Raum auf den Boden malen?«

»Hä?«

»Warum haben Sie an Pettigrews Fall herumgepfuscht?«, wollte Harry wissen.

»Was verbergen Sie?«, warf ich ein.

»Was zahlt man Ihnen dafür?«, legte Harry nach.

Barlows Blick flitzte zwischen Harry und mir hin und her wie ein Hase zwischen zwei Wölfen. Er fuhr mit den Handflächen über die Schenkel, um sie zu trocknen.

»Heilige Scheiße, wer sind Sie?«, schimpfte er. »State Police? FBI?«

Harry trat ganz nah an ihn heran. Seine Augen waren zwei schmale Schlitze. »Wir sind nur zwei Cops, die Ihnen auf die Schliche gekommen sind, Cade. Und wenn wir herausgefunden haben, was da wirklich läuft, sind Sie dran, und zwar richtig. Möchten Sie was sagen?«

»Verschwinden Sie von hier.« Barlows Stimme zitterte. »Sofort.«

Harry warf mir einen Blick zu. Wir haben getan, was wir tun konnten. Ich nahm die Schachtel mit den Hühnerteilen von der Motorhaube, während Harry zur Fahrerseite ging. Er drehte sich um und sah Barlow an.

»Uns ist zu Ohren gekommen, dass Sie mal ein verdammt guter Cop waren.« Harry warf eine von seinen Visitenkarten auf den Boden. »Rufen Sie mich an, wenn Sie die richtige Entscheidung getroffen haben, Cade. Wenn Ihnen wieder einfällt, auf welcher Seite Sie stehen.«

Wir fuhren weg. Als ich mich umdrehte, stand Barlow so reglos wie eine Statue vor seinem Haus. In den Händen hielt er den aufgerissenen Umschlag. Weißes Papier in der Größe von Geldscheinen flatterte zu Boden.

Wir brauchten Zeit, um uns auf das, was wir in den vergangenen Stunden gesehen und erfahren hatten, einen Reim zu machen. Und dann mussten wir überlegen, wie es weiterging. Da das Flanagan's zu viel Ablenkung und zu wenig Abgeschiedenheit bot und mein Haus zu weit außerhalb lag, fuhren wir zu Harry. Er legte Ellingtons »A Train« auf. Auf dem Sessel in Harrys Wohnzimmer stand eine Kiste mit Rudolnicks Akten. Er holte einen Holzstuhl aus dem Esszimmer, stellte ihn vor die Couch, auf der ich Platz genommen hatte, und setzte sich verkehrt herum darauf. Mein Partner war in Vortragslaune: Das kannte ich schon von der Polizeiakademie, wo er unterrichtete.

»Es gibt eine Menge Cops wie Pettigrew, Carson. Intelligente, talentierte Bürschchen, die in ihren beschaulichen Dienststellen hocken. Manche kommen in die Presse, weil sie jemanden erwischt haben, der beim FBI auf der Fahndungsliste steht, weil sie einen Pädophilen überführen konnten oder vor laufenden Fernsehkameras einem Selbstmordkandidaten ausreden, vom Dach zu springen, oder so was in der Art. Pettigrew war zwar gut, hätte unter normalen Umständen aber wahrscheinlich nicht so viel Aufmerksamkeit erregt, dass Montgomery sich für ihn interessiert. Wieso hat man ihn ausgesucht? Wodurch ist er dort aufgefallen?«

»Keine Ahnung, doch – guter Cop hin oder her – es sieht fast so aus, als hätte man ihn gerade noch rechtzeitig weggeholt, damit er nicht tiefer in den Fall Holtkamp einsteigt.«

»Ich glaube nicht mehr an Zufälle«, knurrte Harry. »Nicht in diesem Fall. Ich möchte ganz genau wissen, wieso Pettigrew abgezogen wurde.«

»Ruf ihn an und frag ihn.«

Harry schüttelte den Kopf. *Kommt nicht in Frage.* »Pettigrew hat uns erzählt, wie es von außen betrachtet gelaufen ist. Ich will aber Innenansichten. Und außerdem vertraue ich nicht mehr darauf, dass uns irgendwer die Wahrheit sagt. Nicht mal Pettigrew.«

»Dann sind wir aber angeschmiert. Vom MPD kriege ich keine Infos, die politisch so brisant sind, und von der Montgomery-Truppe schon gar nicht.«

Harry starrte mich so lange an, bis mir sein Blick unangenehm wurde.

»Du bist ein Jahr lang mit einer Journalistin zusammen gewesen und weißt nicht, wie man vorgeht?«

»Ich verstehe nicht, worauf du hinauswillst.«

»Wir brauchen einen superduper Journalisten aus der Montgomery-Gegend. Einen Typen, der einen heißen Draht zu Politikern hat. Immerhin werden dort oben alle Entscheidungen getroffen.«

»So jemanden kenne ich leider nicht, Harry.«

»Aber du kennst jemanden, der vielleicht so jemanden kennen könnte.«

»Scheiße, Harry, ich kann doch nicht Dani anrufen und sie bitten ...«

Harry ging zur Stereoanlage hinüber und schaltete die Musik aus. Stille breitete sich im Wohnzimmer aus. Er lehnte sich an die Wand und verschränkte die Arme.

»Sie hat dich fertiggemacht. Und sie weiß es. Sie hat bestimmt Schuldgefühle und da sind die Schotten bei ihr unten. Mach dir das zunutze, Carson. Sie ist dir was schuldig, verflucht noch mal.«

»Du willst, dass ich sie anrufe? Und was ... sage? Ich würde gern vorbeikommen, wir müssen reden?«

Harry senkte die Stimme. »Ich habe auf diesem Gebiet ein bisschen Erfahrung, Kumpel. Sie will reden. Sie muss reden. Du brauchst das Gespräch nur in die richtige Richtung zu lenken.«

Kapitel 30

Ich stand in Danis Wohnzimmer, hielt sie in den Armen und schaute über ihre Schulter. So viele Blumen hatte ich noch nie in einem Raum gesehen, in dem kein Leichnam aufgebahrt war. Riesenblumengestecke in Vasen. Kristallflöten mit einzelnen Rosen. Große Behälter mit Nelken. Anscheinend hatte Kincannon einen Blumenfimmel. Ich mochte den Duft von Blumen, doch Danis Haus stank geradezu nach diesen verdammten Dingern.

Ich war vor fünf Minuten hier aufgetaucht. Wir hatten vorsichtig reagiert, steif *Hallo* und *Wie geht es* gesagt, uns aus den Augenwinkeln heraus gemustert und uns schließlich berührt.

Die volle Umarmung, als uns die Worte ausgingen.

Irgendwann legte sich die Sprachlosigkeit, folgten die Erklärungen.

Sie lehnte sich zurück. Ihre Augen waren rot und geschwollen, das blonde Haar klebte an den feuchten Wangen.

»Ich wollte dir nicht wehtun. Das mit Buck ist einfach passiert. Ein paar Monate, bevor ich dich kennengelernt habe, sind Buck und ich ein Paar gewesen und haben uns dann getrennt. Letzten Monat ist er wieder aufgetaucht und hat mir gesagt, er spiele mit dem Gedanken, mich zu befördern. Eigentlich haben wir nur zusammen zu Abend gegessen.«

»Aber dann seid ihr … wieder ins alte Muster verfallen.«

Sie wandte den Blick ab. »Ja.«

»Ich habe rund um die Uhr gearbeitet, Dani«, meinte ich. »Zwei Monate lang war ich eigentlich gar nicht da.«

Ich räume ein, anderweitig beschäftigt gewesen zu sein. Ich gebe auch zu, dass ich mich dumm verhalten hatte. Wochenlang hatte ich unsere Beziehung für selbstverständlich erachtet. Anderseits wusste ich auch, dass ich die Situation geändert hätte, hätte sie mich nur gepackt und mir erklärt, wie sie sich fühlte.

Vielleicht bildete ich mir das aber auch nur ein.

»Ist es dir ernst mit ihm?«, fragte ich. »Mit Kincannon? Ist diese Beziehung das, was du willst?«

Irgendetwas veränderte sich durch meine Frage. Ihr Blick schweifte in die Ferne. Sie kam mir vor, als ob sie im Begriff war, durch eine Tür zu treten, und nur eine Chance hatte, es sich anders zu überlegen, ehe die Tür sich hinter ihr schloss.

»Ja …«, hauchte sie.

»Dann wird es so auch das Beste sein.«

Sie legte die Hände auf meine Brust. Ihre Miene spiegelte inneren Aufruhr.

»Er kümmert sich sehr, Carson. Er ruft mindestens einmal pro Stunde an. Und sieh dir doch nur all die Blumen an. Er wird mir das Segeln beibringen. Ich habe nie –«

Auf einmal wurde ich stinksauer. »Du brauchst ihn mir nicht wie Sauerbier anzubieten, Dani. Ich kann Buck Kincannon nicht ausstehen. Und daran wird sich auch nichts ändern.«

Sie nahm die Hände weg und starrte auf den roten Teppich.

»Selbstverständlich.«

Sie lief durchs Zimmer. Ihr Blick verriet, dass sie begriff, was hier vor sich ging.

»Du bist heute zum letzten Mal hier, in diesem Raum. In meinem Haus.«

»Ja.«

Sie wandte sich ab und verbarg das Gesicht in den Händen. »Was habe ich nur getan, was habe ich nur getan ...«

Ich stellte mich vor sie und legte die Hände auf ihre Schultern. Sie richtete sich nicht auf, sondern kapselte sich ab.

»Was habe ich nur getan ...«

»Dani? Bist du sicher, dass du in Ordnung bist?«

Sie wirbelte herum, nahm mein Gesicht in die Hände. »O Gott, Carson, es tut mir ja so leid. Dass ich so dumm war. Mir tut alles leid. Wenn es irgendetwas gibt, was ich tun kann ...«

Ich zog sie heran.

Nimm dich vor Buck Kincannon in Acht, hätte ich sagen können. *Pass auf dich auf, Clair Peltier hält diese Leute für gefährlich, labil, unglücklich und für fähig ...*

Stattdessen setzte ich eine bekümmerte Miene auf, begann zu stammeln und meinte: »Ich weiß nicht, Dani, aber da gibt es vielleicht schon etwas, womit du mir helfen könntest. Ich brauche nur einen Namen. Würde mir eine Woche Arbeit ersparen …«

✗

Als ich ging, lag Dani schluchzend auf der Couch. Untröstlich. Innerhalb der letzten paar Minuten hatte sie sich an einen Ort zurückgezogen, wo sie ihren Kummer ganz allein ausleben konnte. In dem Wissen, dass meine Stunden hier gezählt waren, schaute ich mich ein letztes Mal in Danis Haus um. Dann trat ich nach draußen und zog die Tür zu.

»Entschuldigung, wer sind Sie?«, fragte eine Stimme.

Als ich mich umdrehte, marschierte Buck Kincannon mit großen Schritten auf mich zu. Auf der Auffahrt stand ein Fahrzeug, das geradewegs aus dem Windkanal zu kommen schien. Sein Eau de Cologne, ein leichter, fast femininer Duft, eilte ihm voraus. Kincannon trug einen grauen Leinenanzug, ein blaues Hemd und eine lavendelfarbene Krawatte mit schmalem Knoten. Keine Knitterfalte – nirgendwo. Ich trug ausgeblichene Jeans, ein von Kaffeeflecken überzogenes Sakko aus dem Secondhandladen und roch vermutlich ein bisschen streng.

»Ich bin Carson Ryder.«

Keiner von uns machte Anstalten, dem anderen die Hand zu reichen. Er nickte und wedelte in dem Versuch, die Situation zu retten, demonstrativ mit dem Finger vor mir herum.

»Richtig, ich habe Sie auf der Party gesehen. Das Cowboy-Outfit hat mir gefallen. War mal etwas anderes. Lustig. Sie wollen gerade gehen, oder?«

Das leicht höhnische Grinsen, das seine Lippen umspielte, verlieh dem letzten Satz noch eine andere Bedeutung: Du bist Geschichte, du Verlierer. Die strahlenden

Zähne funkelten unschuldig. Ich enthielt mich eines Kommentars. Wie zwei Tänzer, die sich auf keinen Fall berühren durften, schlichen wir aneinander vorbei. Ich ging weg, er hielt auf die Tür zu.

Doch dann blieb er stehen und schnippte mit den Fingern.

»Sie sind Detective, nicht wahr? Ich habe das eine oder andere über Sie gehört.«

Er betonte die Worte *eine oder andere*, als wäre ich ein Typ, der alle paar Wochen auftauchte und den Rasen mähte.

»Tatsache?«, antwortete ich. »Ich habe von Ihnen schon sehr viel gehört.«

Er neigte den Kopf, grinste und zog hoheitsvoll eine Augenbraue hoch, als posiere er für einen Herrenausstatterkatalog.

»Von DeeDee?«, schlussfolgerte er.

»Von Harry Nautilus.«

Kincannon schürzte die Lippen. Schüttelte den Kopf. »Tut mir leid. Der Name kommt mir nicht bekannt vor.«

Er entließ mich, indem er mir den Rücken zudrehte und Anstalten machte, an die Tür zu klopfen. Ich sagte: »Vor ein paar Jahren haben Sie mit Harry Nautilus zusammengearbeitet. Ein Sport-Projekt.«

Er warf einen Blick über seine Schulter. »Ging es darum, Tiger Woods für die Magnolia Open in die Stadt zu holen?«

»Nein, es ging um einen kleinen Sportplatz oben in Pritchard. Für bettelarme Kinder.«

Er erstarrte, ehe seine Knöchel die Tür berührten, und drehte sich zu mir um. Das strahlende Funkeln in seinen Augen war erloschen. Ich blickte in eiskalte schwarze Murmeln.

»Ich fürchte, Sie täuschen sich da. An so ein Projekt kann ich mich nicht erinnern.«

Seine Antwort ließ ich erst mal so stehen.

»Das ist aber eigenartig, Buckie. Die Leute dort oben erinnern sich noch ganz genau. Was Sie vermutlich nicht groß kümmert, denn es sind ja nur arme Leute. Aber mir ist auch noch zu Ohren gekommen, dass der alteingesessene Geldadel von Mobile sich mit einem Kincannon nicht mal den Arsch abwischen würde. Ich wünsche noch einen schönen Abend.«

Ich zwinkerte ihm zu und lief zu meinem Truck, ohne noch mal zurückzuschauen. Bei jedem Schritt, den ich tat, spürte ich Kincannons stummen, blinden Hass im Rücken.

Und das fühlte sich prima an.

X

Zwanzig Minuten, nachdem ich von Danis Haus weggefahren war, stand ich auf Harrys Veranda. Harry räkelte sich in der Hängeschaukel und trank Bier. Er hatte seine Arbeitskluft gegen ein Batik-T-Shirt, das hauptsächlich aus Rottönen bestand, lavendelfarbene Shorts und Sandalen in Schuhgröße 49 getauscht. Die Sonnenbrille mit dem roten Gestell hatte er auf den Kopf geschoben.

Ich griff in die Tasche und zog einen Zettel heraus.

»Unser Mann heißt Ted Margolin«, erklärte ich und gab Harry den Zettel. »Er ist von hier, arbeitet beim *Mobile Register*. Sein Spezialgebiet ist die Politik hier in Alabama und das heißt, dass er sich in Bezug auf Montgomery gut auskennt. Nach allem, was Dani mir erzählt hat, ist er kompetent, schnell und verfügt über Beziehungen.«

Unter Tränen hatte sie mir Margolins Namen und

Telefonnummer aufgeschrieben. Sich immer wieder entschuldigt. Während uns unsere einjährige Beziehung um die Ohren flog, tischte ich ihr Lügen auf, um an Informationen zu gelangen.

»Hat er einen guten Draht zur Polizei?«, fragte Harry. »Zu Typen in der Verwaltung, die an entsprechende Akten herankommen?«

»Soweit ein Reporter dazu in der Lage ist, denke ich. Dani sagt, der Kerl ist fast sechzig und arbeitet schon lange in dem Job.«

»Und wer stellt den Kontakt für uns her?«

»Ms D. hat versprochen, ihn heute Abend anzurufen und den Weg zu ebnen.«

Falls sie in der Lage war, sich zusammenzureißen. Und falls sie Kincannon nicht von meiner Bitte erzählt und er daraufhin gesagt hatte, vergiss den Cop, soll er doch selber sehen, wie er sich seine Informationen beschafft. Oder vielleicht hatte sie es auch schon vergessen, weil sie damit beschäftigt war, mit dem großen Rammler eine Nummer zu schieben. In einem Haus, das nach Blumen stank.

Harry sagte: »Hast du ihr gesteckt, wieso wir –«

»Ich habe ihr eine Lügengeschichte aufgetischt, Harry. Und außerdem hat sie gar nicht richtig zugehört. Ich hatte den Eindruck, ihr Leben ist gerade ein wenig kompliziert.«

»Inwiefern kompliziert, Carson? Sie wärmt sich die kleinen Zehlein bei …«

Ich hob meine Hand. »Genug«, murmelte ich. Buck Kincannon war Geschichte.

Für den Moment jedenfalls.

X

Harrys Einladung zum Abendessen lehnte ich ab und machte mich stattdessen auf den Heimweg. Die Begegnung mit Dani verursachte Magendrücken, löste einen physischen Schmerz aus, als erhielte ich Schläge. Da fiel mir das freundliche und großzügige Angebot ein, das mir gemacht worden war, und ich fuhr quer durch die Stadt Richtung Westen. Es war kurz vor sieben Uhr abends, wo die Schatten länger werden und die Luft ganz weich und samtig ist.

Vor ihrer Scheidung vor zwei Jahren hatten Clair Peltier und ihr Ehemann in einer hochpreisigen Immobilie am Ostufer der Mobile Bay gewohnt. Das Haus mit den antiken Möbeln, der Kunst auf Marmorsockeln und den funkelnden Kronleuchtern hatte mehr Ähnlichkeit mit einem Museum als einem Heim gehabt. Kaum zu glauben, aber die beiden hatten sogar eine vergoldete Harfe besessen.

Die Lust am Eigentum war auf Zane Peltiers Konto gegangen. Clair zog Erfahrungen den Objekten vor. Lesen, Kinobesuche, das Symphonieorchester, Reisen … das gab ihr wesentlich mehr als ein schicker Wagen oder eine Kommode von einem der vielen französischen Louis. Als die Scheidung ins Haus stand, befand Clair sich plötzlich in der beneidenswerten Situation, einen Gatten zu haben, der vermögend war und auf jeden Fall vermeiden wollte, dass die Presse über ihn berichtete. Nun wohnte sie in einem kleinen, aber eleganten Haus auf einem waldigen, einen Hektar großen Gelände in Spring Hill, dem vornehmsten Stadtviertel.

Als ich ihre Straße hinunterfuhr, entdeckte ich Clair vor dem Haus im Garten. Sie verpasste dem Briefkasten einen neuen Anstrich. In der Hand hielt sie einen Pinsel und eine kleine Dose Lack stand neben ihren Füßen. Clair ging extrem methodisch vor, was ihr ja auch entsprach: Pinsel eintauchen, überflüssige Farbe abstreichen, ein paar Quadratzentimeter Briefkasten anstreichen, von vorn beginnen.

Ich rollte auf ihre Auffahrt und lehnte mich aus dem Fenster. »Ich wusste gar nicht, dass Frauen in Spring Hill auch etwas anderes als ihre Nägel anmalen können.«

»Hängen Sie Ihren Job bloß nicht an den Nagel, um Komiker zu werden, Ryder.«

Sie malte ein weiteres perfektes Quadrat aus, legte den Pinsel auf die Dose und kam herüber. Sie trug Jeans, weiße Turnschuhe und ein langärmeliges Khakihemd, dessen Zipfel ihr fast bis zu den Knien reichten. Sie hatte ein blaues Nickituch um den Kopf gebunden, damit ihr die Haare nicht ins Gesicht fielen. Nach der Scheidung hatte sie mit Yoga begonnen und sich für gesunde Ernährung entschieden. Von daher war sie sehr gelenkig und hatte außerdem noch zwanzig Pfund abgenommen.

»Was führt Sie hierher, Ryder? Haben Sie sich verirrt?«

Ich klopfte bedächtig mit den Daumen aufs Lenkrad. »Hören Sie, Clair, ähm. Sie haben gesagt, falls ich mal jemanden zum Reden brauche ...«

»Ich stelle nur schnell die Farbe weg und mache meine Hände sauber –«

»Ich meinte nicht heute, aber trotzdem ... danke.«

Mit besorgtem Blick legte sie die Hand auf meinen Unterarm. »Wenn Ihnen etwas zu schaffen macht, Ryder, können wir uns gern unterhalten.«

»Ich weiß, mit Ihren gesellschaftlichen Verpflichtungen, der Pathologie und ihrem Privatleben sind Sie ganz schön ausgelastet. Machen Sie einen Vorschlag, wann es Ihnen passen würde.«

»Meinen gesellschaftlichen Verpflichtungen bin ich diesen Monat schon nachgekommen, Ryder. Eine Spendenaktion zugunsten des Symphonieorchesters. Mit der Pathologie beschäftige ich mich im Büro und nicht daheim. Und was ... was war noch gleich der dritte Punkt?«

»Ihr Privatleben, Rendezvous, Verabredungen und so.«

»Im Moment haben zwei Männer ein Auge auf mich geworfen, Ryder. Einer ist Bankier, der in einem fort über Geldmarktfonds redet. Igitt.«

»Und der andere?«

Tief hinten in ihrer Kehle produzierte sie ein leises Schnurren. »Den könnte man wohl als scharfen Typen bezeichnen. Charmant, intelligent, Multimillionär aus eigener Kraft. Ein Haus in Mobile, eins in der Provence, ein Apartment in Manhattan. Wir waren gestern Abend aus.«

»Oha.«

»Für den könnte ich mich wirklich interessieren, wäre er nicht vierundachtzig Jahre alt. Was haben Sie Samstag vor, Ryder?«

»Was ich neuerdings immer vorhabe: nichts.«

»Möchten Sie zu mir kommen? Oder in mein Büro? Ich kann die Tür schließen und wir können so lange reden, wie Sie möchten.«

»Was halten Sie davon, mich zu besuchen?«, schlug ich vor. »Wir können auf dem Deck sitzen und zusehen, wie die Delfintourboote kreuz und quer übers Wasser fahren.«

Sie drehte sich um, ging zum Briefkasten zurück. Dabei bewegten sich ihre Hüften anmutig unter dem Jeansstoff. Sie tauchte den Pinsel in die Farbe, führte ihn hoch und verharrte in der Bewegung über dem Briefkasten.

»Sie wissen wirklich, wie man einer Frau eine schöne Zeit bereitet, Ryder. Wie wäre es, wenn ich gegen sieben käme? Würde Ihnen das passen?«

Kapitel 31

Ich verabschiedete mich von Clair und steuerte den Truck Richtung Dauphin Island, als mein Handy klingelte: Harry. Ich fuhr rechts ran.

»Bist du daheim, Cars?«

»Nein, ich bin noch in der Stadt. Ich habe noch ein Schwätzchen mit Clair gehalten.«

»Du bist im Leichenschauhaus?«

»Ich bin bei ihr daheim vorbeigefahren.«

Er schwieg kurz. »Nachdem du gegangen warst, habe ich die Reste vom Chinesen in die Mikrowelle geschoben, mir beim Essen ein paar von Rudolnicks Akten vorgeknöpft und einen Zentimeter abgearbeitet. Zwischen den Akten lag eine Zeitschrift, so ein Fachblatt für Psychiater. Da sind ein paar Seiten herausgefallen.«

»Zeitschriftseiten?«

»Ein paar Blatt Papier, die in der Zeitschrift lagen.«

»Das sind Abonnementvordrucke, Harry.«

»Was für Pillen du auch einwerfen magst, Cars, sie wirken jedenfalls. Das sind keine Abonnementvordrucke, sondern handschriftliche Notizen vom Doktor. Kommentare zu einem Fall, denke ich, aber genau von der Sorte, die einen neugierig machen.«

»Wie wäre es, wenn ich morgen früh um acht zu dir komme?«

»Diese Notizen sind irgendwie eigenartig, Carson. Es wäre mir lieber, wenn du jetzt einen Blick darauf wirfst.«

Zehn Minuten später saß ich wieder auf Harrys Veranda. Es dämmerte, doch die Veranda war gut beleuchtet und der Mückenlaster hatte gerade die Runde gemacht. Keine Ahnung, aus welchen chemischen Bestandteilen sich der graue Nebel zusammensetzte, der da in die Luft geblasen wurde, doch wie alle Leute, die in der Nähe der Küstenmarschen wohnten, scherte mich das wenig, solange es die blutsaugenden Monster in Schach hielt.

»Darin habe ich sie gefunden, Cars.«

Harry reichte mir die zwei Jahre alte Frühjahrsausgabe des *Journal of American Psychiatry*. Rudolnick hatte die Zeitschrift abonniert; auf dem Deckblatt war ein Aufkleber mit seiner Privatadresse. Als Harry mir die Zeitschrift gab, hielt er sie am Falz, so dass die Seitenränder nach unten hingen. Mehrere Blatt weißes Schreibmaschinenpapier fielen in meinen Schoß. Insgesamt sechs Seiten, wenn ich richtig zählte, die rechts oben zusammengetackert waren.

Auf dem obersten Blatt stand nur ein kurzer handschriftlicher Absatz:

Dies ist der Beginn eines Sonderprojektes, das ich allein durchführe, so etwas wie eine »unabhängige Studie«, könnte man sagen, doch ich glaube, diese Verhaltensweisen sollten protokolliert und katalogisiert werden.
Dieses Protokoll soll als Nachschlagwerk dienen.

»Na, dann stell dich mal auf eine interessante Lektüre ein«, meinte Harry.

Ich blätterte um. Knappe, handschriftliche Anmerkungen, manche nur ein, zwei Zeilen lang. Anstelle eines Namens wurde nur das Wort »Proband« verwendet.

Die Seiten waren datiert, wobei das früheste Datum dreieinhalb Jahre zurücklag. Ich las den ersten Eintrag.

Proband erregt. Er geht während meines Besuches hinter mir auf und ab. Zweifellos will er damit meine Aufmerksamkeit auf sich ziehen (wobei ich mir nicht ganz klar darüber bin, ob er sich dessen bewusst ist).
Er beklagt sich, dass er »deprimiert« und irgendwie »von der Rolle« ist. Er lacht und sagt: »Vielleicht liegt es an der Umgebung.«
Ich lenke die Unterhaltung auf Visualisierungstechniken als Mittel zur Entspannung. Ich mache Vorschläge: Wellen, Vögel im Flug, dahinziehende Wolken.
Seine Erregung steigert sich und er verlangt, dass ich ihn nicht wie »einen von meinen kaputten Patienten« behandle.
Ich versichere ihm, dass Visualisierungstechniken ganz alltäglich seien und überall eingesetzt werden, daheim und am Arbeitsplatz. Sein Argwohn legt sich und er deutet Interesse an. Wie viele andere entscheidet er sich für Wolken als bevorzugte Visualisierung.
Wir arbeiten eine halbe Stunde lang mit dieser Technik, damit er sich wieder beruhigt.

Ich las weiter und fragte mich, ob Rudolnick die Seiten zum Transkribieren in die Zeitschrift gelegt und sie anschließend vergessen hatte. Im Durchschnitt hatte Rudolnick alle sechs Wochen einen sporadischen Bericht angefertigt.

Proband ruhig. Hat einen guten Tag. Er sitzt mit gefalteten Händen am Fenster und betrachtet die Bäume.
Er schaut Freddy beim Spielen zu.

Der nächste Eintrag, ein paar Monate später verfasst, war länger. Und ahnungsvoller.

Ich muss Umsicht walten lassen, mich nicht wie ein Psychiater verhalten, sondern eher wie ein – was? Freund? Er hat keine Freunde, jedenfalls nicht im herkömmlichen Sinn. Ich muss ihn mit Entspannungstechniken vertraut machen, ohne ihm das Gefühl zu vermitteln, sie ihm zu verordnen. Überhaupt muss ich darauf achten, ihm Vorschläge zu unterbreiten, die nicht wie Vorschläge bei ihm ankommen. Wenn er das Gefühl hat, ich verordne ihm etwas, glaubt er, ich halte ihn für krank. Und wenn er denkt, ich halte ihn für krank, könnte das böse Folgen haben. Spiegel in Spiegeln. Wie konnte ich mich nur auf so etwas einlassen?

Zwei eher profane Einträge folgten – dem Probanden bereitet es offenbar Freude, »Freddy« beim Spielen im Freien zu beobachten. Und dann, einen Monat später, einen Einblick in den Charakter der Person, die beschrieben wird.

Er kann ungeheuer charmant und bescheiden sein. Eine interessante Person, normal, entspannt, die man gern um sich hat. Und einen Moment später ist er anstrengend und führt sich wie ein Diktator auf. Die Schwankungen sind unvorhersehbar und – wie ich langsam glaube – schwer zu kontrollieren, obwohl er sich noch beherrscht. Er kann seine Impulse bemerkenswert gut sublimieren, vor allem seine – wie ich es deute – Wut auf Frauen.
Ich bezweifle, dass die Sublimierung von Dauer ist.

Fasziniert las ich eine kurze Notiz, die zwei Monate später folgte.

Heute hat er mich gefragt: »Schmecken Menschen tatsächlich wie Huhn, Dr. Rudolnick?« Eine Minute später lief er energisch auf und ab und tat so, als müsse er geschäftliche Entscheidungen treffen. Dann setzte er sich und las in ein paar der herumliegenden Zeitschriften. Nachdem er sie weggelegt hatte, fiel mir auf, dass er – vermutlich unbewusst – den Frauen auf den Fotos die Augen ausgekratzt hatte.

Es gab noch mehrere Besuche, die der Empirie dienten. Und Rudolnick kommentierte hinterher den Geisteszustand des Patienten. Die Beobachtungen des Arztes wirkten besonnen, aber unscharf, als betrachte er seinen Patienten durch eine dicke Glasscheibe. Der nächste längere Eintrag war der vorletzte Bericht.

Wenn ich auftauche, wartet er schon auf mich. Seine erste Frage: »Denken Sie, das Blut von Frauen unterscheidet sich von Männerblut?« Ich werde langsam so etwas wie ein Magnet für ihn. Er braucht mich, ist sich darüber allerdings nicht im Klaren. Ich möchte mir nicht ausmalen, was passiert, wenn er eine Abhängigkeit entwickelt. Er bittet mich, mit ihm im Wald spazieren zu gehen. Das erinnert mich an die Fotos von Camp David, wo Politiker langsam einen von Bäumen gesäumten Weg hinunterschlendern, die Köpfe zusammenstecken und die Hände hinter dem Rücken falten. Nur dass er nicht über große, die Welt betreffende Ereignisse spricht, sondern ausschließlich über Sex, Kontrolle und Tod. Nicht philosophisch, sondern über Methoden.
Ich lüge – was bleibt mir denn anderes übrig? – und versichere ihm, dass seine Gedanken normal sind und ich als Psychiater durchaus qualifiziert bin, derlei

Aussagen zu treffen – jeder hat solche Gedanken. Er spricht von »Flucht«, ohne ins Detail zu gehen, was mehrere Schlussfolgerungen zulässt, von denen keine positiv ist. In der besten aller möglichen Welten würde man mir erlauben, ihm Medikamente zu verabreichen. Um dem zuvorzukommen, was ich für unausweichlich halte. Diese Option steht nicht zur Verfügung.
Kurzzeitig regt er sich auf und wird zornig. Ich zeige auf die Wolken am Himmel und erinnere ihn an die Entspannungsübungen. Ich weiß nie, wodurch solche Momente ausgelöst werden. Es ist, als stehe man neben einer normalen und respektierten Person, die sich entschlossen hat, sich und alle anderen in die Luft zu jagen, und man weiß nie, wann sie ihren Entschluss in die Tat umsetzt.

Eine Woche später die letzte Notiz:

Dies ist der letzte Eintrag zu diesem Fall. Ich habe mich entschieden, mich aus dieser Lage zu befreien. Alles geht drunter und rüber, und die Mitschuld, die ich daran trage, ist groß und entsetzlich. Ich vermute, der Proband betrachtet mich inzwischen als Feind. Woher ich das weiß? Er ist netter als früher und ganz um meine Gesundheit besorgt. Sanftmütig. Ich spüre, dass er kurz davor steht, seinen Entschluss in die Tat umzusetzen.
Ich muss verschwinden.

Fünf Wochen später war Rudolnick tot.

»Was meinst du?«, wollte Harry wissen, als ich mit dem Lesen fertig war.

»Ich halte es durchaus für möglich, dass er unseren

Mörder behandelt hat«, antwortete ich. Eine kalte Messerklinge malte Kreise auf meinem Kreuz.

»Ich dachte mir, dass du das auch so siehst«, sagte Harry.

X

Kurz vor Mitternacht erhielt ich einen Anruf von dem Journalisten Ted Margolin. Ich dankte Dani im Geiste dafür, dass sie sich mit ihm in Verbindung gesetzt hatte. Sie hatte Margolin erklärt, dass zwei hiesige Cops sich fragten, wer dort oben in Montgomery bei der Polizei die Strippen zog.

»Das hat selbstverständlich meine Neugier geweckt«, räumte Margolin ein.

»Wir interessieren uns für einen Polizeibeamten namens Benjamin Pettigrew, der früher mal in Mobile County gearbeitet hat. Er ist nicht – ich wiederhole, *nicht* – Gegenstand einer Ermittlung. Wir würden nur gern erfahren, ganz allgemein, wie Pettigrew angeheuert wurde.«

»Was solche Fragen betrifft, kenne ich genau die richtige Quelle«, meinte Margolin. »Ich brauche etwas Zeit, um ein paar Anrufe zu tätigen. Es kann auch etwas dauern, bis ein Freund von mir an vertrauliche Akten herankommt. Was halten Sie davon, wenn wir uns morgen unterhalten, am späten Vormittag?«

Ich machte mir gar nicht die Mühe, meine Überraschung zu verbergen. »Sie werden morgen schon Informationen für uns haben?«

»Wenn man überhaupt an Infos gelangt. Ach ja, Detective Ryder?«

»Ja?«

»Ich habe DeeDee mehrere Monate lang nicht gesprochen. Sie hörte sich ziemlich niedergeschlagen an. Wie geht es ihr denn?«

»Es geht ihr gut«, sagte ich. »Wird wahrscheinlich am Wetterumschwung liegen.«

Nachdem ich ein paar Minuten lang hin und her überlegt hatte, beschloss ich, Dani anzurufen und mich bei ihr zu bedanken. Und damit vielleicht mein schlechtes Gewissen zu beruhigen. Ihre Nummer stand ganz oben auf meiner Kurzwahlliste.

Ich tippte auf den entsprechenden Eintrag. Hörte, wie gewählt wurde. Es klingelte.

»Hallo?«, fragte sie zögerlich. »Carson?«

»Ich bin es, Dani. Ich wollte dir nur sagen, dass –«

»Buck ist hier«, flüsterte sie.

Ich legte auf und starrte das Telefon ein paar Sekunden an, ehe ich meine Kurzwahlliste aufrief und ihre Nummer löschte.

Kapitel 32

Am Morgen fuhren Harry und ich ins Büro und arbeiteten alle Unterlagen und Informationen durch, die sich zu diesem Fall angesammelt hatten. Irgendwie hatten wir das Gefühl, kurz vor einem Durchbruch zu stehen. Aus diesem Grund wollten wir auf dem neusten Stand sein, wenn die Sache brenzlig wurde.

Dieser Crandell-Typ war ins Blickfeld gerückt und wir benutzten ihn als Druckmittel bei Barlow. Es sah ganz so aus, als hätte Taneesha Franklins Mörder vor vier Jahren schon mal zugeschlagen. Ich hegte den starken Verdacht, dass Dr. Bernard Rudolnick den Täter behandelt oder zumindest unter Beobachtung gehabt hatte. Der Mann, der Rudolnick auf dem Gewissen hatte, war vergiftet worden, nachdem er von unserem ersten Opfer Taneesha interviewt worden war. Die ganze Geschichte hatte viel Ähnlichkeit mit einem verhedderten Wollknäuel und wir versuchten nun, den ganzen Wirrwarr aufzudröseln. In einem der Fälle würde sich bald was tun, das spürten wir.

Um Viertel vor elf fuhren wir zu Harrys Haus, wo wir uns mit Ted Margolin verabredet hatten. Da es inzwischen viel zu warm war, um draußen zu sitzen, liefen wir im Wohnzimmer auf und ab – Harry von Norden nach Süden und ich von Westen nach Osten. Wir mussten uns erst ein paar Mal in die Quere kommen, bis wir den richtigen Rhythmus gefunden hatten. Um halb zwölf hörten wir, wie eine Autotür ins Schloss fiel. Harry trat ans Fenster.

»Er ist da.«

Margolin rauschte mit einer großen schwarzen Ledertasche ins Wohnzimmer. Der Journalist war klein und wirkte fit. Er hatte einen blauen Seersuckeranzug und ein weißes Hemd an, keine Krawatte. Das stahlgraue Haar trug er kurz und er hatte muntere, dunkle Augen. Seine Bewegungen waren schnell und abgehackt – wie bei einem Jack-Russell-Terrier. Dem Aussehen nach schien Margolin zehn Jahre jünger – die Arbeit als investigativer Reporter war ihm allem Anschein nach gut bekommen.

Nachdem wir uns vorgestellt hatten, nahm Margolin auf der Couch Platz, während Harry und ich Stühle heranzogen.

»Was haben Sie für uns?«, fragte ich.

Margolin griff in seine Tasche, zog eine Aktenmappe heraus und legte sie auf den Schoß.

»Ich will vorausschicken, dass ich nicht den Eindruck

entstehen lassen möchte, ich würde mir für jeden x-Beliebigen ein Bein ausreißen. Und schon gar nicht für Cops. Ich bin hier, weil DeeDee mir das aufgetragen hat. Und wenn ich *aufgetragen* sage, dann meine ich das auch so, denn es klang wie ein Befehl. Ich bin ihr etwas schuldig für einen Tipp, den sie mir letztes Jahr gegeben hat. Nun revanchiere ich mich dafür.«

»Verstanden.«

Margolin schlug die Mappe auf und nahm seine Brille zur Hand.

»Pettigrew, Benjamin Thomas. Hat vor vier Jahren bei der Polizei von Montgomery angefangen. War aufgrund seiner dreijährigen Erfahrung als County-Cop zuerst bei der Streife. Wurde ein Jahr später Detective. Wegen seiner Hartnäckigkeit haben sie ihm den Spitznamen ›Bulldogge‹ verpasst. Ein Täter, der spitzgekriegt hat, dass Pettigrew seinen Fall bearbeitet, ist freiwillig aufs Revier gekommen und hat gestanden. Wenn mich nicht alles täuscht, ist das sogar zwei Mal passiert.«

»Pettigrew gibt nicht auf«, meinte Harry. »Dafür ist er bekannt.«

Margolin spähte über seine Brille. »Falls Sie darauf aus sind, Pettigrew einen Fehler nachzuweisen, kann ich Ihnen nicht weiterhelfen. Dieser Junge ist sauber.«

»Um ehrlich zu sein, interessieren wir uns mehr dafür, wie er ausgewählt wurde«, sagte Harry.

Margolin blätterte seine Unterlagen durch und blieb an einem Schriftstück hängen.

»Pettigrew hatte einfach Glück.«

»Inwiefern?«

»Die Stadt hat in jenem Jahr ein Extrabudget für die Einstellung zusätzlicher Polizisten erhalten. Über eine halbe Million Zuschuss von KEI –«

Mir war, als hätte ich ein Stromkabel berührt. Ich

sprang auf und fuchtelte mit den Händen, signalisierte *Time-out.* »Warten Sie mal, Ted. KEI?«

»Kincannon Enterprises International.« Margolins Reportergespür meldete sich. »Habe ich etwas Interessantes gesagt, meine Herren?«

»Fahren Sie fort, Ted«, bat Harry.

»KEI hat einen großen Batzen Geld auf den Tisch gelegt, einen einmaligen Zuschuss, nach dem Motto: jetzt oder nie. Normalerweise stellt KEI keine speziellen Mittel für neue Arbeitsplätze zur Verfügung, aber die Stadt hat natürlich zugegriffen.«

»Wäre es möglich, dass KEI mitreden durfte, wer eingestellt wird?«, fragte Harry.

»Falls die Kincannons einen Kandidaten für eine Stelle gehabt hätten, wäre dieser Kandidat in Betracht gezogen worden. Ach was, er hätte die Stelle sofort gekriegt.«

»Wie wäre es, wenn die Kincannons darauf aus gewesen wären, jemanden loszuwerden? Wären sie in dem Fall genauso vorgegangen? Hätten sie dafür gesorgt, dass die Polizei in Montgomery sich den betreffenden Typ unter den Nagel reißt?«, hakte Harry nach.

Margolin wollte schon antworten, doch dann wurde sein Blick, der zwischen uns hin und her wanderte, nachdenklich.

»Ich habe noch einen Termin und bin schon spät dran. Das ist alles, was ich über Pettigrew weiß. Mir sind Gerüchte zu Ohren gekommen, dass das Wort der Kincannons bei der Polizei mächtig Gewicht hat.« In seiner Stimme schwangen Trotz und unterschwelliger Zorn mit.

Harry hielt die Hände hoch. »Warten Sie. Denken Sie, wir hätten Sie unter Vorspiegelung falscher Tatsachen hierhergelockt? Vielleicht um Ihnen Ihre Ansichten über die Kincannons aus den Rippen zu leiern?«

Margolin griff nach seiner Tasche, schwang sie über die Schulter und erhob sich. »War nett, mit Ihnen zu plaudern, meine Herren.«

Harry streckte die Hand aus und riss Margolin die Tasche von der Schulter.

»He!«, bellte Margolin.

Harry schwang die Tasche über seine breite Schulter. Margolins Blick irrte zwischen seiner Tasche, Harrys Schulter und Harrys Gesicht hin und her.

»Setzen Sie sich, Ted«, befahl Harry. »Bitte«, schob er nach.

Der Reporter setzte sich missmutig.

»Sie brauchen jetzt kurz mal Nachhilfe in Geschichte«, begann Harry. »Buck Kincannon hat mir geholfen, in der Innenstadt ein Baseballteam zusammenzustellen. Ein Jahr später, als die politischen Interessen der Teammentoren mit dem Anliegen der Familie kollidierten, hat Kincannon den Traum von fünfzig Kindern, an denen mir viel lag, zerstört. Wenn es nach mir ginge, würde ich ihm den Kopf abreißen und darauf scheißen.«

Margolin dachte einen Moment lang über Harrys Worte nach und schaute dann in meine Richtung.

»Ich habe da eine eigene Geschichte am Laufen«, räumte ich ein. »Und ich bin nicht auf seinen Kopf aus.«

»Jemand, den wir kennen«, fuhr Harry fort, »hat die Kincannons als Menschen beschrieben, die mit der einen Hand geben, während sie die andere aufhalten, um zu kassieren. Alles strikt nach dem Motto: Quid pro quo. Passt das zu dem, was Sie wissen, Ted?«

»Eine Hand wäscht die andere – das alte Kincannon-Prinzip ... Da fällt mir auch ein Beispiel ein, das Montgomery Kammerorchester. Die Kincannons haben versucht, sich bei der feinen Gesellschaft von Montgomery einzuschleimen, wollten dort alle beeindrucken, die Rang und Namen hatten. Sie sind an das Symphonieorchester herangetreten und haben Geld für ein Kammerorchester gespendet. Drei Monate später spielte die Truppe.«

»Und?«

»Ein Stinktier wird seinen Geruch einfach nicht los. Die Kincannons können es nicht ertragen zu geben, ohne was dafür zu kriegen. Jedes Mal, wenn die Familie oben in Montgomery eine Party für die politischen Speichellecker veranstaltete – und sie schmeißen viele Partys und es gibt viele Speichellecker –, wurde erwartet, dass das MCO umsonst spielt. Nachdem das Orchester ein Jahr lang gratis aufgetreten war, rebellierten die Musiker. Im Laufe des nächsten Jahres wurde dem Orchester der Geldhahn zugedreht.«

Margolin sah mal Harry, mal mich an. »Das ist eine unterhaltsame Geschichte, bei der niemand zu Schaden gekommen ist. Ich habe auch andere Storys gehört, die sich nie haben beweisen lassen und die weniger unterhaltsam waren, falls Sie wissen, was ich meine. Tja, ich habe schon immer mal ein scharfes Auge auf die Kincannons werfen wollen. Aber jetzt muss ich los.«

Harry nahm die Tasche von der Schulter und gab sie dem Reporter zurück.

»Passen Sie auf sich auf«, riet Harry.

»Das ist eines der Dinge, die ich am besten kann«, meinte Margolin augenzwinkernd. Voller Elan und Energie stürmte er zur Tür hinaus.

Ich wandte mich an Harry. »Pettigrew ist mit dem Mordfall Holtkamp betraut. Er hat den Ruf, ein Kerl zu sein, der Ergebnisse produziert. Aus heiterem Himmel bietet KEI der Polizei in Montgomery einen Haufen grüner Scheine an unter der Auflage, neues Personal einzustellen. Und, ach ja, zufällig gibt es da diesen Polizisten in Mobile County ...«

Harry nickte. »Pettigrew wird in die große Stadt geholt. Barlow nimmt seinen Platz ein und fungiert als Abrissbirne.«

»Crandell taucht auf und macht ein paar Zauberkunststücke«, fuhr ich fort. »Und schon ist das Problem gelöst.«

In Harrys Hemdtasche klingelte das Handy. Er kramte es heraus, las vom Display die Nummer des Anrufers ab, mit der er offensichtlich nichts anfangen konnte. Kaum hatte er auf die Gesprächstaste gedrückt, hellte sich seine Miene auf.

»Hallo, Arn, was liegt an?«

Harry hörte schweigend zu. Beugte sich vor. »Was? Wann?«

Er legte die Hand auf die Stirn. Grunzte ein paar Mal. Beendete das Gespräch und drehte sich zu mir hin.

»Heute Morgen wurde Cade Barlow in seiner Garage gefunden. Hat das Tor runtergezogen und die Gasleitung seines Wasserboilers in der Garage abmontiert. Anschließend hat er sich auf seine glänzende Harley gesetzt und ist in den Sonnenuntergang gefahren. Oder sonst wo hin.«

Ich schlug mit der Faust auf den Tisch. »Hat er einen Abschiedsbrief hinterlassen?«

»Nichts. Nur eine Leiche auf einem Motorrad. Was für ein Arschloch.«

Ich überlegte eine Weile lang.

»Er war schon tot, Harry.«

»Worauf willst du hinaus?«

»Arn Norlin hat gesagt, bis vor vier Jahren wäre Barlow ein anständiger Cop gewesen. Und dann hat er sich verändert, wurde komisch. Laut Arn hat Barlow wie jemand gewirkt, der einen geliebten Menschen verloren hat. Vielleicht hat er ja seine Integrität für dreißig Silberlinge verscherbelt. Oder in diesem Fall für Chrom.«

»Barlow hat das Gleichgewicht verloren, als er seine Ehre verkauft hat. Ist es das, was du sagen willst?«

Ich zuckte mit den Achseln. »Passt doch.«

Harry lehnte sich mit offenem Mund zurück und tippte mit einem gelben Bleistift an seine Wange, die hohl klang.

»Wer sie wohl gekauft hat?«, sinnierte er. »Barlows Ehre.«

Kapitel 33

Anstatt Clairs Ansichten über die Kincannons einfach weiterzuerzählen, war es mir lieber, dass Harry es aus ihrem Munde hörte. Bei mir machte sich zunehmend das Gefühl breit, dass unsere komplizierte Reise uns am Ende ins Reich der Furien führen würde.

Sie hockte nicht hinter ihrem Schreibtisch, sondern in einem Sessel in einer Ecke ihres Büros. Harry und ich setzten uns zu ihr. Clair trug einen maßgeschneiderten cremefarbenen Hosenanzug und eine fliederfarbene Seidenbluse. Sie schlug ein langes Bein über das andere, beugte sich vor und richtete die großen strahlend blauen Augen auf Harry und mich.

»Um es mal auf den Punkt zu bringen, Harry: Geld ist Macht. Und Macht lässt sich nur zügeln durch eigene Moralvorstellungen. Die wiederum sind nicht angeboren, sondern erlernt. Das Problem ist, dass Moral bei den Kincannons nicht auf dem Lehrplan stand. Wenn diese Leute ein Motto hätten, würde es ›Ich zuerst‹ lauten. Müsste man die Familie mit einem Wort beschreiben, dann würde ›durchtrieben‹ sehr gut passen.«

»Und wieso machen alle Leute einen Bückling, kaum dass sie den Namen Kincannon hören?«, wollte Harry wissen.

»Die Kincannons geben Unmengen von Geld aus, um wie eine mildtätige Königsfamilie zu wirken und von der Öffentlichkeit angebetet zu werden. Dass die Söhne außerdem noch wie Filmschauspieler aussehen, schadet auch nicht.«

»Carson hat mir erzählt, dass sie nur geben, wenn sie im Gegenzug etwas dafür kriegen«, sagte Harry. »Mir kommt es jedoch so vor, als hätten sie noch eine dritte Hand, die das Messer wetzt.«

»Mit dieser Einschätzung liegen Sie gar nicht so falsch, Harry. Glauben Sie allen Ernstes, dass jemand aus der Familie etwas mit Ihrem Fall zu tun hat?«

»Beweisen können wir das nicht«, gab Harry zu. »Aber mehr und mehr Indizien deuten darauf hin.«

»Es gibt nichts, womit Sie sie in die Zange nehmen können?«

Harry, der seine Schläfen massierte, schüttelte den Kopf.

»Wir haben einiges von einem Journalisten erfahren, aber wir brauchen einen persönlichen Einblick. Uns interessiert nicht, wie viele Anwälte oder PR-Leute auf ihrer Lohnliste stehen, und auch nicht, wie viele Millionen sie auf den Caymans gebunkert haben. Wir brauchen etwas über sie als Menschen. Ihre Geschichte. Was Persönliches. Wir müssen wissen, ob und wo sie eine Leiche im Keller haben, um Druck auf sie ausüben zu können.«

Clair stand auf und legte gedankenvoll die Stirn in Falten. Sie trat ans Fenster und klopfte mit dem Nagel an die Scheibe, während sie nach draußen schaute. Ihre schöne Statur zeichnete sich vor dem gefilterten Sonnenlicht ab.

Als ich merkte, wie mir der Atem stockte, wandte ich den Blick ab.

»Ory Aubusson«, sagte sie und drehte sich um.

»Roy Orbison?«, echote Harry.

»Ory Aubusson«, korrigierte Clair und ging zu ihrem Schreibtisch hinüber. Sie nahm ihren Blackberry zur Hand und tippte auf die Tasten. »Ory war vor Jahren der beste Freund von Buck Kincannons Vater. Ory ist vermögend, wenn auch nicht so reich wie die Kincannons. Und er hat eine Frau geheiratet, die dafür sorgte, dass er halblang machte. Buck senior hingegen hat eine Frau, die ihn ständig zu Höchstleistungen gedrängt hat.«

»Woher kennen Sie diesen Aubusson?«, erkundigte ich mich.

»Er gehörte zu meinem Freundeskreis, als ich mit Zane zusammen war. Ory ist schon eine Nummer. Inzwischen ist er Mitte siebzig, derb und mürrisch. Und smarter, als er aussieht, was man nicht vergessen sollte.«

»Denken Sie, er würde sich mal mit uns unterhalten?«

Clair nahm den Telefonhörer ab und ließ einen schlanken Finger über der Tastatur in der Luft schweben. »Wenn ich ihn bitte, Sie zu empfangen, wird er das tun. Wenn er beschließt, Sie zwei Minuten nach Ihrem Eintreffen von seinem Grundstück zu verscheuchen, wird er das auch tun.«

Sie wählte, flötete, gurrte, erzählte ein paar Anekdoten und erwähnte uns. Dann legte sie auf.

»Er wird Sie morgen am frühen Nachmittag empfangen. Ich werde Ihnen die Adresse aufschreiben.«

Wir schoben ab Richtung Tür, doch Clair kam uns zuvor und schloss sie. Sie lehnte sich ans Türblatt und musterte uns angespannt.

»Falls Sie sich täuschen, falls Sie Mist bauen, werden die Kincannons Sie in Stücke reißen, Ihnen ihre Anwälte auf den Hals jagen und dafür sorgen, dass Sie Ihre Jobs verlieren. Selbst wenn Sie recht haben, können sie Ihnen das Leben schwer machen. Und Sie wissen ja nicht mal, ob Sie richtig liegen.«

»Wir liegen richtig«, meinte Harry. »Trotzdem kann eintreten, was Sie prophezeit haben.«

Clair trat beiseite. Harry, der schon den Flur hinunterging, zog sein Handy heraus, um nachzusehen, ob ihm jemand eine Nachricht hinterlassen hatte. Mit leiser Stimme richtete sie sich an mich.

»Wie geht es Ihnen, Ryder? Mit Ihrem persönlichen Schlamassel?«

»Bin sehr beschäftigt. Das hilft mir momentan.«

»Zu beschäftigt, um sich mit mir zu treffen und zu reden? Wir waren doch für morgen Abend verabredet, oder?«

»Gegen sieben, soweit ich weiß.«

Sie legte die Hand auf meine Schulter. Drückte sie ganz leicht. Und sagte: »Geben Sie auf sich acht, Carson.«

Die Tür öffnete sich wieder. Mit einem leisen Klingeln in den Ohren folgte ich meinem Partner.

Harry musste im Büro des Staatsanwalts einen Termin für eine anstehende Verhandlung besprechen. Ich beneidete ihn darum, dass er für ein paar Minuten über etwas anderes nachdenken konnte, auch wenn es sich dabei nur um einen anderen Mordfall handelte. Ich holte einen Stapel Unterlagen heraus und begann ganz von vorn, bei dem Wookie, der aus dem Mazda sprang und vor den Lastwagen gelaufen war. Das Messer im Gulli. Und das Rätsel, das mir der Wasserstand in Taneeshas Fahrzeug aufgab.

Nach einer halben Stunde legte ich den Kopf in die Hände und rieb meine Augen.

»Den Blick kenne ich«, sagte Tyree Shuttles, der hinter mir stand. »Frustration. Nicht mehr und nicht weniger.«

»Das ist nicht nur Frustration, Tyree«, entgegnete ich. »Das ist eine ganz neue Dimension von Frust – hundert Prozent mehr fürs Geld.«

»Sollen wir eine Schale Gumbo im Flanagan's essen?«, schlug er vor.

»Mir ist alles recht, solange ich nur hier rauskomme.«

Wie bei unserer letzten Unterhaltung legte Shuttles hin und wieder ein paar Schweigeminuten ein, in denen er ganz weit weg schien. Womöglich musste er eine Entscheidung fällen oder dachte über persönliche Probleme nach. Nachdem er ein paar Löffel von der Flusskrebsgumbo probiert hatte, schob er seine Schale beiseite, starrte mir in die Augen und schien sich ein Herz zu fassen.

»Du warst einer der Letzten, die bei uns im Präsidium Detective wurden, Carson. Du erinnerst dich doch noch, wie es war, der Neue zu sein, oder?«

»Aller Anfang ist schwer. Fühlst du dich ab und an noch unbehaglich?«

Er stierte auf seine Hände. »Es geht um Pace und mich. Bei uns stimmt die Chemie einfach nicht. Deshalb kriege ich nachts kein Auge zu. Vielleicht entspreche ich ja nicht seinen ... Erwartungen oder so.«

»Erwartungen? Pace Logan?«

Shuttles rieb sich das Gesicht. »Hoffentlich liegt es nicht an meiner Person. Es ist eher so wie alte Schule gegen neue. Ich war auf dem College, er nicht. Ich habe Kurse in Kriminologie, Profiling, Strategie, Psychologie, Soziologie und so weiter besucht.«

»Verdammt.« Ich war beeindruckt.

»Ich hatte ein Stipendium, was mir die Sache erleichtert hat, doch Pace, ähm ... er hat nur Praxiserfahrung. Hart erkämpfte Einsichten. Er betreibt die Dinge auf eine Weise, die ich nicht richtig raffe. Ich respektiere die Erfahrung, die er im Lauf der Jahre gesammelt hat, und möchte auch von ihm lernen. Du kennst Pace ja zur Genüge, er ist wirklich ein guter Kerl und er, äh, kennt Leute und, ähm ...«

»Er kann gut mit Kindern umgehen und liebt seine Mutter über alles«, meinte ich.

»Was?«

»Du konzipierst ja schon den Anfang von Logans Abschiedsrede, Tyree. Dabei darf man allerdings nicht vergessen, dass Logan nur noch seine Golduhr kriegen und sich dann vom Acker machen will. Vor seiner Pensionierung kann er sich noch ein Bein ausreißen oder die Hände im Schoß falten, und die zweite Option ist da natürlich wesentlich angenehmer.«

Ich bewunderte Tyree für die Art und Weise, wie er seinen Partner in Schutz nahm und versuchte, nicht über Logan zu schimpfen, aber Tyree hatte bei unserer Truppe eine Zukunft, während Logan nur noch der Blick zurück vergönnt war. Es war höchste Zeit, dass Shuttles sich darüber Gedanken machte, wo er abblieb.

»Wenn du mal überlegst, was du so erlebt, was du mitgekriegt hast«, sagte ich, »findest du dann, dass Pace Logan ein guter Cop ist? Oder eher ein mittelmäßiger? Und um das von vornherein klarzustellen, alles, was wir hier reden, bleibt unter uns.« Ich klopfte auf den Tischrand.

»Versprochen?«

»Bis dass der Tod uns scheidet. Was ist los?«

Shuttles beugte sich vor. Furcht spiegelte sich in seinen

Augen. Seine Stimme war kaum mehr als ein Flüstern. »Um das, was ich über Pace denke, mal vorsichtig auszudrücken: Er wird langsam paranoid. Er denkt, ich versuche, ihn zu untergraben, nur weil ich mich für zeitgemäße Methoden und Techniken oder für neue Erkenntnisse aus der Spurensicherung und so interessiere. Und außerdem hat er diesen Fimmel mit Harry. Wie an jenem Abend mit dieser Franks.«

»Franklin. Was für einen Fimmel?«

»Als er gehört hat, dass ihr zum Tatort fahrt, war es, als nähmen wir an einem wichtigen Wettkampf teil. Er musste rüberrasen und sich den Fall unter den Nagel reißen.«

Ich grunzte. »War wohl der erste Fall seiner Laufbahn, den er sich unter den Nagel reißen wollte.«

»Und dann ist da dieser Hibney-Fall. Unser Brandopfer, weißt du noch?«

»Wie könnte man das vergessen? Was stimmt denn da nicht?«

»Er behauptet, ich hätte Geheimnisse vor ihm. Er steigt nie aus dem Wagen, um jemanden zu verhören, und scheißt mich dann zusammen, wenn ich mit Infos zurückkomme. Als ob er sauer auf mich wäre. Hatte er vor mir schon mal einen schwarzen Partner?«

»Ich glaube nicht, dass es daran liegt, Tyree. Ich denke, er ist einfach immer griesgrämig.«

»Klar. Während der letzten paar Monate hat er sich auch eigenartig benommen. Ich sage es ja nicht gern, aber ich bin heilfroh, wenn er endlich in Rente geht. Er macht mir Kopfzerbrechen.«

Ich dachte über das Ganze nach. »Ich habe schon früher miterlebt, wie ältere Kollegen kurz vor der Pensionierung drauf sind. Die einen können es gar nicht erwarten. Andere kriegen Depressionen. Vielleicht hat er nur den

Blues und lässt ihn an dir aus. Warte einfach ab, Tyree. Und danke, dass du mich eingeweiht hast.«

Shuttles lehnte sich zurück und ließ die Schultern hängen, als hätte er eben einen Sack Backsteine abgesetzt.

Kapitel 34

Am nächsten Morgen fuhren Harry und ich zu Ory Aubusson in Baldwin County. Ich studierte den Kartenausdruck.

»Es müsste gleich hinter der Kurve kommen.«

Die Straße machte einen Bogen. Ein Stück weiter vorn tauchte rechts ein imposantes gelbes Haus mit einem mindestens fünf Hektar großen Vorgarten auf. Hie und da ragte eine von Moos überwucherte Lebenseiche in den Himmel. Das Haus war im Plantagenstil erbaut und besaß an der Frontseite eine riesige Veranda, auf der ich eine einsame Gestalt entdeckte.

»Das dürfte Aubusson sein«, schlussfolgerte ich. »Er hat Clair gesagt, er würde draußen auf uns warten.«

Aubusson, der auf die achtzig zuging, saß in einem überdimensionierten antiken Rollstuhl, einem Eichenthron auf Rädern. An dem Marmortisch neben ihm lehnte ein Gehstock. Früher war er bestimmt groß und kräftig gewesen. Nun hatte er einen Buckel, seine Hände waren knotig und dünne graue Haarsträhnen zierten seinen Kopf. Aubusson trug Khakis, die von einem Gürtel zusammengehalten wurden, ein weißes Hemd und eine rote Fliege unter dem Adamsapfel. Seine Tochter, eine stämmige, gutaussehende Frau Ende vierzig, stand neben ihm. Sie zog Aubussons Stuhl nach hinten.

»Komm, Daddy, ich schiebe dich jetzt aus der Sonne.«

»Lass das, Ella. Ich habe Besuch. Bring mir einen Whisky.«

»Es ist noch nicht mal Mittag, Daddy. Und eigentlich solltest du überhaupt …« Sie warf dem alten Mann einen Blick zu, der wütend wirken sollte, doch es gelang ihr nicht, ihre Zuneigung zu verbergen. Achselzuckend drehte sie sich um und hielt auf die Tür zu.

Aubusson zeigte mit einem langen Finger auf die Stühle vor ihm. »Nehmen Sie ein Kissen für Ihr Hinterteil, meine Herren. Als Polizisten verstehen Sie sich ja bestimmt aufs Sitzen.«

Er lachte heiser. Seine Tochter brachte ein schweres Kristallglas mit einer bernsteinfarbenen Flüssigkeit, stellte es kopfschüttelnd ab und kehrte ins Haus zurück. Aubusson nahm einen großen Schluck und wischte mit dem Handrücken über sein Kinn.

»Wissen Sie, das ist so ein Generationsding. In meiner Jugend dachte niemand im Traum daran, dass Whisky, Tabak, fettiges Essen und Sex einen umbringen können. Und deshalb starb auch keiner daran. Jedes Mal, wenn einer von meinen Freunden sich dazu durchrang, sich gesund zu ernähren und Sport zu treiben, segnete er innerhalb eines Jahres das Zeitliche.«

Er hob das Whiskyglas und trank. Mir stieg der Geruch von Torfrauch und Gerstenmalz in die Nase – erstklassiger Scotch.

»Warum ist Miz Swanscott nicht mitgekommen?«, fragte Aubusson. Swanscott war Clairs Mädchenname.

»Sie hat zu tun, lässt Ihnen allerdings Grüße bestellen«, antwortete ich.

Sein Blick kriegte etwas Schwermütiges. »Miz Clair Swanscott oder Peltier, wie sie jetzt heißt, war eine der hübschesten jungen Frauen, die mir je unter die Augen gekommen sind. Viel zu hübsch für ihren Exmann, und leider Gottes viel zu jung für mich.« Dann kehrte er in die Gegenwart zurück und betrachtete mich.

»Clair meinte, Sie möchten ein bisschen über Buck und die guten alten Zeiten plaudern.«

Ich nickte. So konnte man es auch formulieren.

Der alte Mann schwenkte das Eis in seinem Glas. Mit einer Handbewegung verscheuchte er eine dicke braune Wespe, die vor seinen Augen herumflog.

»Buck senior und ich waren etwa im gleichen Alter. Wir sind am selben Ort groß geworden, drüben an der Bay Minette. Jahrelang waren wir eng befreundet, haben früh schon viel Geld verdient mit Holz und Pressspan. Der alte Buck hatte Höheres im Sinn und diversifizierte sich, wie es heute so schön heißt. Ich hingegen war immer der Meinung, dass Diversifizierung eine Umschreibung dafür ist, eine Sache nur halbherzig zu betreiben.«

Da er wusste, dass wir mit solchen Wortspielereien nicht gerechnet hatten, funkelten die Augen des alten Mannes fröhlich.

»Wie lange waren Sie denn eng befreundet?«, erkundigte sich Harry.

»Bis er anfing, seiner Frau den Hof zu machen. Und während der ersten Jahre seiner Ehe haben wir uns auch noch häufig gesehen. Maylene warf Kinder wie eine Zuchtstute. Ich würde darauf wetten, die Muschi dieser Frau war irgendwann so ausgeleiert, dass man –«

»Wie viele Kinder hat sie gekriegt?«, unterbrach ich ihn.

»Sechs oder sieben, von denen nicht alle überlebt haben. Sind vermutlich krank gewesen. Sie hatte ein paar Fehlgeburten. Und eine Totgeburt.«

»Wie war Maylene denn so als Mensch?«, fragte Harry.

»Sind Sie ihr irgendwann mal begegnet?«, fragte Aubusson zurück.

»Ich habe sie mal auf einer Firmenveranstaltung gesehen. Schien mir nicht gerade eine Plaudertasche zu sein. Und besonders glücklich wirkte sie auch nicht«, erzählte ich.

Er kicherte. »Sie wurde das, was ihr vorbestimmt war: eine harte und gemeine alte Frau, die es der ganzen Welt zeigen wollte. Und zwar indem sie eine Familie gründete, der die Menschen Respekt zollen müssen.«

»Mit Familie«, sagte Harry, »meinen Sie Buck, Nelson und Racine, oder? Ich gehe mal davon aus, dass Sie die Söhne kennen. Von klein auf?«

Aubusson setzte sich aufrecht hin. Plötzlich wirkte er viel größer. Er musterte uns streng.

»Warum sind Sie hier? Es gibt keinen Grund, über Buck senior zu reden. Er lebt auf diesem Riesengrundstück, im hinteren Haus. Das letzte Mal habe ich ihn vor sieben oder acht Jahren gesehen. Der Mann lief in seinem Schlafanzug herum und griente wie ein Kind an Weihnachten – mit dem Unterschied, dass Kinder sich allein den Mund abwischen können. Hatte ein Negerkindermädchen, das hinter ihm herlief und alles für ihn richtete. Er hat mich angeschaut, einen fahren lassen und sich schlappgelacht. Im Grunde genommen ist er schon tot. Von daher frage ich noch mal: Warum sind Sie hier?«

Ich beugte mich vor. »Das wissen wir auch nicht so genau, Sir. Vielleicht werden wir uns darüber niemals wirklich im Klaren sein, aber wir denken, da passieren eigenartige Dinge, die irgendwie mit dieser Familie zu tun haben. Um ehrlich zu sein, ich halte es durchaus für möglich, dass eines der Familienmitglieder einen Mord begangen hat.«

»Ella!«, rief der alte Mann und klopfte mit dem Gehstock auf den Verandaboden. Die Tür wurde aufgestoßen. Ich glaubte schon zu wissen, was er jetzt sagen würde:

Schieb mich ins Haus zurück, Kleines, und jag diese Typen hier von unserem Grundstück.

Die Tochter erschien und stellte sich neben ihren Vater.

»Was ist denn, Daddy?«

Aubusson hielt sein Glas hoch, das im Licht funkelte.

»Schenk noch mal nach, Mädchen. Ich muss ein paar amüsante Geschichten erzählen und das geht besser, wenn ich meine Kehle befeuchte.«

X

Einen Schreibtisch zu kaufen war ein Kinderspiel gewesen. Lucas fuhr zu einer Staples-Filiale und bezahlte Schreibtisch und Anlieferung bar. Er hatte sich nicht für das größte, sondern eher für ein mittelgroßes Modell entschieden – in seinen Augen genau das richtige Möbel, um zu üben. Im Geiste malte er sich aus, dass der Tisch Stützräder hatte, was ihn sehr erheiterte.

Zum Tisch gehörte ein ergonomischer Stuhl mit einem Griff unter der Sitzfläche, der an einen Blinker erinnerte. Lucas zog daran und stellte den Stuhl so ein, bis seine Beine perfekt unter den Schreibtisch passten und er bequem saß. Er hatte auch noch eine Packung Stifte und Schreibpapier gekauft. Den Block legte er auf den Tisch und schrieb oben auf die erste Seite mit kühnem Schwung:

$$C(S,T) = SN(d_1) - Ke^{-rT}N(d_2)$$

Im Laufe der nächsten Stunde schrieb er weitere Formeln und Neuberechnungen unter die Überschriftengleichung und malte außerdem noch ein Hundebaby aufs Papier, was ihn besonders amüsierte. Ganz unten schrieb er: *Buck, lass das doch mal von jemandem durchrechnen, der Ahnung von Geld hat.*

Er fuhr wieder zu der Telefonzelle an der Tankstelle und wartete in seinem kleinen grünen Subaru, bis der schwergewichtige Mann mit dem schmierigen Schnauzbart endlich sein Telefonat beendete. Die Tankstelle war nur zwei Meilen vom KEI-Büro entfernt. Lucas wusste ganz genau, dass Crandell seinen Leuten Fotos von dem haarigen und dem rasierten Lucas in die Hand gedrückt hatte. Mit denen suchten sie nun die Gegend ab. Das Foto von dem rasierten Lucas war alt. Auf dem Bild trug er weder Anzug noch Krawatte, wie er sich das in letzter Zeit angewöhnt hatte.

Er übte eben.

Lucas lümmelte auf seinem Sitz herum. Der fette Kerl brüllte etwas über ein kaputtes Differenzialgetriebe in den Hörer und watschelte davon. Es dauerte eine Minute, bis er zu Buck Kincannons treuloser Sekretärin durchkam. Er versicherte ihr, den Chef zu kennen. Als sie nach seinem Namen fragte, stellte er sich als »Mr Lucas Runamok« vor und buchstabierte den Nachnamen für sie.

»R-U-N-A-M-O-K. Das ist isländisch«, erklärte er. »Wie Reykjavik.«

»Hallo?«, meldete Kincannon sich mit skeptischem Unterton in der Stimme, nachdem der Anrufer zu ihm durchgestellt worden war. »Wer ist am Apparat?«

»Wie geht's denn so, Buck? In genau einer Stunde kriegst du ein Fax. Ich würde vorschlagen, du bist da, wenn es kommt.«

Nachdem Lucas aufgelegt hatte, stattete er Staples einen weiteren Besuch ab. Er zahlte eine Extragebühr, damit das Fax um eine bestimmte Uhrzeit gesendet wurde, und gab dem Angestellten zwanzig Dollar Trinkgeld. Anschließend kehrte Lucas in sein Büro zurück und probierte verschiedene Krawattenknoten aus.

Fünf Minuten vor dem verabredeten Termin trat er hinter sein Celestron-Fernglas. Dreißig Sekunden nach der vollen Stunde kam Buck Kincannon mit einem Fax in sein Büro gerannt, schloss die Tür, hastete zum Fenster und zerrte die Jalousien herunter.

Macht nichts, dachte Lucas und zog einen einfachen Knoten fest. Er hatte überhaupt keinen Zweifel über das, was Buck Kincannon in diesem Augenblick durch den Kopf ging. Und er wusste auch, dass Nelson Kincannon heimlich eine Notiz über seinen Anruf erhielt, sobald die lüsterne kleine Sekretärin mit den dicken Beinen sich loseisen konnte.

Lucas löste den einfachen Knoten und überlegte kurz. Jetzt wollte er sich an einem Windsorknoten versuchen.

Kapitel 35

»Die DuCaines?«, fragte Harry den alten Herrn. »Aus der Familie stammt Maylene?«

»Familie ist nicht das richtige Wort. Kirmes? Zirkus? Das passt besser, der DuCaine-Zirkus. Sie wohnten seit weiß ich wie lange drüben in Fairhope. Irgendwann ging da so richtig die Post ab.«

»Anfangs ein soziales Experiment und später eine Künstlerkolonie«, fügte Harry hinzu.

»Die ganze DuCaine-Familie war ein soziales Experiment. Als wir, Buck senior und ich, die Familie kennenlernten, waren wir Anfang, Mitte dreißig, richtige

Sahneschnittchen, die glaubten, es wäre an der Zeit, sich fortzupflanzen.«

»Sie wollten eine Familie gründen?«

»Ein Mann muss noch etwas anderes im Rücken haben als Geld. Ich hatte ein Faible für ein fünfundzwanzigjähriges Mädel namens Coralene, die in der gleichen Straße wie die DuCaines wohnte. Da ist nichts draus geworden, außer dass ich ein paar Mal auf meine Kosten gekommen bin, doch das Resultat war die investierte Zeit nicht wert.«

»Daddy!«, schalt Ella, die gerade mit zwei Eistees, die sie für Harry und mich gemacht hatte, und Aubussons neuem Drink in der Tür erschien. Kopfschüttelnd stellte Ella das Tablett ab und verschwand wieder im Haus. Aubusson grinste und fuhr mit seiner Geschichte fort.

»Buck war ein paar Mal mit mir zu Coralene rübergefahren und hatte da dieses freche kleine Ding gesehen, das dort spazieren ging. Ziemlich arrogant und total hochnäsig, als würde sie Luft atmen, die kein anderer inhalieren durfte.«

»Maylene?«

»Mittlerweile hat sie die Statur einer fetten alten Bulldogge, aber damals hatte diese überhebliche Zicke einen Hintern wie zwei kleine Melonen, die in einem Bottich auf und ab hüpfen. Gott, hatte die Frau eine Figur. So kam es, dass wir auf dem Gelände der DuCaines herumlungerten. Vier Hektar Land, ein paar Blocks von der Bay entfernt, und mittendrin ein großes Haus. Eins von diesen Dingern, wo an jeder Ecke ein Raum rausragt, weil andauernd angebaut wird. Coralene ging nie zu den DuCaines. In ihren Augen waren das Wahnsinnige und mit dieser Einschätzung war sie nicht allein.«

»Ein seltsamer Ort?«, mutmaßte ich.

»Haben Sie mal die Geschichte von der verrückten

Tante in der Mansarde gehört? Die DuCaines hatten jedenfalls so eine. Wenn man bei ihnen war, hörte man sie oben heulen, lachen oder wie ein Matrose fluchen. Einmal, als ich da war, stapfte sie kreischend durchs Haus, splitternackt, mit wippenden Titten, und rannte dann durch die Tür hindurch auf die Veranda. Und wenn ich *durch die Tür hindurch* sage, dann meine ich das auch so. Das in Fetzen gerissene Fliegennetz flatterte im Türrahmen. Ein paar von den Bediensteten fingen sie ein, doch einem hat sie zwei Zähne ausgeschlagen.«

»Ist die Tante oft abgehauen?«

»Das war doch gar nichts. Die meisten Familienmitglieder wirkten leicht neben der Kappe. Einer von Maylenes Brüdern machte nichts anderes, als auf dem Stuhl zu sitzen und aus dem Fenster zu schauen. Und dabei zwinkerte er mit einem Auge, als sende er einen Morsekode. Sie hatte auch eine Schwester, die schon in jungen Jahren schwer nach der Tante kam – lief immer im Kreis herum, riss an ihren Haaren und kriegte dauernd Anfälle. Und es gab noch einen Bruder, der sich in einer der Lebenseichen ein Baumhaus gebaut hatte und mehr oder minder dort oben wohnte. Wenn er runterkam, dann nur um Feuer zu legen. Außerdem existierte noch eine zurückgebliebene Schwester, die in der Stadt herumspazierte und alles anfasste.«

»Und die Mutter der Familie, wo war die?«

»Sie war Künstlerin. Hat einen Großteil ihrer Zeit damit verbracht, Bilder zu malen, und trug einen von diesen Malständern herum –«

»Eine Staffelei?«

»Genau. Jedenfalls malte sie nur. Hauptsächlich unten in der Bucht. Einmal hat sie ein paar Leute bezahlt, damit sie nackt im Wasser herumplanschen, und hat sie gemalt. Falls mich mein Gedächtnis nicht trügt, hat sie das

›Körperstudien‹ genannt. Irgendwann ist die Polizei aufgetaucht und hat ihr geraten, ihre Studien besser daheim bei heruntergezogenen Jalousien anzufertigen.«

»Und der Vater?«

Aubusson tippte an seine Schläfe. »Intelligent. Er war schlau, scheu und dabei sehr zielorientiert. Den lieben langen Tag beschäftigte er sich mit Gleichungen, die nicht aus Zahlen, sondern aus Buchstaben bestanden ...«

»Möglicherweise Physik?«

Aubusson nickte. »Er war zu scheu, um mit Menschen zu arbeiten, aber er wurde losgeschickt, um überall auf der Welt irgendwelche Probleme zu lösen. Zum Beispiel von der Regierung ... wie die Flugbahn von Raketen verläuft und solche Sachen. Er hat gut verdient und finanzierte damit den ganzen Zirkus. Abgesehen von den Formeln, mit denen er sich beschäftigte, kriegte er nicht viel mit.«

»Und Maylene lud Leute ein? Zu sich nach Hause?«

Er lächelte boshaft. »O Gott, nein. Wir standen irgendwann mir nichts, dir nichts auf der Matte. Wahrscheinlich waren wir ziemlich durchtrieben, aber Buck und ich klopften einfach bei Miss Maylene an, behaupteten, wir wären durstig, und fragten, ob wir eine Limonade kriegen könnten. Von da an hingen wir bei den DuCaines herum und genossen die Show: der sabbernde Bruder mit dem Augentick, Sissy, die mit dem Dienstpersonal kämpfte, die Tante, die herumlief und ihren Busch zur Schau stellte, der Baumhaustyp in den Ästen, der dauernd herumbrüllte. Das war besser als alles, was Hollywood sich je ausgedacht hat.«

»Solche Situationen habe ich auch schon erlebt, Mr Aubusson. Wo alles außer Kontrolle gerät. Früher oder später ...« Harrys Worte blieben in der Luft hängen.

»Ja. Eines schönen Tages läuft es immer aus dem Ruder, oder? Einmal ist die zurückgebliebene Schwester verschwunden. Die Polizei hat sie auf einem freien Grundstück in Bayou La Batre gefunden. Jemand ist mit dem Messer auf sie losgegangen, hat ihr schwere innere Verletzungen zugefügt. Sie hat es überlebt, aber wenn man ihr begegnete, wirkte sie wie ein Zombie.«

Harry sah Aubusson forschend an. »Sprechen Sie weiter.«

Der alte Herr neigte sich vor, stützte die Ellbogen auf die Knie und ließ den Blick in die Ferne schweifen.

»Der Baumhausjunge … Jimmy? Jerry? Ich weiß nichts Genaues, doch Jahre später sind mir Gerüchte zu Ohren gekommen. Im Haushalt der DuCaines ereigneten sich sonderbare Dinge. In der Gegend verschwanden Hunde, deren Einzelteile später im Wald gefunden wurden. Schließlich drehte der Junge durch, fing überall Streit an, brüllte herum und fluchte. Eines Tages ist er mit einem der Wagen weggefahren und hat sich ein paar Wochen lang nicht sehen lassen. Ab da wird alles ziemlich nebulös.«

Ich beugte mich vor. »An schlechtes Wetter bin ich gewöhnt.«

Aubusson warf einen Blick auf die Tür. Senkte die Stimme. »Es heißt, er hätte eine Frau umgebracht, die früher mal als Gärtnerin bei den DuCaines gearbeitet hat. Der Bursche ist wahrscheinlich von ihr besessen gewesen oder so was in der Art. Hat mit dem Messer auf sie eingestochen und hinterher ihren Wohnwagen abgefackelt. Falls das kein Märchen war, ist davon jedenfalls nichts an die Öffentlichkeit gedrungen. Und der Baumhausjunge wurde – soweit man weiß – nie verhaftet. Aber hinterher hat ihn niemand mehr in der Gegend gesehen. Und den DuCaines konnte nichts nachgewiesen werden.«

»Keine Publicity«, sagte Harry. »Kein Aufsehen.«

»Als wäre nichts passiert«, meinte ich. »So läuft es, wenn man Geld hat.«

Harry wandte sich an Aubusson. »In welchem Zeitraum ist das alles passiert?«

»Während Buck Maylene den Hof gemacht hat. Egal, was sich um uns herum abspielte, sie servierte uns noch eine Limonade und ließ ihre Melonen tanzen. Sie wusste, was sie hatte, und sie wusste ihre Reize auch einzusetzen. Sie hat Buck so weit gebracht, bis sie mit ihm machen konnte, was sie wollte. Buck war das Ticket, um von diesem irren Ort wegzukommen.«

»Eine glückliche Ehe?«

»Buck brauchte jemanden, der ihn an die Hand nimmt, aber Maylene hat ihn einfach plattgemacht. Tu dies, mach das, sprich so, zieh das an. Sie bestimmte jede Sekunde seines Lebens. Und auch das aller anderen.«

»Und strebte nach einer schrankenlosen Jugend nach einem Leben, wo sie über alles die absolute Kontrolle hatte«, schlussfolgerte ich.

Aubusson ballte die Hand zur Faust, bis die Knöchel weiß anliefen, und hielt sie hoch. »Kontrolle von der Art«, sagte er. »Endlich kriegte sie die Chance, die Welt nach ihrem Willen zu formen. Eine abgeschirmte Welt, in die nur wenige Personen vorgelassen werden.«

»Und Daddy Kincannon kann ihr auch nicht mehr dazwischenfunken«, meinte ich.

Aubusson trank einen großen Schluck Whisky und versteckte sein Gesicht hinter dem Glas.

»Wenn Sie mich fragen, hat er einen ganz eigenen Weg gefunden, sich von all dem frei zu machen.«

»Ich verstehe nicht ganz«, sagte ich.

»Es heißt ja, er hätte Alzheimer … was ich nicht glaube. Ich denke, er hat alles getan, um verrückt zu werden, weil er so besser mit ihr weiterleben konnte.«

Aubusson schwenkte das Eis in seinem Glas, in dem kein Whisky mehr war, und stellte es weg. Ich hatte den Eindruck, dass ihm langsam der Gesprächsstoff ausging.

»Erzählen Sie uns noch von Maylenes Kindern, Mr Aubusson«, bat ich ihn.

»Von den Kindern habe ich nie viel gehalten. Ich erinnere mich noch gut an einen Besuch dort drüben. In einem der Zimmer fand ein Kindergeburtstag statt. Der Älteste wurde elf oder zwölf. Racine oder Nelson hat ein Stück von Bucks Kuchen gegessen, als der gerade nicht hinschaute. Ich weiß noch ganz genau, wie Maylene Buck zu sich rief und ihm etwas ins Ohr flüsterte, woraufhin er sich umdrehte und feststellte, dass ein Stück fehlte. Eine Sekunde später ging er zu seinem Bruder hinüber und haute ihm einfach eine aufs Maul.«

Harry produzierte ein Geräusch wie ein Ballon, der Luft verliert. »Lass dir nichts wegnehmen. Nicht mal von deinem Bruder. War das die Lektion, die sie ihm erteilte?«

Aubusson nahm einen Schluck. »Könnte auch sein, dass es Maylene gefiel, ihren kleinen Soldaten aufzustacheln und in den Kampf zu schicken. Nicht, dass er ihr Liebling gewesen wäre. Ein anderes Mal hat sie das Gleiche mit Nelson oder Racine gemacht und ihn Buck auf den Hals gehetzt.«

»Es überrascht mich, dass sie als Jugendliche nicht in Schwierigkeiten geraten sind«, meinte Harry.

»Sie haben schon über die Stränge geschlagen, aber was richtig Schlimmes haben sie nicht angestellt. Die kleineren Probleme wurden mit Geld aus der Welt geschafft. Eigenartig finde ich, dass die Kinder trotz des wahnwitzigen Umfelds, in dem sie aufgewachsen sind, sterbenslangweilig sind. Die Älteren auf jeden Fall. Kein Esprit. Wenn man denen ein paar Minuten zuhört, schläft man echt ein. Aber Lucas, ja, Lucas war von Anfang alles andere als auf den Kopf gefallen. Der Junge hatte echt Feuer.«

»Lucas?«, fragte ich und warf Harry einen Blick zu. »Wer ist denn Lucas?«

»Maylenes Jüngster. Kam noch überraschend, als sie schon Mitte vierzig war. Ein eigenartiger Junge. War, wenn man es genau nimmt, zu spät geboren, um noch ein Hippie zu werden, benahm sich aber so, Sie wissen schon. Hinterfragte alles, diskutierte über alles, hasste alles. Wurde gemein, wenn ihn etwas ankotzte, schrie herum, dass er mit einem Haufen kapitalistischer Schweine leben müsste, ist weggerannt und kreuz und quer durchs Land gezogen. Mit fünfzehn ist er bis Kalifornien getrampt, Maylene musste ein paar Privatdetektive anheuern, die ihn zurückbrachten.«

»Dieser Lucas klingt wie jemand, der Probleme macht«, warf ich ein. Oder wie jemand, der mental aus dem Ruder läuft.

»Dieser Junge konnte, wenn ihm der Sinn danach stand, mehr Schwierigkeiten machen als zehn seiner Altersgenossen zusammen, doch auf der anderen Seite war eins nicht von der Hand zu weisen: Er besaß einen messerscharfen Verstand. Hatte das Hirn vom Großvater, aber nicht diese spröde Art. Der war verdammt viel klüger als seine schwachsinnigen Geschwister.«

»Schwachsinnig?«, wunderte Harry sich. »Ich dachte, die Kincannon-Brüder seien extrem erfolgreiche Geschäftsmänner, die alles tun, damit das Imperium prosperiert.«

Aubusson grinste. »Das denken viele andere auch, aber wie heißt es so schön in diesem alten Song, *it ain't necessarily so*, es muss nicht unbedingt so sein. Nehmen wir mal den jungen Buck. Der Junge ist kein Ignorant, er ist einfach nur nicht besonders helle. Buck kennt sich ein bisschen aus … und vor allem weiß er, wen er anrufen und um Rat fragen kann. Die Kincannons beschäftigen die kompetentesten Ratgeber, die tüchtigsten Finanzberater, die besten Anwälte. Geld zu machen ist Schwerstarbeit. Es zusammenzuhalten ist wesentlich einfacher.«

»Lassen Sie uns noch mal über Lucas sprechen«, sagte ich. »Hat er eine destruktive Ader?«

»Meines Wissens nach hat er im Haus ein paar Sachen kaputtgemacht, aber wenn er wollte, konnte er charmant und zuckersüß sein. Schon im Alter von zehn, zwölf Jahren konnte er besser diskutieren als die meisten Erwachsenen. Ich mochte das kleine Monster, obwohl er mich mal als Laufburschen und Lakaien des Systems beschimpft hat, was immer das heißen mag. Zumindest war er eine Persönlichkeit.«

»Wo steckt Lucas jetzt?«, erkundigte ich mich betont gleichmütig.

Aubusson trank das geschmolzene Eiswasser und schüttete die Eiswürfel in den Rasen.

»Ich hörte, er wäre ruhiger geworden, aber das stimmte nicht. Mit achtzehn ist er weggerannt. Rannte, so weit er konnte, weil er nichts mehr mit der Familie zu tun haben wollte. Seit … wie lange ist das her? … Seit vier Jahren hat man nichts mehr von ihm gehört. Wurde aus dem Testament gestrichen, worauf er wahrscheinlich aus war. Nach dem, was so geredet wird, lebt er oben in Kanada oder Alaska, in den Bergen, und macht was mit Perlen.«

»Oder vielleicht auch nicht«, sagte Harry so leise, dass nur ich ihn verstehen konnte.

Kapitel 36

Harry und ich betraten das Präsidium durch den Hintereingang. Vince Rames aus der Abteilung Eigentumsdelikte stand Kaffee trinkend im Flur und hängte einen Zettel an die Pinnwand, eine Art Infobörse für Mitarbeiter, die ein Fahrzeug oder ein Boot verkaufen wollten oder einen Wurf Katzenbabys abzugeben hatten.

Als Vince uns sah, nickte er. »Ihr Jungs braucht wohl kein kleines Boot, oder? Zwei Jahre alt, 10-PS-Motor. Hat mal 3500 Dollar gekostet. Ihr könntet es für zwölfhundert kriegen.«

»Ich habe einen Kajak«, meinte ich. »Und kann Motorboote nicht ausstehen.«

»Und ich habe was dagegen, seekrank zu werden«, setzte Harry hinzu.

»Ich dachte nur, ich könnte ... He, ich bin gerade aus dem Urlaub zurück. Mitch Burden hat mir erzählt, ihr beide hättet vorbeigeschaut, weil ihr was wissen wolltet.«

»Wir brauchten Infos über ein paar geklaute Fahrzeuge«, entgegnete Harry.

»Und ... habt ihr was erfahren?«

»Mitch hat die Modelle und Marken überprüft«, erklärte Harry. »Schicke Karossen, die nicht im Computer waren. Mitch hat spekuliert, dass sie vom Parkplatz am Flughafen entwendet wurden und die Halter noch auf Hawaii oder sonst wo sind.«

»Was für Modelle denn?«

»Ein 1997er Porsche Turbo, ein 1958er Mercedes Kabrio, ein 2004er BMW.«

Vince dachte nach und runzelte die Stirn. »Komisch. Ich

habe letzte Woche einen seltsamen Anruf gekriegt. Außer mir war niemand im Büro. Jedenfalls meinte der Anrufer, ein paar noble Schlitten wären von einem Grundstück am Highway 45 verschwunden. Der Kerl sagte tatsächlich ›noble Schlitten‹. Ich bin dort hingefahren. Zu einer Lagerhalle mit Klimaanlage, in der eine ganze Reihe von Fahrzeugen stand.«

»Und was wurde da gestohlen?«, fragte Harry.

»Das ist ja das Komische. Der Typ, der mich angerufen hatte – ein Wachmann oder so was in der Art –, war in heller Aufregung. Hatte richtig Schiss. Er drängelte, dass ich sofort kommen sollte. Und als ich eine halbe Stunde später bei ihm auf der Matte stand, sagte dieser Arsch, so ein großer, dämlicher Hinterwäldler, er hätte sich getäuscht. Sein Chef, der Mann, dem die Fahrzeuge gehörten, hätte ein paar Autos verkauft, ohne ihm Bescheid zu geben. Damit war der Fall für mich erledigt.«

»Na, da würde ich aber gern mal nachhaken«, antwortete Harry. »Macht es dir etwas aus, wenn Carson und ich uns mal für eine Stunde als Kollegen von dir ausgeben?«

»Nur zu, Jungs. Ich male euch auf, wo die Lagerhalle ist.«

Die Adresse führte uns zu einem stillgelegten Flughafen. Die Start- und Landebahn verlief zwischen einem Melonenfeld und einem undurchdringlichen Waldstück hindurch. Meiner Schätzung nach gab es mehr ZUTRITT VERBOTEN-Warnungen als UNBEFUGTES BETRETEN WIRD STRAFRECHTLICH VERFOLGT-Schilder. Mit Ausnahme von ein paar älteren Geschäften und einem Flohmarkt eine halbe Meile die Straße hinunter war die Gegend wie ausgestorben. Ein drei Meter hoher Maschendrahtzaun sicherte die graue Lagerhalle. Vorn an der Straße gab es ein Wachhäuschen. Neben der Halle stand ein Schuppen mit einer laut brummenden Industrie-Klimaanlage. Vorn am Eingangstor war ein elektronisches Schloss mit einem Tastenfeld angebracht. Acht Meter weiter drüben entdeckte ich am Schuppen noch so ein Schloss.

Das Wachhäuschen wirkte ein wenig vernachlässigt. Die Tür stand einen Spaltbreit offen. Grashalme wucherten in den Rissen im Asphalt. Drinnen gab es ein Telefon, und auf dem Schild darauf stand IM NOTFALL MELDEN SIE SICH BITTE BEI so und so.

Harry sah mich an. »Steckst du in Not?«

»Ich müsste ziemlich dringend pinkeln.«

»Dann rufe ich mal durch.«

Harry wählte die Nummer auf dem Schild. Da ich nicht gelogen hatte, verschaffte ich mir zwischen dem Wagen und dem Wachhäuschen Erleichterung.

»In zehn Minuten kommt jemand«, verkündete Harry.

Wir lehnten uns an den Crown Vic. Drüben über der alten Start- und Landebahn flimmerte die heiße Luft. Acht Minuten später tauchte ein Kleintransporter auf, der so schnell fuhr, dass der Kies durch die Luft spritzte.

Der Fahrer, ein schwergewichtiger Typ Mitte dreißig, mit X-Beinen und einem dicken Bauch, der sich über den zu engen Gürtel wölbte, sprang aus dem Wagen. Er hatte ein rundes Gesicht und so rote Wangen, als hätte er Rouge aufgetragen.

»Was ist denn passiert?«, fragte er mit besorgtem Blick.

Harry und ich zeigten ihm unsere Marken. »Sie haben gemeldet, dass ein paar Fahrzeuge gestohlen wurden.«

»Ach, das hat sich längst aufgeklärt«, wiegelte er ab. »Schon vor einer Woche.«

»Ach, so ein Mist«, meinte ich. »Da hat mal wieder jemand den Bericht falsch abgelegt.«

Harry schlug sich gegen die Stirn.

»Was ist denn?«, wollte der Kerl wissen.

»Wir haben eine neue Mitarbeiterin, so ein junges Ding, die die Berichte gern falsch einsortiert. Und wir schnappen uns dann den Bericht und fahren zu der Adresse. Was ist passiert?«

»Es war ein Irrtum. Die Wagen wurden verkauft.«

Harry lachte und klatschte in die Hände.

»Ist das Ihr Ernst?«

Der Typ grinste. Es machte ihm Spaß, die Geschichte noch mal zu erzählen. »Wissen Sie, ich fahre jeden Morgen hier vorbei und schaue mich um. Ich muss drinnen nachsehen und kontrollieren, ob die Temperatur und die Luftfeuchtigkeit stimmen. Ich habe also die Tür aufgemacht und gesehen, dass drei Stellplätze frei waren, wo normalerweise Fahrzeuge stehen. Und da habe ich natürlich die Polizei verständigt und den Diebstahl gemeldet. Anschließend habe ich Mr Kincannon im Büro angerufen und Bescheid gegeben, dass die Autos weg sind.«

»Meinen Sie Buck Kincannon?« Ich warf Harry einen kurzen Blick von der Seite zu.

»Genau. Das hier ist eine super Fahrzeugsammlung. Ist doch herrlich, wenn man reich ist, was?«

»Und was ist dann passiert?«

»Mr Kincannon ist vorbeigekommen. Buck. Und auch Mr Nelson. Ich war draußen und habe gehört, wie Mr Buck einen Tobsuchtsanfall gekriegt hat. Hat nur geschrien, herumgebrüllt und Zeug durch die Gegend geworfen, doch als er rauskam, hat er gelacht und gesagt, die Fahrzeuge wären vor ein paar Tagen verkauft worden und es täte ihm leid, dass er vergessen hat, mich zu informieren. Danach ist er wieder zurück ins Büro gefahren.

Zehn Minuten später sind die Polizisten aufgetaucht und ich habe ihnen alles erklärt.«

»Was denken Sie, warum Buck Kincannon herumgebrüllt hat?«

Der Typ zuckte mit den Achseln – das ging ihn nichts an. »Ich habe keinen Schimmer, wieso reiche Leute sich so verhalten, wie sie sich verhalten.«

Auf der Fahrt ins Präsidium erzählte ich Harry von meiner Unterhaltung mit Tyree Shuttles.

»Auf mich fixiert? Logan?«

»Ich habe keine Ahnung, worum es eigentlich geht. Shuttles war ziemlich durcheinander. Ich habe ihm geraten, die Sache locker zu nehmen und einfach abzuwarten. Schließlich nimmt Logan in einem Monat seinen Hut.«

Harry trommelte mit den Fingern auf die Schreibtischplatte.

»Logan ist zwei Mal um unsere Schreibtische herumgeschlichen. Zum Beispiel neulich, als er sich die Zeichnung von dem Wookie angesehen hat.«

»Ich weiß noch, sie hat auf dem Boden gelegen.«

»Und beim zweiten Mal hat er auf meinem Stuhl gesessen und behauptet, er würde die Mordakte lesen.«

Wir saßen an unseren Schreibtischen und schauten zu Logans Bereich hinüber, der schätzungsweise sieben Meter von uns entfernt war. Wie wir hatten auch Logan und Shuttles ihre Schreibtische zwischen zwei im Neunziggradwinkel zusammengestellten Trennwänden zusammengeschoben.

»Wie heißt es doch so schön?«, fragte Harry. »Gleiches mit Gleichem zu vergelten ist nur fair?«

Harry schlenderte zu Logans Schreibtisch hinüber und

setzte sich. Ich lief ihm hinterher, stellte mich hinter ihn und behielt die Tür im Auge. Eigenartigerweise hielt Logan große Stücke auf Ordnung. Harry hob einen Stapel Papiere hoch, blätterte die Akten durch, kontrollierte den Inhalt von Logans Schreibtischschubladen. Er nahm Logans Kalender zur Hand und lüftete die Schreibtischunterlage.

»Sind anscheinend doch nicht rein zufällig im Papierkorb gelandet«, meinte Harry, als er zwei Tatortfotos herauszog, die in der Franklin-Akte fehlten. Die Fotos hatten die Mitarbeiter der Spurensicherung gemacht. Eines zeigte eine Weitwinkelaufnahme von dem Mazda und der näheren Umgebung. Man konnte den regennassen Bürgersteig und das Wasser erkennen, das in den Gulli rann. Auf dem anderen Foto war eigentlich das Gleiche zu sehen, nur dass der Fotograf auf das Trittbrett von Arlin Dells Laster geklettert war, um den Mazda und den Hintergrund von oben aufnehmen zu können. Vier Meter vor dem Fahrzeug entdeckte ich ein gelbes Schild, mit dem der Fundort des Messers gekennzeichnet worden war.

»Wieso, verflucht noch mal, interessiert sich Logan für diese Bilder?«, wunderte Harry sich. »Das sind Fotos von der Umgebung, auf denen nichts Wichtiges zu erkennen ist.«

Er steckte die Fotos wieder zurück unter die Schreibtischunterlage und kehrte kopfschüttelnd in unseren Bereich zurück.

»Vielleicht wollte er ein Souvenir? Vom letzten Tatort, der ihn gar nichts anging? Shuttles hat recht, der Mistkerl dreht langsam durch.«

Harry verschwand zu einem letzten Treffen vor der am Montag beginnenden Verhandlung, das im Büro des Staatsanwalts stattfand. Harry würde eine ganze Weile lang im Zeugenstand stehen müssen und vom Anwalt des

Beklagten in die Zange genommen werden. Von daher wollten alle Beteiligten sichergehen, dass er wusste, was er zu sagen hatte. Ich war überglücklich, dass der Staatsanwalt Harry mir vorzog, denn ich neigte zu ausschweifenden Erklärungen, wenn ich befragt wurde, während Harry kurz, knapp und auf den Punkt antwortete und in einem Raum voller Marionetten zudem die Geistesgegenwart eines Guerillakämpfers besaß.

Mir fiel etwas ein, was wir noch nicht berücksichtigt hatten: Wir mussten unseren Phantomzeichner Terry Baney noch ein Bild von Crandell anfertigen lassen. Wir waren zu dem Schluss gekommen, dass sich das Büro von Crandells Firma in einem Mietshaus befand, und zwar an einem eher abgelegenen Ort, wo er anonym bleiben konnte und es keine neugierigen Nachbarn gab, die auf das ständige Kommen und Gehen aufmerksam wurden. Trotzdem hatte er seine Zelte mit Sicherheit in der Nähe von Mobile aufgeschlagen.

Es bestand die Möglichkeit, das Phantombild im Fernsehen ausstrahlen zu lassen, mit der Bitte um Hinweise aus der Bevölkerung. Ich tätigte einen Anruf, hatte allerdings vergessen, dass heute Samstag war. Baney, der ganz normale Arbeitszeiten hatte, stand erst wieder am Montag zur Verfügung.

Ich kritzelte wie üblich ein Memo auf einen Zettel – *Baney anrufen: Zeichnung von Crandell anfertigen lassen* – und platzierte ihn genau vorn in der Mitte des Schreibtisches. Dann drehte ich mich auf meinem Bürostuhl ein paar Mal im Kreis.

Mein Blick wanderte zur Uhr. Heute Abend gegen sieben kam Clair zu Besuch. Dann konnten wir uns endlich mal richtig unterhalten. Ich wischte die feuchten Handflächen an den Hosenbeinen ab und fuhr nach Hause, um den Sand aus der Wohnung zu fegen.

X Kapitel 37

Eine Minute vor sieben knirschte Clair Peltier in ihrem kleinen roten BMW über den Sand und die Muscheln auf meiner Auffahrt. Kurz dachte ich, ich hätte vergessen, die Zähne zu putzen, bis mir wieder einfiel, dass ich sie in der vergangenen Stunde zwei Mal geschrubbt hatte.

Ich hörte, wie Clair das Dutzend Holzstufen erklomm und oben auf dem Treppenabsatz stehen blieb. Als ich die Tür öffnete, wollte sie gerade anklopfen. Ich verbeugte mich überschwänglich und bat sie mit ausladender Geste einzutreten. Clair trug eine schlichte fliederfarbene Bluse. Auf ihrem makellosen Dekolleté lag eine zarte silberne Halskette. Zögernd hob sie den Fuß und trat dann über die Türschwelle. Ihre weißen Shorts endeten auf der Schenkelmitte. Bislang kannte ich sie nur in langen Hosen oder dreiviertellangen Röcken. Ich ließ den Blick nach unten wandern und grinste sie an.

»Mein Gott, Clair, Sie haben ja Beine.«

»Ich, ähm … danke, Ryder.«

Sie ging an mir vorbei und betrachtete die Muscheln, das Treibholz und die Bilder, mit denen ich das Haus ausstaffiert hatte. Irgendwann hatte ich mir schräge Folk-Art in grellen Farben geleistet. Mir wurde schwindelig, als wäre die Luft in Clairs Nähe mit einem leichten Rauschmittel getränkt.

»Kann ich Ihnen etwas zu trinken anbieten, Clair?«

»Haben Sie Wein da?«

»Ja. Ich könnte allerdings auch was mixen, das …« Ich hätte fast *sexier* gesagt, entschied mich dann aber doch für *prickelnder*.

»Was denn?«

»Während meiner College-Zeit habe ich, je nach Lust und Laune, als Barkeeper gearbeitet. Mögen Sie Rum?«

»Ja, schon.«

»Haben Sie schon mal einen Caribbean Lover gehabt?«

Sie legte den Zeigefinger aufs Kinn, klimperte mit den dunklen Wimpern und ahmte Scarlett O'Hara nach.

»Mista Rydah, das ist nun wiiirklich zu persööönlich.«

»Rum, Ananassaft, O.J., Amaretto ... Ähm, ich habe ja gar keinen Amaretto im Haus. Also, keinen Caribbean. Was halten Sie von einem Zombie oder Mai Tai?«

Sie überlegte kurz und spitzte die Lippen. Ihr Mund sah wie eine frisch gepflückte Rose aus.

»Kenne ich schon. Mixen Sie mir etwas, was ich noch nicht getrunken habe.«

Ich öffnete den Barschrank und holte mehrere fast volle Flaschen und den Cocktail-Shaker heraus, ehe ich im Kühlschrank herumkramte. Clair musterte wieder meine Bilder, während ich mit dem Messbecher hantierte und die Cocktails mixte. Zwei Minuten später reichte ich ihr meine Kreation und goss mir den Rest in mein Glas.

»Meine Interpretation eines Barbados Punch«, verkündete ich. »Triple Sec, Limonen- und Ananassaft, brauner Rum und ein Hauch Zimt und Nelke.«

Sie nahm einen Schluck, fuhr mit der rosa Zunge über die Lippen und zwinkerte zustimmend.

Wir gingen zur Terrassentür und traten aufs Deck hinaus. Das aquamarinblaue Wasser nahm eine halbe Meile weiter draußen einen tiefblauen Ton an. Kreischende Möwen segelten durch die Luft. Ein Graureiher auf einer von Seegras überwucherten Düne vor meinem Haus beäugte uns misstrauisch. Die weiße Yachte, die mir in letzter Zeit häufiger unter die Augen gekommen war, dümpelte gleich hinter der zweiten Bojenkette. Clair stellte sich ans Geländer und schaute aufs Meer hinaus. Der Wind spielte mit ihrem Haar.

»Das ist ein traumhafter Fleck, Ryder.«

»Nach dem Tod meiner Mutter habe ich vierhundertachttausend Dollar geerbt. Eigentlich hatte ich vor, mir draußen in der Pampa für zwanzigtausend Dollar einen Wohnwagen zu kaufen und von den Zinsen zu leben.«

Sie drehte sich zu mir um. »Das kann ich mir gut vorstellen. Was ich mir nicht vorstellen kann, ist, dass Sie mit dieser Entscheidung lange glücklich gewesen wären. Wie kam es, dass Sie Ihren Plan geändert haben?«

Ich trat eine Zeitreise in die Vergangenheit an und kehrte zu einem der eindringlichsten Momente meines Lebens zurück. Für einen Augenblick hing ich in meinen Erinnerungen fest.

»Kann sein, dass Sie das eigenartig finden, Clair.« Ich lachte und bemühte mich, fröhlich zu klingen, doch ich brachte nur ein Krächzen heraus.

»Stellen Sie mich auf die Probe.«

Ich drehte mich Richtung Brandung.

»Eines Abends bin ich zum Fischen nach Dauphin Island gefahren. Ich stand bis zur Taille im Wasser und über mir funkelten die Sterne am Himmel. Es war Vollmond. Er malte einen weißen Streifen aufs Wasser, der bis zum Horizont reichte. Auf einmal schien die Welt stillzustehen. Ich hatte das Gefühl, ich könnte ins Mondlicht treten, bis zum Horizont wandern, den seidigen Himmel umarmen. Ich konnte das alles förmlich spüren: den Himmel, die Sterne. Selbst den Mondschein auf meiner Haut. Das war der friedlichste Moment, den ich je erlebt habe, und ich wollte diesen Augenblick ewig auskosten und nie mehr aus dem Wasser gehen.«

Ich rechnete mit einem amüsierten Lächeln, aber in Clairs Blick hielten sich Erstaunen und Zustimmung die Waage.

»Ach ja, Clair«, sagte ich. »Auf dem Weg zu meinem Wagen kam ich an diesem Haus vorbei und fand ein Schild, auf dem stand ZU VERKAUFEN. Und raten Sie mal, was es gekostet hat?«

»Natürlich vierhundertachttausend Dollar.«

»Denken Sie, das war Zufall? Gleichzeitigkeit? Schicksal?«

Sie stellte sich neben mich. Ihre Schulter berührte meinen Arm.

»Sie hatten einen Moment der Erleuchtung, Carson.«

»Was meinen Sie damit?«

»Das kann man sprachlich nicht fassen: Das sind Momente, die sich mit Worten nicht beschreiben lassen. Man kann sie nur fühlen. Wir haben weder die Sprache noch ein Bezugssystem, um so einen Augenblick zu erklären. Die Welt funktioniert auf eine Art und Weise, die wir für geheimnisvoll, furchteinflößend halten. Das liegt aber nur daran, dass wir nicht unter die Oberfläche blicken können. Wir spüren die Wesen, die sich dort unten bewegen, fühlen sanfte Wogen, wenn sie vorbeigleiten. Das alles ist logisch und folgt einer bestimmten Ordnung. Wir können jedoch nicht erklären, warum das so ist und welche Kraft da waltet, denn …«

»Es ist jenseits unseres Bezugssystems«, beendete ich den Satz für sie. Einen Moment lang schauten wir uns in die Augen, bis sie irgendwann schluckte, den Blick abwandte und das Thema wechselte.

»Haben Sie Ihrer Ex-Freundin gesagt, sie soll sich vor den Kincannons in Acht nehmen?«

»Noch nicht. Ich möchte mir die Typen erst mal genauer ansehen – aus der Nähe.«

»Lassen Sie sich nicht allzu lange Zeit. Diese Leute sind wie Treibsand. Könnte durchaus sein, dass sie in etwas reingesaugt wird, was sie nicht versteht.«

»Ms Danbury ist auf der Suche nach Dingen, die sie nicht versteht, und stürzt sich voller Elan hinein. Deshalb ist sie eine gute investigative Journalistin. Wenn ich ihr rate, sie soll sich von ihrem neuen Freund fernhalten, muss ich ihr einen triftigen Grund nennen.«

Clair drehte das Cocktailglas, starrte in die kreisende Flüssigkeit und dachte nach.

»Ich habe mich immer gefragt, warum Sie mir Ms Danbury nie vorgestellt haben.«

»Das hatte ich vor, Clair. Keine Ahnung, wieso es nie dazu gekommen ist. Tut mir leid.«

Wieder starrte sie in ihr Glas und stellte es schließlich aufs Geländer. »Es hat mich gestört, dass Sie uns nie miteinander bekannt gemacht haben. Ziemlich gestört, um ehrlich zu sein.«

»Warum?«

Ihre Augen begannen zu funkeln. Der Wind blies durch ihre Haare, während ihr Blick auf den Horizont gerichtet war.

»Das ist lächerlich«, wehrte sie ab. »Unsinn.«

»Rücken Sie schon raus mit der Sprache, Clair.«

Als sie sich zu mir umdrehte, stellte ich fest, dass ihre Augen gar nicht blau waren. Ihre Farbe ließ sich einfach nicht mit einem Wort beschreiben.

»Ich fühlte mich ausgeschlossen.«

»Ausgeschlossen?«

»Ich habe ja gesagt, dass es dumm ist. Es ist nur so, dass ... Sie und ich miteinander ein paar eigenartige Dinge erlebt haben, Carson. Vor zwei Jahren, als mein Leben ein einziger Scherbenhaufen war, sind Sie da gewesen. Hätten wir uns an diesem grauenvollen Tag nicht in meinem Garten unterhalten, hätte ich mich niemals meiner Eitelkeit und meiner Unsicherheit gestellt, den Kräften, die mich jahrelang angetrieben haben. Vielleicht bin ich ja immer noch in diesem Leben gefangen.«

»Das hatte doch nichts mit mir zu tun, Clair. Sie sind aufgestanden und –«

Sie legte den Finger auf meine Lippen. »Ich hätte mich auf sicheres und vertrautes Terrain zurückziehen können. Stattdessen bin ich über den Graben in eine neue Welt gesprungen. Und gesprungen bin ich nur, weil Sie es von mir erwartet haben, Carson. Ich bin gesprungen, weil Sie glaubten, ich hätte die Kraft dazu. Und nun bin ich in Sicherheit, außer Gefahr und an einem anderen Ufer – wegen Ihnen. Es gab einen Grund, weshalb Sie damals im Garten waren.«

»Wir beide hatten unsere Gründe.«

Sie wollte schon antworten, doch dann bemerkte ich, wie sie zögerte, weil sie nicht die richtigen Worte, keinen Bezugspunkt fand. Ihre Lippen erinnerten an exotische, auf dem Wasser treibende Blütenblätter. Ich hob die Hände und streckte sie ihr entgegen.

Mit einem Mal erging es mir wie ihr: Ich zauderte und nahm die Hände wieder herunter. Dann wandte ich den Blick ab und murmelte: »Kann ich Ihnen noch einen Drink anbieten?«

»Nein, danke«, antwortete sie und wandte ebenfalls den Blick ab. »Mir ist gar nicht aufgefallen, wie sehr mich diese Woche geschafft hat. Ich denke, es wäre besser, wenn ich jetzt heimfahre.«

»Sicher«, meinte ich. »Wir beide haben in letzter Zeit viel gearbeitet.«

»Wir können unser Gespräch ja wann anders weiterführen. Vielleicht gehen wir nächste Woche abends mal essen. In einem netten Fischrestaurant.«

»Das ist eine gute Idee.«

Ich folgte ihr ins Haus. Sie nahm ihre Tasche, hängte sie um und lief zur Tür. Ich blieb mitten im Raum stehen. Auf einmal hörte ich ein Rauschen, als brächen die Wellen fünfzig Meter weiter vorn und schlügen gegen die Stelzen, auf denen mein Haus ruhte.

Clair drehte sich um. Bedächtig hob sie den Blick und suchte meinen.

»Auf Wiedersehen, Carson«, sagte sie. »Passen Sie auf sich auf.«

»Bis dann«, meinte ich.

X

Am Sonntag brauten sich im Westen dicke Regenwolken zusammen, die bald hier durchziehen würden – ein Meteorologe hatte von einem »letzten Aufbäumen des Frühlings« gesprochen. Ich entdeckte die Wetterfront auf dem Radar: mehrere Sturmfronten hintereinander, die wie zottelige grüne Geister aus Südtexas und Mexiko auf uns zugerollt kamen. Ich verbrachte den Tag mehr oder minder im Bett und blätterte halbherzig Rudolnicks Akten durch. Gegen sechs Uhr rief Harry an, der seinen Tag auf die gleiche Weise verlebt hatte.

»Ich habe Rudolnicks Akten jetzt komplett gesichtet. Keine losen Blätter mehr in irgendwelchen Zeitschriften. Keine weiteren Notizen über diesen Kerl, vor dem er Angst hatte. Und nichts über Harwood.«

»Ich habe hier noch eine Viertelkiste von Rudolnicks Akten herumstehen, Harry. Du kannst sie dir gern vorknöpfen.«

Harry grunzte.

»Was hältst du davon: Du siehst sie durch und ich schaue später vorbei und hole sie ab. Wenn ich eins in meinem Leben nicht mehr brauche, dann sind das Akten von Psychiatriepatienten, die ich durcharbeiten muss.«

Ich warf einen Blick aus dem Fenster: Der Wind peitschte die Wellen ans Ufer, Kumuluswolken fegten über das Wasser. Draußen auf dem Meer waren größere Ausflugsdampfer unterwegs. Eine Viertelmeile vom Strand entfernt schipperte die große, weiße Yacht gemächlich durch die Gischt. Ich fragte mich, ob das ein Charterboot war. Die Touristen standen auf Delfintouren. Mein Körper sehnte sich nach einem Ausflug aufs Meer hinaus, doch für mich kam nur eine Spritztour mit dem Kajak in Frage.

Zuerst musste ich allerdings meine Hausaufgaben erledigen. Seufzend nahm ich die letzten Rudolnick-Akten aus der Kiste und legte sie auf den Tisch, presste die Hände gegen die Schläfen und las.

Kurz vor acht tauchte Harry auf und schüttelte die Wassertropfen aus seinen Haaren. Ich hatte alle Akten durchgelesen, ohne auf etwas Interessantes zu stoßen. Vor ein paar Minuten hatte ich die Badehose angezogen. Da diese Wetterlage laut Vorhersage noch ein paar Tage anhalten sollte, wollte ich noch aufs Meer hinaus, ehe der Sturm richtig losbrach.

Harry musterte mich skeptisch.

»Du bist hoffentlich gerade zurückgekommen.«

»Nee, ich wollte eben los. Ich brauche das jetzt.«

»Carson ...«

Auf dem Fernsehbildschirm tauchte ein Diagramm mit den lokalen Wetterdaten auf. Ich warf einen letzten Blick auf das Radargerät und studierte die Wiederholung der Wetterprognose.

»Ich muss mal kurz raus, Harry, mir den Kopf so richtig durchpusten lassen.«

»Schau dir mal diese Mörderwolken an, Carson. Die sind wie eine Wand.«

Ich schaute durch die Terrassentür und betrachtete den Horizont. Da draußen sah es aus, als würden Erde und Himmel miteinander Krieg führen – senkrecht aufragende Formationen aus indigoblauem Rauch, die in unregelmäßigen Abständen von Blitzen erhellt wurden. Es würde knapp werden, doch ich brauchte das Wasser und die Anstrengung.

»Sie ziehen jetzt fast parallel zur Küste weiter, Harry. Dumm für Florida, aber wir hier sind noch mindestens eine Stunde lang aus dem Schneider. Bis es richtig losgeht, bin ich längst wieder zurück und nuckele an meinem zweiten Bier.«

Harry schüttelte den Kopf. Er wäre ein guter Trapper und ein lausiger Seeabenteurer gewesen.

»Ich werde mir hier einen Scotch genehmigen und ein Auge auf dich haben. Und wenn du zurück bist, bringe ich die Akten in das Kabuff zurück, wo Rudolnicks Mutter sie eingelagert hat.«

»Mach dir meinetwegen keine Sorgen, Bruder«, versicherte ich ihm. »Fahr nach Hause, leg dir ein paar Platten auf und lass dir die Gehörgänge mal richtig durchblasen.«

Der Wind trug leises Donnergrollen heran. Harry knurrte, schnappte sich die Akten und ging zur Tür.

Durch die Brecher zu paddeln kostete mich ganz schön Kraft. Meine Schultern schmerzten und ich keuchte schwer. Das Meersalz brannte in meinen Augen. Fliegende Fische sprangen über mein Boot. Eine halbe Meile auf dem Meer draußen hörte ich auf zu paddeln und streckte mich.

Als der Wind die Richtung änderte und den Geruch

von Regen und Ozon herantrug, wusste ich, dass es Zeit für ein Bier war. Die Abenddämmerung wich der Nacht. Ich drehte um und hielt auf mein Terrassenlicht zu. Nach einem Dutzend Paddelschlägen bemerkte ich einen Scheinwerfer hinter meinem Rücken und das Dröhnen eines voll aufgedrehten Motors.

Ein auf und ab hüpfender Bug steuerte mit rasender Geschwindigkeit auf mich zu.

Ich scherte nach rechts aus, doch das Boot rechnete offenbar mit meinem Ausweichmanöver und schlug dieselbe Richtung ein. Ich riss das Paddel hoch, wedelte damit herum und schrie idiotischerweise: *»Stopp!«*

In Windeseile sprang ich über Bord und wurde sofort nach unten gezogen. Der Zusammenprall des Bootes mit meinem Kajak war sogar noch unter Wasser zu hören. Mit gedrosseltem Motor zog das Boot enge Kreise. Ich tauchte auf und schwamm zu der zehn Meter langen Yacht hinüber.

Licht fiel auf mich. Ein weißer Kreis. Ich blinzelte ins gleißende Hell und drehte ab. Jemand warf eine Strickleiter über das Geländer. Vom Licht geblendet kletterte ich die Leiter hoch. Das Boot schaukelte in den Wellen.

»Schalten Sie den Scheinwerfer aus«, sagte ich, als ich ins Boot stieg. »Ich kann nichts sehen.«

»Ich habe schon befürchtet, wir würden Sie nicht treffen«, antwortete eine Stimme am Steuerrad.

»Mich auf dem Wasser nicht treffen?«

»Sie nicht voll zu erwischen. Ist schon eine Weile her, dass ich ein Boot gesteuert habe.«

Ich erstarrte und schaute dem Mann am Ruder ins Gesicht. Langsam wurde das Bild schärfer, bis ich erkannte, mit wem ich es zu tun hatte: Crandell. Er grinste.

»Hallo, Carson«, meldete sich eine seltsam vertraute Stimme neben mir. Ich drehte den Kopf.

Tyree Shuttles.

Ich wirbelte herum und wollte von Bord springen, doch in dem Moment legte mir jemand den Arm um den Hals und warf mich aufs Deck. Etwas Heißes brannte auf meinem Bizeps. Mein Verstand verflüssigte sich und schwemmte mich in ein Loch im Boden.

Crandell folgte mir, grinsend wie ein Honigkuchenpferd, das durch die dunkle Nacht trottet.

Kapitel 38

»Ich kann das einfach nicht glauben«, sagte Clair Peltier. »Sie müssen sich täuschen.«

Ihre Hand zitterte, als sie den Vorhang losließ. Sie verzog sich in Ryders Schlafzimmer und schloss die Tür hinter sich. Draußen auf der Auffahrt stand der Pick-up der Küstenwache. Auf der Ladefläche lag ein schwer lädierter, verbeulter roter Kajak. Es war zehn Uhr morgens. Seit dreizehn Stunden fegte eine Sturmfront nach der anderen übers Land hinweg.

»Wo haben Sie den Kajak noch mal gefunden?«, fragte Harry Nautilus.

»Am Strand von Fort Morgan. Wurde ein Stück östlich der Landspitze angeschwemmt.« Lieutenant Robert Sanchez war siebenundzwanzig Jahre alt und machte mit der linken Hand Notizen auf einem Klemmbrett. »Das war ein schwerer Sturm, Detective.«

»Was Kajaks angeht, war er Experte.«

»Hat er regelmäßig eine Schwimmweste getragen?«, erkundigte sich Sanchez.

»Nein«, räumte Harry Nautilus ein.

»Wir haben ein Team losgeschickt, das die Gegend und den Strand absucht. Und Boote, doch das Wetter hat uns gezwungen, unsere Leute zurückzurufen. Hubschrauber konnten wir auch nicht einsetzen.«

»Fahnden Sie nach einem Schwimmer? Oder nach einer Leiche?« Nautilus' Stimme klang nüchtern – ein Profi unterhielt sich mit einem anderen Profi.

»Der Wind könnte ihn quer durch die Bucht Richtung Fort Morgan getrieben haben. In die Fahrrinne der Schiffe. Gestern Abend waren mehrere Frachter in der Bucht unterwegs, ein ständiges Kommen und Gehen. Die Strömungen an der Landspitze sind ziemlich stark. Ein Taucher hat sie mal als Unterwasser-Frachtzüge beschrieben. Dort unten gibt es Trümmer, Wracks, alles Mögliche, woran man hängen bleiben kann.«

»Ich verstehe«, flüsterte Harry Nautilus.

Sanchez räusperte sich. »Entschuldigen Sie, Detective, aber wieso ist Ihr Freund mit dem Kajak rausgefahren, wo er doch wusste, dass ein Sturm im Anmarsch war?«

»Er hat seine Kindheit überstanden und das hat ihn manchmal glauben lassen, er könnte alles überstehen.«

Sanchez nickte höflich, als verstünde er, was gemeint war. Ein Windstoß rüttelte am Haus und fegte über die Fenster hinweg. Die Glühbirnen wurden dunkel, flackerten, brannten dann wieder hell.

»Sobald der Sturm nachlässt, gehen wir wieder raus, Detective. Fünfzig Meilen auf dem Meer draußen wartet die nächste Sturmfront, doch vielleicht können wir in einer halben Stunde ja den Hubschrauber losschicken.«

»Vielen Dank«, sagte Nautilus und überlegte, ob die Suche reine Formsache war.

»Möchten Sie, dass ich den Kajak Ihres Freundes hier lasse, Sir?«, fragte Sanchez. »Ich kann ihn auch mitnehmen, wenn Ihnen das lieber wäre.«

»Lassen Sie ihn hier«, meldete Clair Peltier sich hinter der Schlafzimmertür mit brüchiger Stimme. »Und sorgen Sie dafür, dass der gottverdammte Hubschrauber abhebt.«

✗ Kapitel 39

Ich hatte mehrere Tage unter Wasser verbracht, war durch grünschwarzes, von Algen durchwuchertes Nass geschwommen, das meine Haut aufscheuerte. Hin und wieder hatte ich über der Wasseroberfläche ein tanzendes Licht entdeckt und mich darauf zubewegt, doch kurz vor dem Ziel wich die Oberfläche vor meiner ausgestreckten Hand zurück, sobald ich versuchte, ins Land des Lichts und der Luft zu gelangen. Gleichzeitig stellte ich fest, dass ich unter dem leuchtenden Gallert herumtreiben und Gesprächsfetzen aus der Welt der Luft auffangen konnte …

»Wie lange soll er hier bleiben?«

»Er kommt bald weg.«

»Was werden wir den anderen erzählen?«

»Wen interessiert's?«

Nachdem die Stimmen von der Strömung weggetragen worden waren, griff ich wieder in das glimmende Etwas. Meine Hand drang bis zum Gelenk ein, der Ellbogen folgte. Als wollte ich ein nasses Leichenhemd abstreifen, wand ich mich Zentimeter um Zentimeter aus dem Meer und lag dann – so kam es mir wenigstens vor – stundenlang reglos da und schnappte nach Luft.

Ich schlug die Augen auf und erblickte über meinem Kopf einen pinkfarbenen Ballon, der sich bewegte. Der

Ballon hatte ein kugelrundes Gesicht und dieses Gesicht lächelte. Das war ein freundlicher Ballon.

»Wo bin ich?«, fragte ich den Ballon.

»Sie sind im Himmel, Mister«, antwortete der Ballon.

X

Harry Nautilus stand vor der Türschwelle von Carsons Haus. Seine Hand lag auf der Klinke. Er hörte, wie der Regen gegen die andere Türseite trommelte. Mit fragendem Blick drehte er sich zu Clair Peltier um.

Sie schüttelte den Kopf. »Ich komme nicht mit. Ich werde hier warten.« Sie trat wieder zum Fenster hinüber.

Irgendwas ist mir entgangen, dachte Harry und musterte die verzweifelte Frau aus dem Augenwinkel. *Vielleicht hat es sich auch erst kürzlich ergeben ... Zwischen den beiden ist immer etwas gelaufen. Wie eine Unterströmung.*

»Das ist eine gute Idee, Doc. Dass Sie warten«, sagte er.

»Ich habe gelesen, dass Menschen tagelang auf dem Wasser getrieben sind, sich an etwas festgehalten haben. Wissen Sie noch, wie letztes Jahr das Boot von diesem Typen untergegangen ist? Ein Frachter auf dem Weg nach Galveston hat ihn aufgelesen. Es dauerte zwei Tage, bis der Mann wieder an Land war.«

Nautilus merkte, wie bei Clair Peltier der Groschen fiel: In dem Moment, wo Carson gerettet würde, ginge sofort ein Funkspruch mit der Nachricht hinaus, dass er sich in Sicherheit befand.

»Mist«, wisperte sie.

»Alles ist möglich«, meinte Nautilus. »Auch Gutes.«

Clair wanderte zur Terrassentür hinüber. Neue Sturmfronten ballten sich am Horizont zusammen – purpurrote Wolken, die Blitze hinter sich herzogen. Heiße Windböen rauschten vorbei. Auf den grauen Wellen tanzten Schaumkronen.

Clairs Augen weiteten sich. »Da ist jemand an der Tür, Harry.«

Sie rannte zur Tür und riss sie auf. Nichts – nur eine Regenwand.

»Ich weiß, dass ich etwas gehört habe. Ein Klopfen.«

»Das ist der Regen auf dem Dach«, meinte Nautilus.

Und dann hörte Nautilus das Geräusch auch. Ganz leise, kaum hörbar. Es kam von draußen. Er folgte dem Geräusch in den Regen, die Treppe hinunter, unter das Haus auf Stelzen. Nichts. Der Wind peitschte. Nautilus entdeckte den lädierten roten Kajak, der auf dem Regal im Wind schaukelte.

»Harry«, rief Clair vom Treppenabsatz hinunter.

»Es ist nichts«, antwortete er. »Nur der Wind.« Er starrte den Kajak an.

Eine Minute später stand er im Regen und versuchte, das Boot – soweit möglich – in seinen Volvo zu schieben und es mit einem Seil am Beifahrersitz zu befestigen. Hinten ragte es drei Meter aus dem Wagen, war aber ordentlich festgezurrt.

»Harry!«, schrie Clair, die in der Tür stand. »Was machen Sie da?«

»Keine Ahnung.«

Er stieg in den Volvo und fuhr in das tosende Grau.

X

Ich schloss die Augen, blendete den Anblick des Ballons aus und ließ mich – unerhört glücklich – ins grüne Wasser fallen. Hier unten, unter der Wasseroberfläche, begriff ich Clairs Wesen. Eine Welt, wo alles einen Sinn ergäbe, wäre unser Verstand einer Sprache mächtig, ihre Logik und ihre Ordnung zu erfassen.

Klopf ... klopf ... klopf ...

Ein rhythmisches Geräusch erregte meine Aufmerksamkeit. Ich strampelte, wirbelte in den Untiefen des Wassers herum und versuchte, das Geräusch zu orten. Nein ... kein Geräusch. Ein Gefühl. Jemand hämmerte mir auf die Fingerknöchel. Vorsichtig schlug ich die Augen auf und rechnete insgeheim damit, dass mir Meerwasser in die Augen lief, doch nur ein kühler, trockener Luftzug streifte sie.

Wieder dieses Klopfen auf meinen Fingerknöcheln.

Mein Kopf schien sich auf einer Achse zu drehen, bis ein rundes rosa Gesicht in Sicht kam. Die Augen waren blau und neugierig. Und da war ein etwas schiefes Lächeln. Das Gesicht eines Kindes. Mein Blick wurde schärfer, fiel auf einen Bart – kein Kind, sondern ein Mann.

»Wer bist du?«, fragte ich. Meine Worte schienen aus etwas aufzusteigen, was neben mir lag. Vom Rand eines Kissens, das in einem gestärkten weißen Bezug steckte.

»Freddy. Und wie heißt du?«

»Carson.« Das war das Einzige, was ich mit Sicherheit sagen konnte.

»Möchtest du meinen Freund kennenlernen, Carson?«

»Lass mir noch einen Moment Zeit, Freddy. Ich bin noch nicht ganz wach.«

»Miss Holtkamp hat gemeint, sechzig Sekunden sind eine Minute. Eins ... zwei ... drei ...«

Ich holte mehrmals tief Luft und bemerkte, dass sich mein Brustkorb nicht richtig ausdehnte. Mit jedem Atemzug kehrte mein Bewusstsein ein Stück weit zurück, als könnte die Luft die Dunkelheit vertreiben. Was läuft hier? Wo bin ich? *Denk nach. Analysiere die Situation. Verschaff dir einen Überblick.*

»Fünfzehn ... sechzehn ...«

Ein Raum. Blaue Wände, blaue Decke. Etwa fünf mal fünf Meter. Breite Tür, die auf einen Flur führt. Grüner Fliesenboden. Seitlich ein Fenster. Sind das Gitterstäbe? Tageslicht. Der Geruch eines Desinfektionsmittels ...

»Zweiunddreißig ... dreiunddreißig ...«

Die Brust ist irgendwie fixiert. Mit einem Gürtel? Einem Seil? Hände, Füße, bewegungslos. Schmerzen an den Handgelenken, Druck an den Fesseln. Trockener Mund. *O Gott ... da steckt eine Dauerkanüle in meiner Hand! Kämpf gegen die Angst an ... beobachte, wäge ab, analysiere ...* Gedämpfte Musik. E-Piano, Saxophon. Fetter Basslauf. Und dann ein schmetternder Bläsersatz. Funk, vielleicht Bootsy Collins.

»Neunundfünfzig ... sechzig! Willst du jetzt meinen Freund kennenlernen, Carson?«

Freund? Irritiert warf ich einen Blick Richtung Tür. Niemand da.

»Ähm, sicher, Freddy.«

Der Typ zog seinen Arm hinter dem Rücken hervor. Seine Hand steckte in einem abgewetzten, fast kahlen Stofftier – ein Hund wie aus einem Zeichentrickfilm, von unbestimmbarer Rasse, mit schlappen Ohren, Plastikaugen mit beweglichen schwarzen Pupillen und heraushängender rosa Zunge. Freddy schmatzte, legte die Hand auf meinen Arm, drückte zu und ließ wieder los, als würde das kleine Hündchen an mir nagen oder lecken.

»Das Hündchen mag dich.«

»Das ist klasse. Kannst du mir helfen, Freddy? Meine Arme sind mit irgendwas fixiert. Kannst du sie losbinden?«

Das Hündchen hörte auf zu lecken und verschwand hinter Freddys Rücken. Er runzelte die Stirn. »Es ist nicht grün. Sondern rot.«

»Was meinst du?«

»Wenn deine Arme so sind, dann weil du etwas Rotes angestellt hast. Und sie werden erst wieder losgebunden, wenn du wieder grün bist.«

Rot steht für böse, grün für gut?

»Ist es rot, wenn man einen Schluck Wasser trinkt, Freddy? Ich habe einen tierischen Durst.«

Er schüttelte den Kopf und kicherte, als hätte ich eben einen großartigen Witz erzählt.

»Trinken hat keine Farbe, Carson. Trinken ist nur Trinken.« Er watschelte weg, ließ mich mit der Musik allein, die kaum zu hören war. Wenige Sekunden später kehrte Freddy mit einem Plastikbecher zurück, den das Stofftiermaul hielt.

»Das Hündchen hat dir eine Limonade gebracht. Beerengeschmack.«

Ich stellte fest, dass ich mich ein bisschen aufrichten konnte und das Kopfende des Bettes ein paar Zentimeter hochgestellt war. Ich öffnete den Mund.

»Es regnet Beerenlimo«, verkündete Freddy und ließ das Zuckerwasser in meinen Mund tropfen.

»Vielen Dank, Freddy.«

»Gern geschehen, Carson.«

»Freddy? Könntest du mir vielleicht erklären, wo ich bin?«

Er sagte es mir. Diese Antwort hörte ich zum zweiten Mal an diesem Tag.

✗ Kapitel 40

Ich döste wieder ein. Meine Träume waren düster und zerrissen. Ob dies auf meine Situation, die Drogen oder gar auf beides zurückzuführen war, wusste ich nicht. Ich träumte von zwei Ballons – einer hell, der andere dunkel –, die vor einem indigoblauen Himmel herumhüpften. Sie schwebten über mir, umkreisten mich. Ich ahnte, dass man sich für mich interessierte.

»Zu was wird das hier deiner Einschätzung nach führen?«

»Mehr können wir ihm nicht geben.«

»Was sollen wir tun?«

»Abwarten und Tee trinken.«

Später – ich hatte keine Ahnung, wie viel Zeit verstrichen war – hörte ich ein metallisches Klappern. Als ich die Augen öffnete, erblickte ich eine schwarze Frau, die einen Metallwagen ins Zimmer schob. Sie war etwa einen Meter fünfundsiebzig groß, schlank und muskulös. Während sie den Wagen über die Türschwelle hievte, tanzten die Muskeln in ihrem Unterarm. Die Haare hatte sie zurückgebunden. Ihr dunkler Teint leuchtete irgendwie und ihr klassisch geschnittenes Gesicht mit den hohen Wangenknochen hatte etwas Ägyptisches. Ich schätzte sie auf Anfang sechzig. Sie trug eine hellgrüne Krankenschwesterntracht, Jacke und Rock, und beim Gehen raschelten ihre weißen Strumpfhosen. Auf dem Wagen lagen Handtücher und eine Kiste mit dem Aufdruck »Steri-Wipes«.

Der Wagen polterte gegen mein Bett. Sie faltete ein Handtuch auf, nein, kein Handtuch, sondern eine Inkontinenz-Windel. Sie zog das Laken von meinem Körper.

Bis auf ein weißes Bündel war ich nackt. Uringestank stieg mir in die Nase.

»Sie haben so tief geschlafen, dass Sie gar nicht gespürt haben, wie sehr Ihre Blase zwickt. Ich muss Ihre Windel wechseln, damit Sie nicht wund werden. Hoch mit Ihrem Hintern.«

Der ganze Vorfall war dermaßen absurd, dass ich kein Wort über die Lippen brachte. Es gelang mir gerade noch, meinen Allerwertesten anzuheben. Sie nahm die nasse Windel ab, reinigte mich mit einem der Tücher und legte mir eine frische Windel um. Das Ganze dauerte keine dreißig Sekunden.

»Wo bin ich, Ma'am?«

»Sie sind im Himmel.« Es klang, als würde sie *Sie sind in einem Schuhgeschäft* sagen.

»Wie bitte?«

Sie deckte mich wieder mit dem Laken zu. »Wir dürfen diesen Ort hier nur so nennen, und deshalb werden Sie auch keine andere Antwort kriegen.«

»Wo, verflucht noch mal, bin ich denn?« Diesmal lag Wut in meiner Stimme.

»Ich muss mich noch um andere kümmern«, erklärte sie mit einem Blick auf ihre Uhr. »Hier läuft alles nach Plan.«

»Wie heißen Sie?«

»Man nennt mich Miss Gracie. Sonst wo und hier auch.«

»Was für andere? Wo bin ich?«, rief ich ihr hinterher, aber alles, was ich hörte, war das Klappern des Wagens.

✗

Lucas saß im Schneidersitz vor der Wand. Auf seinem Schoß lag der *Mobile Register*. Allem Anschein nach hatte Detective Ryder ein furchtbares Schicksal ereilt.

Er las den Artikel.

… bestätigt, dass Ryder passionierter Kajakfahrer war, der die stürmische See liebte. Die Berichte des Büros der Mobile-Bay-Pilotenstaffel zeigen, dass in dem Zeitraum, wo Mr Ryder draußen auf dem Meer gewesen sein dürfte, drei Frachter in die Bucht eingelaufen sind: die Argentine Star, die Lady Hannah und die Bali Pearl. Der Kajak, der an der Spitze von Fort Morgan gefunden wurde, war verbeult und hatte schwere Schrammen.

Sehr plausibel, fand Lucas. Auf der anderen Seite war Crandell ein Profi, wenn es darum ging, andere Leute von fingierten Ereignissen zu überzeugen. Lucas schloss die Augen und erinnerte sich. Kometen, die sich in Taschenlampen verwandelten. Ganz weit oben ein Stroboskoplicht. Stimmen im Nebel vor Anbruch der Morgendämmerung.

»Da bewegt sich was unter dem Sendemasten. Schätzungsweise links von dir. Siehst du das Blinklicht des Mastens über den Bäumen?«

»Sei vorsichtig. Er ist … ausgefuchst.«

Ausgefuchst? Wohl kaum. Glücklicherweise lernt man aus seinen Fehlern …

Lucas schüttelte den Kopf, um die Vergangenheit aus dem Gedächtnis zu streichen. Selbst wenn Ryder bei einem ganz gewöhnlichen Unfall ums Leben gekommen war, würde nun alles ganz schnell gehen. Und was, wenn Ryder noch lebte und irgendwo festsaß – und sei es nur vorübergehend? Sie würden jetzt rasch handeln.

Was hatte ihm sein Mentor noch geraten? Sein geliebter Lehrer?

Wenn die Kacke am Dampfen ist, geh schnell in Deckung und sorge dafür, dass deine Feinde volle Granate in den Haufen treten.

X

Ich hörte, wie draußen ein Wagen vorfuhr. Der Kies unter den Reifen knirschte. Zwei Minuten später trat Crandell in mein Zimmer und schloss die Tür hinter sich. Er trug khakifarbene Hosen und ein Polohemd. Eine schwere Golduhr schmiegte sich um sein dickes Handgelenk. Seine Arme waren von goldenen Härchen überzogen. Mit seinem breiten Brustkorb und der gleichmäßigen Bräune wirkte er allmächtig.

»*Hello, Darling*«, sang er in einem heiseren Bariton.

Ich starrte ihn an.

»Na, das sollte keine Anmache sein, Ryder«, grinste er. »Das ist eine Zeile aus einem Song, der –«

»Lassen Sie's gut sein, Crandell. Haben Sie eigentlich eine Vorstellung davon, wie viel Jahre hinter Gittern Sie gerade ansammeln?«

Er klatschte in die Hände und lachte, als hätte ich ihm gerade meinen besten Witz erzählt. »Welche Strafe steht auf Leichenschändung?«

»Hä?«

Er beugte sich zu mir herunter. »Sie werden vermisst, Ryder. Alle Welt glaubt, dass Sie tot sind. Der Sturm hat Sie in die Fahrrinne eines Frachters getrieben. Übrigens, Ihr kleines Boot untermauert diese Theorie. Es ist ziemlich lädiert. Tut mir echt leid.«

Sein Atem stank, als würde etwas in ihm verfaulen. Ich drehte das Gesicht weg. Er nahm einen Bleistift vom Tisch und fing an, die Spitze in meine Wange zu bohren.

»Jetzt beginnt die Fragestunde, kapiert? Was wissen Sie über Lucas?«

»Lucas?«

Ich spürte, wie der Bleistift durch meine Haut stach.

»Autsch. Scheiße.«

Stich

»Ich arbeite mich zu Ihrem Auge hoch.«

Stich, Stich

»Er ist einer von den Kincannon-Brüdern«, antwortete ich. »Der verlorene Sohn oder so was in der Art. Und ein Psychopath.«

Beim Reden stach Crandell mit dem spitzen Bleistift zu, wo es ihm gerade gefiel: Stirn, Kinn, Nase, Backe.

»Wo ist er?«

Stich, Stich

»Verdammter Mist, woher soll ich das denn wissen?«

Stich

»Was hat Taneesha Franklin DeeDee Danbury gegeben?«

»Hä?«

Crandell beschrieb mit dem Bleistift einen großen Bogen, als wollte er mein rechtes Auge ausstechen. Mir stockte der Atem. Ich starrte die Bleistiftspitze über meiner Pupille an. Crandells Hände zitterten kein bisschen. Das Herz in meiner Brust pochte laut. Crandell legte den Stift auf den Tisch und griff in seine Tasche.

»Ich zeige Ihnen jetzt zwei Fotos. Und Sie erzählen mir, was darauf zu sehen ist.«

»Ich habe keinen Schimmer, worauf Sie –«

»Pst. Zwei Fotos. Sind Sie bereit?«

Er zog ein Foto aus der Tasche. »Nummer eins.«

Die Aufnahme war mit einem Teleobjektiv gemacht worden. Sie zeigte Dani und Taneesha Franklin in einem Restaurant, am Fenster sitzend. Auf dem Tisch waren Kaffeetassen und ein paar Blatt Papier zu erkennen.

»Soweit ich weiß, sprechen sie da gerade über Recherchetechniken.«

Crandell holte noch ein Foto aus seiner Tasche und hielt es mir vor die Nase. Es war am späten Nachmittag aufgenommen worden, wo die Schatten länger werden.

Taneesha Franklin stand auf Danis Veranda und reichte ihr ein kleines Päckchen.

»Was übergibt Miss Franklin da Miss Danbury?«, bohrte Crandell nach.

»Eine Ausgabe von *Die Watergate-Affäre.*«

Crandell steckte die Fotos wieder in die Jacke und spielte mit dem Kleingeld in der Hosentasche.

»Ich will wissen, was Danbury von Franklin gekriegt hat. Und wo das jetzt ist.«

»Das ist ein Scheiß-Buch. Ein Geschenk. Soll Ihr Boss Ms Danbury selber fragen. Buckie-Boy ist doch Ihr Boss, oder? Er hat Sie angeheuert. Sollen Sie den durchgeknallten Bruder wieder hinter Schloss und Riegel bringen?«

Crandell legte die Hände auf die Griffe am Fußende des Bettes und schob mich aus dem Zimmer.

»Kommen Sie, Ryder, ich möchte Sie einem Freund von mir vorstellen.«

Ich wurde einen engen Flur hinuntergerollt, der von dem Hauptraum wegführte.

»Wer mag das wohl sein?«, fragte ich.

Er grinste und leckte seinen Finger ab.

»Mr Ampère«, sagte er und berührte mit dem feuchten Finger meinen Zeh. »*Ziiiscchhh.*«

X

Harry Nautilus stand auf dem überdachten Ladedeck des Alabama Forensic Bureau und sah zu, wie zwei Mitarbeiter den Kajak aus dem Volvo zogen.

»Vorsichtig«, mahnte Wayne Hembree. »Mit Samthandschuhen anfassen.«

»Samthandschuhe?«, lachte der Mitarbeiter. »Das Ding hier ist doch völlig …« Er bemerkte Hembrees Blick und fragte: »Wo sollen wir ihn hinstellen, Sir?«

Hembree gab ihm Anweisungen, wandte sich anschließend an Nautilus und sagte mit belegter Stimme: »Harry, wir sind alle am Boden zerstört. Carson war wie ein –«

Nautilus legte Hembree die Hand auf die Schulter und drückte sie.

»Jetzt nicht, okay?«

Die Mitarbeiter legten den Kajak auf eine Bank, die Nautilus an einen überdimensionierten Obduktionstisch erinnerte. Über der Bank hing eine Lichtleiste. Jemand schaltete das Licht ein, und der Kajak wurde grell ausgeleuchtet. Das stark beschädigte Boot war so verbogen, dass es große Ähnlichkeit mit einem Bumerang hatte. Hembree streckte die Hand aus und fuhr mit der Fingerspitze über den Bootsrumpf.

»Mit einem Kajak habe ich mich bisher noch nie beschäftigt.«

»Jetzt kriegen Sie die Gelegenheit, etwas dazuzulernen, Bree.«

Hembrees Blick schweifte durch den Raum und blieb an einem der Techniker hängen, einem jungen Mann mit eindringlichem Blick, der aussah, als würde er im Geiste mathematische Berechnungen anstellen und unter extremem Zeitdruck stehen.

»MacCready, Sie kennen sich doch mit Polystyrol aus, oder? Mit Polymeren?«

»Ich liebe Kunststoffe. Kunststoffe sind mein Leben.«

»Lassen Sie das, womit Sie gerade beschäftigt sind, liegen und helfen Sie mir«, befahl Hembree. Der junge Mann wanderte um das Boot herum, bis er den Namen des Herstellers fand. Dann starrte er Nautilus finster an.

»Sind die noch im Geschäft? Der Hersteller, meine ich?«

»Ich denke schon. Das Boot ist relativ neu.«

Nautilus durchforstete sein Gedächtnis nach dem Augenblick, wo Carson das Boot gekauft hatte. Eine Art Einweihungsparty war gefolgt, nur dass damit nicht der Kauf eines Hauses, sondern der Erwerb eines Kajaks gefeiert wurde. Carson hatte das Boot im Wohnzimmer auf Sägeböcke gelegt und die spitzen Enden mit Blumenketten und Mardi-Gras-Perlen geschmückt. Alle geladenen Gäste – etwa dreißig Freunde und Nachbarn waren erschienen – mussten eine Hand aufs Boot legen und es segnen.

Da auf der Party viel getrunken wurde, waren die Sprüche ziemlich komisch gewesen. Nautilus erinnerte sich, wie Danbury ihn in die Mitte des Raumes zerrte und seine Hand auf den Kajak drückte. Er war kein begabter Redner, hasste es sogar, vor Leuten zu sprechen, und hatte schließlich irgendetwas über Winde, Gezeiten und Freundschaft gemurmelt.

Während die anderen Reden große Heiterkeit hervorgerufen hatten, lachte bei ihm niemand. Im Gegenteil, alle wurden ruhig. Manch einer wischte eine Träne weg. Ein taumelnder Carson umarmte ihn, was ziemlich peinlich war. Harry hatte sich nach draußen geschlichen und war am Strand spazieren gegangen. Als er zurückkehrte, trugen ein Dutzend Leute den umgedrehten Kajak die Straße hinunter und obenauf saß Carson wie ein Reiter. Die anderen Gäste schwenkten Tiki-Fackeln.

Was, wenn solche Abende nie mehr stattfanden?

»… Ausziehversuch und Biegefestigkeit und dann können wir vielleicht …«

»Was?«, fragte Nautilus, abrupt ins Hier und Jetzt zurückgekehrt.

»Ich habe nur mit mir selbst geredet«, sagte MacCready. »Ich werde den Hersteller anrufen. Er hat vermutlich Spezifikationen zu Reiß- und Biegefestigkeit des Materials. Oder kann mir jemanden nennen, der Bescheid weiß.«

Hembree sah zu Nautilus hinüber und meinte: »Ich melde mich, wenn wir etwas haben.«

Nautilus war fast zur Tür hinaus, als Hembree ihm hinterherrief. Nautilus drehte sich um.

»Hauen Sie sich aufs Ohr, Harry«, riet der mondgesichtige Techniker mit sorgenvollem Blick. »Sie sehen schei... ziemlich geschafft aus.«

Nautilus rollte im Volvo vom Ladedock und merkte erst nach sechs Blocks, dass es regnete. Er schaltete den Scheibenwischer ein. Da er seit mehr als zwölf Stunden nichts mehr gegessen hatte, knurrte sein Magen. Im Regen tauchte ein kleines Fischrestaurant auf und er rollte auf den Parkplatz davor.

»Dauert ein paar Minuten, Süßer«, verkündete die mollige, kaugummikauende Bedienung Mitte fünfzig, während sie die Bestellung auf einem Block notierte. Sie warf den Zettel dem Koch hinter der Theke zu.

Harry Nautilus stützte die Ellbogen auf den Tisch und trocknete mit den Händen sein Gesicht. In dem ruhigen Restaurant dröhnten seine Gedanken so laut wie Donner.

»Haben Sie irgendwo eine Zeitung?«, rief er der Bedienung zu. »Irgendwas, was ich lesen kann.«

Sie griff hinter die Registrierkasse, zog eine Hand voll Zeitungen hervor und brachte ihm den *Register*. Er faltete das Blatt auf. Auf der Titelseite stand: POLIZIST AUS MOBILE VERSCHWUNDEN, VERMUTLICH ERTRUNKEN.

Nautilus stieß die Zeitung weg, als stünde sie in Flammen, warf zwanzig Dollar auf den Tisch und stürmte zur Tür hinaus.

Meine Stirn wurde kalt und ich öffnete die Augen. Meine Eingeweide fühlten sich an, als wären sie mir entfernt, von Quallenfangarmen in die Mangel genommen und danach wieder eingesetzt worden. Miss Gracie tupfte meine Stirn mit einem kühlen feuchten Tuch ab. Es fühlte sich großartig an.

»Geht es Ihnen gut?«, fragte sie mich und schaute mir in die Augen.

»Nein.«

Sie wrang den Waschlappen aus und tauchte ihn in eine Schale mit Eiswasser, die auf dem Nachttisch stand.

»Warum tun Sie das?«, murmelte ich.

Miss Gracie wischte mit dem Lappen über meine Stirn, faltete ihn zusammen und legte ihn auf.

»Früher haben sie Leute vorbeigeschickt, um uns zu testen. Und wenn wir dann Sachen ausplauderten, die wir nicht sagen durften, konnte das richtig böse ausgehen. Wären Sie nur ein Simulant, hätte er das nicht mit Ihnen gemacht. Ich kann nicht viel ausrichten, aber wenigstens dafür sorgen, dass Sie wieder einen klaren Kopf kriegen.«

»Wo bin ich? Und bitte sagen Sie mir nicht wieder –«

»Sie sind in einer Geschichte. Und wenn Sie mich fragen, endet sie bald. Danach sieht es zumindest aus, so wie die Dinge sich hier entwickeln.«

»Geschichte?«

»Ich schaue später noch mal vorbei. Vielleicht sollte ich Ihnen ein paar Kapitel der Geschichte erzählen. Schlafen Sie jetzt.«

Unter dem kühlen Lappen schloss ich die Augen und dämmerte weg. Als ich wieder aufwachte, waren die Schmerzen abgeklungen und ich konnte wieder klar sehen. Ich lag immer noch im Bett, doch jemand hatte mich in ein anderes, kleineres Zimmer geschoben. Es gab eine verriegelte Metalltür mit einer Luke auf Augenhöhe, die ebenfalls geschlossen war. Die Wände waren mit einem dicken, grobgewebten Stoff bezogen – wie diese alten Turnmatten in der Schule. In die Decke war eine Lampe eingelassen, die mit einem Drahtgitter gesichert war.

Ich befand mich in einer Gummizelle.

Leise, zögerliche Tritte. Draußen vor der Tür. *Nur keine Elektroschocks mehr*, dachte ich. Jetzt nicht. Lasst mich in Ruhe.

Die Luke ging auf. Augen durchforsteten das Zimmer, entdeckten mich auf dem Bett. Neben den Augen tauchte eine Stoffpuppe auf. Ich seufzte vor Erleichterung.

»Was machst du, Carson?«

»Ich ruhe mich aus, Freddy.«

»Du sollst nicht hier drinnen sein, Carson«, rügte er.

»Warum denn nicht?«

»Das ist Lucas' Zimmer.«

Ich hörte das Klacken harter Schuhsohlen. Freddy trollte sich. Die Tür flog quietschend auf. Crandell betrat mit strahlender Miene das Zimmer. Seine gute Laune war nur gespielt.

»Wow, Ryder. Sie sehen aus, als hätte Sie die ganze Nacht durchgefeiert. Sie sollten hin und wieder einen Gang runterschalten, mein Junge.«

Ich beschimpfte ihn leise, woraufhin er noch breiter grinste.

»Während wir miteinander gespielt haben, haben Sie ganz schön geschrien. Haben versucht, so zu tun, als würden Sie alles blicken. Machte richtig Spaß, Ihnen zuzuhören.«

»Ich setze nur ein paar Puzzleteile zusammen, Crandell. Zum Beispiel, warum Sie hier sind. Und was Sie schützen.«

Er stellte sich an mein Bett und hob fragend eine Augenbraue. »Und was schütze ich Ihrer Meinung nach, Ryder?«

»Den Ruf der Familie.«

»Interessante Theorie. Reden Sie nur weiter.«

»Lucas ist aus dem Ruder gelaufen, wurde labiler. Ich rede von einem Zeitpunkt vor vier Jahren, als er achtzehn war, wo solche Probleme gewöhnlich auftreten. Die Familie wusste Bescheid, auch dass Lucas der faule Apfel war. Er hatte einen verrückten Onkel, Baumhausjunge oder wie immer er geheißen haben mag. Der Wahnsinn wurde innerhalb der Familie vererbt. Aber Lucas' Problem in den Griff zu kriegen hätte bedeutet, dass ... was? Man ihn in eine Anstalt einweist? Blamage? Dass schmutzige Einzelheiten aus Maylenes Vergangenheit ans Licht kommen und sie wieder gedemütigt wird?«

Crandells breites Grinsen hatte etwas Beängstigendes. »Warten Sie mal, Ryder ...«, sagte er, lief durchs Zimmer und holte einen Stuhl ans Bett. Er setzte sich verkehrt herum darauf und legte die Arme auf die Rückenlehne.

»Ich muss sitzen, Ryder. Ihre Geschichten sind ja besser als jeder Film. Gut, nun können Sie fortfahren.«

Ich warf ihm einen bitterbösen Blick zu und sprach weiter. »Eines schönen Tages dreht Lucas richtig durch. Bringt Frederika Holtkamp, Freddys Lehrerin, um. Freddy hat ihren Namen neulich erwähnt.«

Crandell nickte. »Sie hat Freddy jahrelang unterrichtet. Hat, wie ich hörte, bei dem Jungen viel erreicht.«

»Die Kincannons wussten, dass Lucas irgendwann ausflippen würde, sie kannten die Zeichen gut genug und behielten ihn im Auge. Leider war es schon zu spät, als sie ihn unter dem Sendemasten mit Holtkamps Blut an den Händen fanden.« Ich hob den Kopf vom Kissen. »Hat man Sie damals gerufen, damit Sie die Drecksarbeit erledigen, Crandell? Um Barlow zu schmieren? Es war doch Ihre Idee, Pettigrew nach Montgomery zu versetzen und ihn vom Fall abzuziehen, oder?«

»Wenn ich jetzt noch etwas zu knabbern hätte«, meinte Crandell kichernd, »wäre diese Vorstellung echt perfekt.«

Sein Gegrinse konnte einen in den Wahnsinn treiben.

»Ich weiß über Rudolnick Bescheid, Crandell«, sagte ich.

»Sieh an. Na, dann schießen Sie mal los.«

»Ich nehme an, Mama K hoffte, dass Sohnemann noch gerettet werden konnte. Vermutlich war Rudolnicks Drogenproblem einer Hand voll Leuten bekannt. Sie haben sein Geheimnis rausgekriegt und eine fingierte Festnahme eingefädelt. Von da an hatten die Kincannons ihn in der Tasche. Rudolnick arbeitete stundenweise am Mobile Regional Hospital, oder? Und die Kincannons unterstützen das MRH finanziell. Zuckerbrot und Peitsche. Eine Hand wedelt mit dem Geld, die andere speist einen Haftbefehl ins System ein. Kein Problem, wenn man Cops wie Shuttles kaufen kann, stimmt's?«

Crandell klatschte. Stampfte mit den Füßen auf. »Haben Sie mal darüber nachgedacht, sich als Alleinunterhalter zu verdingen, Ryder? Sie sind wirklich genial.«

»Rudolnick wollte aussteigen. Vielleicht hat ihn sein Gewissen geplagt. Doch das kam überhaupt nicht in Frage, was? Leland Harwood hat ihn aus dem Weg geräumt. Nimmt die Sache auf seine Kappe, aber ein paar Zeugen, die bestochen wurden, verhelfen ihm zu einem erträglichen Strafmaß. Und man hat ihm eine anständige Kompensation in Aussicht gestellt, wenn er aus dem Knast entlassen wird. Leider stellt sich raus, dass der Mann Probleme macht, gern quatscht. Da setzen Sie Tommy die Bombe auf ihn an.«

Crandell schüttelte den Kopf und seufzte. »Wäre mir

lieber gewesen, Sie wären nicht im Knast aufgetaucht, Ryder. Dann wäre das hier nicht nötig gewesen.«

»Wir wären Ihnen trotzdem auf die Schliche gekommen, Crandell, aber eben aus einer anderen Richtung. Beantworten Sie mir eine Frage: Warum hat Lucas Taneesha Franklin umgebracht? Wenn niemand hier ist, lässt Miss Gracie tagsüber Musik laufen. WTSJ. Hat Lucas sie gehört und langsam einen Narren an ihr gefressen?«

Crandell stand auf und nahm den Stuhl. Er wollte gehen.

»Kommen Sie schon, Crandell«, brüllte ich. »Geben Sie mir irgendetwas.«

Als er sich umdrehte, grinste er bis über beide Ohren.

»Ein paar Dinge haben Sie richtig gedeutet, Ryder, aber Sie sind noch längst nicht zum Kern der Sache vorgedrungen.«

»Und was ist der Kern der Sache?«

Er zwinkerte. »Diese ganze Scheißnummer, die hier läuft, ist ein reines Familienproblem. Nicht mehr und nicht weniger.« Er warf einen Blick auf seine Uhr. »Die Geschäfte rufen. Genießen Sie Ihre letzten Atemzüge, Ryder. Denn in spätestens vierundzwanzig Stunden ist alles vorbei.«

Kapitel 41

Nautilus wollte Musik hören. Er sah die CDs durch, die er in letzter Zeit aufgelegt hatte, doch davon passte nichts zu seiner Stimmung. Er kniete sich vor das Vinylregal, ging die Titel und die Musiker durch: Armstrong, Bechet, Beiderbecke, Coltrane, Johnson, Monk, Parker,

Rainey, Spanier, Teagarden … ein Jahrhundert Jazz und Blues. Keine der Scheiben sprach ihn an. Zum ersten Mal in seinem Leben gab es nichts, das ihn anmachte. Er ließ sich auf die Couch fallen und zwang sich, an nichts zu denken. *Warte, bis Hembree sich meldet.*

Eine Stunde später läutete das Telefon. Die Nummer auf dem Display verriet ihm, dass der Anruf von der Spurensicherung kam.

»Was haben Sie für mich, Bree?«

»Sie wohnen doch nicht weit weg, Harry, oder?«

»Ich bin gleich bei Ihnen.«

Als Harry eintraf, war Hembree allein. Der dürre Forensikexperte stand vor dem Kajak. Seine Hände lagen auf dem Boot. Hembree hob den Kopf und sah Nautilus an.

»Wir haben mit dem Hersteller des Kajaks gesprochen, Harry. WaveDesign in San Diego. Das sind echte Konstruktionsspezis, haben damit ihre Marktnische abgesteckt. Die Jungs testen die Stoßfestigkeit, die Belastbarkeit von Materialien. Werfen ihre Produkte von Fahrzeugen, die mit sechzig Meilen pro Stunde durch die Gegend brettern, lassen sie mit großen Booten, kleinen Booten, Jetskis und was weiß ich noch kollidieren. Versenken sie vor großen Öltankern, um zu schauen, was hinterher noch davon übrig ist. Sie haben sich sogar einen Torsionsversuch einfallen lassen, bei dem sie –«

»Bree …«

»Tut mir leid. Wir haben WaveDesign Fotos von dem Kajak zugemailt, Nahaufnahmen, Weitwinkelbilder, Detailausschnitte. Sie haben zurückgerufen, uns Fragen gestellt, weitere Fotos aus anderen Sichtwinkeln verlangt. Dass MacCready deren Sprache spricht, war echt von Vorteil. Die Leute bei WaveDesign waren richtig fasziniert von unserem Problem.«

»Und?«

Hembree ließ den Blick durch den Raum schweifen. Seine Mitarbeiter waren schon nach Hause gegangen oder arbeiteten woanders im Gebäude. Er senkte die Stimme.

»Bearbeitet ihr Jungs gerade einen gefährlichen Fall?«

»Schon möglich. Wieso?«

»Nach allem, was die Typen von WaveDesign mit Sicherheit sagen konnten, ist der Kajak offensichtlich mehrmals von einem Fahrzeug überrollt worden.«

»Reifenspuren?«

»Nein, aber man muss den Kajak nur mit einer schweren Plane abdecken, dann sind auch keine Spuren zu finden.«

Nautilus fuhr mit dem Fingernagel über die Dellen im Boot.

»Wollen Sie damit andeuten, dass das alles ein Riesenschwindel ist?«

»Vielleicht wollte jemand, dass es so aussieht, als wäre der Kajak von einem Riesenschiff untergepflügt worden. Am Strand wurde nichts angespült?«

»Warten Sie kurz, ich hole mir schnell ein Update.« Er wählte die Nummer der Küstenwache, fragte nach Sanchez und hielt den Atem an.

Sanchez meldete sich. »Ist nicht ganz das, was ich erwartet hatte. Der Wind hat gedreht. Etwa zehn Stunden lang hatten Wind und Strömung dieselbe Richtung. Wenn Wind und Strömung nicht parallel verlaufen, um es mal so zu formulieren, könnte ein schwimmender Gegenstand reglos im Wasser liegen, von den Wellen und der Strömung an Land getrieben oder vom Wind aufs Meer hinausgeschwemmt werden. Doch so wie die Dinge standen, hätten wir inzwischen etwas entdecken müssen.«

»Kommt es oft vor, dass Sie nichts finden?«

»Ich mache mir keine allzu großen Hoffnungen mehr, Detective Nautilus. Nicht, nachdem so viel Zeit verstrichen ist. Tut mir außerordentlich leid, Ihnen das sagen zu müssen.«

»Vielen Dank.« Nautilus beendete das Gespräch und steckte das Handy in die Tasche.

»Nicht mal ein Stofffetzen, Bree.«

Hembree überlegte einen Moment lang. »Was soll ich mit diesen Informationen anfangen, Harry? Der Kajak hat keine Untersuchungsnummer, die ich irgendwo eintragen könnte. Das hier ist höchst inoffiziell.«

»Und so soll es auch noch eine Weile lang bleiben.«

X

Stunden verstrichen. Die Tür ging auf. Miss Gracie kam herein.

»Die paar Leute, die Wache schieben, sind draußen und warten auf jemanden, der noch nicht aufgetaucht ist.«

Sie löste die Bremsen des Bettes, umklammerte die Griffe und schob mich in den Gemeinschaftsraum. Die Lampen waren gedimmt und tauchten den Raum in ein bernsteinfarbenes Licht, so als ob jemand überall Kerzen angezündet hätte. Die Vorhänge waren zugezogen.

Aus unsichtbaren Lautsprechern drang leise Musik – ein alter Motown-Song, den ich nicht kannte. Ein Radiosender. Vermutlich WTSJ. Miss Gracie drehte das Bett und schob mich einen breiten, dunklen Flur hinunter, der von dem großen Raum abging. Vor einer Tür hielten wir an. Ich sah Freddy mit seinem breiten, flachen Gesicht und der Stupsnase auf einem großen Bett liegen und schlafen. Auf dem Kissen neben ihm ruhte der Stoffhund.

»Dieser Junge kann nur schlafen, wenn das Stofftier in seiner Nähe ist«, sagte sie. »Für ihn ist es echt.«

»Freddy hat das Down-Syndrom?«

»Er weiß nicht, was er hat und was er nicht hat, aber er hat von allem nur das Beste.«

»Wie bitte?«

»Er hat hier das Sagen. So lauten die Vorschriften. Und er darf raus.«

»Ich habe ihn letzte Woche draußen gesehen. Mit Wachpersonal.«

»Freddy kriegt, was er will. Er muss nur fragen. Und so soll es ja auch sein – dass die Menschen kriegen, was sie möchten.«

»Wie im Himmel.«

Sie wandte den Blick ab.

»Er ist ein Kincannon-Kind, nicht wahr?«, fragte ich. »Freddy?«

Sie starrte mich mit ihren Methusalem-Augen an, als wollte sie das Innerste meiner Seele ergründen.

»Er ist Miz Kincannons dritter Sohn, kam nach Racine und vor Nelson auf die Welt.«

Ich sah Miss Gracie an, ließ meine Augen die Fragen stellen.

»Er kam auf die Welt«, fuhr sie fort. »Und ist kurz darauf gestorben. Jedenfalls ist das die Geschichte, die den meisten Leuten aufgetischt wird.«

Sie schob mich vor die nächste Tür, hinter der ein Wesen mit grauer Haut, weit aufgerissenen Augen und einem Kopf so groß wie ein Kürbis lag. Die Gitterstäbe des Bettes waren mit Schaumstoff umwickelt, um den Schädel zu schützen. Die Matratze war so dick, als wäre sie aufgepumpt. Als der Mann den Blick auf mich richtete, entdeckte ich darin grenzenlose Traurigkeit.

»Wer ist das, Miss Gracie?«

»Mister Johnny.«

»Und was hat er?«

»Er hat einen Wasserkopf und leidet noch unter ganz anderen Dingen.«

»Hydrocephalus.«

»Er macht keine großen Umstände. Miz Kincannon besorgt immer nur die besten medizinischen Geräte. Wir haben gerade neue Betten gekriegt, in denen die Patienten sich nicht so wund liegen. Jahrelang hatten wir damit arge Probleme, doch jetzt ist das vorbei.«

»Wie alt ist Mister Johnny?«

»Neununddreißig.«

Wir kamen an einer weiteren Tür vorbei. In dem Raum hatte sich ein dunkelhäutiger Mann zusammengerollt. Mir fiel auf, dass sein Mund operiert worden war – vermutlich ein Wolfsrachen. Verkrüppelte Finger an flossenartigen Händen. Der Boden war weich gepolstert. In der Ecke lag einfaches Spielzeug: ein Ball, aufblasbare Klötze, ein primitives Puzzle.

»Wer ist das?«

»Tyler.«

»Sieht noch jung aus.«

»Tyler ist vor kurzem zweiundzwanzig geworden.«

Tyler schlug die Augen auf und produzierte Schmatzgeräusche, die offenbar Freude ausdrückten. Seine Nase lief. Miss Gracie eilte in das Zimmer, zupfte ein Papiertaschentuch aus der Schachtel auf dem Nachttisch und putzte ihm behutsam die Nase. Sie fuhr über seine dunklen Haare, flüsterte ihm einige Minuten lang etwas ins Ohr, bis sein Blick ganz sanft und müde wurde. Ich bemerkte, wie ihre Finger über seinen Arm strichen, ehe sie zu mir zurückkam.

Wir rollten weiter und blieben dann erneut stehen. Sie wandte das Gesicht ab und sagte peinlich berührt: »Ich kann Ihnen leider nicht helfen. Wenn ich das tue, schade ich anderen. Das kann ich nicht. Trotzdem, ich wollte, dass Sie Bescheid wissen.«

»Danke, dass Sie es mir erzählt haben.«

Sie umklammerte das Bettgeländer und schob mich weiter.

»Wie viele Menschen sind hier untergebracht, Miss Gracie?«

»Fünf wohnen hier. Oder, wo Lucas jetzt weg ist, vier.«

»Freddy, Johnny, Tyler ... das sind drei. Wer ist der Vierte?«

Die Methusalem-Augen musterten mich wieder. »Wir sind gleich dort.«

Ich fischte weiter nach Informationen. »Lucas bin ich mal begegnet. Wie ich hörte, ist er ausgesprochen klug. Stimmt das?«

Sie bewegte sich langsam. Ihre Strumpfhose raschelte bei jedem Schritt. Das Geräusch untermalte ihre Worte, während wir uns durch die Korridore dieses Hauses bewegten.

»Lucas ist die Klugheit aus jeder Pore geströmt. Von daher war er wirklich anders als die anderen. Die Kincannons, hm, die meisten von ihnen sehen gut aus.«

»Und klug sind sie nicht?«

»Sie haben nicht gerade viel auf dem Kasten. Sind nicht dumm, aber eben auch nicht wirklich clever. Mit Ausnahme von Miz Maylene, aber ihre Klugheit beschränkt sich darauf, die Leute so herumzuschubsen, wie es ihr gefällt. Die Jungs wissen, wie man Geld verdient, doch Leute, die viel Geld besitzen, wissen immer, wie man mehr daraus macht. Deshalb ist das nichts Besonderes. Die Kincannons sind durch die Bank schäbig, versuchen jedoch, es zu verbergen, was ihnen auch gelingt, solange keiner genauer hinschaut. Aber am Ende kann niemand seinen wahren Charakter verbergen.«

»Kommen Sie hierher? Die Brüder?«

»Mister Buck schaut am häufigsten vorbei. Er wohnt gleich dort drüben. Miz Kincannon wohnt auch in der Nähe. Mister Buck senior erscheint nur hin und wieder. Ich denke, Miz Kincannon zwingt ihn dazu.«

Buck wohnt gleich dort drüben. Ich war also in einem der Gebäude auf dem riesigen Kincannon-Gelände.

Wir kamen zu einem Fahrstuhl. Sie steckte einen Schlüssel in ein Loch und drückte auf einen Knopf. Ich hörte das Surren des herunterfahrenden Lifts. Miss Gracie wartete mit auf der Brust verschränkten Armen und fixierte die geschlossene Tür. In dem gedämpften Licht fielen die Jahre von ihr ab und zum Vorschein kam die wunderschöne Frau, die sie in ihrer Jugend gewesen sein musste. Die Jahre hatten ihre ägyptischen Gesichtszüge nicht weicher werden lassen, sondern sie stärker akzentuiert.

Die Tür öffnete sich mit einem leisen Summen. Wir fuhren in die höherliegende Etage. Als wir unten ankamen, kündigte ein sanftes *Bing* unser Eintreffen an. Ich wurde in einen ballsaalgroßen Raum geschoben, was mich angesichts der klassischen Fassade des Hauses überraschte.

Der Raum mit dem Holzdielenboden, den schweren Holz- und Ledermöbeln und der halbhohen Vertäfelung an den knapp fünf Meter hohen Wänden wirkte maskulin. Vor den hohen Fenstern hingen scharlachrote Vorhänge. Es gab dicke Teppiche, Messinglampen und einen großen Steinkamin am anderen Ende des Raumes. Die angenehm kühle Luft roch nach Rum und Möbelpolitur. Obwohl nicht viele Lampen brannten, schien der Raum von innen heraus zu leuchten.

Gegenüber dem Fahrstuhl befand sich eine Art Arbeitsplatz. Auf einem rot-goldenen Orientteppich stand ein schwerer Schreibtisch aus stark gemasertem Holz. Eine Bankierslampe mit grünem Glasschirm warf ein weiches Licht auf die Tischplatte.

Hinter dem Schreibtisch saß ein betagter weißhaariger Mann auf einem Stuhl mit hoher Rückenlehne. Er war klein, schlank, kompakt und hatte trotz seines Alters gerade Schultern. Sein rosa, frisch rasiertes Gesicht wirkte ruhig. Seine Augenbrauen waren buschig und seine Haare, die seit Jahren nicht mehr geschnitten worden waren, lagen wie ein schneeweißer Umhang auf seinen Schultern. Er trug einen roten Hausmantel aus Kordsamt. Unter dem Schreibtisch entdeckte ich blaue Pyjamahosenbeine. Seine nackten Füße steckten in Lederslippern.

Der alte Herr schrieb mit einem Füllfederhalter auf einen Block. Seine Hände waren zart, die Nägel manikürt. Er arbeitete mit großem Eifer, schrieb ein paar Worte, dachte mit geschürzten Lippen über das, was er zu Papier gebracht hatte, nach und schrieb weiter. Unsere Anwesenheit schien er nicht zu bemerken.

»Woran arbeiten Sie gerade, Mister Buck?«, erkundigte Gracie sich.

Der alte Mann hob den Blick. Es dauerte ein paar Sekunden, bis die Information, dass wir da waren, einsickerte.

»An der Antwort auf alles«, entgegnete er leise und mit ausdrucksloser Stimme, ehe er sich wieder auf seine Tätigkeit konzentrierte.

»Dürfen wir das mal sehen?«

Wenn er nicht schrieb, zitterten seine Hände. Er fuhr mit der Zunge über die Lippen und drehte den Block um, damit wir das Geschriebene lesen konnten. Sinnloses Gekritzel. Als er kicherte, lief Spucke aus einem seiner

Mundwinkel. Miss Gracie versuchte, ihn wie ein Kind mit leisen Lauten zu beruhigen, und schob mich dann in den Fahrstuhl zurück. Die Türen glitten leise zu.

»Buck Kincannon senior, nicht wahr?«, sagte ich. »Er sieht gesund aus. Richtig rosig.«

»Mister Buck trägt eine Windel. Er schläft fünfzehn Stunden am Tag. Die Hälfte der Zeit löffele ich Essen in ihn hinein. Die Karosse glänzt, aber der Motor ist kaputt.«

Der ganze zweite Stock war ein einziger Schwindel, eine Theaterkulisse, die Daddy Kincannon, dem Geschäftsmann, den Eindruck vermittelte, noch mit von der Partie zu sein. Der Fahrstuhl hielt in der ersten Etage.

»Warum haben Sie mir Mister Buck gezeigt?«, fragte ich.

Sie ließ sich mit ihrer Antwort Zeit. »Er wandert im Haus umher, wie Freddy. Falls Sie ihm begegnen, ist es besser, wenn Sie wissen, dass er Ihnen nichts tun wird. Verstehen Sie?«

Für meinen Geschmack schlug sie einen seltsamen, fast flehenden Ton an.

Ich murmelte etwas von »Ich verstehe«, aber ich kapierte überhaupt nichts.

Miss Gracie schob mich den Flur hinunter, vorbei an den belegten Zimmern.

»Lucas wird in das rote Zimmer gesteckt?«, fragte ich. »In die Gummizelle?«

»Manchmal.«

»Wenn er sich schlimm aufführt? Wenn sein Wahnsinn durchschlägt?«

Wieder antwortete sie nicht sofort. »Mr Lucas muss da rein, wenn seine Mama kommt. Sie beobachtet ihn durch die Tür. Das hat man ihr geraten.«

»Damit sie vor ihm sicher ist?«

»Damit irgendwer vor irgendwem sicher ist.«

Hinter uns ertönte eine schläfrige Stimme. »Carson? Bist du das?«

Miss Gracie wirbelte das Bett herum. Freddy stand in seiner Tür und beobachtete uns. Er hatte den Stoffhund über die Hand gezogen.

»Was tust du hier draußen, Mister Freddy?«, fragte Miss Gracie. »Du sollst doch schlafen.«

»Ich habe Carson gesehen. Das Hündchen und ich wollen spielen.«

»Du gehst sofort wieder ins Bett. Ich fahre diesen Herrn hier ein bisschen herum und da brauchen wir keine Gesellschaft.«

»Das ist gemein.«

»Geh jetzt ins Bett, Mister. Du kannst morgen früh wieder spielen.«

Freddy zog ein Gesicht und kehrte grummelnd ins Bett zurück. Er sprang hinein, tat so, als würde er einschlafen, und schnarchte laut. Dann öffnete er ein Auge halb und zwinkerte mir zu, als hätte er Miss Gracie so richtig schön verarscht.

Seufzend schob sie mich weiter. »Dieser Junge hält sich für extrem cool.«

»Junge? Er muss doch mittlerweile auf die vierzig zugehen.«

»Und ist trotzdem noch ein Kind. Wird immer eins bleiben.« Sie warf einen Blick auf die Uhr. »Ich muss nach den anderen sehen, Windeln wechseln und dafür sorgen, dass Freddy im Bett bleibt. Wenn der Bursche keine acht Stunden am Stück schläft, ist er den ganzen Tag lang griesgrämig. Ich schaue noch mal vorbei, bevor ich das Licht ausschalte.« Sie ging Richtung Tür und blieb dann stehen. Drehte den Kopf in meine Richtung. Ihre dunklen Augen schauten geheimnisvoll.

»Sie werden mit niemandem über den kleinen Ausflug reden, den Sie gerade gemacht haben, oder?«

»Welchen Ausflug, Miss Gracie?«

Kapitel 42

Ich starrte die Lamellentür an und ging im Geiste noch mal durch, was ich auf Miss Gracies Tour alles erfahren hatte. Meinen Aufenthaltsort kannte ich jetzt. Und ich wusste inzwischen auch, wer sich sonst noch hier befand, und hatte eine vage Ahnung, wieso die anderen hier untergebracht waren.

Ich versuchte, die Informationen vor dem Hintergrund dessen, was Crandells Fragen suggeriert hatten, neu zu analysieren. Wiederholt hatte ich ihm versichert, bei der Beziehung zwischen Taneesha und Dani handele es sich – zumindest aus Danis Sicht – um ein Mentor-Schützling-Verhältnis. Seine Hartnäckigkeit und die Richtung, in die seine Fragen zielten, brachten mich jedoch zu dem Schluss, dass Dani über das, was Taneesha zu erfahren versucht oder bereits herausgefunden hatte, informiert gewesen war.

Ich erinnerte mich nur zu gut, wie ein siedend heißer Schmerz von meiner Leistengegend direkt bis ins Gehirn hochgeschossen war und ich gebrüllt hatte: »Buck Kincannon ist Danburys Freund. Der Hurenbock kann Ihnen das doch bestätigen.«

»Buck hat die Schnepfe von der Straße geholt«, hatte Crandell darauf erwidert. »Mehr reinhängen wird er sich da nicht mehr.«

Von der Straße geholt?

Stumm wiederholte ich den Satz. War Danis Beförderung von der Reporterin zur Nachrichtenmoderatorin ein Schachzug gewesen, um sie mit neuen, unbekannten Aufgaben abzulenken? Um sie im Auge zu behalten? Diese Vorgehensweise hatte Methode: Schick einen potenziellen Störenfried zu neuen Ufern. So war man auch mit Pettigrew verfahren.

Danis Behauptung, jemand wäre in ihr Haus eingedrungen, klang auf einmal wesentlich plausibler. Buck Kincannon hatte sie an jenem Abend ausgeführt, damit sich Crandell oder ein anderer Dietrich schwingender Handlanger in aller Ruhe in ihrem Haus umsehen und nach Unterlagen oder einer Verbindung zwischen Dani und Taneesha suchen konnte.

Der Verdacht, dass Dani auf irgendeine Weise in das Geschehen involviert war, deutete darauf hin, dass die Gegenseite keine Ahnung davon hatte, wie Journalisten tickten, und nicht wusste, dass eine Geschichte für sie wichtiger als alles andere war. Als Erster eine neue Story zu bringen und am besten noch ganz exklusiv war in diesem Geschäft der Gipfel. Selbst ein Greenhorn wie Taneesha Franklin würde sich in so einem Fall sehr bedeckt halten.

Crandell hatte mir nicht geglaubt und so getan, als behauptete ich, die Erde sei eine Scheibe.

Die Tür flog auf. Ich hielt den Atem an. Miss Gracie schob ihren Wagen ins Zimmer und schnappte sich eine Windel, die sie in den Mülleimer neben mein Bett warf. Ich hob fragend eine Augenbraue, woraufhin sie den Infusionsbeutel, der an dem Tropf hing, anschloss.

»Darin ist ein Mittel, das die Muskeln lockert. Selbst wenn es Ihnen gelingen sollte, aufzustehen, könnten Sie keinen Fuß vor den anderen setzen. Ich habe die Schläuche ausgetauscht, so dass das Mittel in eine Windel im

Mülleimer tropft. Ich kann das ändern, wenn Sie die Infusion gegen die Schmerzen brauchen.«

»Nein!«

Sie legte den Finger auf die Lippen und runzelte die Stirn. »Pst. Man weiß nie, wann er reinspaziert und nach dem Rechten sieht.«

»Crandell?«

Mit bekümmerter Miene schloss sie die Augen.

»Hier läuft alles aus dem Ruder. Genau wie vor vier Jahren. Und letztes Jahr. Jedes Mal, wenn dieser Fiesling auftaucht, ist hier die Hölle los.«

Wieder nahm sie eine Windel zur Hand und löste die Klebestreifen. Ich drückte den Rücken durch, damit sie mir das Ding anlegen konnte.

»Erzählen Sie mir mehr von Lucas«, bat ich sie. »Von der Zeit, als er jung war. Haben Sie ihn damals schon gekannt?«

»Mr Lucas war ein irrer Typ, hat abgedrehte Ansichten vertreten. Es war fast so, als würden alle anderen auf Batterien laufen, während er an ein Kraftwerk angeschlossen war. Er kriegte schlimme Wutanfälle, brüllte auf Partys herum, behauptete, alle anderen wären eine Horde ausgemachter Schwindler. Er schrie laut, wie gern er in einer normalen Familie leben würde, und stampfte dann wütend aus dem Raum. Einmal hat er ein Feuer gelegt. Heben Sie den Hintern an.«

»Ein Feuer?«

»Bei einem Familientreffen, das wie üblich ablief. Alle trafen sich bei Mister Buck. Jemand sagte was, und Mister Nelson lief raus und schlug mit einer Lampe auf Mister Racines neuen Wagen ein. Diese Leute streiten sich immer. Alle brüllten durcheinander, bis das Feuer ausbrach. Sie können sich jetzt wieder hinlegen.«

»Lucas hat das Haus in Brand gesetzt?«

»Er hat Brennspiritus auf die Blumen vor dem Haus gegossen und ein brennendes Streichholz draufgeworfen. Und hinterher hat er wieder eine von seinen Brüllorgien vom Stapel gelassen, alle beschimpft und ihnen vorgeworfen, eine Horde Heuchler zu sein.«

Ich hörte nicht zum ersten Mal, dass Lucas gern zündelte. Da lag die Vermutung nahe, dass er Pyromane war. Und Pyromanie war ein wesentliches Serienmörder-Charakteristikum. Auf der anderen Seite sind Pyromanen im Großen und Ganzen eher scheu und verschlossen: Sie legen Feuer in verlassenen Gebäuden, auf Baustellen, auf denen nicht gearbeitet wird, oder fackeln geparkte Fahrzeuge ab. Der Brandstifter versteckt sich dann in der Nähe und beobachtet unerkannt, wie die Feuerwehr versucht, den Brand zu löschen.

Werdet Zeuge meiner Macht.

»Lucas ist nicht weggelaufen?«, fragte ich.

»Er stand daneben, sah zu, ist herumgehüpft und hat gebrüllt, alle wären komplette Idioten und er würde sich wünschen, sie würden tot umfallen. Wie ich hörte, war Miz Kincannon ziemlich fertig. Hat geweint. Und diese Frau weint normalerweise nie.«

Dass Maylene Kincannon Tränen vergoss, stimmte mich nachdenklich.

Ich mutmaßte, dass es schon einen erheblichen emotionalen Aufruhr brauchte, bis ein Kontrollfreak wie sie einfach losheulte. Ich fragte mich, ob Lucas' Verhalten Maylene Kincannon mit ihrer eigenen Vergangenheit konfrontiert hatte. Vielleicht hatte sie inzwischen eine Heidenangst davor, dass sich ihr brüllender, zündelnder Sohn wie ihr bedauernswerter, aber gefährlicher Bruder langsam in einen Mörder verwandelte und wahnsinnig wurde.

Wie geht jemand mit so einer Furcht um?, überlegte ich.

X

Harry Nautilus registrierte eine Bewegung vor seinem Fenster. Scheinwerferlicht wanderte langsam die Straße hinunter. Ein Licht war schwächer als das andere, es schien jeden Moment den Geist aufzugeben. Eine Minute später fuhr derselbe Wagen wieder an seinem Haus vorbei.

Nautilus wanderte nach draußen und setzte sich auf die Veranda.

Der Wagen rollte zum dritten Mal vorbei. Die Bremslichter leuchteten auf und das Fahrzeug hielt am Bordstein. Pace Logan stieg aus. Er nickte Nautilus kurz zu, lief mit den Händen in den Hosentaschen den Bürgersteig hoch und blieb unten an der Verandatreppe stehen. Er fühlte sich sichtlich unwohl, atmete langsam aus.

»Hör mal, Nautilus. Ich wollte nur sagen, es tut mir leid. Wegen Ryder. Ich, ähm …«

»Ist schon in Ordnung, Logan. Danke.«

Logan richtete den Blick auf die Straße, ließ nacheinander die Knöchel seiner Finger knacken und spielte mit seinem Uhrenarmband herum. *Ihm brennt etwas auf der Seele*, dachte Nautilus.

»Setz dich doch, Pace. Kann ich dir etwas zu trinken anbieten?«

Die Einladung auf einen Drink oder die Tatsache, dass Nautilus ihn mit dem Vornamen anredete, oder vielleicht auch beides zusammen schien Logan zu überraschen. Er ließ sich so vorsichtig auf einem Korbstuhl nieder, als fürchte er, Nautilus würde ihm das Möbel unter dem Hintern wegreißen.

»Das wäre nett ... Harry. Bourbon und Wasser, falls du welchen dahast. Danke.«

Eine Minute später kehrte Nautilus mit dem Drink zurück. Logan trank einen Schluck Whiskey und drehte das Glas hin und her. Das Klopfen seiner Cowboystiefel verriet, wie nervös er war.

»Streifenpolizist zu sein hat mir immer großen Spaß gemacht, Harry. Das war ein guter Job, der ja auch gemacht werden musste. Manchmal hatte man schnell zu reagieren, aber groß nachdenken war nicht nötig, weißt du? Und genau das hat mir gefallen. Aber die Zeiten ändern sich. Wenn man neue Leute kennenlernt und erzählt, dass man Cop ist, denken die: *ja und*? Oder sie wollen, dass man für sie ein gutes Wort einlegt, damit sie einen Strafzettel nicht bezahlen müssen. Aber wenn man sagt, man ist Detective, dann denken alle prompt an *Kojak* oder *Law and Order*. Das war so ein Ego-Ding. Die Chance, mehr als so ein Langweiler zu sein, der nur herumfährt, die Leute verprügelt und Streitereien schlichtet.«

Logan drehte eine ganze Weile lang das Glas in seinen Händen.

»Ich bin kein guter Detective, Harry. Im Gegensatz zu dir. Und manchmal macht mir das ganz schön zu schaffen.«

»Pace, du brauchst nicht –«

»Das hat angefangen in der Nacht, wo es so geschüttet hat. Mit Taneesha Franklin. Und wahrscheinlich bin ich deshalb auch hierhergekommen. Um dir eine Geschichte zu erzählen.«

Nautilus war wie elektrisiert. »Ich höre«, sagte er.

»Shuttles stellt mich gern wie ein Fossil dar, erklärt mir andauernd, dass die Polizeiarbeit jetzt einen wissenschaftlicheren Ansatz hat ... Hast du schon mal von Latenzperioden gehört, Pace? Kennst du dich mit DNS aus? Weißt du, dass es Satelliten gibt, die ein Fahrzeug aus einer Höhe von hundert Meilen aufspüren können? Und dass die neue Generation Kameras in den Streifenwagen Nummernschilder auf hundert Metern Entfernung lesen können?«

»Das wusste ich gar nicht«, gestand Nautilus. »Vielleicht bin ich ja auch ein Fossil.«

»Shuttles redet gern von dem neuesten Technikschnickschnack, mit dem man Verbrechen aufklären kann: Computer, Kameras, irgendwelche Geräte, mit denen man Personen lokalisieren kann ... Hauptsache, ich komme mir wie ein Dinosaurier vor.« Logan räusperte sich. »Ich erzähle das nur, damit du weißt, dass ich Shuttles nicht ausstehen kann – ich hasse diesen eingebildeten kleinen Saftsack, Harry, doch ich glaube nicht, dass ich mein Urteilsvermögen davon beeinflussen lasse.«

»Das glaube ich auch nicht, Pace. Rede ruhig weiter.«

»An besagtem Abend habe ich immer wieder die gleichen Häuser gesehen. Shuttles saß am Steuer und fuhr in dem Viertel nur ein einziges Planquadrat ab. Ich drängte ihn, eine andere Richtung einzuschlagen. Da fuhr er ein paar Straßen weiter. Ich dachte mir, Scheiße, der Junge hat keinen Plan. Und dann hat er mir erzählt, du hättest hinter meinem Rücken über mich geredet und behauptet, ich wäre ein lausiger Cop und hätte einen Fall total vermasselt.«

»Pace, glaub mir, so etwas habe ich nie –«

Logan hielt eine breite Hand hoch. »Ich weiß, Harry, oder besser gesagt, jetzt weiß ich das. Irgendwann kam der Funkspruch und du und Carson seid zum Tatort gebrettert. Nachdem Shuttles mich so richtig aufgestachelt hatte, wollte ich zuerst dort sein und euch den Fall vor der Nase wegschnappen.«

»Aber als du dort warst, hast du uns den Fall überlassen, Pace. Wieso?«

»Als ich gesehen habe, was in dem Wagen passiert ist, habe ich begriffen, dass ihr Jungs eher geeignet seid als ich und ein Bürschchen, das noch ganz grün hinter den Ohren ist.«

»Ich weiß nicht so genau, worauf du hinaus –«

»Ich habe mir über jenen Abend so meine Gedanken gemacht, Harry. Nachdem wir beide unser kleines Handgemenge gehabt hatten, habe ich mich an den Mazda gelehnt, bis ich wieder richtig Luft kriegte. Und da habe ich eine Plastiktüte entdeckt, die im Rinnstein schwamm wie ein Segelboot und jeden Moment vom Regen fortgespült wurde. Ungefähr zur gleichen Zeit hat Shuttles das Messer gefunden. Bilde ich mir da was ein oder ist das wirklich seltsam?«

Nautilus überlegte kurz, ehe er begriff, in welche Richtung Logan dachte.

»Das könnte alles Mögliche bedeuten, Pace. Kommt darauf an, in welche Richtung das Regenwasser floss und wo Shuttles gerade gestanden hat.«

Logan nahm einen Schluck Bourbon. »Vor ein paar Wochen habe ich zwei Fotos aus der Mordakte genommen. Ich wollte meine Erinnerung auffrischen, noch mal überprüfen, wie es dort ausgesehen hat. Das Regenwasser floss von der Stelle weg, wo Shuttles das Messer gefunden hat.«

Nautilus musterte den alternden Detective und zog eine Augenbraue hoch. »Was wirst du mit dieser Beobachtung anfangen, Pace?«

Logan lächelte traurig, klopfte Nautilus aufs Knie, stand auf und lockerte die steifen Gelenke.

»Genau das, was ich gerade getan habe, Harry. Ich gebe die Info jemandem, der mehr weiß als ich. Wahrscheinlich bilde ich mir nur irgendwas ein, aber ich musste es einfach loswerden. Danke für den Drink.«

Logan stieg die Verandastufen hinunter und lief den Bürgersteig entlang bis zu seinem Wagen. Er kletterte hinter das Steuer und schaltete den Motor an. *Ich hab's versaut*, dachte Nautilus und schaute den sich entfernenden Rückleuchten hinterher. *Ich habe mich von Logans schusseligem Herumgepfusche auf die falsche Fährte locken lassen. Ihn einfach unter* faul und blöde *abgeheftet. Ich hätte ja auch sagen können: ›Pace, manchmal ist die Sachlage richtig kompliziert, vielleicht willst du es ja mal so versuchen ...‹*

Kapitel 43

Es schien spät zu sein, als Crandell ins Zimmer kam, doch in Wahrheit dämmerte draußen schon der Morgen. Ich hatte die ganze Nacht kein Auge zugetan, nur nachgedacht. Als er meine Fesseln kontrollierte, konnte ich einen Blick auf seine Uhr werfen: sechs Uhr morgens. Ich bemühte mich, benebelt aus der Wäsche zu schauen und langsam zu reagieren, während mein Herz raste. Stunden waren vergangen, seit Miss Gracie die Infusion umgeleitet hatte. Der Schlauch verschwand unter dem Laken und der Bettdecke und das muskelentspannende Mittel lief in den Mülleimer neben meinem Bett anstatt in meine Vene. Gestern hatte es sich angefühlt, als säße mein Kopf auf einem verrottenden Baumstamm. Heute spürte ich sämtliche Muskeln und Bänder, meinen ganzen Körper. Ich konnte mich wieder bewegen.

»Na, haben Sie das Rätsel gelöst, Ryder?«, erkundigte

sich Crandell, tippte auf den halbleeren Tropf und fuhr mit dem Finger am Schlauch entlang. Dann wollte er das Laken heben und meine Kanüle überprüfen.

Ich riss den Kopf zu ihm herum. »Das ist alles nur Show, richtig? Ein super Szenario, das Sie sich ausgedacht haben. Lucas ist gar kein Psychopath.«

Meine Worte erregten seine Aufmerksamkeit. Er ließ das Laken fallen und zog eine Augenbraue hoch.

»Sie haben sich Gedanken gemacht, Ryder.«

Ich plapperte wild drauflos, assoziierte frei und rasselte alle Ideen herunter, die mir seit Stunden durch den Kopf gingen.

»Mit Lucas, dem exaltierten Mitglied einer Familie, die nur aus selbstfixierten Gierschlünden besteht, ist die Phantasie durchgegangen. Gut möglich, dass er in seiner jugendlichen Rebellion ein paar Grenzen überschritten hat, doch sein Handeln war nicht pathologisch. Da er clever ist, hatten seine Brüder ein Problem. Falls er sich in den Griff kriegte, würde Maylene vielleicht entscheiden, ihm die Familiengeschäfte zu übertragen und nicht Buckie, Nelson oder Racine, diesem Trio Schwachköpfe.«

Crandell zwinkerte. »Diese Schwachköpfe waren immerhin klug genug, mich anzurufen. Und mich reich zu machen.«

»Ich weiß Bescheid über die DuCaines«, sagte ich, »über den Baumhausjungen. Der Bursche war so was wie ein Präzedenzfall, der zeigte, dass es in der Familie einen Hang zu gemeingefährlichem und psychopathologischem Verhalten gab.«

Crandell zuckte mit den Achseln. »Die Familie ist total abgefuckt.«

»Lucas' Verstand war eine Bedrohung für die Brüder. Deshalb haben Sie oder jemand anders Frederika Holtkamp umgebracht. Und Maylene verklickert, Lucas wäre auf Freddys Lehrerin fixiert gewesen und hätte sie getötet.«

»Da Sie von ihrem Killer-Bruder wissen, können Sie sich ja vorstellen, dass die alte Dame sich mit Obsessionen auskennt.«

»Als Lucas letzten Monat abgehauen ist, haben Sie Taneesha Franklin ermordet für den Fall, dass Lucas an Maylene herantritt und versucht, sie davon zu überzeugen, dass er nicht wahnsinnig ist.«

Crandell zog interessiert eine Augenbraue hoch. »Sieh mal einer an, jetzt schnallen Sie endlich mal was! Ms Franklin hat von ein paar Machenschaften Wind gekriegt, alles nur Kleinigkeiten. Sie hat Reporterin gespielt, ist im Büro von KEI aufgetaucht und hat Fragen gestellt, die dusselige Kuh. Wir haben eins von Buck seniors alten Messern verwendet, ein Familienerbstück.«

»Und darauf sind natürlich Lucas' Fingerabdrücke.«

»War kein Problem. Shuttles hat uns ein Foto der Mordwaffe aus dem Bericht der Spurensicherung besorgt. Und wir haben Mama Kincannon das Familienmesser in einem Foto auf dem offiziellen Briefpapier des Alabama Forensic Bureau unter die Nase gehalten, woraufhin sie in Ohnmacht gefallen ist. Sie hält Lucas allen Ernstes für die Inkarnation des Baumhausjungen.«

»Sie haben Taneesha Franklin woanders getötet und sind hinterher mit dem Wagen zum Tatort gefahren.«

Crandell klatschte in die großen Hände und grinste.

»Ich habe sie in einem alten Schuppen erledigt. Franklin hat in einem fort gequatscht. Wie sich herausstellte, war das reine Zeitverschwendung, denn sie wusste gar nichts. Ich habe den Wagen so frisiert, dass es wie ein Raubüberfall aussah, habe ihn mit einem Abschleppwagen auf die andere Seite der Stadt gebracht und gewartet, bis Shuttles auftauchte und das Messer mit den Fingerabdrücken dort platzierte.«

Genau wie damals nach dem Holtkamp-Mord, als ein Abschleppwagen Lucas' Auto abtransportierte und Pettigrews Reifenspuren sich auf einmal im Nichts auflösten. Plötzlich fiel mir eine weitere Unstimmigkeit ein. Der Lastwagenfahrer Dell hatte ausgesagt, der Wookie hätte die Statur eines Affen, während Leroy Dinkins Lucas als groß und schlank beschrieben hatte. Crandell war breit und hatte kurze, krumme Beine, also eine eher affenähnliche Figur.

»Der Lastwagenfahrer hat nicht Lucas gesehen«, schlussfolgerte ich.

Crandell tätschelte seinen Kopf mit beiden Händen.

»Zehn Dollar für eine Halloween-Perücke samt Bart. Lucas hat sich hier drinnen nie rasiert, auch das war Teil seiner jugendlichen Rebellion. Als Mama die Polizeiberichte las, dachte sie natürlich, ihr Junge schlägt mal wieder über die Stränge.«

»Und Sie werden ihn finden und zurückschaffen.«

»Das dauert nicht lange, denn er ist ganz in der Nähe. Mama will ihn immer noch hierbehalten und ein paar zusätzliche Schlösser oder so anbringen lassen. Aber jetzt schleichen wir nicht mehr wie die Katze um den heißen Brei, Ryder.«

»Wovon reden Sie?«

Sein strahlendes Grinsen hatte die Kraft von tausend Volt. Seine Augen glänzten voller Erstaunen über sich selbst.

»Lucas wird noch mal töten, Ryder. Danach ist Schluss mit den Ferien im Ritz. Mama wird endlich zustimmen, dass bei Lukie-Boy eine Lobotomie durchgeführt wird. Wir haben schon einen mexikanischen Arzt gefunden, der ihm das Hirn raussäbelt.«

Mein Magen krampfte sich vor Ekel zusammen. Die drei älteren Kincannon-Brüder hatten die Absicht, Lucas Kincannon in Gemüse zu verwandeln, um auf diese Weise die Gefahr, die sein überragender Verstand darstellte, endgültig zu bannen.

»Wen wird Lucas töten?«, fragte ich.

Crandell ließ sich mit der Antwort Zeit. Er schaute mir tief in die Augen und genoss den Augenblick.

»Buck Kincannons Freundin, Ryder. Eine hübsche blonde Nachrichtentante. Sind Sie ihr mal begegnet?«

Um acht Uhr morgens schritt Nautilus durch den Eingang der Polizeiakademie. Er war bis drei Uhr früh auf gewesen und hatte sich anschließend ein paar Stunden aufs Ohr gelegt, weil er wusste, dass er für das, was er vorhatte, mit Sicherheit einen klaren Kopf brauchte. Eine Bestätigung war erforderlich, ein Beweis, der endlich Licht ins Dunkel brachte.

Major Dominick Purselli, der Leiter der Polizeiakademie, war Shuttles' Ausbilder gewesen und von daher möglicherweise in der Lage, ein paar Einzelheiten über den Jungen zu erzählen und Logans Geschichte zu untermauern. Purselli kannte auch Logan. Die beiden Männer, die jahrelang zusammengearbeitet hatten, waren sogar Kumpels. Wie Logan war auch Purselli ein altes Schlachtross, besaß aber ein charmanteres Naturell.

Nautilus öffnete die Tür zu Pursellis Büro. Eine gedrungene Frau mit drahtigem Haar saß an seinem Schreibtisch.

»Hallo, Alice. Ist Dom da?«

»Er hat diese Woche Urlaub.«

»Urlaub?«

»Steckt irgendwo in Kanada. Im Land der Elche. Er kommt in einer Woche wieder zur Arbeit. Unterrichtest du dieses Jahr wieder?«

»Nur, wenn es sich nicht vermeiden lässt.«

»Wir kriegen dich schon überredet.« Plötzlich veränderte sich ihre Miene. »Harry, das mit Carson ...«

Nautilus winkte ab.

»Ich weiß«, sagte sie. »Schwer, darüber zu reden.«

Nautilus rammte die Hände in die Taschen und schlenderte an der Hall of Heroes vorbei. Dort hingen Fotos von den Beamten, die im Dienst gestorben waren. An der Wand war eine freie Stelle. Jemand hatte schon einen Haken angebracht. Mit geschlossenen Augen lief Nautilus an den Bildern entlang und öffnete sie erst wieder, als er einen sieben Meter langen Schaukasten mit Fotos von Personen passierte, die das Mobile Police Department mit Spenden unterstützt hatten.

Kurz vor dem Ausgang schnippte er mit den Fingern, machte auf dem Absatz kehrt und rannte zu dem Schaukasten zurück, in dem Plaketten, Fotos und Zeitungsausschnitte in chronologischer Reihenfolge ausgestellt waren. *Wann hatte Shuttles angefangen?* Nautilus' Blick wanderte von einem Datum zum nächsten, bis er zum neuesten Ausstellungsstück gelangte, einer großen Holz- und Messingtafel mit einem Foto von Nelson Kincannon. Die Aufnahme und ein Zeitungsausschnitt waren unter Plexiglas montiert. Mit zusammengekniffenen Augen und breitem Grinsen beugte sich Kincannon schräg zur Kamera hinunter.

Auf dem Foto schüttelte Nelson Kincannon Tyree Shuttles die Hand.

Nautilus spürte, wie ihm beim Lesen der Schweiß den Rücken hinunterlief. Vor ein paar Jahren hatte Tyree Shuttles ein KEI-Stipendium für herausragende Polizeiarbeit erhalten, eine Anerkennung, mit der er College-Kurse und seinen Lebensunterhalt bestreiten konnte. Die »verdiente finanzielle Unterstützung« belief sich auf fünfzigtausend Dollar.

Die eine Hand gibt …

Kapitel 44

»Sie lügen, Crandell! Kincannon lässt nicht zu, dass Sie seine Freundin umlegen!«

Crandell legte die Hand auf meinen Mund. Sein Lächeln war eine Farce: ein giftiges Grinsen voller Hohn. Er flüsterte mir ins Ohr: »Das war Bucks Idee, Ryder. Buck hat eine richtig böse Ader, die Ihre Vorstellungskraft bei weitem übersteigt. Mama wird bald denken, der gute Lucas ist endgültig übergeschnappt.«

Crandell nahm die Hand von meinem Mund.

»Endgültig übergeschnappt?«, empörte ich mich. »Maylene glaubt, Lucas hätte zwei Frauen auf dem Gewissen, und das reicht nicht?«

Crandells Kichern klang hohl. »Eine altjüngferliche Lehrerin und eine Schwarze, die sich als Journalistin versucht? In Maylenes Augen ist das ungefähr, wie wenn man auf der Autobahn ein Reh überfährt. Aber morgen um diese Zeit sieht es so aus, als hätte Lucas Bucks superduper Freundin in dessen Haus umgebracht, und das ist viel zu nah und außerdem zu persönlich für jemanden wie Maylene. Sie wird den mexikanischen Doktor anflehen, bei Lucas endlich den Schlagbohrer anzusetzen, damit solche Abscheulichkeiten nie wieder passieren.«

»Wann soll das über die Bühne gehen?«

»Heute Abend schlägt Lucas wieder zu, Ryder.«

Die Tür fiel ins Schloss. Ich zerrte vergeblich an meinen Fesseln und fluchte mehrmals laut. Mir fielen Rudolnicks versteckte Aufzeichnungen über einen Wahnsinnigen ein, einen latenten Soziopathen, mit dem es schnell bergab ging.

Es ist, als stehe man neben einer normalen und respektierten Person, die sich entschlossen hat, sich und alle anderen in die Luft zu jagen, und man weiß nie, wann sie ihren Entschluss in die Tat umsetzt.

Ich war davon ausgegangen, dass Rudolnick heimlich Notizen über Lucas machte.

Stattdessen hatte sein Interesse Buck gegolten.

✗

»Was wollen Sie, Harry?«, fragte Claypool, der heute eine gebatikte Baseballkappe, rote Jeans, uralte Sandalen und ein schwarzes T-Shirt anhatte, auf dem in fetten weißen Buchstaben ELEKTRONEN ELEKTRISIEREN MICH stand.

Nautilus erläuterte, was er brauchte.

»Das ist keine große Sache«, meinte Claypool, »und klingt schwer nach Spaß. Ich geh nur kurz einen Lötkolben holen.«

»Und bringen Sie auch ein Stück Luftpolsterfolie mit«, bat Nautilus, »damit es wirkt, als käme es frisch aus der Verpackung. Habt ihr so was da?«

Claypool, der aussah, als würde er vor Begeisterung gleich in Ohnmacht fallen, versprach, das Päckchen innerhalb einer Stunde ins Präsidium zu schicken. Gegen neun Uhr tauchte Nautilus im Büro auf. Er notierte ein paar Sätze auf einem Fetzen Papier und rief Glen James vom Technischen Dienst an.

»Das ist ja eigenartig, Harry«, brummte James, während er die Zeilen überflog. »Aber ich bin gern behilflich.«

Nautilus marschierte in den Besprechungsraum mit den Fenstern, der an das Großraumbüro grenzte, in dem die Detectives untergebracht waren. Er zog den Stecker des Monitors und schob ihn beiseite, als würde er ihn austauschen. Dann entdeckte er einen Mitarbeiter von der Spurensicherung, der mit einem braunen Päckchen auf dem Flur herumwanderte, und winkte den Mann herüber. Er legte das Päckchen von Claypool auf den Tisch und rief Shuttles an, der an seinem Schreibtisch saß.

»Hallo, Tyree, Harry am Apparat. Ich bin im Besprechungsraum A. Hast du kurz Zeit?«

»Klar, Har«, antwortete Shuttles begeistert. »Bin gleich da.«

Har, dachte Nautilus. Er musste an den Film *All That Jazz* denken, wo Roy Scheider gleich nach dem Aufstehen ein paar Aufputschpillen einwarf, sein Spiegelbild angrinste und rief: *»Show time!«*

»Show time«, flüsterte Nautilus.

Shuttles platzte zur Tür herein und griff sich einen Stuhl. Nautilus nahm an, dass Shuttles sich einbildete, sie beide würden in Zukunft zusammenarbeiten. *Diese Geschichte mit Carson ist grauenvoll, Tyree, aber ich brauche einen neuen Partner, und ich könnte mir vorstellen, dass wir gut zusammenarbeiten …*

»Was liegt an, Har?« Shuttles bemühte sich schwer, nicht zu grinsen.

Nautilus lächelte zwar, doch sein Blick wurde so durchdringend wie während eines Verhörs. Jemand hatte seine Augen mal als schwarze Raketen bezeichnet. Diese Raketen richtete er nun auf Tyree Shuttles' Pupillen und auf das Gehirn dahinter.

»Hast du tatsächlich geglaubt, damit durchzukommen, Tyree?«

»Ähm, wovon redest du, Harry?«

Nautilus nahm das von Claypool präparierte Päckchen in die Hand und zog einen in Luftpolsterfolie eingewickelten Gegenstand heraus.

»Was ist das, Harry?«, wollte Shuttles wissen.

»Wenn du es siehst, weißt du Bescheid.«

Nautilus puhlte das Klebeband von der Folie. Ein kleiner Zettel fiel heraus: GEPRÜFT VON NUMMER 57. Darunter befand sich ein Strichkode.

Spitzenklasse, dachte Nautilus. Dafür schuldete er dem Multitalent Claypool ein Luxusdinner. Nautilus wickelte ein Gewirr aus Metall, Plastik und Stromkabeln auseinander. Zum Vorschein kam eine Röhre, die große Ähnlichkeit mit einem Zielfernrohr hatte. Vorn funkelte eine große optische Linse. Und auf dieses Konglomerat war ein Halter und ein zigarettenschachtelgroßes Bedienfeld mit Tasten und Leuchtdioden geschraubt. Die improvisierte Apparatur erinnerte an eine Waffe aus *Star Wars*.

»Dämmert es jetzt, Tyree?«

»Ich habe keinen Schimmer, was das sein soll, Harry.« Beim Sprechen gelang es Shuttles nicht, seine Furcht zu verbergen.

»Das ist eine von den neuen Kameras in den Fahrzeugen der Detectives.«

»*Was für* Kameras?«

»Wie die in den Streifenwagen, nur sind das neuere Modelle. Hat Pace dir nichts davon erzählt?«

»Mir *was* erzählt?«

»Pace und ich haben uns vor ein paar Wochen mit dem Polizeichef getroffen. Wir haben diskutiert, wer die erste, die Testkamera kriegt. Brandneue Teile mit extrem hoher

Auflösung. Kosten fünfzehn Riesen pro Stück. Die sollte bei euch eingebaut werden, weil Pace am längsten im Dienst ist, aber Pace wollte die Kamera nicht. Und deshalb haben Carson und ich sie gekriegt.«

Auf Shuttles' Stirn bildeten sich Schweißtropfen. Sein Mund war trocken und er musste schwer schlucken.

»Pace hat mir gar nichts gesagt. Hat es wahrscheinlich vergessen. Der Arsch interessiert sich nicht für solche Sachen. Er benutzt ja nicht mal den Computer.«

Nautilus ging zur Tür hinüber, riss sie auf und rief: »Wo, verflucht noch mal, ist der Monitor, den ich haben wollte?«

Glen James stand auf der anderen Seite des Büros und unterhielt sich gerade mit Lieutenant Tom Mason, dem Abteilungsleiter. James warf einen Blick auf seine hohle Hand und las den Text vor, den Nautilus für ihn vorbereitet hatte.

»Ist schon unterwegs, Harry. Krieg dich wieder ein. Ein normaler Bildschirm funktioniert nicht. Man braucht ein Spezialgerät. So was wie HDTV, wo man jede Pore einzeln erkennen kann. Sie bringen die Kiste gleich hoch.«

»Mist. Macht mal hin.«

»Willst du dir einen Porno reinziehen, Harry? Da kannst du die Schamhaare zählen, so viel kann ich dir versprechen.«

Glen James improvisierte.

Nautilus warf die Tür zu und setzte sich wieder. Da er selten Türen zuwarf oder fluchte, tat es heute seine volle Wirkung.

»Kameras interessieren mich einen Scheiß, Tyree. Was soll ich denn mit einem Foto von Taneesha Franklins Wagen, das aufgenommen wird, wenn wir beim Tatort eintreffen? Bis heute Morgen hat sich kein Schwein das Band angesehen. Teufel auch, an jenem Abend wollte ich die Kamera nicht mal ausprobieren, aber du kennst ja Carson. Er hat gleich begeistert mit dem Ding herumgespielt.«

»Franklin?«, flüsterte Shuttles mit brüchiger Stimme.

»Ich will, dass du mir was erklärst, Tyree. Etwas, das überhaupt keinen Sinn ergibt. Die Kamera läuft, ist auf extreme Nachtsicht eingestellt, was irgendwas mit einer Lux-Zahl oder so was zu tun hat. Eine normale Kamera würde bei dem Regen und der Entfernung überhaupt nichts aufzeichnen, doch dieses neue Ding hat alles festgehalten.«

Nautilus starrte durch das Fenster ins Büro der Detectives, als wäre er stinksauer, dass der Fernseher noch nicht da war.

»Von unserem Wagen zu dir im Dunkeln hinter dem Mazda sind es schätzungsweise sechzehn Meter. Und was zeigt die Superkamera, wenn wir langsam zurückspulen, Tyree?«

Der Junge hatte viel zu viel Schiss, um den Mund aufzumachen. *Spiel deine Karte aus*, dachte Nautilus, kurz davor, auszusprechen, was Logans Beobachtungen ihn vermuten ließen. *Jetzt ist der Moment gekommen, wo ich alles gewinne oder alles verliere …*

»Man sieht, wie du eine Plastiktüte unter deinem Regenmantel hervorziehst, Tyree. Du machst sie auf, holst ein Messer raus, wirfst die Tüte in den Rinnstein. Und danach rufst du ganz laut: ›Messer!‹«

Shuttles bewegte die Lippen, brachte aber keinen Ton heraus. Nautilus fragte: »Warum hast du die Mordwaffe in einer Plastiktüte zum Tatort gebracht, Tyree?«

»Das war nicht meine Idee, ich schwöre es …«

»Du warst nie weiter als acht Blocks vom Tatort entfernt. Wie lange solltest du darauf warten, dass Franklins Fahrzeug gefunden wird? Die ganze Nacht?«

Shuttles legte die Hände auf die Augen, als wollte er die Realität ausblenden. Tränen kullerten unter seinen Fingern heraus.

»Harry, ich …«

»Später hast du versucht, Carson davon zu überzeugen, dass Logan bei der Ermittlung im Carole-Ann-Hibney-Fall brutal herumpfuscht. Dabei warst du es, der die Ermittlungen sabotiert hat. War das alles Crandells Idee? Und wer hatte den Einfall, Logan als paranoid hinzustellen, damit es so aussieht, als spinne er wieder, wenn er sagt, er traue dir nicht richtig über den Weg? So war es doch, oder, Tyree? Jetzt habe ich dich kleines Arschloch drangekriegt, was?«

Shuttles beugte sich über den Tisch und bettete das Gesicht auf die Arme.

»Sie sind mir gegenüber sehr großzügig gewesen, Harry, aber dann wollten sie dafür auf einmal so wahnsinnig viel zurückhaben.«

Kapitel 45

»Guten Morgen, Brüderchen«, sprach Lucas in die Hörmuschel. »Hast du mein Fax gekriegt? Meine Berechnungen. Konntest du damit etwas anfangen?«

Lucas horchte eine Weile und schüttelte schließlich den Kopf.

»Wem hast du sie gezeigt, Buck? Natürlich konnte er damit nichts anfangen, er ist ein Scheiß-Banker, ein Arschkriecher. Das ist die Black-Scholes-Gleichung zur Modellberechnung von Aktienkursen. Ich habe mir einfach den 76er Ingerson-Abgleich unter der Prämisse von null Steuern und Transaktionsgebühren vorgenommen, die CIRs nach Morton rausgerechnet und danach meine eigene Kurve erstellt bezüglich …«

Scheiße. Es war, als würde man mit einem Fisch Wirtschaftsfragen diskutieren. Lucas schüttelte den Kopf und entspannte sich dann. Er durfte seine eigentliche Mission nicht aus den Augen verlieren.

»Vergiss das Fax, Buck. Hör mal, auf lange Sicht … interessiert das doch nicht, oder?«

Lucas beobachtete, wie eine dunkelhaarige junge Frau in engen pinkfarbenen Jeans am Telefon vorbeischlenderte. Ihre Hüften bewegten sich wie zu einer Polka, *eins*-zwei, *eins*-zwei. Bald werde ich all das haben, dachte er, ein Bett voller metronomischer Hinterteile, die ich wie Früchte von einem hohen Baum pflücken werde.

»Was mir vorschwebt, Buck?«, seufzte Lucas. »Mist, du weißt es doch. Am Ende läuft es auf das hinaus, was dein Bauchgefühl, dein Instinkt für die profitabelste Marschrichtung hält.«

Ein Lächeln umspielte Lucas' Lippen, aber er ließ nicht zu, dass es sich in seiner Stimme, dem nüchternen Ton, den er anschlug, widerspiegelte.

»Ich dachte mir schon, dass du das sagen würdest, Buck.«

Lucas legte auf und kehrte in seine Unsicherheitsfirma zurück – dieser Name passte heute besser denn je. Er lief die Treppe hoch, betrat keuchend sein Büro. Dass er außer Atem war, lag einerseits an der körperlichen Ertüchtigung und andererseits am Adrenalinschub, der ihn durchströmte. Lucas stellte sein Fernglas auf die Büros von KEI ein. Buck Kincannon saß in seinem Arbeitszimmer. Die Tür war geschlossen. Seine Füße lagen auf dem Schreibtisch und er ließ einen Daumen um den anderen kreisen, während er über das Telefonat nachdachte.

Er hat den anderen nichts von dem Anruf erzählt. Buck hockte dort drüben und dachte *ich, meins, mir.*

Alle Brüder dachten nur *ich, meins, mir.*

Perfekt.

X

Nautilus schaute Shuttles hinterher, der von zwei uniformierten Polizisten abgeführt wurde. In einem ersten Anfall von Panik hatte Shuttles Fragen beantwortet, doch als er schnallte, dass er damit in Teufels Küche kam, bestand er auf einen Anwalt. Shuttles hatte sogar die Frechheit besessen zu fragen, ob man ihn nicht ohne Handschellen abführen könnte. Nautilus erklärte dem kleinen Scheißer, dass er froh sein könnte, dass man ihn nicht am Kajak festband und vor einem Riesentanker ins Meer schmiss.

Nautilus eilte zur Spurensicherung hinüber, legte aber vorher noch einen kurzen Zwischenstopp in der Gerichtsmedizin ein. Er hatte überlegt, ob er in diesem Stadium Clair Peltier einweihen sollte, doch sie war von Anfang an mit von der Partie gewesen und von daher gebot es der Anstand, sie auf dem Laufenden zu halten.

Er trat in ihr Büro und schloss die Tür hinter sich. Die Frau sah schwer mitgenommen aus; ihr Gesicht wirkte verhärmt und müde. Die Schnittblumen, die normalerweise alle drei Tage ausgetauscht wurden, waren verwelkt. Eine Träne kullerte ihre Wange hinunter, die sie mit dem Handrücken wegwischte.

»Ich bin aus Carsons Haus weg. Ich wollte nicht, aber ich hatte noch zu arbeiten.«

»Hören Sie, Doc«, sagte Harry. »Ein paar Sachen sind ans Licht gekommen. Es besteht eine – wenn auch geringe – Chance, dass Carson noch am Leben ist.«

Ihr fiel die Kinnlade herunter. Nautilus hob warnend die Hände.

»Ich habe keinen Schimmer, wo er steckt, falls er überhaupt irgendwo festgehalten wird. Wenn ich zu laut Alarm schlage und die Cops kreuz und quer durch die Gegend scheuche, wird er vermutlich für immer von der Bildfläche verschwinden.«

»O mein Gott …«

»Ich habe gerade rausgefunden, dass ein korrupter Detective bei den Kincannons auf der Gehaltsliste steht. Leider wird man der Familie das nie nachweisen können. Das werden schon deren Anwälte und vor allem ein Typ namens Crandell zu verhindern wissen. Am liebsten würde ich die Häuser und Büros der Kincannons durchsuchen lassen, aber dafür braucht es stichhaltige Beweise. Aufgrund von Hörensagen und bloßen Verdachtsmomenten kann ich keinen Durchsuchungsbefehl beantragen.«

»Was ist mit Carsons Exfreundin, Harry? Sie ist doch jetzt mit Buck Kincannon zusammen, oder? Glauben Sie, sie könnte irgendwie behilflich sein?«

Bei Nautilus meldete sich das schlechte Gewissen. Nachdem Carson verschwunden war, hatte Danbury ihn ein Dutzend Mal angerufen, unter Tränen verzweifelte Nachrichten hinterlassen, ihn angefleht, sie zurückzurufen und ihr versucht zu erklären, was sich da abgespielt hatte.

Dass sein Partner von Danbury so verarscht worden war, hatte Nautilus schwer zugesetzt. Sie hatte sich mies verhalten, doch Menschen strauchelten nun mal und trafen schwachsinnige Entscheidungen. Oder wurden von professionellen Lügnern aufs Glatteis geführt.

Er erinnerte sich an eine Nachricht, die Danbury auf seinem Anrufbeantworter hinterlassen hatte:

»Ich war der Meinung, ich wäre so wichtig, dass ich einen Mann verdient habe, dem Kameras und Journalisten überallhin folgen und an dessen Lippen Politiker hängen. Ich habe mich selbst verraten, indem ich Carson betrogen habe, und ich habe etwas verloren, was ich nie wieder zurückkriegen werde.«

Nautilus wusste, dass damit nicht Carson gemeint war.

Er holte sein Handy aus der Tasche und rief zuerst im Sender an. Die Dame in der Vermittlung sagte, Danbury habe vier Tage frei genommen. Anschließend versuchte er es bei ihr daheim, wo sich nur der Anrufbeantworter meldete.

»Ich bin für ein paar Tage nicht in der Stadt«, verkündete Danbury, »werde nach meiner Rückkehr jedoch gern zurückrufen.«

Ihre Stimme klang flach und sie sprach abgehackt. Früher hatten Danburys Ansagen fröhlich, heiter, fast überschwänglich geklungen und waren immer mit lustigen Witzen gespickt gewesen.

Eigenartig. Vielleicht entwickelte sich ihr Leben nicht so, wie sie es sich vorgestellt hatte.

»Danbury ist nicht da«, sagte Nautilus und bat Dr. Peltier, die Daumen zu drücken, zu beten, Kerzen oder Räucherstäbchen anzuzünden oder was sonst noch helfen könnte. Auf dem Weg zur Spurensicherung überlegte er, ob Claypool sich mit E-Mails auskannte.

X

Thaddeus Claypool hob den Blick von der Tastatur. Neben seinem Ellbogen stand ein Glas Orangensaft. Heute trug er ein weißes Hemd, auf dessen Brust zwei aus aufgestickten Pailletten bestehende Banjos prangten.

»Wir haben den Mistkerl festgenagelt, Thad«, berichtete Nautilus. »Aber ich bin noch auf ein paar zusätzliche Zauberkünste angewiesen. Wissen Sie, wie man E-Mails zurückverfolgt?«

Claypool atmete langsam aus. »Kommt immer darauf an, wie viel Mühe der Absender darauf verwendet hat, nicht entdeckt zu werden. Es ist ja nicht so, als könnte man einen Thread so mir nichts, dir nichts zu jemandem nach Hause verfolgen.«

Nautilus stellte den Computer aus Shuttles' Wohnung vor Claypool auf die Arbeitsfläche. In weniger als einer halben Minute hatte der Mann den Rechner eingeschaltet und das E-Mail-Programm geöffnet.

»Gehen Sie ungefähr einen Monat zurück«, bat Nautilus. »Ein paar Tage, bevor Taneesha Franklin ermordet wurde.«

Claypool rief die Nachrichten in chronologischer Reihenfolge auf. Der Absender – Crandell? – war alles andere als ein Schwafelbruder.

> Telefonanruf an Standort C (17–19 Uhr alle 20) bezügl. Streife Montag. Zur Kenntnisnahme: Dies ist eine Sonderaufgabe, ein 50 R-GRAT.

Die Nachricht stimmte mit dem überein, was Shuttles Nautilus über die Nacht von Taneeshas Tod erzählt hatte. Er sollte das präparierte Messer zum Tatort bringen und darauf achten, dass Lucas' Fingerabdrücke nicht verwischten. Am Tatort sollte er die vermeintlich weggeworfene Tatwaffe »entdecken«. Das war eine brillante Idee, mit der man zwei Fliegen mit einer Klappe schlagen konnte: Man verhinderte, dass das Messer von einer der Huren gefunden wurde, die normalerweise in dieser Gegend nach Freiern Ausschau hielten, und platzierte Shuttles am Tatort, wodurch Crandell in Zukunft seinen Spitzel im Präsidium stärker unter Druck setzen konnte.

Die »50 R-GRAT«, spekulierte Nautilus, standen für eine Gratifikation über fünfzigtausend Dollar. Außerdem hieß es, weitere Details würden telefonisch übermittelt. Shuttles hatte eine Liste von sechs öffentlichen Fernsprechern – A bis F. An besagtem Abend sollten die Anrufe zwischen fünf und sieben Uhr am Standort C eingehen, und zwar in Abständen von zwanzig Minuten, falls Shuttles Probleme hatte, rechtzeitig zum Münzfernsprecher zu gelangen. Da hatte jemand wirklich alle Eventualitäten in Betracht gezogen. Die nächste Mail gab niemandem ein Rätsel auf:

> Brauche alle Berichte betreffs Franklin. So schnell wie möglich einscannen und mailen.

Da verlangte jemand, auf dem Laufenden gehalten zu werden, dachte Nautilus. Was auch immer da gerade abging, die Strippenzieher wollten wissen, wie die Ermittlungen vorankamen.

> Brauche Berichte über Verdächtigen im Franklin-Fall. Habe gehört, Phantombild wurde verteilt. Benötige Zeichnung umgehend. Gesprächsplatz B, 14–16 alle 15.

Im Prinzip ein Update und Spitzel, die von dem Phantombild berichten. Mündliche Anweisungen sollten telefonisch folgen.

> Brauche alle Berichte über gestohlene Fahrzeuge vom 21. 4.–23. 4.

Nautilus fiel auf, dass der Zeitraum mit dem Fall von Vince Raines in der Abteilung Eigentumsdelikte übereinstimmte. Wahrscheinlich wollte man überprüfen, ob die Polizei das Lügenmärchen von den verkauften Autos glaubte und nicht länger ermittelte.

> Brauche offizielle Foto(s) vom Messer im Franklin-Fall, dazugehörige Unterlagen, Probeabzug der entdeckten Fingerabdrücke. So schnell wie möglich einscannen und mailen.

Wenn ein Foto der Tatwaffe gebraucht wurde, wieso wurde dann nicht eins davon gemacht, bevor das Messer am Tatort platziert wurde? Es sei denn, man wollte lieber die Version der Polizei. Das passte zu der Bitte um offizielle Unterlagen zu diesem Fall.

> Ryder geht 2 bis 4 Tage abends mit dem Kajak raus. Versuch heute Abend. Boot legt 18 Uhr ab. Anwesenheit erwartet. Sollte Ryder nicht auf dem Wasser sein, schnappen wir ihn uns daheim. Lt. Plng. Job um 7 erledigt. Weitere 50 R-GRAT. …

Seit kurz nach sechs hatten sie auf Carson gewartet. Wäre er nicht mit dem Kajak losgezogen, hätten sie sich ihn daheim geschnappt. Und noch mal fünfzig Riesen für Shuttles; das Miese-Schwein-Geschäft boomte. Als Nautilus die letzte Zeile las, rutschte ihm das Herz in die Hose.

> Annahme, dass Zielobjekt uns sieht – kein Problem.

Für diese Zeile gab es nur einen Grund: Carson würde keine Gelegenheit erhalten, jemanden zu identifizieren.

»Wie kommen Sie mit dem Verfolgen der Mails voran,

Thad?«, erkundigte sich Nautilus mit gedämpfter Stimme.

»Nicht gut«, antwortete Claypool, der kopfschüttelnd die Routingcodes studierte. »Hier wird man konsequenter in die Irre geführt als auf einer Zauberertagung. Wenn ich einen Cray-Rechner hätte, könnte ich die Falschinformation eventuell brutal zerpflücken, aber …«

»Ist schon okay«, meinte Nautilus. »Ich habe noch einen Plan B. Ist der Rechner eingestöpselt? Im Netz, meine ich?«

Claypool nickte. »Die Kiste denkt, sie steht in Shuttles' Apartment.«

Nautilus' Hände schwebten über der Tastatur.

»Was wollen Sie schreiben, Detective?«, fragte Claypool und hielt den Atem an.

»Im Zweifelsfall rückt man am besten mit der Wahrheit heraus«, fand Nautilus. »Zumindest mit einem Teil der Wahrheit.«

Er begann zu tippen.

PROBLEME! MEIN PARTNER LOGAN HAT WAS GESEHEN. WEISS, DASS ICH MESSER AM TATORT PLATZIERT HABE. VERLANGT $50 000 SCHWEIGEGELD. MACHT SCHWER DRUCK.
HILFE! WAS SOLL ICH TUN?

Nautilus drückte auf SENDEN. Als er die Nachricht noch mal überflog, merkte er, was er da angerichtet hatte. Nun würde Crandell Logan ins Visier nehmen. Er holte sein Handy heraus. Nach dem zehnten Läuten nahm Logan ab.

»Pace, hier ist Harry Nautilus. Du hattest recht mit Shuttles. Er hat sich kaufen lassen. Ich konnte ihn zu einem Geständnis bewegen. Er hat das Messer platziert.«

»Hurensohn«, grunzte Logan.

»Leider hat er einen Rechtsverdreher verlangt und von da an die Klappe gehalten. Hör mal, Pace. Ich hecke da gerade einen Plan aus, um diesen Typen zu ködern, der bei Shuttles die Strippen zieht, einen Kerl namens Crandell. Großer, harter Junge, muskulös, blonde Haare. Ist dir so einer vielleicht mal unter die Augen gekommen? Ist Shuttles vielleicht mal rumgefahren und hat angehalten, um mit so einem Typen zu reden, und hat behauptet, das wäre ein Freund von ihm?«

»Nein, tut mir leid, Harry.«

Nautilus holte sein Taschentuch heraus und wischte sich den Schweiß von der Stirn.

»Der Grund, warum ich anrufe, ist folgender: Ich habe von Shuttles' Computer aus eine Nachricht an diesen Typen geschickt und geschrieben, du hättest Shuttles enttarnt und würdest Druck machen, weil du auch was vom Kuchen abhaben willst.«

»Du wusstest, an wen du die Nachricht schicken musst?«

»E-Mail, Pace.«

»Ach, Scheiße, klar doch. Hör mal, Harry, ich komme mir wie ein Blödmann vor, weil all das passiert ist und ich rein gar nichts geschnallt habe.«

»Dir ist die Plastiktüte im Rinnstein aufgefallen. Das war der erste Schritt zur Lösung. Crandell denkt jetzt, du willst ihm die Tour vermasseln. Vielleicht will er dich jetzt ausschalten. Der Typ ist dazu fähig. Du bist daheim, oder?«

»Ja, ich schaue gerade fern.«

»Hau ab. Geh irgendwohin. In ein Motel, Pace. Ich bezahle das Zimmer. Verschwinde und tauch vor morgen nicht mehr auf.«

»Harry, kann ich nicht irgendwie helfen? Ich würde

alles tun. Sag mir, wie ich dir helfen kann, diesen Crandell zu fin…«

»Du hilfst mir schon, indem du dich vom Acker machst, Pace. Und zwar gleich.«

»Was willst du erreichen, Harry? Weih mich ein.«

Harry seufzte. Das war reine Zeitverschwendung.

»Das Leben eines Menschen hängt davon ab, ob ich Crandell finde. Ich vermute schwer, dass Crandell irgendwo ein abgelegenes Haus hat, doch es muss nah genug an der Stadt sein, damit er alles unter Kontrolle behalten kann. Pace, leg auf und hau ab.«

»Was hast du vor, Harry?«

»Keine Ahnung, Pace. Hör mal, ich muss jetzt aufhören.«

»Shuttles ist ausgefuchst, Harry, der kleine Schweinehund ist –«

»Verschwinde endlich!«, brüllte Harry und beendete das Gespräch.

X Kapitel 46

Miss Gracie stand an meinem Bett. Ihre Hand lag auf dem Laken, zwei Zentimeter von meiner entfernt. Ich hatte den Eindruck, sie wollte sie berühren. Kontakt herstellen.

»Man hat mir gesagt, ich soll die Nacht frei nehmen«, berichtete sie.

»Wer gibt Ihnen Anweisungen, Miss Gracie?«

»Er. Cran-Man. So ist es immer, wenn er auftaucht. Läuft nicht alles so, wie er es will, übernimmt er den Job nicht.«

Nach dem, was ich über Crandell wusste, ergab das durchaus Sinn. Er verlangte die absolute Kontrolle, um Fehler möglichst von vornherein auszuschließen. Ich zerrte an den Riemen.

»Miss Gracie, können Sie mich losmachen?«

Sie wandte sich ab.

»Er ist jetzt da draußen. Mit einer Horde Wachmänner. Sie rechnen damit, dass Lucas Miz Kincannon einen Besuch abstatten wird. Sie behaupten, er wolle sie töten. Ich weiß nicht mehr, was ich glauben soll.«

»Sie sind nicht davon überzeugt, dass Lucas ein Psychotiker ist?«

»Seit er hierhergekommen ist, hat man mir das tausend Mal gesagt. Dass er krank ist. Dass ich ihm nicht über den Weg trauen darf. Dass er lügt und so tut, als wäre er gesund. Ich denke, er war nur ein verstörter Junge, mehr nicht.«

»Und was war mit Dr. Rudolnick? Was hat er gedacht?«

Sie schloss die Augen.

»Er hat Berichte geschrieben, die sie Miz Kincannon überreicht haben. Darin stand, dass er zu seiner eigenen Sicherheit und der seiner Mitmenschen hierbleiben sollte. Noch bevor der Doktor Lucas überhaupt gesehen hat, wurde ihm erzählt, welche Meinung er vertreten sollte. Dr. Rudolnick war ein ängstlicher Mann und sie hatten irgendetwas gegen ihn in der Hand. So machen sie das immer. Sie erpressen die Leute.«

»Aber Ms Kincannon …« Ich ließ die Worte in der Luft hängen.

»Sie wollte, dass der Doktor alle paar Wochen nach Lucas sieht. Und versucht, ihn zu heilen. Irgendwann hat der Doktor gemerkt, was wirklich lief. Es hat ihn krank gemacht, dass er an der ganzen Scharade beteiligt war.«

Und dafür hat er schlussendlich mit dem Leben bezahlt, dachte ich bei mir. Hatte der zunehmend verrückter werdende Buck wegen Rudolnick eine Paranoia entwickelt? Oder war der gute Doktor einfach nur eins von vielen »Problemen« gewesen?

Ich betrachtete meine gefesselten Handgelenke. »Können Sie nicht meine Arme und Beine losbinden, Miss Gracie? Und mir eine Chancc geben?«

»Wenn *er* rausfindet, was ich getan habe, wenn *sie* das rausfinden ...«

»Müssen Sie gehen. Und auch Ihr Sohn. Tyler.«

Sie holte tief Luft. »Sie wissen Bescheid?«

»Tylers Haut ist zu dunkel, als dass er eins von den Kincannon-Kindern sein könnte. Und Sie hätten es mir gesagt, wenn er einer von ihnen wäre.«

Miss Gracie drehte sich um und wischte eine Träne weg. »Tyler müsste dann in ein Krankenhaus einer karitativen Organisation, auf eine ganz normale Station. Dort gibt es nichts von all dem, was er hier kriegt. Außer Liebe kennt Tyler nicht viel, und die kann ich ihm hier geben. Und ich kann sein ganzes Leben lang bei ihm sein.«

»Ich verstehe.«

Sie griff in den Wagen, hielt zwei Infusionsbeutel hoch und hängte sie an den Tropfständer.

»Ich muss die beiden hier anschließen. In einem ist das muskelentspannende Zeug. Im anderen ein Beruhigungsmittel. Der Kerl will, dass Sie schön benebelt sind. Er hat mir aufgetragen, die Zufuhr zu drosseln, damit es die ganze Nacht hält.«

»Er will mich fertigmachen.«

»Ich kann nicht in die Zukunft schauen. Aber ich tue das, was ich gestern getan habe. Ich sorge dafür, dass der Inhalt aus den Schläuchen im Mülleimer landet.«

Miss Gracie verschwand durch die Tür. Eine halbe

Stunde später tauchte Crandell auf und pulte mit einem Zahnstocher in den Eckzähnen herum.

»Sie bleiben jetzt eine Weile sich selbst überlassen, Ryder. Ich habe die Alte angewiesen, dass sie packen soll. Wenn Sie scheißen müssen, lassen Sie's einfach in die Windel laufen. Muss angenehm sein, wenn man sich einfach umdrehen und scheißen kann, wann man Bock hat. Wie der alte ausgebrannte Sack dort oben und all die anderen, die hier wohnen.«

Ich drehte den Kopf in seine Richtung, grinste benommen, wie ein Mann, der in einem Meer aus entspannenden, beruhigenden Drogen trieb.

»Wer sagt was?«

»Muss doch nett sein, darin herumzuschwimmen, Ryder. Ich wollte nur noch kurz nach Ihnen sehen, ehe ich arbeiten gehe. Ihre Ex-Muschi kommt gegen neun zu Buck nach Hause und ich bin mir ziemlich sicher, dass ich hinterher wieder aufräumen darf.«

»Äh-hm. Bestimmt.«

»Nur fürs Protokoll, Ryder. Ich habe Holtkamp und Franklin nicht abgemurkst. Buckie hat sich freiwillig gemeldet. Ist das nicht schräg, Ryder? Da sieht einer wie Buck Kincannon aus und dreht völlig durch, wenn's um Frauen geht.«

»Dreht dulch? Waas?«

Crandell grinste und malträtierte mich mit dem Zahnstocher. Er stach auf meine Nase ein. Ich stierte blind an ihm vorbei, woraufhin er in die Hände klatschte.

»Ich schaue später wieder vorbei. Muss Ihre Klamotten in Fetzen reißen, mit Ihrem Blut tränken und sie irgendwo ins Meer werfen, damit sie am Strand angeschwemmt werden. Wird vermutlich ein paar Touristen aus Wisconsin eine Heidenangst einjagen. Ungefähr zehn Meilen von hier gibt es einen Schuppen mit einem tiefen Loch im

Boden. Das Loch ist einsam und wartet schon auf Gesellschaft.«

Ich zuckte mit den Wimpern, als würde ich versuchen, wach zu bleiben.

Crandell sagte: »Jetzt muss ich mich um Ihren alten Freund Shuttles kümmern. Wissen Sie noch, wer das ist? Da gibt es ein kleines Problem, das nervt, aber wie ich schon sagte: Rio de Janeiro.«

»Waaah?«

»In diesem Zustand sind Sie gar nicht witzig, Ryder. Aber wir kriegen noch was zu lachen, bevor Sie heute Nacht in dem Loch landen, versprochen.«

✗

»Da kommt was«, verkündete Nautilus zwanzig Minuten, nachdem er die Mail abgeschickt hatte. Claypool rannte zu Nautilus und beugte sich über die Schulter des Detective.

> Durchhalten, Hilfe ist unterwegs. Treffen Standort B, 23 Uhr. Partner klarmachen, er wird bezahlt. Bar. So schnell wie möglich antworten, sobald Gelegenheit.

»Er denkt wahrscheinlich, dass Shuttles im Moment mit Logan rumhängt«, sagte Nautilus.

»Wo ist Standort B?«, fragte Claypool.

»Ich habe keinen Schimmer«, meinte Nautilus, verließ den Computer und stürmte zur Tür hinaus.

✗

Als ich hörte, wie die äußere Tür ins Schloss fiel, zerrte ich wie ein Wilder an meinen Fesseln. Die Ledergurte waren zehn Zentimeter breit und doppelt so dick wie ein Gürtel. Mir war, als kämpfte ich gegen Eisenschellen an.

Freddy spazierte durch den Flur, plapperte vor sich hin und hielt sein Stofftier hoch.

»*Wuff! Wuff!* Pst, sei nicht so laut, Hündchen. Carson schläft.«

»Ich schlafe nicht, Freddy, ich liege nur so im Bett rum.«

Er riss den Kopf zu mir herum und kam in mein Zimmer gerannt.

»Willst du spielen, Carson? Das Hündchen ist auch gerade aufgewacht. Nach dem Abendessen legt es sich mit mir hin und schläft.«

Wir spielten. Freddy leckte mich mit dem Hündchen ab und ich sagte: »Guter Junge, liebes Hündchen.«

Ein paar Minuten vergingen.

»Freddy, könntest du mir einen Gefallen tun?«

»Willst du was trinken? Beerensaft?«

»Ich möchte wissen, was da draußen läuft. Heute ist eine ganz besondere Nacht. Könntest du hin und wieder für mich aus dem vorderen Fenster gucken und mir erzählen, was du siehst?«

»Was ich wo sehe?«

»In dem Haus dort drüben.«

»In Onkel Bucks Haus?«

»Ja, genau«, antwortete ich. »Was hältst du davon, jetzt mal nachzuschauen?«

Er trottete weg. Das Hundegesicht baumelte in seiner Hand. Ein paar Minuten später kehrte er zurück ans Bett.

»Vor Onkel Bucks Haus steht nur ein Auto, Carson. Es gehört dem Mann, den ich nicht mag.«

»Welcher Mann ist das, Freddy?«

»Der Mann, der manchmal hier ist. Er hat meine Lehrerin, Ms Holtkamp, gefeuert. Und dann ist er gekommen und hat Dr. Rudy, Lucas' Lehrer, rausgeschmissen.«

»Rausgeschmissen?«

»Das hat Onkel Buck gesagt. Das heißt, dass sie hier nicht mehr arbeiten dürfen. Dr. Rudy ist nur hin und wieder gekommen, aber ich mochte ihn. Und Ms Holtkamp mochte ich sogar sehr. Sie hat mir Worte und Zahlen beigebracht.«

»Der Mann, den du nicht magst ... Ist das Mr Crandell?«

Freddy senkte den Blick auf den Boden. »Einmal, als niemand hingeschaut hat, ist er auf das Hündchen getreten und hat mich gefragt, ob ihm das wehtut. Und als ich gesagt habe, ja, es tut ihm weh, hat er gelacht und es noch mal gemacht.«

»Freddy, ich werde dir jetzt die Wahrheit erzählen. Da draußen wird es richtig Probleme geben. Es passiert was Schlimmes, wenn ich einer Freundin von mir nicht helfen kann.«

Er runzelte die Stirn. »Was heißt das?«

»Ich muss diese Gurte an meinen Armen und Beinen loswerden. Sie lähmen mich. Sie verhindern, dass ich meiner Freundin helfen kann.«

»Die sind fest, Carson. Ich glaube nicht, dass du sie abkriegst.«

»Ich weiß. Darum brauche ich ja deine Hilfe. Du kannst sie abmachen, Freddy. Die Gurte lösen.«

Er schüttelte den Kopf.

»Das kann ich nicht, Carson.«

»Weil es rot ist?«

»Ich mache keine roten Sachen. Lucas schon.«

»Du musst mir helfen, Freddy. Ich muss aus diesem Bett raus. Es tut weh. Willst du, dass einer deiner Freunde Schmerzen hat?«

»Lucas sagt solche Sachen, wenn er im roten Bett ist und im roten Zimmer. Er fragt mich, ob ich ihm helfe.«

»Und du hilfst Lucas doch, oder?«

»Das darf ich nicht.«

Das war eine einfache Feststellung, eine Tatsache, bar jeder moralischen Bewertung, frei von Wissen um die Konsequenzen. Man hatte ihm verboten, jemanden zu befreien, der gefesselt war, und danach handelte er.

»Bitte«, flehte ich.

»Lass uns doch spielen, Carson. Das Hündchen möchte spielen. Es mag dich.«

»Ich will nicht spielen, Freddy. Ich muss, *verfluchte Scheiße*, aus diesem Bett raus.«

Er schnitt eine Grimasse und begann zu weinen.

»Du bist jetzt wie Lucas manchmal. Ich gehe.«

Er drehte sich um und stapfte Richtung Tür.

»Freddy, es tut mir leid«, rief ich ihm hinterher. »Ich bin verzweifelt.«

Er wandte sich wieder zu mir um und rieb sein Auge mit dem Finger. »Was bedeutet vereifelt?«

»Es bedeutet, ich möchte, dass du und das Hündchen hierbleiben.«

Von einer Sekunde auf die andere grinste Freddy schief. Er rannte ans Bett. Ich erlaubte dem Hündchen, mir das Gesicht abzulecken, auf meinem Bauch herumzuhüpfen, meine Zehen anzubellen. Freddy ließ das Hündchen an meinem Bein hochwandern.

»Ich führe das Hündchen aus, aus, aus …«

»Könntest du für mich noch mal aus dem Fenster sehen, Freddy?«, bat ich.

Er machte einen Schmollmund. »Aber das ist ganz weit drüben, auf der anderen Seite vom Himmel, noch hinter den Zimmern, wo Miss Gracie wohnt. Muss ich denn?«

»Es würde mich sehr glücklich machen.«

Er seufzte. »Na gut, Carson.«

Er lief weg und kam kurz darauf zurück. Er hielt das Hündchen hoch, als ob es sprechen würde. »*Wuff!* Jetzt ist da drüben kein Auto. Das Hündchen sagt, der Parkplatz ist leer.«

Ich überlegte, wie spät es wohl war. Crandell hatte angedeutet, dass Dani gegen neun Uhr abends bei Buck eintreffen würde.

»Kannst du die Uhr lesen, Freddy?«

Er stierte an die Decke und dachte nach. »Ms Holtkamp hat gesagt, eine Uhr hat zwei Zeiger, so wie ein Mensch zwei Hände hat. Der große Zeiger –«

»Warum wirfst du nicht einen Blick auf eine Uhr, falls es hier eine gibt?«

»In Tylers Zimmer ist eine.«

»Dann wollen wir doch mal sehen, ob du wirklich die Uhr lesen kannst, denn ich glaube, du kannst es nicht.«

»Wetten, doch?«

Eine Minute später tauchte er wieder auf. So, wie er die Arme ausstreckte, musste es zwanzig vor acht sein. »Es ist sieben Uhr vierzig, hahaha. Hier kommt das Hündchen, Carson.«

Langsam ging es mir auf die Nerven, dass mir der Stoffhund beim Nachdenken über Arme, Brust und Gesicht krabbelte.

»Was hältst du davon, wenn das Hündchen mal eine kurze Pause einlegt, Freddy?«

Freddy ließ sich vom Lecken und Kauen nicht abhalten.

»Ich kann nichts dagegen machen, Carson. Pass auf.«

Das Stofftier knabberte an meinem Bettgestell, leckte meinen Arm ab. Ich wollte Freddy gerade wieder bitten, damit aufzuhören, als mir seine Worte noch einmal durch den Kopf schossen: *Ich kann nichts dagegen machen.*

War das Hündchen etwa ein selbständiges Wesen? Kalter Schweiß bildete sich auf meiner Stirn. Ich lächelte Freddy an und sprach mit leiser, ruhiger Stimme. Ich hatte nur noch ein Ass im Ärmel und musste dabei auf die Vorstellungskraft eines zurückgebliebenen Mannes vertrauen.

»Man hat dir gesagt, du darfst die Gurte nicht lösen, richtig, Freddy?«

»Ja. Das Hündchen leckt jetzt deine Schulter ab, Carson.«

Ich kicherte, spielte den Fröhlichen. »Es ist richtig, dass du das nicht tust, Freddy. Aber wenn man dir nicht verboten hätte, die Gurte zu lösen, könntest du sie lösen. Oder?«

»Sie haben gesagt, ich soll das nicht tun. Und ich bin ein guter Junge und tue, was sie mir sagen. Leck, leck, leck.«

Ich holte tief Luft.

»Freddy?«

»Was denn?«

»Hat man dem Hündchen auch verboten, die Gurte zu lösen?«

Kapitel 47

Nautilus stürmte ins Gefängnis und warf einen Blick in die Zelle, wo Shuttles letztes Mal gesessen hatte – leer.

»Wo steckt Shuttles?«, brüllte Nautilus einen Gefängniswärter an, der gerade eine Tasse Kaffee trank.

»Verhörraum.«

Nautilus brauste den Flur hinunter und begegnete Doria Barnes, stellvertretende Staatsanwältin, die auf einer Bank saß und Unterlagen durchsah. »Ich muss mit Shuttles sprechen«, drängte Nautilus.

Barnes verdrehte die Augen. »Viel Glück. Mr Shuttles bespricht sich gerade mit seinem neuen Anwalt.«

»Und wer ist das?«

»Preston Walls.«

Mit lautem Knurren stürmte Nautilus durch die Tür des Verhörzimmers. Shuttles hatte auf einem Stuhl an einem kleinen Holztisch Platz genommen, Preston Walls saß neben ihm und nickte Nautilus zu.

»Tag, Harry«, grüßte Walls. »Wie geht es Ihnen?«

Nautilus ignorierte den Anwalt und beugte sich so weit zu Shuttles hinunter, dass sich ihre Gesichter fast berührten.

»Was können Sie mir über Standort B verraten?«

Walls legte Shuttles die Hand auf den Rücken. Klopfte ihm ein paar Mal auf die Schulter. »Mein Mandant hat nichts zu sagen, Harry. Tut mir leid.«

»Hat Shuttles Sie gerade erst angerufen, Walls?« Falls Crandell wusste, dass Shuttles im Knast saß, war alles umsonst.

»Vor wenigen Minuten«, erklärte Walls. »Augenscheinlich weiß Mr Shuttles um meine Bemühungen für die zu Unrecht Beschuldigten.«

Nautilus legte die Hände auf den Tisch und starrte Shuttles in die Augen.

»Wenn ich nicht rausfinde, wo Standort B ist, könnte Carson sterben. Na, was ist, Shuttles? Haben Sie irgendwo noch einen Anflug von so etwas wie einem Gewissen?«

Shuttles wandte den Blick ab. Walls lehnte sich zurück und spielte mit den Troddeln seiner aalglatten italienischen Slipper herum.

»Vielleicht könnten wir ja einen Deal machen, Harry. Sofern ich das Problem richtig verstehe, war Mr Shuttles ein ahnungsloser Bauer im Schachspiel eines Dritten. Er mag unwissentlich Beweismittel falsch gehandhabt haben, doch das war ein Missgeschick. Falls er Ihnen etwas zu sagen haben sollte, erwartet mein Mandant im Gegenzug Schutz vor Strafverfolgung.«

Nautilus bombardierte Shuttles mit bitterbösen Blicken. »Ich habe eh so meine Zweifel, dass er weiß, wo Standort B ist. Er ist ein untergeordneter Scherge, ein Schwachmat.«

Shuttles nickte Walls zu. Der Anwalt neigte sich zu ihm hin und hörte sich an, was Shuttles ihm ins Ohr flüsterte. Dann richtete sich Walls auf.

»Er weiß eventuell ein paar Details, die Ihnen nützlich sein könnten. Das Wissen um diese Informationen ist selbstverständlich zufällig und nicht Teil eines Verbrechens oder einer Verschwörung. Vielleicht könnten wir mit jemandem aus dem Büro des Staatsanwalts Tacheles reden? Soweit ich weiß, befindet sich Ms Barnes im Gebäude.«

»Das denke ich nicht«, meinte Nautilus. »Ich bin hier fertig.« Mit Walls im Schlepptau verließ er das Verhörzimmer. Er marschierte ein paar Schritte den Flur hinunter und blieb neben dem Wasserspender stehen.

Los, Walls, jetzt mach schon …

Der Anwalt stoppte dicht hinter Nautilus und raunte mit einschmeichelnder Stimme: »Harry, wir könnten hier einen netten Deal eintüten. Der Junge hat einen Fehler begangen. Er weiß nicht mal genau, was er falsch gemacht hat. Und Ihre Worte haben beim Bezirksstaatsanwalt Gewicht.«

Walls feilschte schon, ohne genau zu wissen, was sich abgespielt hatte.

»Wiedersehen, Preston.« Nautilus wischte sich den Mund ab und lief weiter.

»Harry, wir können uns hier einig werden. Ich bin mir ganz sicher.«

Nautilus hielt inne. »Haben Sie eine Ahnung, was Shuttles getan hat? Für wen er arbeitet?«

Walls drückte selbstgerecht den Rücken durch. »Mein Mandant versichert, dass er unschuldig ist. Mehr muss ich gar nicht wissen, Harry.«

Nautilus steuerte auf den Empfang zu. Nach fünf Metern blieb er stehen, drehte den Kopf und sagte: »Crandell.« Er machte noch drei Schritte, dann versperrte Walls ihm schon den Weg.

»Du meine Güte. Was haben Sie gerade gesagt, Harry?«

»Die Kincannons haben einen direkten Draht zu Shuttles, der für sie alles Mögliche erledigt. Crandell ist der Mittelsmann. Sie haben mir Crandell auf dem Tablett geliefert, Walls, erinnern Sie sich noch?«

Walls sah aus, als würde er seekrank. »Harry, so etwas habe ich nie –«

»Ich stehe mit Crandell in Kontakt via E-Mail. Ich werde ihm antworten und ihn an seinen alten Kumpel Preston Walls von Barton, Turnbull und Pryce erinnern. ›Da blitzte so was wie Tollwut auf, als lauere der Wahnsinn hinter seinen Pupillen.‹ Das war es doch, was Sie über Crandell gesagt haben, oder?«

Walls' Miene wurde so fahl wie Schweineschmalz. Auf seiner Stirn bildeten sich Schweißtropfen.

»Das können Sie nicht machen.«

Nautilus klopfte dem Anwalt auf die Schulter, drückte sanft zu. »Sollte Crandell nicht zu mir kommen, würde ich darauf wetten, dass er bei Ihnen auftaucht, Walls.«

»Lassen Sie mich kurz mit meinem Mandanten sprechen. Vielleicht kann ich –«

»Lügen Sie ihm was vor, Walls. Das können Sie doch so gut. Ich werde hier auf Sie warten.«

Fünf Minuten später kam er mit guten Nachrichten zurück. Shuttles, der offenbar glaubte, man würde ihm entgegenkommen, wenn er Informationen lieferte, hatte eine E-Mail-Antwort auf einen Notizzettel geschrieben.

Stand. B bestät. 23 Uhr bestät. I. O. 50 R. Route
lt. Testl. 90 Min. Nicht verges.: I. O. 50 R ...

Die Bestätigung, sich am Standort B um elf Uhr abends, also in zwei Stunden, zu treffen und »Ich schulde 50 Riesen«.

Shuttles hatte auch eine Wegbeschreibung geliefert. Die Fahrt zum Standort B im Norden von Mobile dauerte nicht lang. Nautilus rief die Spurensicherung an und bat Claypool, die Nachricht von Shuttles' Computer aus zu versenden. Er zog seine Dienstwaffe heraus, überprüfte das Magazin, befingerte die beiden zusätzlichen Magazine in seiner Jackentasche. Er musste dort früh eintreffen und sich einen Überblick über die Gegend verschaffen. Dann hieß es warten.

Er kontrollierte seine Waffe, eine Glock Kaliber .17, noch einmal und eilte anschließend aufs Präsidium, um die .38er aus seinem Spind zu holen. Eine kleine Rückversicherung, die er hinten in den Hosenbund stecken konnte. Vielleicht sollte er auch noch ein Gewehr mitnehmen.

X

Ich tätschelte das Hündchen, nachdem es mich befreit hatte – guter Hund, guter Hund –, und erklärte Freddy, sein Hündchen hätte sich eine Belohnung verdient. Freddy ging in den Küchenbereich, um für das Hündchen und sich einen Imbiss zuzubereiten. Ich lief ihm hinterher, trank ein Glas Milch und stopfte ein Stück Pizza in mich hinein, um wieder zu Kräften zu kommen. Anschließend machte ich mich auf die Suche nach einer Waffe und einem Fluchtweg.

In der Ferne rumpelte es laut. Ich blieb wie angewurzelt stehen. Kam Crandell gerade die Auffahrt hochgefahren?

Wieder rumpelte es draußen. Diesmal war es eindeutig ein Donnergrollen.

In der Küche fand ich nur Gerätschaften aus weichem Kunststoff. Nichts, was als Waffe taugte. In einem Schrank neben der Tür entdeckte ich eine Männermalerhose und einen dunkelblauen Frauenregenmantel, der – wie ich vermutete – Miss Gracie gehörte. Immer noch besser als der Schlafanzug, in den man mich gleich nach meiner Ankunft hier gesteckt hatte.

Barfuß und ohne Hemd machte ich mich im flatternden Regenmantel auf die Suche nach einer Fluchtmöglichkeit.

Die Fenster waren vergittert und verkabelt. Ein Kabelbruch würde wahrscheinlich im Büro der Wachmannschaft Alarm auslösen. Die Türen waren allesamt aus Stahl und mit elektronischen Schlössern gesichert. Telefone gab es nicht.

Das ganze Stockwerk war offensichtlich so entworfen worden, dass Lucas unter gar keinen Umständen flüchten konnte, falls es ihm irgendwann gelang, seinem zweizimmrigen Verlies zu entkommen.

Da blieb mir nur die zweite Etage.

Ich entdeckte eine Treppe, die in den zweiten Stock führte: winzige Fenster, fest verschlossene Stahltüren. Der Fahrstuhl war nicht in Betrieb. In Wand- und Küchenschränken suchte ich nach einem Stemmeisen, fand aber nur einen Wischmopp samt Eimer. Der Stiel des Mopps war aus Hartholz und hatte am Ende ein Metallgewinde, auf das die verschiedenen Aufsätze aufgeschraubt werden konnten. Ich drehte den Aufsatz ab, behielt den Stiel und joggte zum Fahrstuhl. Als ich an einem der Küchenräume vorbeikam, sah ich Freddy mit einem Essschälchen auf dem Schoß. Er schaute sich einen Zeichentrickfilm auf Video an und hatte die Lautstärke so aufgedreht, wie Miss Gracie ihm das bestimmt niemals erlaubt hätte.

Das Moppgewinde ließ sich in den Schlitz der Messingfahrstuhltür schieben. Ich versuchte, die Tür zu öffnen, und achtete darauf, dass der Stiel nicht brach. Die Tür ging ein paar Zentimeter auf, dann rutschte der Stiel ab und die Tür schloss sich wieder. Schweiß tropfte mir von der Stirn und brannte in meinen Augen. Ich umklammerte den Stiel mit aller Macht und arbeitete mit schierer Gewalt.

Als die Tür zehn Zentimeter weit aufging, rammte ich den nackten rechten Fuß in die Öffnung und verlagerte mein ganzes Körpergewicht auf ihn. In dem Moment tat es einen lauten Knall, als hätte jemand einen Schuss abgegeben, ehe der Stiel entzweibrach. Ich fiel nach vorn. Mein Fuß steckte immer noch im Schlitz. Mein Fußgelenk knackte vernehmlich. Ein brennender Schmerz schoss mein Bein entlang. Mich aufzurichten kostete große Überwindung. Ich rammte den Ellbogen in die Tür und schrie, weil es so wehtat. Drückte mit aller Macht. Schließlich ging die Tür auf und ich fiel in die Fahrstuhlkabine.

Hinter mir glitt die Fahrstuhltür zu. Mein Knöchel brannte wie Feuer.

Jemand klopfte an die Tür.

»Carson?«

Ich versuchte, den Atem anzuhalten. »Was ist denn, Freddy?«

»Ich habe dich schreien gehört. Was machst du denn?«

»Ich sehe mich nur um. Bin gleich wieder bei dir.«

»Wo siehst du dich um?«

»Im Fahrstuhl.«

»Kann ich auch reinkommen und mich umsehen?«

»Gern, aber später.«

Er trollte sich. Ich hörte ein leises Tapern, als er in Hausschuhen den Flur hinunterging. Unter Qualen richtete ich mich auf, verlagerte das Gewicht auf den Fuß mit dem lädierten Knöchel, was höllisch schmerzte. Entweder hatte ich mir einen Knochen gebrochen oder einen Bänderriss zugezogen.

Schritte näherten sich der Fahrstuhltür.

»Kennst du den Mann, Carson? Der, der so gemein zum Hündchen war?«

»Ja.«

»Er ist draußen, mit einem anderen Mann. Ich glaube, er kommt rein.«

Am liebsten hätte ich den Kopf in den Nacken geworfen und laut geschrien. Crandell hatte bestimmt sämtliche Schlüssel. Er musste nur die Fahrstuhltür öffnen und ein oder zwei Mal den Abzug betätigen. In dem Fall blieb mir nur eine Möglichkeit: Ich musste mein Gewicht auf mein gesundes Bein verlagern, hochspringen und darauf hoffen, dass Crandell direkt vor der Tür stand. Vielleicht gelang es mir auf diese Weise, ihn anzugreifen, ihm die Finger in die Augen zu bohren, bis der Mistkerl nichts mehr sah …

Langsame, bedächtige Schritte ertönten. Ich hielt den Atem an und stellte mich innerlich darauf ein, durch die Tür zu hechten, falls sie aufging.

Was, wenn er einfach durch die Tür schoss?

Schritte, Tritte ... ich wagte nicht, Luft zu holen.

Bumm! Eine Hand schlug hart auf die Tür. Und gleich noch mal.

»Carson? Er ist nicht reingekommen. Sie sind weggefahren.«

Ich lehnte mich an die Tür. Mir wurde ganz schwummerig im Kopf. Mein Herz pochte so laut wie eine Basstrommel.

»Bist du sicher, Freddy? Ist Crandell wirklich weg?«

»Er ist mit diesem Speziallaster weggefahren, Carson.«

»Was für ein Speziallaster, Freddy?«

»Der, mit dem Onkel Buck seine Autos rumfährt. Onkel Buck hat eine Menge Autos.«

✗ Kapitel 48

Die Bäume rauschten an Nautilus' Wagen vorbei. Er fuhr auf einer schmalen Landstraße. Nautilus kannte den Treffpunkt, eine alte Einkaufsstraße in einer ehemals ländlichen Gegend. Mittlerweile lag die ständig wachsende Stadt nur noch ein paar Meilen entfernt. Nautilus ging davon aus, dass er und Carson mit ihrer Vermutung auf der richtigen Spur gewesen waren: Crandell wohnte irgendwo außerhalb von Mobile, aber dennoch nah genug, um schnell in die Stadt zu gelangen.

Der Treffpunkt war eine Pizzeria namens A-Roma Pizza. Je näher er kam, desto stärker setzte sich bei ihm die Einsicht durch, dass es besser gewesen wäre, wenn er die County Police in seinen Plan eingeweiht hätte. Er war jetzt mitten in Mobile County, wo er ein paar von der Truppe kannte. Nicht einer von ihnen war vom Schlag eines Cade Barlow. Nautilus wartete, bis er endlich einen langsam dahinzuckelnden Sattelschlepper überholen konnte. In dem Moment, wo er Gas geben wollte, schwenkte der Anhänger aus, rutschte von der Straße und legte eine Vollbremsung hin.

Nautilus nahm an, dass ein Reifen geplatzt war. Der Abstand von seinem Wagen zum Sattelschlepper betrug an die hundert Meter. Langsam rollte er an dem stehenden Fahrzeug vorbei und musterte es neugierig. Ein Abschleppwagen. Die Transportfläche war leer.

Die Fahrertür flog auf und ein Mann sprang halb heraus. Er drückte sich mit den Händen auf die Brust. Der Sicherheitsgurt verhinderte, dass er richtig aussteigen konnte. Nautilus trat auf die Bremse und starrte entsetzt durch die Windschutzscheibe. Seine Scheinwerfer leuchteten die schreckliche Szene aus.

Steig ja nicht aus, warnte eine leise Stimme hinten in seinem Kopf. *Melde den Unfall, aber steig auf gar keinen Fall aus.* Seine Hand griff nach dem Funkgerät, doch er hielt mitten in der Bewegung inne. Im Rückspiegel bemerkte er ein blinkendes Licht: ein Fahrzeug mit eingeschaltetem Blaulicht auf dem Dach – vermutlich ein Mitglied der freiwilligen Feuerwehr. Hoffentlich hatte der Mann einen Erste-Hilfe-Kurs absolviert.

»Ich bin Rettungssanitäter«, meldete eine Stimme aus dem Fahrzeug. Die Tür ging auf und Nautilus hörte Schritte. »Was ist passiert?«

»Sieht ganz nach einem Herzinfarkt aus«, rief Nautilus nach hinten. »Ich bin Polizist. Ich werde den Unfall jetzt melden. Haben Sie einen Defibrillator dabei?«

»Nein, aber dafür habe ich das hier.«

Nautilus spürte, wie ihm ein harter Gegenstand aufs

Ohr gedrückt wurde. Roch Waffenöl. Die Stimme hinter seiner Schulter sagte: »Hände weg vom Funkgerät. Und nehmen Sie die Flossen hoch, damit ich sie sehen kann.«

Der Mann, der halb aus der Sattelschlepperkabine hing, machte plötzlich einen Salto, landete mit beiden Füßen auf dem Boden und bürstete sich die Hose ab. Nautilus' Blick fiel auf einen Aufnäher auf der Schulter des Mannes: PRIVATER WACHSCHUTZ. Der Kerl war groß, knochig und kniff die Augen zusammen.

Er grinste in Richtung Crown Vic, legte zwei Signalfackeln auf die Straße, eine vor den Crown Vic und eine dahinter, und zündete sie an. Jeder, der vorbeifuhr, würde denken, dass der Wagen liegen geblieben war.

»In Ordnung, Rafe«, dröhnte die Stimme hinter Nautilus' Schulter. »Du hast dir heute Abend einen doppelten Bonus verdient. Lass die Auffahrschienen runter, dann können wir die Karre hier wegschaffen.«

»Crandell, oder?«, fragte Nautilus.

»Bleiben Sie ruhig, dann können wir alle bald nach Hause.«

Aber sicher doch, dachte Nautilus.

Scheinwerferlicht wanderte über den »Unfallort«. Ein anderes Fahrzeug fuhr langsam vorbei – ein paar junge Typen in einem alten Camaro mit kaputtem Auspuff.

»Pst«, warnte Crandell Nautilus und beugte sich vor, damit man seine Waffe nicht sah. »Ein Wort und die Bürschchen werden keinen Tag älter.«

»Brauchen Sie Hilfe?«, erkundigte sich der Beifahrer im Camaro.

Der Wachschutz-Mann lächelte, schüttelte den Kopf und deutete auf den Crown Vic. »Danke auch, aber wir schaffen das schon. Das Kupplungsseil ist gerissen. Wir laden ihn auf und schaffen ihn in die Werkstatt. He, wollt ihr Jungs ein Bier?«

Der Junge im Camaro winkte ab. »Danke, Kumpel, aber wir haben alles, was wir brauchen.« Er hielt einen Sechserpack Schlitz Malt Liquor hoch und grinste dümmlich, ehe er und sein Freund weiterfuhren.

Der Wachschutz-Mann sprang schnell auf die Ladefläche und schob die Schienen herunter. Und genauso lange dauerte es, bis Crandell Harry Nautilus vor dem Rücksitz auf den Boden verfrachtet und mit Handschellen an einem Stahlring festgemacht hatte.

»Und ehe ich es vergesse ...« Crandells Hand glitt in Nautilus' Jackentasche und zog die Glock heraus.

»Sieh an, sogar noch ein Gewehr?«, wunderte sich Crandell, als er die Waffe von dem am Sitz angeschraubten Gestell nahm. »Na, da hat sich aber jemand vorbereitet, was?«

Der Wachschutz-Mann kletterte hinters Steuer des Crown Vic, fuhr rückwärts, scherte aus und lenkte den Wagen auf die Ladefläche. Danach zog er einen verchromten Revolver Kaliber .44 aus dem Gürtel und legte ihn auf den Schoß.

»Was nun?«, fragte er Crandell.

»Warte hier und behalte unseren Besuch im Auge. Du musst dich quer über die Sitze legen, damit man dich nicht sieht.«

»Kein Problem.« Der Wachschutz-Mann nickte Nautilus zu. »Was tue ich, wenn er Ärger macht?«

Crandell überlegte kurz, ehe er antwortete. »Verpass ihm eine Kugel. Ins Knie.«

Am Horizont blitzte es. Nautilus spürte, wie der Wind die Richtung änderte. Mit einem Mal lag der Geruch von Regen in der Luft. Der Wachschutz-Mann senkte die Stimme.

»Ich hasse Cops und ich hasse Nigger«, flüsterte er. »Irgendwie habe ich das untrügliche Gefühl, dass du unterwegs Ärger machen wirst.«

In Nautilus' Magengrube breitete sich eine Eiseskälte aus. Crandell steckte den Kopf durch das Beifahrerfenster.

»Sie werden doch brav sein, oder, Detective?«

»Glaube nicht, dass das einen großen Unterschied macht«, meinte Nautilus.

»Rafe, du bist nett zu unserem Gast, ja?«

Der Wachschutz-Mann kicherte. »Wie Sie gesagt haben: Es sei denn, er macht Ärger.«

»Detective Nautilus, ich möchte, dass Sie mit Rafe reden und ihm versprechen, ein braver Junge zu sein.« Wieder ein Stoß mit dem Pistolenlauf.

Nautilus reckte den Kopf und schaute dem heimtückisch grinsenden Wachschutz-Mann ins Gesicht. Ein Blitz explodierte, ehe ein kleiner dunkler Punkt auf der Stirn des Wachschutz-Manns auftauchte. Er runzelte die Stirn, wedelte mit der Hand vor seinem Gesicht herum, als wollte er eine nervige Fliege verscheuchen, und sackte auf seinem Sitz in sich zusammen.

Nautilus schaute aus dem Fenster. Er roch verbranntes Schießpulver. Ein bis über beide Ohren grinsender Crandell streckte ihm die Waffe entgegen.

Und dann explodierte ein Blitz in Harry Nautilus' Kopf.

Durch die Luke in der Fahrstuhldecke zu klettern war einfacher, als ich gedacht hatte, denn dabei wurden die Arm- und Schultermuskeln belastet und nicht das schmerzende Fußgelenk. Ich humpelte auf der Kiste herum. Die

Deckenhöhe in diesem Haus betrug knapp fünf Meter, während der Fahrstuhl nur zwei Meter siebzig hoch war. Rechnete man noch den Raum zwischen den Etagen hinzu, befand sich über meinem Kopf das zweite Stockwerk und somit auch eine zweite Tür, die ich irgendwie aufkriegen musste.

Mir fehlte eine Art Hebel, den ich ansetzen könnte, aber selbst wenn ich einen zur Hand gehabt hätte, gäbe es keine Stelle, wo man ihn ansetzen konnte.

Ich hielt mich an den schmierigen Kabeln fest und entlastete meinen lädierten Knöchel. Ich versuchte, mir einen Reim auf das Metallgewirr aus Stangen, Federn, Getriebe und Schnappriegeln zu machen. Das bisschen Licht, das mir zur Verfügung stand, fiel durch die sechzig mal sechzig Zentimeter große Luke.

Ich studierte das Durcheinander neben der Tür und über meinem Kopf. *Denk nach. Analysiere. Dekonstruiere.* Die Fahrstuhltüren öffneten sich erst, wenn die Kabine auf gleicher Höhe war, sonst fielen die Leute ja regelmäßig in den Schacht.

Wurde der Öffnungsmechanismus elektronisch gesteuert oder mechanisch? Wie gingen die Mitarbeiter vom Fahrstuhlnotdienst in so einer Situation vor?

Ich kroch unter den Mechanismus, stellte mich auf ein Bein, umfasste den Stahlriegel an der Tür und zog mich so weit hoch, dass ich die geschmierten Metallkomponenten inspizieren konnte. Ich studierte den Schließmechanismus und entdeckte einen Stellmotor neben dem Türriegel. Daneben war ein roter Knopf von der Größe meines Daumens. Ich drückte ihn ein.

Bingo. Die Tür glitt auf.

Weiches gelbliches Licht fiel in den Fahrstuhlschacht. Ich zog mich hoch. Mein Brustkorb rutschte über die Schwelle, danach mein Bauch und schließlich lag ich mit dem Gesicht nach unten auf dem Boden. Ich konnte den Schmerz in meinem Knöchel tatsächlich hören: ein schrilles rotes Jaulen. Es kostete mich einige Überwindung, mein Fußgelenk zu betrachten, das dick und geschwollen war.

»Hallo?«, rief eine bebende Stimme.

Der alte Herr saß am Schreibtisch, als hätte er ihn noch nie verlassen. Seine Miene wirkte angespannt. Er versuchte wohl, mein Eindringen in seine Welt zu verstehen. Ich kroch zu einem Ledersessel, zog mich daran hoch und hüpfte zu seinem Schreibtisch hinüber.

»Telefon?«, rief ich. »Wo finde ich ein Telefon?«

Er starrte mich an wie eine Lebensform, der er noch nie zuvor begegnet war, öffnete und schloss den Mund wie ein gestrandeter Fisch. Hinter dem Schreibtisch stand eine Stehlampe. Ich hüpfte hinüber, nahm den Schirm ab, verwendete das Gestell als Krücke und schleppte mich zum vergitterten, von feinen Drähten durchzogenen Fenster hinüber.

Als ich mich umdrehte, sah ich Daddy Kincannon vor dem Schacht stehen und verwundert in die Tiefe schauen.

»Gehen Sie da weg, Paps!«, warnte ich ihn.

Auf unsicheren Beinen führte er eine Art Moonwalk auf und wich ein paar Schritte zurück. Ich schleppte mich an Stühlen, Tischen und Zweisitzersofas vorbei und arbeitete mich bis zum Kamin vor. Zu schmal. Der alte Herr setzte sich auf eine Couch und nahm eine Ausgabe von *Forbes* zur Hand. Er hielt sie verkehrt herum und warf mir gelegentlich irritierte Blicke zu.

Neben dem riesigen Wohnbereich lag ein kleines Schlafzimmer. Ohne genau zu wissen, was ich eigentlich suchte, wühlte ich den Kleiderschrank durch, in dem nur Freizeitkleidung und Bademäntel hingen. Nein, da in der

Schrankecke stand ein Gehstock! Ein alter Holzstock mit lederüberzogenem Griff und Gummistopfen. Vielleicht litt der alte Herr unter Gicht.

Denk nach. Analysiere.

Der alte Herr lebte seit fünfzehn, womöglich gar zwanzig Jahren hier. Bestimmt hatte sich jemand in all den Jahren Gedanken darüber gemacht, was zu tun war, wenn ein Feuer ausbrach oder ein Tornado anrückte. Schließlich war der alte Herr der erste Buck, die Nummer eins, die zwar weggesperrt, aber erstklassig versorgt wurde. Hatte man ihn irgendwann auf einen Notfall vorbereitet, ihn so lange gedrillt, bis sich die richtige Verhaltensweise in seinen unkoordinierten Gehirnzellen eingenistet hatte?

»Wir haben einen Notfall, Mr Kincannon«, brüllte ich. »Gibt es einen Weg, der nach draußen führt?«

Er wischte einen Speichelfaden weg. Ich humpelte zu ihm hinüber, ließ mich auf ein Knie nieder und nahm seine Hand, als wollte ich um sie anhalten.

»Was machen Sie, wenn ein Feuer ausbricht, Sir? Was hat man Ihnen geraten, im Notfall zu tun?«

Er schaute mich mit erwartungsvollen Augen an, als würde ich seine Antwort bewerten, damit er in die nächste Klasse versetzt wird.

»Sir?«, drängte ich ihn.

»In der Krise Toilette aufsuchen. Reinsteigen, verstecken und los geht's.«

Toilette?

Ich schleppte mich ins Bad, das schätzungsweise so groß wie mein Wohnzimmer war: Badewanne, Whirlpool, Dusche mit mehreren Brauseköpfen. Ich riss einen Schrank von der Größe einer Telefonzelle auf. Leer. Ich roch Regen, warme Erde, frische Luft, die anscheinend aus dem Schrank kam. Ich trat hinein, fing an, die Wände abzuklopfen, bis meine Finger einen Holzriegel fanden, den ich nach unten drückte. Ich fiel, aber ich fiel kontrolliert. Ich hörte, wie parallel zu meinem Fall irgendwo ein Gegengewicht nach oben glitt.

Das war kein Schrank, sondern ein umgebauter Speiseaufzug.

Ich landete hart, wurde schwer zusammengestaucht, war von totaler Dunkelheit umgeben. Als ich mich gegen die Kabinenseiten stemmte, fiel eine Tür auf. Auf einmal saß ich vor einer Azaleenhecke, die die kleine Öffnung kaschierte. Blitze zuckten und weißes Licht explodierte über der weitläufigen hügeligen Rasenfläche. Hinter mir türmte sich das Haus auf. Ich stellte mir vor, wie Buck senior an seinem Schreibtisch saß, den Blick auf die auf dem Kopf stehende Zeitschrift geheftet, und sich vage an einen humpelnden Besucher erinnerte, der vor Jahren einmal aufgetaucht war.

Ich kroch aus der meterlangen Azaleenhecke. Dicke Regentropfen prasselten auf mich nieder. Obwohl ich mich auf den Stock stützte, fühlte sich mein Knöchel an, als wäre er mit spitzen scharfen Dornen gespickt. Blitze leuchteten zwischen den sich zusammenbrauenden Wolken auf. Ein gutes Stück weiter drüben, schätzungsweise einen halben Kilometer entfernt, stand Kincannons Haus. Die Distanz schien mir unüberwindbar.

Andererseits hatte ich gerade erst eine zweite Chance erhalten, und egal, ob sie dem Zufall geschuldet oder etwas war, das man weder mit Sprache noch mit dem menschlichen Verstand erfassen konnte – ich würde es bis zu diesem Haus schaffen, selbst wenn ich jeden einzelnen Zentimeter dorthin auf allen vieren zurücklegen musste. Ja, ich würde an die Tür des gottverdammten *Stammhalters* dieser gottverdammten Familie klopfen.

Hallo, Buckie, kennen Sie mich noch?

Kapitel 49

Nautilus wachte mit einem Rauschen in den Ohren auf. Der Geruch von Blut und Exkrementen stieg ihm in die Nase. Sein Kopf schmerzte und in seinem Mund steckte etwas Trockenes. Ein Knebel, schlussfolgerte er. Furcht und Adrenalin ließen ihn langsam wieder zu Bewusstsein kommen.

Er lag immer noch auf dem Boden des Crown Vic. Gelegentlich fiel das grelle Licht von vorbeiziehenden Fahrzeugen oder aufzuckenden Blitzen ins Wageninnere. Der Wachschutz-Mann war in sich zusammengesackt. Sein Kopf steckte zwischen den Vordersitzen, aus seinen Nasenlöchern tropfte Blut. Regen fiel durchs offene Beifahrerfenster. Obwohl ihm übel und schwindelig war und sein Schädel brummte, verstand Nautilus endlich, wie das Wasser in Taneesha Franklins Wagen gelangt war.

Der Abschleppwagen reduzierte das Tempo und bog ab, der holperigen Fahrt nach zu urteilen auf eine unbefestigte Straße mit tiefen Spurrillen. Ein paar Minuten später hielten sie an. Nautilus hörte, wie Crandell ausstieg. Die Dunkelheit wich einem diesigen Licht.

Crandell öffnete die Tür, machte mit vorgehaltener Waffe Nautilus von dem Metallring los und legte ihm die Handschellen wieder an.

»Ende der Fahnenstange«, meinte Crandell, riss den Klebestreifen von Nautilus' Lippen und zog ihm den zusammengeknüllten Lappen aus dem Mund. Nautilus schnappte nach Luft und atmete tief durch. Seine Zunge fühlte sich so rau wie Schleifpapier an. Er schaute aus dem Wagenfenster.

Sie befanden sich in einer Scheune. Gelbe Allzwecklampen warfen Schatten auf einen Stapel Heuballen, einen alten Traktor und einen Mini-Bagger. Neben der Baggerschaufel war eine zweieinhalb Meter lange und einen Meter breite Grube zu erkennen, neben der sich ein Berg frischer Erde auftürmte.

Draußen blitzte es. Die rückwärtige Scheunentür stand offen. Sekunden später donnerte es laut. Crandell sprang aus dem Wagen. »Steigen Sie aus, Detective Nautilus. Das mit Ihrem Kopf tut mir leid. Es war nur ein leichter Schlag. Sie waren keine zehn Minuten bewusstlos.«

Nautilus musterte zuerst die Grube und danach Crandell. Er trug ein Polohemd, die Hände steckten in den Taschen seiner Hose. Als er mit den Münzen in der linken Hosentasche spielte, bewegten sich seine Unterarmmuskeln. Wie er so dastand, sah er aus, als hätte er gerade eben hervorragend zu Abend gegessen.

»Warum soll ich aussteigen, wenn ich mich doch nur in ein Loch im Boden legen soll?«, fragte Nautilus.

»Weil das Ende schnell oder langsam kommen kann. Mir bleibt noch eine Stunde Zeit – und die kann für Sie schnell vergehen oder unerträglich langsam. Wenn ich Ihnen ein paar Kugeln in die Hüfte jage, werden sich die sechzig Minuten garantiert wie Tage anfühlen. Möchten Sie wirklich Tage mit mir verbringen, Detective?«

Crandell stieß die Tür einer Werkzeugkammer auf, holte zwei Holzklappstühle heraus, riss sie auseinander und stellte sie neben die Grube.

»Woher wussten Sie, dass ich aufkreuzen würde, Crandell?«, fragte Nautilus mit einem Blick auf die dicken Deckenbalken. »Hat Ihnen jemand einen Tipp gegeben?«

»Shuttles.«

»Was?«

»Sie sind ein Star, Meister. Gefeierter MPD-Mitarbeiter, prima Detective. Sie und Ryder haben den Ruf, alles anders zu machen, tolle Typen zu sein. Aber manchmal liegen Sie auch daneben, was?«

»Keine Ahnung, wovon Sie reden.«

»Bevor diese Sache angelaufen ist, haben Shuttles und ich einen einfachen Kode ausgearbeitet, um Typen zu kennzeichnen, die Probleme bereiten könnten. Die Initialen der betreffenden Person plus ein Buchstabe. Ryders Kode war beispielsweise D.S. Und wie lautete wohl der für Harry Nautilus?«

»I. O.«, schlussfolgerte Nautilus. »Wie in der Nachricht, die Shuttles mich Ihnen hat schicken lassen. In der stand zwei Mal I. O.«

»Shuttles ist ein cleveres Bürschchen.«

Crandell deutete auf die beiden Stühle neben der Grube. »Kommen Sie, setzen Sie sich zu mir«, bat er lächelnd. »Wer weiß schon, was passieren wird.«

Nautilus lehnte sich nach hinten und spürte das harte Leder des Halfters, das in seinem Hosenbund steckte. Die .38er war nicht fixiert. Falls es ihm gelang, das Halfter herauszuschütteln ... Mit auf Hüfthöhe gefesselten Händen kämpfte er sich aus dem Wagen.

Crandell sprang auf den Tieflader, zog den Wachschutz-Mann heraus, schulterte den Leichnam und schob ihn herum, bis er richtig lag. Als er aus einem Meter Höhe von dem Anhänger heruntersprang, gaben seine Knie kurz nach, versagten ihm aber nicht den Dienst. Der Typ hat die Kraft eines Gewichthebers, dachte Nautilus, als Crandell die Rampe hinunterstolperte.

Crandell lief zu der Grube und ließ den leblosen Körper herunter, der mit einem leisen Knall auf dem Boden landete. Anschließend wischte er sich die Hände ab, als wäre der Tote staubig gewesen.

»Sieben Fuß tief«, konstatierte Crandell. »Später werde ich das Loch zuschütten, Ihren Wagen in dem riesigen Sumpf draußen im Delta versenken, danach mit dem Sattelschlepper auf Bucks Grundstück zurückfahren, das zehn Meilen hinter der Mautstraße liegt. Der Sturm soll die ganze Nacht dauern ...« Crandell zog die Augenbrauen hoch und wartete, bis Nautilus begriff, worauf er hinauswollte.

»Und Scheunen werden hin und wieder vom Blitz getroffen«, fügte Nautilus hinzu. Als hätte ein Hollywood-Regisseur das Stichwort gegeben, leuchtete ein Blitz die Scheune aus. Regen tropfte durch die Decke und sammelte sich in Pfützen auf der festgestampften Erde.

»Altes Holz, viel Heu. Wird schön brennen und hinterher kriegt keiner raus, was sich im Souterrain befindet, wenn ich das mal so formulieren darf. Für ein ordentliches Feuer hab ich echt was übrig.«

Nautilus zuckte mit den Achseln. »Scheint mir eine schöne Verschwendung zu sein, die Scheune in Flammen aufgehen zu lassen.«

»Das Grundstück gehört den Kincannons, wird aber nicht genutzt. Oder, besser gesagt, eher selten genutzt. Manchmal bringt Buck jemanden hierher.«

»Er führt also gern Bauerntänze in Scheunen auf?«

»So könnte man es auch nennen. Vor ein paar Wochen hat er ein blindes Mädchen hergebracht. Ich behalte Buck ganz gern im Auge. Als ich hier eintrudelte, hatte die Dame genug vom Tanzen.«

Nautilus erinnerte sich an Carsons Geschichte über das blinde Mädchen, dem so Grausames widerfahren war.

»Warum hat Buck Kincannon sie ins Krankenhaus gefahren?«

»Hat er nicht. Ich fand, sie macht tot mehr Probleme, als wenn sie lebt. Ist ja nicht so, dass sie bei einer Gegenüberstellung jemanden herauspicken kann. Darum habe ich sie sauber gemacht und das Problem jemand anderem aufgehalst.«

Nautilus nickte. Stirnrunzelnd betrachtete er das Erdreich neben der dunklen Grube. »Liegt mein Partner da unten?«

»Noch nicht.«

»Werde ich ihn heute Abend noch zu Gesicht kriegen? Lebend, meine ich.«

Crandell antwortete nicht, weil Donnergrollen die Scheune erzittern ließ. »Das würde bedeuten, dass ich Sie hier allein lasse. Und selbst wenn ich Sie ordentlich verschnüre, kann ich dieses Risiko nicht eingehen. Kommen Sie, setzen Sie sich, Harry. Machen Sie es sich bequem. Das ist ungezwungener.«

Nautilus' Blick fiel auf die klapprigen Holzstühle, die Crandell neben der Grube aufgestellt hatte. Sie standen sich gegenüber. Die Entfernung dazwischen betrug zwei Meter. Crandells Stuhl war nur zwei Schritte entfernt. Er könnte dem Bastard auch einfach einen Kopfstoß verpassen. Nautilus malte sich im Geiste aus, wie er sich brüllend auf Crandell warf und nur noch daran dachte, dass sein Kopf wie ein Rammbock nach vorn schoss. Er könnte auch seine Zähne einsetzen. Alles auffahren. Die Tyson-Nummer durchziehen und Crandell das Ohr abbeißen. Oder ihm mit den Zähnen ein Auge ausreißen.

Harry Nautilus setzte sich.

Crandell nahm seinen Stuhl, klappte ihn zusammen. Er ging zum anderen Ende der Grube, blieb neben dem Erdhaufen stehen und klappte den Stuhl wieder auf. Breit grinsend hockte er sich hin.

»Sie haben doch wohl nicht geglaubt, ich würde einfach so vor Ihnen sitzen, oder, Harry? Und außerdem, falls Sie noch ein bisschen zu benommen sind, hier ist …«

Crandell griff in seine Tasche, zog Harrys .38er heraus, steckte den Finger durch den Abzugsbügel und ließ sie daran baumeln.

Es ist vorbei, dachte Nautilus, während der Regen auf das Scheunendach trommelte. *Jetzt bin ich abgeschrieben.* Es überraschte ihn, wie wenig Furcht er verspürte. Nur einen Anflug von Trauer, dass er durch die Hand eines soziopathischen Unmenschen wie Crandell ums Leben kommen musste.

Nautilus hatte sich nie der romantischen Vorstellung hingegeben, im Dienst zu sterben. Er hatte sich vorgestellt, wie nett es wäre, ein wunderbares Dinner einzunehmen, ein paar Gläser sündhaft teuren Scotch zu trinken, Duke Ellingtons »East St. Louis Toodle-Oo« aufzulegen, die Augen zu schließen und abzutreten, während die gedämpfte Trompete den Song ausklingen lässt.

Und dass er an seinem Todestag einhundertzehn Jahre alt sein würde.

Nautilus riskierte einen Blick in die Grube. Ein Arm des Wachschutz-Manns reichte hinter den Kopf mit den offenen Augen und lehnte an der Grubenwand, als würde er auf dem Rücken durch die Erde kraulen. Obwohl die Nacht warm war, schauderte es Nautilus bei der Vorstellung, wie sein Fleisch neben diesem widerlichen Rassisten verrottete.

Carson wird auch in diesem Grab enden, schoss es Nautilus plötzlich durch den Kopf. Und damit waren sie dem Rassisten zahlenmäßig überlegen.

»Jesus, war das ein Grinsen?«, wollte Crandell wissen.

Nautilus antwortete nicht, denn er hatte selbst ein paar Fragen.

»Mein Partner hat Carole Ann Hibney im Shrine Temple gesehen, Crandell. Was hatte sie dort zu suchen?«

»Sie meinen Mistress Sonia? Sie müssten mal die Kincannon-Brüder kennenlernen. Sind sehr verspielt, die Jungs, auf ihre Art. Buck muss ab und an einen Miss-Sonia-Typ besuchen, zum Ausgleich oder so was in der Art. Ich versuche gar nicht erst, das zu verstehen. Jeder von den Jungs ist ganz scharf darauf, über seine Brüder Bescheid zu wissen.«

»Sic spionieren hinter einander her, meinen Sie.«

»Das hat Tradition in dieser Familie. Nelson hat von Mistress Sonia erfahren und ihr ein paar Riesen gezahlt, damit sie auf der Party auftaucht.«

»Um was zu tun?«

Crandells Augen funkelten schadenfroh. »Um stumm vor Buck auf und ab zu laufen und so zu tun, als knalle sie mit einer Peitsche. Nelson hat die Leder-Lady davon überzeugt, dass es sich um Bucks Geburtstagsparty handelt. Hat einfach behauptet, Buck habe sich gewünscht, dass Mistress Sonia das macht, quasi als Insiderwitz. Nelson wusste, Buck würde sich vor Angst fast in die Hose scheißen, wenn Mama neben ihm sitzt und die Peitschenlady an ihm vorbeiflaniert.«

Nautilus wurde ganz flau im Magen. »Offensichtlich hat Buck das nicht für einen guten Scherz gehalten und Carole Ann musste dafür bezahlen. Wissen Sie, was Ihr Arbeitgeber der Frau angetan hat, Crandell?«

Crandell zuckte mit den Achseln. »Das hier ist mein letzter Job für die Kincannons. Mit Buck wird es immer schlimmer. Es dauert nicht mehr lange, bis er komplett die Kontrolle verliert.«

»Schade. Ich könnte wetten, Sie haben im Laufe der Jahre mit dieser Familie scheißviel Geld verdient.«

»Genug, um in Rente zu gehen. Ich bin nur noch mal zurückgekommen, um das Extra-Sahnestückchen abzustauben.«

»Nicht aus falsch verstandener Loyalität? Um ihnen in Zeiten der Not beizustehen?«

Crandell wedelte mahnend mit dem Finger. »Loyalität ist kein Wort, das die Kincannons verstehen. Wüssten sie genau, dass sie in Zukunft nicht mehr auf meine Dienste angewiesen sind, wäre ich längst tot.«

»Sie würden ihren Crandell crandelln. Wann hat das alles ein Ende?«

»Das will ich gar nicht wissen. Darum mache ich mich ja vom Acker und gehe nach Rio. Höchste Zeit, dass ich Samba tanzen lerne.«

In Crandells Tasche klingelte ein Handy. Er fischte es aus dem Jackett, las die Anrufernummer vom Display ab und zuckte zusammen, ehe er das Handy ans Ohr hielt.

»Was ist, Race?«

Crandell stand auf und spazierte in eine dunkle Scheunenecke.

»Verflucht noch mal, was reden Sie da? Wie sind Sie denn auf die Idee verfallen? Das ist total lächerlich. Nein, rufen Sie Nelson nicht an. Sie machen Folgendes: Greifen Sie sich die nächste Flasche Scotch, bitten Sie eine von Ihren Freundinnen vorbeizukommen und entspannen Sie sich. Was? Racine, Junge, beruhigen Sie sich.«

Crandell klappte das Handy zu und steckte es in die Tasche. Als er zurückkam, zielte er mit einer halbautomatischen Waffe auf Nautilus' Herz, warf ihm einen Blick zu und seufzte.

»Für diese Familie zu arbeiten ist ungefähr so, als hüte man eine Horde Katzen, Harry. Racine ist betrunken und plappert irgendwas, dass ich gefeuert sei oder so. Typisch. Tut mir leid, dass ich unseren Abend frühzeitig beenden muss. Wenn Sie sich an den oberen Rand der Grube stellen, werde ich dafür sorgen, dass Sie gar nichts spüren.«

Nautilus holte tief Luft und spie über die Grube, doch seine Spucke landete nicht in Crandells Gesicht, sondern auf seinen Halbschuhen.

»Mutig bis zum Schluss«, befand Crandell und spannte den Anzugshahn. »Für Männer mit Mumm habe ich was übrig, doch wenn Sie nicht hier rüberkommen, jage ich Ihnen eine Kugel ins Knie.«

Nautilus lachte aus vollem Halse, was nicht gespielt war.

»Sie sind ein kranker und bedauernswerter kleiner Junge, Crandell. Wenn Sie mich fragen, macht eine Kugel im Knie den Kohl auch nicht mehr fett.«

Crandell starrte ihn fassungslos an. Draußen übertönte eine Stimme den prasselnden Regen.

»Lass die Waffe fallen, Arschloch. Hier ist –«

Crandell wirbelte zur offenen Tür herum und riss in der Bewegung die Neunmillimeter hoch. Drei Schüsse krachten durch die Scheune. Für einen Sekundenbruchteil sah es so aus, als würde Crandell abheben, bevor er rückwärts taumelte, gegen die Wand der Werkzeugkammer krachte und zu Boden fiel. Die Waffe landete in der Grube.

Mit großen Augen durchforstete Nautilus die Finsternis. Als es blitzte, sah er in der Tür einen Mann hocken. Er hielt eine Waffe in der Hand, mit der er in die Scheune zielte.

»Racine?«, rief Nautilus. »Racine Kincannon?«

Pace Logan schlich herein, die Dienstwaffe immer noch auf Crandells zusammengekrümmte Gestalt gerichtet. Er kroch zu Nautilus hinüber.

»Jesus, Harry. Auf was für einen Schlamassel hast du dich da eingelassen? Wer ist dieser Irre? Und wer ist Racine?«

Nautilus saß mit offenem Mund da, unfähig, auch nur

ein Wort herauszubringen. Als er sich erhob, wurde ihm ganz schwummerig im Kopf. Seine Knie waren wachsweich. Er ließ sich wieder auf den Stuhl fallen. Logan näherte sich dem auf dem Rücken liegenden Crandell, der stöhnte und sich hin und her wiegte. Auf seiner Hemdbrust breitete sich ein scharlachroter Fleck aus.

»Teufel auch, was tust du denn hier, Pace?«, brachte Nautilus endlich hervor.

»Du hast richtig besorgt geklungen, als du mir erzählt hast, du suchst einen blond gelockten Typen, mit dem sich Shuttles vermutlich getroffen hat.« Logan deutete mit dem Kinn auf Crandell. »Ist er das?«

»Ja.«

»Das hat mich nachdenklich gestimmt. Wusstest du, dass Dominick Purselli Shuttles' Schulungsleiter war?«

»Vor ein paar Tagen wollte ich mit Dom reden«, sagte Nautilus. »Er war im Urlaub, in Scheiß-Kanada.«

»Dom Purselli ist ein guter Kumpel von mir«, erzählte Logan. »Ich hatte seine Handynummer, habe angerufen und hatte Glück. Ich habe ihn gefragt, ob er irgendwann mal einem Typen über den Weg gelaufen ist, auf den deine Beschreibung passt. Wie sich herausstellte, haben die beiden ein paar Mal zusammengearbeitet, als Shuttles bei der Polizei anfing. Und Shuttles hat damals Purselli erzählt, er kenne einen Typen, der gelegentlich in der Gegend ist und dann immer auf einer alten, etwa dreißig Hektar großen Farm wohnt. Er hat Purselli gefragt, ob er dort mal auf Eichhörnchenjagd gehen wolle.«

Crandell öffnete und schloss den Mund wie ein Fisch, der nach Luft schnappt, und verdrehte die Augen so stark, bis nur noch das Weiße zu sehen war. Logan kniete sich neben ihn und legte den Finger an Crandells Hals, um den Puls zu fühlen.

»Er ist tot. Purselli meinte, als sie auf das Gelände

kamen, seien sie zu dem Haus auf dem Grundstück marschiert, um Bescheid zu geben, dass sie da waren. Und zwar einem blonden Kerl mit Locken, muskulös, mit einer Statur wie ein Außenklo. Der Typ hat sich komisch benommen, als wollte er nicht gesehen werden, und genau deshalb konnte Purselli sich an ihn erinnern.«

Logan stand auf, steckte die Waffe ins Halfter und ging zu Nautilus hinüber.

»Laut Purselli ist Shuttles gefahren. Dom wusste nicht mehr, wo die Farm lag. Aber er ist das Gelände beim Jagen damals mehr oder minder komplett abgelaufen. Das Areal war rechteckig, eine halbe Meile von der Straße weg stand ein Schuppen und hinter einem Wald ein weißes Haus. Purselli konnte sich auch noch erinnern, dass auf dem hinteren Teil des Grundstücks zwei Teiche waren, zwischen denen ein kleiner Bach floss.«

Logan fischte den Handschellenschlüssel aus der Jacke. »Und rate mal, was ich dann getan habe, Harry.«

»Ich habe nicht den geringsten Schimmer, Pace.«

»Mir ist eingefallen, dass Shuttles von dieser Internetseite geredet hat, wo man Luftbilder von jedem beliebigen Ort aufrufen kann, Satellitenbilder oder so was in der Art. Purselli wusste noch ungefähr, wo das Grundstück lag, östlich von Chickasaw, in der Nähe vom Delta. Ich bin einfach in die Bibliothek gegangen und habe eine Angestellte überredet, mir mit dem verdammten Internet zu helfen, Harry. Ich.«

»Du hast dieses Gelände von *oben* gefunden?«

»Das war irre, Harry. Es war, als könnte ich in jede Richtung fliegen, sogar nach oben und unten. Jedenfalls habe ich mir alle Teiche in der Gegend angeschaut. Und irgendwann bin ich auf Teiche gestoßen, zwischen denen ein Bach fließt, habe das Dach eines Hauses erkannt und hundert Meter weiter drüben eine Scheune ...«

Nautilus hielt die gefesselten Hände hoch. Logan steckte den Schlüssel in die Handschellen und schloss sie auf.

»Und das hast du alles in weniger als drei Stunden hingekriegt, Pace?«

Logan lächelte wehmütig und schüttelte den Kopf.

»Kurz vor meiner Pensionierung fange ich endlich an, ein paar Dinge zu schnallen, Harry. Na, das ist doch ein prima Schlusssatz für eine Abschiedsrede, oder?«

Kapitel 50

Jeder Schritt, den ich in Richtung von Kincannons Haus machte, fühlte sich an, als würde ich mit meinem Fuß in ein Fass Hornissen treten. Etwa alle fünfzehn Meter kam ich an einem Baum vorbei. Ich schleppte mich von einem Stamm zum anderen, lehnte mich an, schöpfte Atem und wischte mir den Regen aus den Augen. Bei jedem Blitz, der vom Himmel fuhr, wurde das Grundstück der Kincannons für einen kurzen Moment in gleißendes Licht getaucht. Der abrupte Wechsel von hell und dunkel wirkte wie eine Abfolge gespenstischer Schnappschüsse.

Ich war etwa hundert Meter vom Haus entfernt, als Scheinwerferlicht die Auffahrt von der Straße zum Haus hinaufwanderte. Ich warf mich zu Boden und konnte nur hoffen, dass die Dunkelheit mich davor bewahrte, im Gras entdeckt zu werden. Das Licht streifte kurz die große Brahmabullenskulptur, und dann kroch das Fahrzeug die lange Auffahrt hinauf und hielt auf dem halbrunden Platz vor dem Haus.

Ein weißer Audi. Mir rutschte das Herz in die Hose.

Das war Dani.

Sie stieg aus, spannte einen Regenschirm auf und lief die zwei Dutzend Schritte zur Veranda hinüber. Ich wollte ihren Namen rufen und so was wie *Steig in den Wagen und hau ab!* brüllen.

Buck Kincannon erschien in der Tür. Mit ausgebreiteten Armen eilte er Dani entgegen und machte Anstalten, ihr den Regenschirm abzunehmen. Sie zuckte vor seiner Berührung zurück. Die beiden wechselten ein paar Worte, ehe Kincannon auf das Haus zeigte. Gemeinsam stiegen sie die Verandastufen hoch. Dani bewegte sich zögerlich, wirkte beinah unwillig.

Sie verschwanden im Haus.

Ich humpelte, fiel hin, kroch auf allen vieren weiter. Dreißig Meter weiter drüben schlug der Blitz in eine hohe Kiefer ein. Wie ein zuckender Komet segelte ein brennender, sich um die eigene Achse drehender Ast zu Boden. Schließlich erreichte ich das riesige Haus mit der umlaufenden Veranda. Ich kletterte hinauf, duckte mich und schlich um die Ecke. Die Veranda war fünf Meter tief. Vorn standen mehrere große Korbsessel und Holzschaukelstühle, zwei Tische und eine schlichte Bank, wie man sie aus Kirchen kennt. Links und rechts von der breiten Eingangstür hingen große Kutschenlampen, die honiggelbes Licht spendeten und hinter den Möbeln lange Schatten warfen.

»Ich gehe!«

Danis Stimme. Die Eingangstür flog auf. Mit auf der Brust verschränkten Armen marschierte Dani über die breite Veranda. Auf der obersten Stufe zauderte sie. Kincannon trat auf die Veranda hinaus.

»Liebling, komm doch bitte zurück. Es tut mir leid, dass ich dich angerührt habe. Ich wollte doch nur, dass du bleibst, dass wir uns über deine Zukunft unterhalten. Los, Baby, tu mir das nicht an.«

Kincannon flehte, blies Küsse in die Luft wie ein kleines Kind. Vielleicht hatte er so auch Carole Ann Hibney umgarnt.

»Ich werde nicht bleiben, Buck. Und wenn ich sage, du sollst mich nicht anrühren, meine ich das auch so.«

»Aber sicher, DeeDee. Dass du gehen willst, tut mir eben weh.«

»Ich glaube nicht, dass das mit uns funktioniert, Buck. Ich bin nur gekommen, um dir das zu sagen.«

Hau ab, Dani …

»DeeDee, bitte, gib mir noch eine Chance. Bleib doch wenigstens zum Abendessen.«

»Ich kann nicht, Buck. Dränge mich nicht.«

»Ich habe eine Überraschung für dich, DeeDee. Darum habe ich dich auch heute Abend hergebeten. Ich will dir Houston geben. Houston! Wir kaufen dort einen Sender, wollen uns verändern. Du wirst dort die Nachrichtenchefin, kriegst ein Anfangsgehalt von dreihunderttausend im Jahr. Von Houston ist es nur ein Schritt bis New York, L. A. Und dann kommst du richtig groß raus …«

Sie trat einen Schritt von der Verandatreppe zurück. Kincannon hielt zwar Distanz, redete aber unablässig weiter. Inzwischen gerierte er sich nicht mehr wie das jammernde Kind, sondern war wieder in die Rolle des schmeichelnden Geschäftsmannes geschlüpft, der all seine Trümpfe ausspielte.

»Du bist zweiunddreißig, DeeDee. In dem Alter entscheidet sich in dem Geschäft alles. Wenn du jetzt nicht zugreifst, wirst du den Rest deines Lebens zweitklassige Politiker interviewen. Du solltest so was wie *Washington Week in Review* oder *Meet the Press* machen. Du hast das Zeug dazu. Und ich kann dafür sorgen, dass du dort hinkommst.«

Hör nicht auf ihn, Dani, schrie eine Stimme in meinem Kopf. *Hau ab.*

Stattdessen drehte sie sich zu Kincannon um.

»Houston?«

Er nahm die Hände hoch. »Unsere Beziehung als Paar ist beendet. Das akzeptiere ich. Und wenn du in Houston bist, komme ich sicher schneller darüber weg. Aber wir können doch weiterhin Freunde sein, oder? Amigos. Selbst wenn wir nicht mehr zusammen sind, können wir Clarity Broadcasting immer noch zur Nummer eins im Land machen.«

»Ja … ich denke, das könnten wir, Buck.«

Mit einem Tausend-Watt-Grinsen stand er in der Tür und lud sie mit ausladender Geste ins Haus ein. »Komm rein, dann bringen wir den Houston-Deal beim Essen unter Dach und Fach.«

Sie machte einen Schritt auf Kincannon zu. Schloss die Augen, schüttelte den Kopf. Wich zurück.

»Ich rufe dich morgen an, Buck. Wir können uns dann unterhalten.«

Damit drehte sie sich um und hielt auf ihren Wagen auf der Auffahrt zu. Ich atmete langsam aus. In dem Moment, wo Dani in Sicherheit war, konnte ich zur Straße hinunterschleichen und Hilfe rufen.

Doch so sollte es nicht laufen.

Kincannon stürzte mit großen Schritten auf Dani zu, umklammerte ihren Arm und zerrte sie wie eine Stoffpuppe ins Haus. Die Tür fiel ins Schloss. Ich hörte Dani schreien. Möbel fielen mit lautem Krachen um. Ein Donnerschlag folgte, als wäre jemand zu Boden gestoßen worden.

Noch ein Schrei, der von einem Schlag erstickt wurde.

Und danach hörte ich nur noch mein pochendes Herz und den prasselnden Regen. Im Geiste spielte ich meine Möglichkeiten durch und stoppte bei *Ablenkungsmanöver*. Ich knüllte den Regenmantel zusammen und warf den Gehstock weg, der laut polternd über die Veranda kullerte.

»Wer ist da?«, rief Kincannon nach draußen. »Crandell?«

Zögerliche Schritte hinter der Tür. Dann ging sie auf. Ich spähte hinter dem Stuhl hervor. Kincannon bückte sich, um den Stock aufzuheben, und schaute sich irritiert um.

»Daddy?«, fragte er und klang wieder wie ein kleiner Junge. Sein Blick bohrte sich in die Schatten auf der Veranda. »Daddy, bist du das?«

Ich sprang hinter dem Stuhl hervor und schleuderte ihm den zusammengeknüllten Regenmantel ins Gesicht. Abwehrend riss er die Arme hoch, als ich mich brüllend auf ihn warf und versuchte, ihm die Augen auszukratzen. Mit einem lauten Schrei drückte er mein Gesicht weg. Holte mit den Beinen aus und trat zu. Als er meinen lädierten Fuß erwischte, heulte ich auf, ließ die Hände fallen. Er stolperte ins Haus und ich brach auf dem Boden zusammen.

Auf allen vieren kroch ich durch die Tür. Keine Spur von Kincannon. In der gegenüberliegenden Zimmerecke versuchte Dani sich aufzurappeln. Aus ihrer Nase und ihrem Mund quoll Blut. Als sie mich sah, legte sie die Hand auf den Mund.

»Carson?«

»Komm, Dani! Wir müssen von hier verschwinden.«

Ich hörte, wie Kincannon im Zimmer nebenan raste, herumbrüllte, laut wirres Zeug faselte. Es klang, als würde er Möbel zerschlagen. Dani gelang es aufzustehen. Sie strich sich die Haare aus dem Gesicht, schlich zu mir und beugte sich herunter. Ich legte ihr den Arm um den Hals und zog mich an ihr hoch.

»Er ist wahnsinnig, Carson. Es ist fast so, als wäre bei ihm eine Sicherung durchgebrannt.«

»Die brennt schon seit Jahren durch. Wir müssen zu deinem Wagen.«

Wir hatten die Tür fast erreicht, als der Schirm einer Tiffany-Stehlampe hinter uns mit lautem Knall in tausend Scherben zerbrach. Ich hielt mich an Dani fest. Wir fielen zu Boden.

Buck Kincannon stürzte mit einem Gewehr in den Raum und lud hektisch nach.

»Jetzt beginnt die PARTY«, kreischte er. »Keiner HAUT HIER AB!« Er drückte ab und traf die Vitrine neben uns. Wir rutschten rückwärts auf dem Boden weiter, während Kincannon den Gewehrlauf auf uns richtete. In seinem Blick lag nichts Menschliches mehr.

Dani und ich krochen auf einen großen Schreibtisch in der Zimmerecke zu. Buck Kincannon zielte auf einen Kronleuchter über der breiten Treppe. Es regnete Glasscherben.

»Ich will jetzt FEIERN!«, brüllte er und lachte stoßweise.

Kincannon marschierte zur offen stehenden Haustür und warf einen Blick nach draußen, als lockten die Blitze ihn an, die durch die Baumwipfel zuckten. Er holte tief Luft. Wahnsinn, Furcht und Siegesfreude huschten über sein Gesicht. Er schüttelte den Kopf, als wollte er eine Erinnerung abschütteln, ehe er sich zu Dani und mir umwandte. Wir beide kauerten ein Stück weit von ihm entfernt auf dem Boden.

Ich konnte seinen Wahnsinn riechen.

Lächelnd zielte Buck mit dem Gewehr auf meine Augen. Die Welt verwandelte sich in eine dunkle Bühne, auf der sich seltsame Szenen abspielten: Da war Buck, der tonlos lachte, die Waffe, die hochgerissen wurde, ein einzelner Kristall, der wie eine Träne vom Kronleuchter fiel, und die Gewehrmündung, die plötzlich wie ein dunkles Auge aussah, das gleich zwinkerte ...

In dem Augenblick knallte ein Korbstuhl mit Karacho durch das breite Vorderfenster, schlitterte auf dem gebohnerten Boden an Dani und mir vorbei und zog einen Glasscherbenregen hinter sich her.

»Runter, mein Junge«, ermahnte Buck mich. Das Gewehr in seiner Hand bewegte sich keinen Millimeter, als wäre ein Stuhl, der durchs Fenster flog, die normalste Sache der Welt. »Bist du das, Race?«, rief Buck durch das zerbrochene Fenster. »Oder du, Nelson? Kommt rein, Leute, wir feiern eine *Party.*«

»Du Hurensohn«, schimpfte Nelson, der durchs Foyer ins Wohnzimmer gestürmt kam. Sein Gesicht war rot vor Wut. Mit einem Finger wedelte er vor Bucks Augen herum. »Du hast dich mit Lucas zusammengetan, nicht wahr? Oder vielleicht sogar ihr beide, du und Racine? Rate mal, wer deine Faxe und Anrufmemos liest, Arschloch? Das läuft aber nicht –«

Nelson, der inzwischen in der Raummitte stand, roch das Kordit. Sein Blick schweifte über die kaputte Lampe, die ruinierten Möbel, den malträtierten Kronleuchter. Über die Waffe in der Hand seines Bruders. Und schließlich über Dani und mich. Wir hatten mittlerweile unter dem Schreibtisch Zuflucht gefunden. Nelson erstarrte. Nur seine Augen bewegten sich.

»Ähm, was läuft hier, Buck?«

»Eine Liebesnacht, Nelse.«

»Liebesnacht?«, flüsterte Nelson.

»Ich kriege sie«, verkündete Buck und zeigte auf Dani. »Du kannst ihn haben. Das macht Spaß, Nelson. Nie lieben sie dich mehr, als wenn dir ihre Seelen gehören. Dann schreien sie vor Liebe.«

Nelson starrte seinen Bruder ein paar Sekunden lang wie gebannt an, ehe ihm allmählich dämmerte, was sich hier abspielte. Dann musterte er uns mit vorwurfsvollem Blick, als wäre es unsere Schuld, dass er auf einmal in einem Albtraum gelandet war.

Nelson, formte Dani mit den Lippen. *Hilf uns.*

Meine Hand kroch auf dem Boden nach vorn, erwischte eine große Glasscherbe, ein rasiermesserscharfes Quadrat von der Größe einer Postkarte, das ich unter mir versteckte.

»Nur zu, Brüderchen«, sagte Buck und reichte Nelson das Gewehr. »Jetzt kann die Party beginnen.«

Nelson Kincannon hielt die Waffe vom Körper weg, als könnte sie beißen. Auf seiner Stirn bildete sich Schweiß. Er schaute immer wieder Richtung Tür.

»Jetzt blas ihm doch seinen Fuß oder sonst was weg«, schlug Buck vor. »Wir können uns Zeit lassen. Die Nacht ist noch jung.«

Nelsons Blick wanderte von mir zu Dani und wieder zurück. Buck lehnte sich an die Wand und verschränkte die Arme.

»Was ist denn, Nelson?«

Nelson Kincannon schob ganz demonstrativ die Manschette hoch und warf einen Blick auf seine Uhr. Seufzend schüttelte er den Kopf und drückte seinem Bruder das Gewehr in die Hand.

»Ich habe morgen in der Früh einen Termin, Buck.«

Nelson Kincannon drehte sich um und spazierte zur Tür hinaus, als verließe er den Konferenzsaal und würde bereits sein Alibi für diesen Abend regeln. Kaum richtete Buck das Gewehr wieder auf uns, tauchte wieder dieses irre Feuer in seinem Blick auf.

»Dann kriege ich mehr vom Kuchen ab«, meinte er. »Lecker.«

Ich wusste, worauf er aus war. Ich sah zu ihm hinüber und fing an zu weinen. Ich schluchzte, was mir überhaupt nicht schwerfiel.

»Nicht, Buck. Bitte, tun Sie mir nichts. Ich flehe Sie an, Buck …«

»O jaaa«, flüsterte Buck Kincannon.

»Bitte, Buck. Ich will nicht sterben. Lassen Sie uns Freunde sein, geht das nicht? Bitte, Buck …«

»Lauter«, forderte er und kam einen Schritt näher.

»Ich werde für Sie arbeiten, bei der Polizei Ihre Augen und Ohren sein. Sie können frei über mich verfügen. Was immer Sie wollen, Buck, Sie kriegen es, lassen Sie … mich nur am …«

Ich drückte das Gesicht auf den Boden und fing laut an zu flennen. Ich hörte, wie er näher rückte, einen Schritt machte, dann noch einen.

»LAUTER!«, wütete er.

»Bringen Sie mich nicht um, bringen Sie mich bitte nicht um …«, wimmerte ich, legte die Glasscherbe in meine Hand, spürte die scharfe Kante auf meiner Haut. Buck trat weiter vor. Ich spürte die Mündung an meiner Schläfe.

»DU GEHÖRST MIR. UND ICH BEFEHLE DIR, DAS GESICHT HOCHZUNEHMEN UND ZU REDEN!«

»Buck, biiitte …«, jaulte ich und legte die Hände vors Gesicht, als hätte ich eine Heidenangst. Und dann machte ich einen Satz nach vorn, stieß das Gewehr mit dem Unterarm weg, verlagerte das gesamte Gewicht auf den lädierten Fuß, richtete mich auf, zog die Scherbe über die Hände auf dem Gewehr und spürte, wie sie Knorpel und Sehnen durchtrennte. Er heulte auf wie ein Tier, als ich mich auf ihn warf und mit der Glasscherbe über sein Gesicht und seine Augen fuhr. Ich konnte nicht mehr aufhören. Es war, als versuchte ich, mich zu seinem Hirn vorzuarbeiten, um es für immer auszuschalten.

Irgendwann zog Dani mich weg. Wir rappelten uns auf und rannten durch die rauchgeschwängerte Nacht, während Buck Kincannon sich auf dem Boden krümmte, die Hände auf seinem kaputten Gesicht. Eine Wange hing wie ein dicker rot getränkter Waschlappen herunter.

»Crandell«, stöhnte er. »Helfen Sie mir, Crandell.«

Dani und ich stolperten aus der Tür, als Nelson Kincannons Scheinwerfer das Ende der langen Auffahrt ausleuchteten. Mit quietschenden Reifen fuhr er auf die Straße und flüchtete. Dani schleppte mich zu ihrem Wagen.

Wir waren schon halb die Zufahrt hinunter, da kreischte sie: »O Gott!« Sie zeigte auf ein Fahrzeug, das von der Hauptstraße auf die Auffahrt schlingerte und auf uns zugerast kam. Sie riss das Steuer herum, schlitterte über den nassen Asphalt. Wir rutschten immer weiter und drehten uns so lange um die eigene Achse, bis ihr Wagen durch den Zaun neben der Zufahrt bretterte. Die weißen Latten prallten von der Windschutzscheibe ab. Der Motor erstarb. Ich kletterte aus dem Audi und hielt mich an der offenen Tür fest. Acht Meter weiter vorn blieb das andere Fahrzeug stehen. Scheinwerferlicht bohrte sich durch den dichten Regen. Dampf quoll aus dem Kühlergrill.

»Lucas?«, rief der Fahrer. »Bist du das, Lucas?«

Racine Kincannon sprang aus dem Wagen. Lucas Kincannon und ich hatten in etwa die gleiche Statur und Größe. Mit zusammengekniffenen Augen spähte Racine durch den umherwirbelnden Dunst. Seine betrunkene Stimme klang schrill, verzweifelt.

»Lucas. Jetzt gibt es nur noch dich und mich, Bruder. Ich habe Crandell gefeuert. Und Buck und Nelson können uns doch mal. Du und ich, wir sind ein Team. Das hast du doch gemeint, oder? RICHTIG?«

»Racine Kincannon«, brüllte ich, »Sie sind VERHAFTET!«

Racine stieß einen krächzenden Laut aus und verschwand geschwind hinter dem Steuer. Dann drückte er aufs Gas, knallte durch den Zaun und raste in die riesige Goldplastik des Brahmabullen. Der Bulle kippte vom Sockel, flog mit lautem Knall zu Boden, landete auf dem Rücken und streckte im Dunst die Beine gen Himmel. Die Fahrertür fiel auf und der bewusstlose Racine Kincannon rutschte ins Gras.

Dani stand mehr oder minder unter Schock. Ich lief zu Kincannons reglosem Körper hinüber, fand in seiner Tasche ein Handy und telefonierte. Meine Hand blutete stark. Als mein gesundes Bein nachgab, brach ich zusammen und konnte mich nicht mehr rühren. Dani schleppte sich zu mir hinüber und weinte.

So blieben wir mehrere Minuten lang liegen, bis eine ganze Parade Streifenwagen mit eingeschaltetem Blaulicht auf das Anwesen der Kincannons rollte und in dieser Höllennacht endlich der Vorhang fiel.

Kapitel 51

Clair und Harry besuchten mich daheim. Nach drei Tagen hatte sich – zumindest für mich – die Aufregung gelegt. Das Nachrichtengewitter ließ allerdings nicht nach. Alle überstürzten sich mit ihrer Berichterstattung, angefangen vom *Mobile Register* bis hin zum *Wall Street Journal*, dessen Schlagzeile lautete: BIZARRE VERBRECHEN

BEI KEI'S GRÜNDERFAMILIE – EINE GESCHICHTE ÜBER WEGGESPERRTE KINDER UND TATEN MIT TÖDLICHEM AUSGANG.

»Jetzt kommen gleich die Fünf-Uhr-Nachrichten«, verkündete Clair und griff nach der Fernbedienung. »Es wird erwartet, dass Maylene eine Stellungnahme abgibt.«

Sie schaltete den Fernseher ein. Zu sehen war der Vorplatz vor dem Bundesgericht in Montgomery. In der oberen Bildschirmecke blinkte das Wort LIVE.

»Schauen Sie sich die Meute an ...« Clair zeigte mit dem Finger auf die Kiste. »War das nicht Dominick Dunne?«

»Wer soll dieser Dominick Dumm sein?«, wollte ich wissen, als ich auf Krücken herbeihumpelte. Für die kommenden sechs Wochen steckte mein Fuß in einem Spezialschuh.

»Er ist Schriftsteller. Und hat eine Krimi-Sendung bei einem Kabelsender. So was in der Art wie: ›Die Verbrechen der Reichen und Schäbigen‹.«

Die Kamera fuhr über die Menge und blieb an Maylene hängen. Sie kam in Begleitung von zwei erstklassigen Anwälten und einer Frau, die laut Dani eine extrem kompetente PR-Expertin war. Maylene schüttelte die Anwälte ab und trat vor die Mikrofone auf der Treppe des Gerichtsgebäudes.

»Maylene will etwas sagen«, meinte Clair. »Jetzt geht's los.«

»Was geht los?«, fragte Harry.

»Die Schönfärberei, die Irreführung und das Mauern. Sie wird versuchen, Crandell alles in die Schuhe zu schieben. Da er tot ist, kann er ja nicht mehr seine Version der Geschichte zum Besten geben. Sie wird ihre Söhne unter die Fittiche nehmen, während die Anwälte nichts unversucht lassen, um das Rechtssystem auszuhebeln. Der Prozess wird Jahre dauern und sie wird Millionen ausgeben, um das System zu pervertieren.«

Die Kamera schwenkte auf Mama, auf ihr blasses Gesicht, die weißen Haare und die kleinen schwarzen Knopfaugen. Wir verstummten, lauschten den Fragen der Reporter und hörten fassungslos Maylene Kincannons Antworten.

»... nie hätte ich erwartet, dermaßen getäuscht zu werden ... ein Nest voller Schlangen und Schurken ... meine eigenen Kinder haben mich jahrelang belogen und hintergangen ...«

»Was ist das denn?«, rief Clair.

»... die Mitglieder meiner Familie, die sich schuldig gemacht haben, wurden von allen Aufgaben bei KEI entbunden und sind in meinem Haus nicht länger willkommen ...«

»Mein lieber Schwan«, staunte Clair. »Sie wirft sie den Wölfen zum Fraß vor.«

»... unterstütze ich mit aller Macht unser Rechtssystem, damit unsere Justiz die brutalen Verbrechen und betrügerischen Machenschaften entsprechend ahnden kann ... werde, falls nötig, selbst in den Zeugenstand treten und aussagen ...«

Ein Reporter fragte nach den Kindern, die weggesperrt worden waren. Maylene streckte selbstgerecht das Kinn vor.

»Mein Hauptanliegen war, dass die Kinder die beste Pflege erhielten und ein Leben führen konnten, wo ihnen jeder Wunsch erfüllt und das höchste Maß an Fürsorge zuteil wurde. Rückblickend betrachtet hätte ich allerdings mehr darauf achten müssen, was in meiner nächsten Umgebung passiert.«

Maylene legte eine Pause ein. Tupfte die stecknadelkopfgroßen Augen mit einem Papiertaschentuch ab. Sie bedeutete jemandem hinter der Kamera näher zu treten und sprach dann wieder in die Mikrofone.

»*Für die nahe Zukunft habe ich mir vorgenommen, die Beziehung zu meinem Sohn, dem so großes Unrecht zugefügt wurde, wieder aufleben zu lassen, dem Sohn, der – wie man mich glauben gemacht hat – unter gravierenden und unheilbaren seelischen Problemen litt, während er in Wahrheit …*«

Lucas Kincannon stellte sich neben seine Mutter und legte ihr liebevoll den Arm um die breiten Schultern. Küsste ihre gepuderte Wange. Mehrere Leute applaudierten dieser spontanen, warmherzigen Geste. Lucas trug einen dunklen Anzug, ein weißes Hemd und eine perfekt gebundene Krawatte. Er steckte die Hände in die Taschen, schaute sanft und schüchtern in die Kameras und verwies die Fragesteller an seine Mutter oder die Anwälte.

Clair starrte bestürzt auf den Bildschirm. »Lucas hat doch eine Frau entführt, oder? Mrs Atkins? War das nur eine Lappalie?«

»Wie man hört, hat die alte Dame ihre Aussage revidiert«, erklärte Harry. »Offenbar hat sie ein paar Dinge missverstanden, die der junge Mann gesagt hat. Und ich bezweifle stark, dass Mrs Atkins sich in Zukunft noch groß Gedanken über den Zustand unserer Sozial- und Rentensysteme machen muss.«

Maylene schlug einen heitereren Ton an und trällerte gut gelaunt, dass »im Vorstand der Kincannon-Unternehmen von nun an der Sonnenschein regiere«.

»Meint sie tatsächlich den Planeten oder spricht sie von ihrem Sohn?«, fragte Clair sich.

»*… Veränderung fördern und gleichzeitig das Vermächtnis pflegen, womit ich unser soziales Engagement meine …*«, verkündete Mama. »*… Firmen stehen nun unter der Aufsicht von Experten …*«

»Lucas wird zum neuen Buck gekürt«, schlussfolgerte ich. »Mit dem Unterschied, dass Lucas den Verstand eines Physikers und genug Geschäftssinn besitzt, um das Ruder innerhalb von Wochen und nicht erst nach ein paar Jahren herumzureißen.«

»Wochen?«, fragte Harry skeptisch und zog eine Augenbraue hoch. Ich schaltete den Fernseher aus.

»Der eigentliche Zirkus findet nicht in Montgomery statt. Lass uns eine Spritztour machen, Harry.«

Das Anwesen der Kincannons schien das blutige Gemetzel, das vor zwei Tagen auf diesem Gelände stattgefunden hatte, unbeschadet überstanden zu haben. Das Pförtnerhäuschen war nicht besetzt. Harry stieg aus und schob das Tor auf. Wir steuerten auf das Haus zu, in dem man mich festgehalten hatte. Als die Tür aufging, wurden wir von einer würdevollen, düsteren Miene empfangen.

»Tag, Miss Gracie. Wir bleiben nicht lang.«

Sie wollte etwas sagen, doch ich wehrte ihre Worte mit erhobenem Finger ab. »Wenn Sie in Zukunft in Frieden leben möchten, lassen Sie uns gewähren.«

Sie nickte und trat beiseite. Ich führte Harry durch den Flur zum Fahrstuhl. Die Spuren meines Öffnungsversuches waren an der Tür noch sichtbar, aber sie war inzwischen auf Hochglanz poliert worden, damit die Kratzer nicht so deutlich zu erkennen waren. Wir betraten den Lift und fuhren nach oben. Als wir in der nächsten Etage ankamen, machte es leise *Bing*.

Die Tür glitt langsam auf. Ich lehnte mich an die Fahrstuhlwand und zog Harry zurück.

»Grace, Liebling?«, rief eine Stimme. »Bringst du mir den Brandy?«

Wir stiegen aus dem Lift. Buck Kincannon senior saß in einem Sessel vor dem Fenster, von wo aus man den Wald sehen konnte. Sonnenlicht fiel durch die Scheibe. Er trug einen Hausmantel aus rotem Samt und Hausschuhe. Seine Füße lagen auf einer Ottomane. In den Händen hielt er das *Wall Street Journal*.

»Ich habe gerade gelesen, dass der asiatische Markt einen Aufschwung –«

Als er sich umdrehte, entdeckte er Harry und mich. Er erstarrte und riss die Augen so weit auf, bis nur noch das Weiße zu sehen war.

»Ahhh«, blubberte er und wedelte mit der Zeitung. Er ließ die Kinnlade herunterfallen und Speichel aus dem Mundwinkel triefen. Dann fuhr er mit der Hand über seinen Mund und betrachtete irritiert die Spucke.

»Jetzt machen Sie aber mal halblang, Paps«, riet ich ihm.

Wir kehrten zum Fahrstuhl zurück. Ich drückte auf den ABWÄRTS-Knopf. Miss Gracie saß mit angehaltenem Atem auf einer Couch.

»Eine Frage«, sagte ich. »Wie kam es, dass Taneesha Franklin in die ganze Sache mit reingezogen wurde?«

Miss Gracie seufzte schwer.

»Ich höre gern WTSJ, lasse den Sender leise nebenbei laufen. Lucas hörte ihn auch gern, vor allem Taneeshas Sendung. Er hat verfolgt, wie sie vom DJ zur Reporterin aufgestiegen ist. Nachdem klar war, dass Dr. Rudolnick nicht mehr kommen würde, hat er Miz Franklin einen anonymen Brief geschrieben. In dem Brief stand nicht viel, nur, dass der Doktor für die Kincannons gearbeitet und ein paar eigenartige Dinge gemacht hat, die ein Reporter vielleicht mal gern überprüfen würde. Das war alles. Ich wusste nicht, was in Lucas' Brief stand, aber ich habe ihn zur Post gebracht.«

»Ich dachte mir schon, dass es etwas Belangloses war. Sie haben Lucas geholfen zu fliehen, oder?«

Sie wollte den Blick abwenden, doch ich starrte ihr unverwandt ins Gesicht. »Eine der elektrischen Türschließanlagen ist ausgefallen. Man muss nur Wasser reinlaufen lassen.«

Ich nickte, drehte mich um und wollte gehen. Sie legte die Hand auf meinen Arm.

»Sie werden doch nicht herumerzählen, dass ...« Sie blickte zur Decke hoch, wo der alte Mann wohnte.

»Was würde ich damit erreichen, Miss Gracie? Nichts.«

»Danke«, flüsterte sie.

Harry und ich verließen das Haus. Der Rasen auf dem Kincannon-Anwesen leuchtete so grün, als würde er von unten angestrahlt. Eine leichte Brise wehte durch die Baumwipfel. Die Bullenskulptur lag immer noch im Gras.

»Wie bist du ihm auf die Schliche gekommen, Cars?«, wollte Harry wissen. »Daddy Kincannon?«

»Ory Aubusson hat mir diesen Floh ins Ohr gesetzt, Bruder. Er sagte, Buck Kincannon würde auf irre machen, damit er Maylene nicht Tag für Tag sehen muss. Das hat mich nachdenklich gestimmt.«

Harry runzelte die Stirn. »Mama Kincannon muss doch Bescheid wissen.«

»Ich vermute mal, jeder der beiden hat seine Rolle gespielt. Sie hat alles kontrolliert und im Gegenzug hat Daddy Kincannon ...« Ich suchte nach der richtigen Formulierung.

»Den Himmel gekriegt?«, schlug Harry vor.

»Oder vielleicht eine Form der Freiheit. Er lebt in seiner ganz eigenen Welt, kriegt alles, was er will, wird von vorn bis hinten bedient.«

»Sie liebt ihn, nicht wahr? Diese Miss Gracie?«

»Ich schätze, Daddy Kincannon und Miss Gracie sind schon lange ein Paar. Das geht schon mindestens dreiundzwanzig Jahre so.«

Mit Harry an meiner Seite stapfte ich über den Rasen zum Wagen. Er fragte: »Was meinst du, wie stark Daddy Kincannon in diese Sache involviert war?«

Ich schüttelte den Kopf. »Das werden wir nie erfahren. Ein bisschen wird er schon mitgemischt haben. Er weiß, dass Buck, Nelson und Racine ein Leben am Rande der Selbstzerstörung geführt haben. Und da musste man nur warten, bis die kritische Masse erreicht war, wie die Physiker sagen. Und zusätzliche Energie ins Spiel kam.«

»Lucas«, meinte Harry.

»Und *bang*.«

Wir erreichten die Auffahrt und drehten uns zum Haus um, einem weißen Zufluchtsort mitten im Wald. Ich sagte: »Ich könnte wetten, Buck senior hat Lucas in den letzten vier Jahren das Geschäft beigebracht. Damit der Junge irgendwann die Leitung übernehmen kann.«

»Das Unternehmen floriert«, sinnierte Harry. »Während Daddy in seinem privaten Himmelreich lebt. Und was ist mit Mama?«

»Ich denke, sie wird Lucas freie Hand lassen.«

Wir standen vor dem Wagen. Ich stellte die Krücken weg, lehnte mich an die warme Karosserie und warf einen letzten Blick auf das Haus. Harry gesellte sich mit verschränkten Armen zu mir.

»Meinst du, Lucas ahnte, dass er Taneesha Franklin in Gefahr bringt, wenn er sie für seine Pläne einspannt?«, fragte Harry.

»Lucas wusste ganz genau, wozu seine Familie in der Lage ist, wenn sie sich bedroht fühlt. Und Taneeshas

Fragen stellten eine Bedrohung dar. Lucas brauchte diese Drohkulisse, um die Sache in Gang zu bringen.«

Harry dachte über meine Worte nach.

»Das würde aber bedeuten …«

Ich musste lachen. »Genau. Lucas ist genauso unmoralisch wie seine Brüder, nur zehn Mal cleverer.« Ich klopfte auf Harrys breiten Rücken. »Ist das nicht wieder ein großartiger Tag in der Hölle, Bruder?«

Epilog

Ich setzte Harry vor seinem Haus ab und fuhr danach zu Dani. Der Anfang ist immer einfacher als das Ende, doch ein Ende lässt sich besser überstehen, wenn man behaupten kann, dass man etwas Wichtiges gelernt hat. Und gelernt hatten wir beide genug in den letzten Wochen.

Es dämmerte, als ich über die Brücke nach Dauphin Island fuhr. Der Himmel war fast schwarz und der Horizont in ein grelles Rot getaucht. Als ich vor meinem Haus parkte, entdeckte ich Clair auf der Terrasse. Sie stand am Geländer und beobachtete einen Pelikanschwarm, der über die schaumige Brandung flog.

Drei Stunden waren vergangen, und ich wunderte mich, dass sie geblieben war. Ich parkte, humpelte die Stufen hoch und wanderte durch das Haus aufs Deck. In dem Moment, wo ich nach draußen kam, drehte sie sich um. Der Abendwind streifte über ihr weißes Sommerkleid und ihre nackten Arme. Ich trat auf sie zu. Sie strich sich eine schwarze Haarsträhne aus den Augen.

»Jetzt bin ich aber überrascht, Sie hier noch anzutreffen, Clair.«

»Sie hatten so viel zu tun, haben an Sitzungen teilgenommen, sind der Presse aus dem Weg gegangen. Ich hatte bisher noch keine Gelegenheit, Sie mal allein zu sehen, um Ihnen zu sagen ... ich hatte Angst ...«

Sie zwinkerte die Tränen weg. Ich zog sie an mich heran. Ihr Kopf ruhte auf meiner Brust. Der aufsteigende Mond malte eine weiße Linie auf das Wasser. Und mit einem Mal begriff ich all die zahllosen Facetten, die ihre Person ausmachten, so gut wie mich selbst. Ich spürte ihr Herz in meiner Brust und meinen Atem in ihren Lungen, als hätten sich unsere Grenzen in Luft aufgelöst. Die Welt erbebte und blieb ganz langsam stehen. Alles wurde still und friedlich und ruhig.

»Clair?«, sagte ich.

Sie neigte den Kopf nach hinten. In ihrem Blick lagen Furcht und Hoffnung. Ihr Mund war leicht geöffnet. Ich zog sie ganz fest an mich heran und drückte meine Lippen auf ihre. Zuerst schwang in diesem Kuss ein Hauch von Keuschheit mit, verwandelte sich aber allmählich in etwas anderes. Es dauerte einen Moment, bis sie sich von mir löste. Ihre Hände lagen auf meinen Schultern. Tränen standen ihr in den Augen und sie schüttelte den Kopf.

»Was ist?«, fragte ich.

»Wir dürfen das nicht zulassen, Carson. Es geht einfach nicht.«

»Und warum nicht?«

»Erstens bin ich vierundvierzig, und du bist ... du bist –«

Ich legte ihr den Finger auf die Lippen und lächelte. »Ich bin dreiunddreißig, Clair. Vierundvierzig und dreiunddreißig. Ergibt in Summe was? Siebenundsiebzig. Und das macht im Mittel, ähm, hilf mir doch ...«

»Achtunddreißig und ein paar Zerquetschte.«

»Was hast du dagegen einzuwenden, wenn sich zwei Achtunddreißigjährige küssen?«

Ich wartete auf ihre Antwort.

Danksagung

Ich treffe mich gern mit Leuten und quatsche, begegne an jeder Ecke Menschen mit ähnlichen Neigungen, entwickle Szenen und Geschichten aus unseren Gesprächen. Ein paar von diesen inspirierenden Menschen möchte ich meinen Dank aussprechen …

Der Truppe, die sich donnerstags um sechs Uhr morgens zum Kaffee trifft und über soziale, politische und religiöse Themen diskutiert: Steve Burke, Andy Hartzell, Roger Peterman und Rick Rafferty. Da werden Kameradschaft gepflegt und gleichzeitig hitzige Debatten über die unterschiedlichsten Ideen und Vorstellungen geführt – genau die richtige Methode, um wach zu werden.

Danken möchte ich auch meinem guten Freund und Nachbarn in Fairhope, Alabama: Gerard Lawson, der mich über alles, was sich dort tut, auf dem Laufenden hält, wenn ich daheim in Kentucky bin. Ein Stück den Highway hoch wohnen Bill und Toni Riales – ich danke euch für die kulinarischen Gaumenfreuden und guten Gespräche, Freunde. Und ich möchte auf keinen Fall Captain Bobby Abruscato vergessen, diesem wunderbaren Geschichtenerzähler, der auf Dauphin Island die Angler zu den fischreichen Plätzen führt.

Dankbar bin ich Sandy Caroll und Mike Whitehead, die meine Küche mit Worten und Musik erfüllen.

Ebenso meinen Kindern, mit denen ich über alles – angefangen von Philosophie bis hin zu den Songtexten von Green Day – diskutieren kann.

Auf der »geschäftlichen« Seite gilt mein Dank den Dutton-Leuten: Brian Tart, der mir hilft, die richtige Richtung einzuschlagen, und Neil Gordon, der alles im Fluss hält.

Bedanken möchte ich mich auch bei der Aaron Priest Literary Agency, vor allem bei Aaron, der sich nicht scheut zu sagen: »Das funktioniert nicht, Jack. Versuch es mit etwas anderem.«

Und ich möchte mich bei meiner Frau bedanken, weil sie mich ermutigt hat, der Werbebranche den Rücken zu kehren und Romane zu schreiben.

Jack Kerley

Einer von hundert

Thriller

Deutsche Erstausgabe

ISBN 978-3-548-25949-9
www.ullstein-buchverlage.de

Man muss ein Dieb sein, um einen Dieb zu überführen. Und wie fasst man einen Serienmörder? Detective Carson Ryder hat auch hierfür gute Voraussetzungen: Sein Bruder sitzt als Frauenkiller hinter Gittern und versorgt ihn immer wieder mit wertvollem Insiderwissen. Doch diesmal scheint der Mörder schneller zu sein …

Ein Thriller der Extraklasse, der Auftakt einer neuen Serie!

»Geht ab wie ein Feuerwerkskörper und ein Maschinengewehr zusammen.« *David Baldacci*

UB231

ullstein

Jo Nesbø

Kakerlaken

Kriminalroman

Deutsche Erstausgabe

ISBN 978-3-548-26646-6
www.ullstein-buchverlage.de

Harry Holes zweiter Fall: In Bangkok wurde der norwegische Botschafter ermordet. Hole soll die thailändische Polizei unterstützen und taucht tief ein in die Unterwelt einer Stadt, in der Moral und Gesetz keine Rolle spielen. Dabei findet er mehr über den Ermordeten heraus, als seinen Vorgesetzten lieb ist …

»Unglaublich spannend, eine originelle Story und meisterhaft geschrieben.« *Berlingske Tidene*

»Nesbø ist einer der absolut interessantesten Krimischriftsteller Skandinaviens.« *Skånska Dagbladet*

UB405

ullstein